Ullstein

ÜBER DAS BUCH:

Man schreibt das Jahr 1809, und der Krieg gegen Napoleon befindet sich auf dem Höhepunkt. Admiral Bolitho erhält den Befehl, abermals zum Kap der Guten Hoffnung und weiter in den Indischen Ozean auszulaufen, um dort die britischen Goldkonvois aus Indien gegen Angriffe zu schützen. Bolitho bekommt dafür die starke Fregatte *Valkyrie* und ein Geschwader kleinerer Schiffe. Sein Flaggkapitän ist der Leuteschinder und Feigling Trevenen. Auch Adam Bolitho, der Neffe Sir Richard Bolithos, ist im Südatlantik unterwegs und trifft dort auf die amerikanische Fregatte *Unity,* die sich dem französischen Geschwader von Admiral Baratte anschließen will, Bolithos Erzfeind seit Martinique. Adam versucht Bolitho zu warnen, doch der hat Baratte schon aufgestöbert, und es kommt zum schicksalsträchtigen Gefecht...

Der vorliegende Band ist der 22. Titel der marinehistorischen Romanserie um Sir Richard Bolitho und die Fortsetzung des Titels *Das letzte Riff.*

DER AUTOR:

Alexander Kent kämpfte im Zweiten Weltkrieg als Marineoffizier im Atlantik und im Mittelmeer und erwarb sich danach einen weltweiten Ruf als Verfasser spannender Seekriegsromane. Seine marinehistorische Romanserie um Richard Bolitho machte ihn zum meistgelesenen Autor dieses Genres neben C. S. Forester. Seit 1958 sein erstes Buch erschien *(Schnellbootpatrouille),* hat er über vierzig Titel veröffentlicht, von denen die meisten bei Ullstein vorliegen. Sie erreichten eine Gesamtauflage von 20 Millionen und wurden in 14 Sprachen übersetzt. Alexander Kent, dessen wirklicher Name Douglas Reeman lautet, lebt in Surrey, ist Mitglied der Royal Navy Sailing Association und Governor der Fregatte *Foudroyant* in Portsmouth, des ältesten noch schwimmenden britischen Kriegsschiffs.

Alexander Kent

Dämmerung über der See

Admiral Bolitho im
Indischen Ozean

Ullstein

maritim
Ullstein Buch Nr. 23921
im Verlag Ullstein GmbH,
Frankfurt/M – Berlin
Titel der Originalausgabe:
The Darkening Sea
Aus dem Englischen
von Uwe D. Minge

Ungekürzte Ausgabe

Umschlaggestaltung:
Hansbernd Lindemann
Umschlagillustration:
Geoffrey Huband
Alle Rechte vorbehalten
© 1993 by Highseas Authors Ltd.
Übersetzung © 1994 by
Verlag Ullstein GmbH,
Frankfurt/M – Berlin
Printed in Germany 1996
Gesamtherstellung:
Ebner Ulm
ISBN 3 548 23921 8

April 1996
Gedruckt auf alterungs-
beständigem Papier mit
chlorfrei gebleichtem Zellstoff

Vom selben Autor
in der Reihe
der Ullstein Bücher:

Die Feuertaufe (23687)
Strandwölfe (23693)
Kanonenfutter (22933)
Zerfetzte Flaggen (23192)
Klar Schiff zum Gefecht (23063)
Die Entscheidung (22725)
Bruderkampf (23219)
Der Piratenfürst (23587)
Fieber an Bord (23930)
Des Königs Konterbande (23787)
Nahkampf der Giganten (23493)
Feind in Sicht (20006)
Der Stolz der Flotte (23519)
Eine letzte Breitseite (20022)
Galeeren in der Ostsee (20072)
Admiral Bolithos Erbe (23468)
Der Brander (23927)
Donner unter dem Kimm (23648)
Die Seemannsbraut (22177)
Mauern aus Holz, Männer aus Eisen
(22824)
Das letzte Riff (23783)

Außerdem 24 moderne
Seekriegsromane

Die Deutsche Bibliothek –
CIP-Einheitsaufnahme

Kent, Alexander:
Dämmerung über der See : Admiral
Bolitho im Indischen Ozean /
Alexander Kent. [Aus dem Engl. von
Uwe D. Minge]. – Ungekürzte Ausg. –
Frankfurt/M ; Berlin : Ullstein, 1996
   (Ullstein-Buch ; Nr. 23921)
   ISBN 3-548-23921-8
NE: GT
Vw: Reeman, Douglas [Wirkl. Name]
→ Kent, Alexander

*Für Mike und Bee Hartree,
in Liebe*

The lights begin to twinkle from the rocks:
The long day wanes: the slow moon climbs: the deep
Moans round with many voices. Come, my friends,
'Tis not too late to seek a newer world.
Push off, and sitting well in order smite
The sounding furrows; for my purpose holds
To sail beyond the sunset, and the baths
Of all the western stars, until I die.

        Tennyson, *Ulysses*

Inhalt

I	Landfall	11
II	Ein sehr ehrenwerter Mann	41
III	Nächtliche Stimmen	58
IV	Strategie	79
V	Keine Geheimnisse	98
VI	Die *Valkyrie*	118
VII	Konfrontationen	143
VIII	Freunde und Feinde	169
IX	Intrigen	192
X	Gekreuzte Klingen	208
XI	Das Entermesser	230
XII	Vertrauen	257
XIII	Es hätten auch wir sein können	280
XIV	Catherine	298
XV	Nur ein Gefühl	313
XVI	Kapitäne	339
XVII	Noch ist nicht alles verloren	364
XVIII	Der gefährlichste Franzose	384
	Epilog	418

I Landfall

Der gewundene Pfad, der sich um die weite Bucht von Falmouth zog, war gerade breit genug, um Pferd und Reiter Platz zu bieten. Er war kaum ungefährlicher als der Fußpfad, der sich irgendwo weiter unten befand. Für einen Fremden oder einen Furchtsamen würden beide gleich gefährlich sein.

An diesem Morgen schien die Küste verwaist, die Geräusche beschränkten sich auf das Kreischen der Seevögel, das gelegentliche lebhafte Trillern eines Rotkehlchens und den wiederholten Ruf eines Kukkucks, der nicht näher zu kommen schien. An einigen Stellen war die Steilküste abgebrochen. Dort verlief der Weg so nahe am Rand, daß man von unten das Brechen der See an den zerklüfteten Felsen hören konnte.

Feuchte Kälte hing in der Luft, obwohl es Ende Juni war und der Horizont sich in wenigen Stunden scharf und klar abzeichnen und die See wie Millionen Spiegel glitzern würde. Pferd und Reiter nahmen langsam eine niedrige Bodenwelle und blieben bewegungslos stehen; an diesem verhexten Küstenstreifen wirkten sie wie eine Erscheinung, die jederzeit plötzlich wieder verschwinden konnte.

Lady Catherine Somervell versuchte sich zu entspannen, während sie in den treibenden Dunst zurückblickte. Man mußte sie in dem großen grauen Haus unten in Pendennis Castle für verrückt halten, so wie der Pferdejunge, der seine Laterne hochgerissen hatte, als sie ihn aus dem Schlaf holte. Er hatte gemurmelt, daß er den Stallmeister oder den Kutscher rufen würde, aber das hatte sie abgelehnt. Während er Tamara sattelte, die kräftige Stute, von Richard Bolitho für sie ausgesucht, hatte sie immer noch diese drängende Unruhe gespürt, die ihr keinen Frieden ließ.

Sie hatte sich in dem großen Raum, ihrem gemeinsamen Zimmer, eilig angekleidet. Ihr langes dunkles Haar war nur nachlässig über den Ohren zusammengesteckt. Sie trug ihren dicken Reitrock und einen von Richards alten Marinemänteln, die sie oft während ihrer Spaziergänge auf den Klippen benutzte.

Während sich Tamara vorsichtig ihren Weg suchte, merkte sie, wie der Ginster und die Büsche an ihrem Rock zerrten, und schmeckte dabei die See auf den Lippen. Die See, der Feind, wie es Bolitho einmal in einem der seltenen privaten Momente ausgedrückt hatte; seine Stimme war bitter gewesen.

Sie klopfte auf den Hals des Pferdes, um sich selber Mut zu machen. Ein schnelles Postschiff hatte die Neuigkeiten aus der Karibik nach Falmouth gebracht. Die englische Flotte und eine beachtliche Landstreitmacht aus Soldaten und Marineinfanterie hatten Martinique angegriffen, den wichtigsten französischen Stützpunkt für Marineoperationen dort. Die Franzosen hatten sich ergeben, ihre Aktivitäten in der Karibik und auf dem Festland waren zum Erliegen gekommen.

Catherine hatte die Gesichter der Leute auf dem Platz beobachtet, als der Dragoneroffizier die Nachricht verlesen hatte. Den meisten von ihnen dürfte die Bedeutung Martiniques, das seit Jahren ein Dorn im Fleische der Briten war, nicht bewußt gewesen sein. Viele dürften nicht einmal gewußt haben, wo es lag. Es herrschte wenig Begeisterung, und es gab auch keine Hochrufe, denn man schrieb das Jahr 1809. Vier Jahre waren vergangen, seit Nelson, der Liebling der Nation, seinen Tod gefunden hatte. Die Schlacht bei Trafalgar war vielen als die entscheidende Wende in diesem endlosen Krieg erschienen.

Mit dem Postschiff war auch ein Brief von Richard gekommen. Er war in großer Eile geschrieben worden und enthielt keine Einzelheiten. Der Kampf war vorüber, und er verließ sein Flaggschiff, den Vierundneunziger *Black Prince*, um gemäß Befehl sofort nach England zurückzukehren. Es erschien ihr sogar noch jetzt unglaublich. Er war nur wenig länger als neun Monate fort gewesen. Sie hatte sich selber auf eine viel längere Zeitspanne vorbereitet – zwei Jahre oder sogar drei. Sie hatte nur für seine Briefe gelebt und stand ansonsten Bryan Ferguson, Bolithos einarmigem Verwalter, helfend zur Seite. Da jeder junge Mann in die Flotte gepreßt wurde, der nicht das Glück hatte, schützende Gönner zu haben, war es schwierig geworden, die Landwirtschaft und das Anwesen in Schuß zu halten. Es gab ein paar verkrüppelte Männer, die früher unter Bolitho gedient hatten, Männer, um die er sich jetzt kümmerte, so wie er es früher auch auf See versucht hatte. Viele Gutsbesitzer würden sie an den »Strand« geworfen haben, wie Richard es ausdrückte. Sie hätten dann bei denen betteln müssen, für deren Schutz sie gekämpft hatten.

Aber alles, was jetzt zählte, war, daß er nach Hause kam. Zuerst nach Falmouth. Sie zitterte, als ob es Winter wäre. Alles andere konnte warten, bis er hier war, in ihren Armen.

Unzählige Male hatte sie seinen kurzen Brief gelesen. Dabei hatte sie versucht herauszufinden, warum man von ihm verlangte, daß er sein Kommando einem anderen Admiral übergab. Auch Valentine Keen war abgelöst worden und stand wahrscheinlich zur Beförderung an. Sie dachte an Keens junge Frau und fühlte einen Anflug von Neid, denn Zenoria war schwanger und mußte bald niederkommen, vielleicht war das Kind schon geboren. Keens wohlmeinende Familie hatte Zenoria in einem ihrer schönen Häuser in Hampshire untergebracht. Sie war das einzige Mädchen gewesen, mit dem es Catherine leichtgefallen war, zu sprechen. Liebe, Leiden, Tapferkeit – sie hatten beide diese Gefühle in der Vergangenheit bis zur Neige ausgekostet.

Nachdem sie Richards Briefe bekommen hatte, war ein unerwarteter Besucher aufgekreuzt. Stephen Jenour, sein ehemaliger Flaggleutnant, war frischgebackener Kommandant auf der schmucken Brigg *Orcadia*. Er kam sie besuchen, während sein Schiff auf der Reede von Carrick Ausrüstung übernahm. Es war ein verwandelter Jenour, was nicht nur auf die Strapazen in dem offenen Boot nach dem Schiffbruch der *Golden Plover* zurückzuführen war. Sein eigenes Kommando, das er auf Bolithos Drängen hin nach seiner Rückkehr nach England auf ihrer eroberten französischen Prise bekommen hatte, trennte ihn von seinem Vorgesetzten, den er mehr respektiert, ja sogar geliebt hatte, als jeden anderen, dem er während seines kurzen Lebens begegnet war.

Sie hatten sich unterhalten, bis die Schatten schwarz im Raume lagen und die Kerzen blakten. Er hatte ihr in seinen eigenen Worten von der Schlacht berichtet, so wie es Bolitho gewünscht hatte. Aber als er sprach, hörte sie immer nur Richard und die Männer, die gekämpft und gestorben waren, die Hurrarufe und das Stöhnen, Sieg und Verzweiflung.

Was würde Richard auf seiner Heimreise denken? Von den wenigen Glücklichen, die ihm nahestanden, seiner Bruderschaft? Jetzt, nach Jenours Ausscheiden, waren es noch weniger.

Nach einem Schenkeldruck ihrer Herrin setzte sich Tamara wieder in Bewegung. Ihre Ohren spielten in Richtung See, wo die Wogen unablässig gegen die Felsen brandeten. Sie hatten auflaufendes Wasser. Catherine lächelte. Sicher hatte sie Richard und seinen Freunden zu lange zugehört, ebenso den Fischern, die ihren Fang nach Flushing oder direkt nach Falmouth brachten.

Die See war immer da – und wartete.

Angestrengt blickte sie hinaus, aber der Dunst war noch zu dicht und das Licht noch zu schwach, als daß man das Kap hätte sehen können.

Sie dachte über ihren Ritt nach. Das Landleben begann sich zu regen. Die Luft roch nach frischgebackenem Brot, nach den Fingerhüten und den wilden Heckenrosen. Sie hatte nur wenige Menschen gesehen, aber ihre Gegenwart gefühlt. Diesem Menschenschlag hier entging wenig. Die Familien kannten die Bolithos seit Generationen, ebenso die Männer, die Jahr für Jahr fortgegangen waren, um in vergessenen Scharmützeln oder großen Seeschlachten zu sterben. So wie die Porträts an den Wänden des alten Hauses, die auf sie herabblickten, wenn sie alleine nach oben ins Schlafzimmer ging. Noch immer schienen sie sie abschätzend zu mustern.

Zumindest würde Richard die Tage auf See mit seinem geliebten Neffen Adam teilen können. Er hatte seinen Brief damit beendet, daß er als Passagier auf Adams Schiff mitsegeln würde. Sie erlaubte sich, nochmals an Zenoria zu denken und dann an Zenoria und Adam.

War es pure Einbildung oder dieser warnende Instinkt, der sich bei ihr aus den Erfahrungen ihrer jungen Jahre entwickelt hatte? Sie riß das Pferd herum, ihre Hand packte die leichte Reiterpistole, die sie immer mit sich führte. Sie hatte die Männer weder gesehen noch gehört. Erleichterung durchflutete sie, als sie das schwache Glitzern der Uniformknöpfe erkannte. Es waren Männer der Küstenwache.

Einer rief aus: »Oh, Lady Somervell! Sie haben uns aber auf Trab gehalten! Toby hier dachte, daß ein paar Ehrenmänner Konterbande vom Strand heraufschaffen!«

Catherine versuchte zu lächeln. »Es tut mir leid, Tom, ich hätte es besser wissen müssen.«

Das Licht wurde stärker, so als ob es ihre Hoffnungen zerstören und ihre Dummheit bloßlegen wollte.

Tom von der Küstenwache betrachtete sie nachdenklich. Sie war die Frau des Admirals, über die man sich in London das Maul zerriß, schenkte man den Gerüchten Glauben. Aber sie hatte ihn mit seinem Namen angeredet. Als ob er von Bedeutung wäre.

Vorsichtig erkundigte er sich: »Darf ich fragen, M'lady, was Sie zu dieser Stunde hier oben wollen? Es könnte nicht ungefährlich sein.«

Sie sah ihn direkt an. Später mußte er sich oft an

diesen Augenblick erinnern, ihre schönen dunklen Augen, die hohen Wangenknochen, die Überzeugung in ihrer Stimme, als sie sagte: »Sir Richard kommt nach Hause. Mit der *Anemone*.«

»Das weiß ich, M'lady. Die Marine hat uns entsprechend benachrichtigt.«

»Heute«, fuhr sie fort, »heute morgen.« Ihre Augen schienen feucht zu werden, und sie wandte sich ab.

Tom erwiderte freundlich: »Das kann niemand sagen, M'lady. Wind, Wetter, Strömungen ...«

Er brach ab, als sie aus dem Sattel rutschte und ihre schmutzigen Stiefel auf den Pfad knallten. »Was ist los?«

Sie starrte auf die Bucht hinaus, wo der Dunst aufzureißen begann, das Licht sich über das Vorland wie flüssiges Glas ergoß.

»Haben Sie ein Fernglas, bitte?« Ihre Stimme war nicht ohne Schärfe.

Die beiden Männer stiegen ab, und Tom zog sein Fernglas aus dem langen Lederfutteral hinter dem Sattel.

Catherine beachtete sie nicht mehr. »Steh still, Tamara!« Sie legte das lange Teleskop auf den Sattel, der noch warm von ihrem Körper war. Möwen kreisten um ein kleines Boot weit draußen in Richtung des Kaps. Die Sicht war viel besser als vorher, die ersten Sonnenstrahlen fielen rötlich auf die Wasseroberfläche.

Toms Kamerad hatte auch sein Teleskop ausgezogen und meinte nach ein paar Minuten: »Da is' 'nen Schiff da draußen, Tom, so wahr wie der liebe Gott selber! Verzeihung, M'lady!«

Sie hatte ihn nicht gehört. Sie studierte die Segel, die schmutzig und starr wirkten wie Muscheln, darunter den dunklen schlanken Rumpf.

»Was ist es für ein Schiff, Toby? Kannst du das Rigg ausmachen?«

Der Mann klang verblüfft. »Ohne Zweifel 'ne Fregatte. Davon hab' ich jede Menge im Laufe der Jahre die Reede von Carrick anlaufen oder von ihr absegeln sehen!«

»Aber das kann doch jede beliebige Fregatte sein. Reite zum Hafen hinunter und versuche mehr in Erfahrung zu bringen.«

Beide drehten sich um, als sie leise feststellte: »Er ist es.«

Sie hatte das Fernglas zur vollen Länge ausgezogen. Sie wartete, bis das Pferd stillstand, damit sie genau sehen konnte. Schließlich meinte sie: »Ich kann die Galionsfigur im Sonnenlicht ausmachen.« Mit Augen, die plötzlich blind waren, reichte sie das Fernglas zurück.

»*Anemone*...« Sie sah es vor ihrem inneren Auge, so wie sie es eben in Realität gesehen hatte, bevor das Schiff in den Schatten zurückgewendet hatte: das vollbrüstige Mädchen mit der erhobenen Trompete. Die goldene Farbe hell glänzend im reflektierenden Licht. Sie wiederholte es wie für sich selbst: »Anemone... Tochter des Windes.«

Sie legte ihr Gesicht an das Pferd. »Gott sei Dank, du bist zu mir zurückgekommen.«

Vizeadmiral Sir Richard Bolitho erwachte aus unruhigem Schlaf und starrte in die Dunkelheit der kleinen Schlafkammer. Sein Hirn nahm sofort die Geräusche und Bewegungen um ihn herum wahr. Sein seemännischer Instinkt sagte ihm, daß auch über der See noch Dunkelheit herrschte. Er lauschte auf das dumpfe Rütteln der Pinne auf dem Ruderschaft, wenn das Ruder den Kräften der See und dem Druck des Windes in den Segeln Widerstand leistete. Er hörte das Rauschen des Wassers am Rumpf, als sich die Fregatte *Anemone* auf dem neuen Bug auf die See legte. Ihre Bewegungen hatten sich verändert. Die langen, weit ausschwingenden Stöße des westlichen Ozeans unter abwechselnd prallem Sonnenschein und peitschenden Regenböen waren vorbei. Jetzt war der Seegang kurz und steil, durch den sich das Schiff näher an das Land heranarbeitete. Drei Wochen seit der Karibik. Adam hatte seine *Anemone* angetrieben wie ein Vollbut, das sie ja auch war.

Bolitho kletterte aus der pendelnden Koje und stützte sich mit einer Hand an einem Deckenbalken ab, bis er sich an die heftigen Bewegungen gewöhnt hatte. Eine Fregatte: Mehr konnte sich ein Mann nicht wünschen. Er erinnerte sich an die, die er in seiner Jugend kommandiert hatte, damals war er noch jünger als Adam gewesen. Er konnte sich noch genau an die verschiedenen Schiffe erinnern, nur die Gesichter der Männer erschienen ihm undeutlich – waren fast verschwunden.

Er spürte, daß sein Herz heftiger klopfte, wenn er an das sich nähernde Land dachte. Nach den einsamen Meilen auf dem Ozean waren sie jetzt fast zu Hause. Heute würden sie vor Falmouth ankern. Adam würde Frischwasser übernehmen und dann sofort nach Portsmouth versegeln. Von dort würde er über den neuen Telegrafen, der den Haupthafen mit der Admiralität in London verband, einen knappen Bericht über ihre Ankunft durchgeben.

In der gestrigen Abenddämmerung hatten sie kurz Kap Lizzard gesichtet, bevor es wieder im Dunst versank. Bolitho erinnerte sich daran, wie er es zusammen mit Allday bei einer anderen Gelegenheit in Sicht bekommen hatte. Auch damals war es das erste Feuer gewesen, und er hatte ihren Namen geflüstert, weil er sich nach ihr sehnte – so wie jetzt wieder.

Für die Nacht war Old Partridge, *Anemones* Segelmeister, auf den anderen Bug gegangen, so daß sie in der Dunkelheit mit gerefften Marssegeln hoch am Wind einen sicheren Abstand von der gefürchteten Doppelklaue halten konnten.

Bolitho wußte, daß er nicht länger schlafen konnte, und spielte mit dem Gedanken, an Deck zu gehen, aber er wußte auch, daß seine Anwesenheit die Wache ablenken konnte. Es war den Männern schwer genug gefallen, sich daran zu gewöhnen, einen Vizeadmiral in ihrer Mitte zu wissen und dazu noch einen so berühmten. Er grinste grimmig. Jedenfalls einen berüchtigten.

Er hatte beobachtet, wie die zusammengepferchte Besatzung der Fregatte von etwa zweihundertzwanzig Offizieren, Seeleuten und Marineinfanteristen miteinander gearbeitet hatte, um den Starkwinden und kreischenden Stürmen zu trotzen. Sie waren eine erfahrene Mannschaft geworden. Adam konnte stolz darauf sein, was er und seine jungen Offiziere unter Mitwirkung einiger alter Deckoffiziere, wie etwa Old Partridge, erreicht hatten. Adam würde der Ankunft in Portsmouth mit gemischten Gefühlen entgegensehen, denn dort würden höchstwahrscheinlich einige seiner besten Männer auf Schiffe versetzt werden, die unterbemannt waren. Wie der arme Jenour, dachte Bolitho. Er wollte zwar Karriere in der Marine machen, aber andererseits seinen Admiral aus Loyalität und Freundschaft nicht verlassen. Dies mußte aber sein, wollte er das Kommando auf der französischen Prise übernehmen, um den gefangenen feindlichen Admiral zu überführen. Er dachte auch an den Abschied, als er die *Black Prince* zum letzten Mal verließ. An Julyan, den Segelmeister, der Bolithos Hut getragen hatte, um den Feind abzulenken, als sie hinter Kopenhagen mit dem französischen Flaggschiff ins Gefecht kamen. Und an Old Fitzjames, den Stückmeister, der einen Zweiunddreißigpfünder so leicht richten und abfeuern konnte wie ein königlicher Seesoldat seine Muskete, und an Boucher, den Major der Marineinfanteristen, und die vielen anderen, die nie wieder etwas sehen würden. Männer, die gefallen waren, oft unter schrecklichen Umständen, nicht für König und Vaterland, wie es die *Gazette* behaupten würde, sondern füreinander. Für ihr Schiff.

Der Kiel stieß in eine hohe Welle, und Bolitho öffnete die Lamellentür zur Heckkabine der *Anemone*. Sie war sehr viel geräumiger als auf den alten Fregatten, sinnierte er, anders als auf der *Phalarope*, der ersten Fregatte, die er kommandiert hatte. Aber sogar hier in der privaten Domäne des Kapitäns waren Kanonen hinter den abgedichteten Geschützpforten sicher gelascht. Die Möbel, kleine Erinnerungen an ein zivilisiertes Leben, konnten alle in die Unterräume gestaut, Schotten und Türen niedergelegt werden, um das Schiff vom Bug bis zum Heck durchgängig zu machen. An beiden Seiten dräuten dann die Achtzehnpfünder, es war dann nur noch eine Kriegsmaschine.

Er mußte plötzlich an Keen denken. Vielleicht war die Trennung von ihm am schmerzlichsten gewesen. Auf Keen wartete die wohlverdiente Beförderung zum Kommodore oder gar zum Konteradmiral. Es würde für ihn eine ebenso große Veränderung der Lebensumstände bedeuten wie ehemals für Bolitho.

Eines Abends hatte er mit Adam beim Dinner gesessen, das Schiff stürmte blind in eine Regenbö, die Wanten und Fallen jaulten wie ein verrücktes Orchester, als er beiläufig Keens Beförderung erwähnte und die Veränderungen, die sie für Zenoria bedeuten würde. Catherine hatte ihm von der bevorstehenden Niederkunft geschrieben, und er vermutete, daß sie Zenoria gerne bei sich in Falmouth gehabt hätte. Was würde aus dem Kind werden? Eine Marinekarriere wie sein Vater? Keens Vorbild und Erfolg als Kapitän und Führungspersönlichkeit würde jedem Jungen einen guten Einstieg garantieren.

Oder würde es die Jurisprudenz werden oder vielleicht die City? Keens Familie war weitaus vermögender, als bei den Bewohnern der Fähnrichsmesse eines überfüllten Linienschiffs sonst üblich.

Adam hatte sich nicht gleich dazu geäußert. Er hatte auf das Klatschen der nackten Füße auf dem Oberdeck gelauscht, auf die barschen Kommandos, als das Ruder wieder übergelegt wurde.

»Auch wenn ich wieder von vorne anfangen könnte, Onkel, so könnte ich mir keinen besseren Lehrmeister denken.«

Er hatte gezögert. Für einen winzigen Augenblick war er wieder der dünne, halbverhungerte Fähnrich, der den ganzen Weg von Penzance gelaufen war, um seinen unbekannten Onkel zu suchen. Bolithos Name war auf einen Zettel hingekritzelt. »Auch keinen besseren Freund ...«

Bolitho hatte abwiegeln wollen, aber er erkannte, daß es für den jugendlichen Kapitän, der ihm am Tisch gegenüber saß, eine äußerst wichtige Sache war. Es war eine sehr persönliche Angelegenheit, vergleichbar jenem anderen Geheimnis, das Bolitho nur selten aus seinen Gedanken verdrängen konnte. Sie hatten schon viel geteilt, aber die Zeit, auch das zu teilen, war noch nicht gekommen.

Dann hatte Adam leise festgestellt: »Kapitän Keen ist ein sehr glücklicher Mann.«

Adam hatte darauf bestanden, daß sein Gast die Schlafkabine bezog, während er die Heckkabine nehmen würde. Das veranlaßte Bolitho, sich einen anderen Vorfall der Überfahrt, die im großen und ganzen ereignislos verlaufen war, ins Gedächtnis zu rufen. Am Tag, nachdem die Mannschaft auch das leichte Segeltuch für den Endspurt in den Kanal gesetzt hatte, fand er Adam in der Heckkabine mit einem leeren Glas in der Hand vor.

Bolitho hatte seine Verzweiflung erkannt, den Widerwillen, den er offensichtlich für sich empfand. »Was bedrückt dich, Adam? Sag mir, was es ist – ich werde alles tun, was ich kann.«

Adam hatte ihn angeblickt und erwidert: »Ich habe heute Geburtstag, Onkel.« Er hatte in einem so ruhigen, gleichmäßigen Tonfall gesprochen, daß nur Bolitho erkannte, daß er mehr als dieses eine Glas getrunken hatte. Das war etwas, wofür Adam jeden seiner Offiziere bestraft hätte. Er liebte dieses

Schiff, das Kommando, das er immer angestrebt hatte.

»Ich weiß«, hatte Bolitho erwidert und sich gesetzt. Dabei hatte er gefürchtet, daß der Anblick der goldenen Vizeadmiralsepauletten eine Kluft zwischen ihnen öffnen könnte.

»Ich bin jetzt neunundzwanzig Jahre alt.« Adam hatte sich in der Kabine umgeschaut, seine Augen blickten plötzlich sehnsüchtig.

»Außer der *Anemone* habe ich nichts.« Er fuhr herum, als sein Steward eintrat. »Was zum Teufel wollen Sie, Mann?«

Auch das sah ihm nicht ähnlich und hatte ihm geholfen, sich wieder zu fangen.

»Es tut mir leid. Das war unverzeihlich, da Sie mir meine Unhöflichkeit nicht vorhalten können.« Der Diener zog sich verletzt und verstört zurück.

Dann war eine weitere Unterbrechung gefolgt, als der Zweite Leutnant eingetreten war und seinen Kommandanten darüber informiert hatte, daß es Zeit war, beide Wachen an Deck zu rufen und zu wenden.

Adam antwortete mit derselben Förmlichkeit: »Ich werde umgehend an Deck kommen, Mr. Martin.« Nachdem die Tür wieder geschlossen war, hatte er nach seinem Hut gegriffen, hatte dann gezögert und hinzugefügt: »An meinem letzten Geburtstag wurde ich von einer Dame geküßt.«

Bolitho hatte gefragt: »Kenne ich sie?«

Aber Adam hatte bereits dem Trillern der Pfeifen gelauscht und den stampfenden Füßen an Deck. »Ich glaube nicht, Onkel. Ich glaube, daß niemand sie kennt.« Dann war er gegangen.

Bolitho faßte einen Entschluß. Einen dicken Mantel verschmähend, suchte er sich seinen Weg auf das Quarterdeck.

Die Gerüche, das Knarren der Spieren und Planken, das Knacken in den vielen Meilen stehenden und laufenden Gutes, das unter Last stand, ließ ihn sich wieder jung fühlen. Er vermeinte, die Antwort des Admirals auf seine Bitte um ein Schiff zu hören, gleich was für ein Schiff, als der Krieg mit dem revolutionären Frankreich ausgebrochen war.

Noch immer vom Fieber geschwächt, das ihn in der Südsee niedergeworfen hatte, und jetzt, da jeder Offizier nach einem Einsatz oder einem eigenen Kommando schrie, hatte er fast gebettelt.

Ich bin ein Kommandant für eine Fregatte.

Der Admiral hatte kühl geantwortet: »Sie *waren* Kommandant einer Fregatte, Bolitho.« Das hatte ihn lange, lange Zeit gekränkt.

Er lächelte, die Anspannung fiel von ihm ab. Anstelle der Fregatte hatten sie ihm die *Hyperion* gegeben. Die alte *Hyperion*, über die noch immer Garn gesponnen und in den Kneipen, oder wo immer Seeleute zusammenhockten, gesungen wurde.

Er hörte Stimmen und vermeinte Kaffee zu riechen. Das würde sein maulwurfsähnlicher Steward Ozzard sein, obwohl es schwer war, die Gedanken des Mannes zu lesen. War er froh, nach Hause zu kommen? Machte er sich überhaupt Gedanken darüber?

Er trat auf die nassen Planken und warf einen Blick auf die dunklen Figuren um ihn herum. Der Fähnrich der Wache flüsterte bereits dem Segelmeister ins Ohr, daß ihr illustrer Passagier an Deck war.

Adam stand mit Peter Sargeant zusammen, seinem Ersten Leutnant. Sargeant war wahrscheinlich schon für eine Beförderung zum Kommandanten vorgemerkt, vermutete Bolitho. Adam würde ihn vermissen, sollte dies der Fall sein.

Ozzard tauchte aus der Dunkelheit mit seinem Kaffeepott auf und reichte ihm eine dampfende Mugg. »Frisch gebrüht, Sir Richard, aber er ist fast alle.«

Adam kam auf seine Seite hinüber, sein dunkles Haar flatterte in der feuchten Brise.

»Kap Rosemullion liegt an Backbord, Sir Richard.« Die Förmlichkeit wurde von ihnen beiden bemerkt. »Mr. Partridge hat mir versichert, daß wir gegen vier Glasen auf der Vormittagswache vor Pendennis Point stehen.«

Bolitho nickte und nippte an seinem heißen Kaffee. Er erinnerte sich an den Laden, zu dem ihn Catherine in der Londoner St. James's Street geführt hatte. Sie hatte ausgezeichneten Kaffee, gute Weine, verschiedene Käsesorten und andere kleine Spezialitäten eingekauft, an die er nie und nimmer auch nur einen Gedanken verschwendet hätte. Er beobachtete, wie das Sonnenlicht über der felsigen Küste zu den sanft geschwungenen grünen Hügeln dahinter durchbrach. *Zu Hause.*

»Das war eine schnelle Reise, Kapitän. Schade, daß Sie keine Zeit haben, mit zum Haus zu kommen.«

Adam blickte ihn nicht an. »Ich weiß das Angebot zu schätzen, Sir.«

Der Erste Offizier berührte seinen Hut. »Ich werde unser Unterscheidungssignal setzen lassen, sobald wir nahe genug heran sind, Sir.« Er sprach mit seinem Kommandanten, aber Bolitho wußte, daß er gemeint war.

Ruhig sagte er: »Ich denke, daß sie es schon weiß, Mr. Sargeant.«

Er sah Alldays massige Gestalt an einer der Laufbrücken. Als ob er seinen Blick körperlich wahrnahm, drehte sich der große Bootssteurer um und blickte zu ihm hoch, auf seinem gebräunten Gesicht erschien ein breites Grinsen.

Wir sind da, alter Freund. Wie die vielen Male zuvor. Immer noch zusammen.

»Klar zur Wende! An die Brassen! Aufentern! Klar zum Setzen der Bramsegel!«

Bolitho stand an der Reling. Die *Anemone* würde ein perfektes Bild abgeben, wenn sie Kurs änderte.

Für einen perfekten Landfall.

Kapitän Adam Bolitho stand an der Luvseite des Achterdecks. Er hatte die Arme vor der Brust gekreuzt und war zufrieden, daß er die restliche Ansteuerung seinem Ersten überlassen konnte. Er sah zu den hingeduckten Wällen und dem Turm von Pendennis Castle hinüber, die sehr langsam durch das schwarze Verhau des geteerten Gutes wanderten, so als ob sie in einem Netz gefangen wären.

Von der alten Befestigung würden viele Ferngläser auf sie gerichtet sein. Die Burg bewachte zusammen mit dem Fort und den Batterien auf der gegenüberliegenden Landspitze die Hafeneinfahrt schon seit Jahrhunderten. Hinter Pendennis, versteckt in den grünen Hügeln, lag das alte graue Bolitho-Haus mit all den Erinnerungen an seine Söhne, die diesen Hafen verlassen hatten, um nicht zurückzukehren.

Er versuchte, nicht an die Nacht zu denken, als Zenoria ihn beim Brandy gefunden hatte, in seinen

Augen brannten Tränen, denn er hatte die Nachricht bekommen, daß sein Onkel mit dem Transporter *Golden Plover* vermißt wurde. War das erst vor einem Jahr gewesen?

Bolitho hatte ihm erzählt, daß Zenoria schwanger war. Er hatte Angst, sich vorzustellen, daß es sein Kind sein könnte. Nur Catherine war der Wahrheit sehr nahe gekommen, und Bolithos Besorgnis um Adam hatte ihn fast dazu gebracht, ihm zu offenbaren, was er getan hatte. Aber er hatte die Konsequenzen gefürchtet, einmal für sich, doch am meisten für seinen Onkel.

Er sah Alldays massige Gestalt an einer der Backbordkanonen. Er schien in Gedanken verloren, vielleicht dachte er über die Frau nach, die er vor dem Ausplündern und noch Schlimmerem gerettet hatte. Ihr gehörte jetzt eine kleine Kneipe in Fallowfield. *Heimkehr des Seemanns*.

Old Partridges Stimme unterbrach seine Gedanken.

»Einen Strich abfallen!«

»Nord-zu-Ost, Sir! Kurs liegt an!«

Das Land veränderte sich wieder, als die Fregatte ihren langen Klüverbaum auf die Einfahrt und die Reede von Carrick richtete.

Die Mannschaft war dem schönen Schiff würdig. Es hatte viel Geduld und ein paar Knuffe gekostet, aber Adam war stolz auf sie. Das Blut erstarrte noch immer in seinen Adern, wenn er daran dachte, wie die *Anemone* von einem Schiff mit französischen Soldaten in den Feuerbereich einer mit glühenden Kugeln schießenden Strandbatterie gelockt worden war. Das war knapp gewesen. Er blickte das saubere Hauptdeck entlang, auf dem die Männer nun an den Brassen und Fallen auf den Aufschießer zum Ankerplatz warteten. Die glühenden Kugeln hätten seine geliebte *Anemone* in eine Feuersäule verwandeln können; die von der Sonne getrockneten Segel, das geteerte Tauwerk, die Vorräte an Pulver wären in Minutenschnelle hochgegangen. Sein Kiefer spannte sich, als er daran dachte, wie sie herumgegangen waren, um aus dem Schußbereich zu gelangen, nicht ohne vorher eine verheerende Breitseite in den Köder zu jagen, der jenem das Ende bescherte, das für sein Schiff bestimmt gewesen war.

Er erinnerte sich auch daran, daß Kapitän Valentine Keen beinahe mit ihm nach Hause geschickt worden wäre, aber im letzten Augenblick war er mit einer größeren Fregatte gesegelt, die den gefangenen französischen Admiral Baratte begleitete. Auch das war knapp gewesen. Bolitho hatte niemals seine wahren Gefühle über Herrick offenbart, den Mann, der ihm in dem Gefecht nicht zur Seite stand, in dem er so dringend Hilfe gegen die Übermacht benötigt hätte.

Adam packte die Reling des Achterdecks, bis seine Knöchel schmerzten. *Möge er verdammt sein!* Herricks Verrat mußte Bolitho so tief verletzt haben, daß er nicht darüber sprechen konnte.

Nach allem, was er für Herrick getan hatte – so wie für mich.

Seine Gedanken kehrten zögernd zu Zenoria zurück. Haßte sie ihn für das, was geschehen war?

Würde Keen jemals die Wahrheit erfahren?

Es wäre für ihn eine süße Rache, sollte ich die Marine verlassen müssen, so wie damals mein Vater, und sei es nur, um die zu schützen, die ich liebe.

Der Erste Leutnant murmelte: »Der Admiral kommt an Deck, Sir.«

»Danke, Mr. Sargeant.« Er würde ihn abgeben müssen, sobald sie Portsmouth erreichten, einige andere wertvolle Männer ebenfalls. Er sah, daß der Leutnant ihn beobachtete, und fügte ruhig hinzu: »Ich habe Sie in den vergangenen Monaten hart rangenommen, Peter.« Er legte ihm seine Hand auf den Arm, wie es Bolitho getan hätte. »Das Leben eines Kommandanten besteht nicht nur aus Zuckerschlekken, wie Sie eines Tages selber entdecken werden!«

Sie wandten sich um und hoben grüßend die Hände an die Hüte, als Bolitho ins Sonnenlicht trat. Er trug seine beste Ausgehuniform mit den glitzernden Silbersternen auf den Epauletten. Er war wieder der Vizeadmiral, der Held der Massen und wohl auch der Marine, bejubelt und anerkannt. Nicht der Mann in Hemdsärmeln oder einem schäbigen alten Mantel. Das hier war der Held, der jüngste Vizeadmiral in der Rangliste der Navy. Beneidet von einigen, gehaßt von anderen, Gesprächsstoff und bevorzugtes Klatschobjekt in Kaffeehäusern und auf jedem schicken Empfang in London. Der Mann, der für die Frau, die er liebte, alles riskiert hatte: Ruf und Sicherheit. Doch Adam war noch nicht soweit, um das zu erkennen.

Bolitho trug seinen Zweispitz unter dem Arm, wie um sich die letzten Fesseln der Autorität fernzuhalten. Sein Haar wurde vom Wind zerzaust. Es war immer noch so dunkel wie Adams, außer einer rebellischen, fast weißen Locke über dem rechten Auge, wo ein Entermesser beinahe seinem Leben ein Ende gesetzt hätte.

Leutnant Sargeant beobachtete sie nebeneinander. Seine anfängliche Nervosität bei der Aussicht, einen so berühmten und in der Marine allgemein bewunderten Mann an Bord zu haben, der die Enge eines Schiffes der 5. Klasse mit ihnen teilte, war bald verschwunden. Admiral und Kapitän hätten Brüder sein können, so stark war die Familienähnlichkeit. Sargeant hatte darüber viele Bemerkungen gehört. Die Enge ihrer Beziehung hatten ihn und den Rest der Offiziersmesse erleichtert. Bolitho war auf dem Schiff herumgegangen, »hatte sich seinen Weg erfühlt«, wie es sein untersetzter Bootssteurer ausgedrückt hatte, doch hatte sich niemals eingemischt. Sargeant war sich Bolithos Ruf als eines der besten Fregattenkommandanten der Marine wohl bewußt und vermutete, daß er Adams Freude über die *Anemone* auf seine Weise teilte.

Adam flüsterte leise: »Ich werde dich vermissen, Onkel.« Seine Stimme ging fast unter im Quietschen der Blöcke und dem Trampeln der Männer, die zum Kranbalken nach vorne eilten, um einen der größten Anker fallen zu lassen. Er versuchte, diesen Augenblick festzuhalten, ihn mit niemandem zu teilen.

»Ich wünschte, du könntest zum Haus kommen, Adam.« Er studierte Adams Profil, dessen Augen zuerst nach oben, dann zum Rudergänger wanderten. Vom Masttopp wehte *Anemones* Wimpel steif wie eine Lanze, als das Ruder reagierte.

Adam lächelte, was ihn wieder wie einen kleinen Jungen erscheinen ließ. »Ich kann nicht. Wir müssen Frischwasser übernehmen und dann in aller Eile absegeln. Bitte, übermittele Lady Catherine meine besten Wünsche.« Er zögerte. »Und auch allen anderen, die sich an mich erinnern.«

Bolitho sah zur Seite und bemerkte Allday, der ihn beobachtete, den Kopf fragend zur Seite geneigt wie ein struppiger Hund.

Er sagte: »Ich werde die Gig nehmen, Allday. Ich schicke sie dann für dich und Yovell zurück, sowie für alles Gepäck, das wir vergessen haben sollten.«

Allday, der es verabscheute, von seiner Seite weichen zu müssen, zwinkerte nicht einmal. Er verstand, Bolitho wollte allein sein beim Wiedersehen.

»Klar zum Aufschießer, Sir!«

Die großen Untersegel waren bereits aufgegeit, unter gerefften Marssegeln drehte *Anemone* in die auffrischende Brise hinein. Das war das Wetter, das sie schon immer geliebt hatte.

»Laß fallen Anker!«

Hoch aufspritzendes Wasser flog über das Vorschiff, als der Anker zum ersten Mal fiel seit der Sonne und den Stränden der Karibik. Männer, entwöhnt von ihren Lieben, ihren Häusern und ihren Kindern, die sie kaum kannten, starrten zu den grünen Hängen Cornwalls hinüber, die mit hellen Schafen bedeckt waren. Nur wenige würden an Land gehen dürfen, nicht einmal in Portsmouth. Schon jetzt hatten sich die scharlachrot berockten Seesoldaten auf den Laufbrücken und am Bug postiert, um auf jeden zu schießen, der versuchen sollte, an Land zu schwimmen.

Später überlegte Bolitho, daß es wie ein kurzer Traum gewesen war. Er hatte das Zwitschern einer Bootsmannspfeife gehört, als die Gig ausgeschwungen und längsseits weggefiert wurde, die Ruderer sahen schmuck aus in ihren karierten Hemden und geteerten Hüten. Adam hatte seine Lektion gut gelernt.

Ein Kriegsschiff wurde als erstes nach seinen Booten und deren Besatzungen beurteilt.

»Ehrenwache antreten!«

Die Royal Marines stellten sich in Reih und Glied an der Relingspforte auf. Ein Sergeant hatte den Platz des Offiziers eingenommen, der seinen Wunden erlegen war und jetzt viele Faden tief auf der anderen Seite des Ozeans lag.

Bootsmannsmaaten befeuchteten ihre Pfeifen mit den Lippen. Ihre Augen wanderten gelegentlich zu dem Mann hinüber, der im Begriff war, sie zu verlassen. Er hatte auf den Hundewachen nicht nur mit ihnen gesprochen, sondern auch zugehört, so als ob er wirkliches Interesse an ihnen hätte, an den einfachen Männern, die ihm bis in die Hölle der feuerspeienden Kanonenmäuler folgen mußten, wenn es befohlen wurde. Einige waren über diese Erfahrung verwundert gewesen. Sie hatten erwartet, mit einer unnahbaren Legende konfrontiert zu werden, statt dessen hatten sie ein menschliches Wesen vorgefunden.

Bolitho wandte sich ihnen zu und hob seinen Hut. Allday sah den plötzlichen Schmerz, als ein scharfer Sonnenstrahl durch die Wanten und sauber aufgetuchten Segel auf sein verletztes Auge traf.

Das war immer ein schlimmer Moment, und Allday mußte sich zurückhalten, um nicht vorzuspringen und Bolitho über die Seite zu helfen, wo die Gig in ihren Leinen längsseits schaukelte. Ein Fähnrich stand im Heck und erwartete den Passagier.

Bolitho nickte allen zu, dann drehte er sein Gesicht weg. »Ich wünsche Ihnen alles Glück. Ich bin stolz darauf, bei Ihnen an Bord gewesen zu sein.«

Vage Eindrücke folgten, die Wolke von Pfeifenton über den Bajonetten, als die Ehrenformation die Musketen präsentierte, das durchdringende Zwitschern der Pfeifen, die Erleichterung auf Alldays Gesicht, als er sicher in der Gig saß. Er sah Adam an der Reling, seine Hand halb zum Gruß erhoben, während sich hinter ihm die Leutnants und Deckoffiziere drängten. Ein Kriegsschiff, gleich ob auf See oder im Hafen, hatte niemals Ruhe, denn schon stießen Boote vom Kai des Hafens ab, um Verbindung aufzunehmen. Falls es der Kommandant erlaubte, würden sie alle möglichen Geschäfte anbieten, vom Tabak- und Obstverkauf bis hin zur Vermittlung der Dienste einheimischer Damen an Bord.

»Ruder an überall!« quiekte die Stimme des Fähnrichs. Bolitho überschattete die Augen, um die Menschen auf der nächstgelegenen Pier auszumachen. Schwach hörte er zwischen dem Gekreisch der Möwen, die über ein paar einlaufenden Fischkuttern kreisten, die Kirchenuhr die halbe Stunde schlagen. Old Partridge hatte mit ihrer Ankunftszeit recht gehabt. Wie er vorhergesagt hatte, mußte *Anemone* genau bei vier Glasen geankert haben.

Am Kopf der steinernen Treppe erwarteten ihn Uniformen, ein alter Mann mit einem Holzbein grinste, als wäre Bolitho sein eigener Sohn.

Bolitho begrüßte ihn: »Guten Morgen, Ned.« Es war ein alter Bootsmannsmaat, der früher unter ihm gedient hatte. Auf welchem Schiff? Vor wie vielen Jahren?

Der Mann rief hinter ihm her: »Habt ihr den Franzmännern den Hintern versohlt, Sir?«

Aber Bolitho war weitergeeilt. Er hatte sie in einer

engen Gasse gesehen, die auf einen wenig genutzten Weg zum Haus führte. Sie beobachtete ihn. Sie stand ganz ruhig da, mit einer Hand tätschelte sie den Hals des Pferdes, ihre Augen ließen sein Gesicht nicht los.

Er hatte gewußt, daß sie hier sein würde, um die erste, die einzige zu sein, die ihn begrüßte.

Er war zu Hause.

Bolitho hatte den Arm um Catherines Schulter gelegt, mit der Hand berührte er ihre Haut. Die hohen Glastüren der Bibliothek standen weit offen, die Luft war schwer vom Duft der Rosen. Sie betrachtete sein Profil; die weiße Locke stach von der sonnenverbrannten Haut ab. Sie hatte sie als vornehm bezeichnet, obwohl sie wußte, daß er das haßte. Er schien es als einen Trick zu sehen, um ihn an den Altersunterschied zwischen ihnen zu erinnern.

Ruhig sagte sie: »Ich habe immer Rosen geliebt. Als du mich mitgenommen hast, um mir den Garten deiner Schwester zu zeigen, wußte ich, daß wir mehr davon pflanzen sollten.«

Er streichelte ihre Schulter. Er konnte es kaum glauben, daß er hier war, daß er erst vor einer Stunde an Land gekommen war. All die Wochen und Monate davor hatte er sich an ihre gemeinsame Zeit erinnert, an ihren Mut und ihr Durchhaltevermögen vor und nach dem Verlust der *Golden Plover*, als er selbst daran gezweifelt hatte, ob sie die Qualen und Leiden in dem offenen Boot überleben würden, mit all den Haien in ihrer Nähe.

Ein kleines Hausmädchen huschte mit Bettwäsche vorbei, erstaunt blickte sie Bolitho an.

»Oh, willkommen zu Hause, Sir Richard! Es ist wirklich eine Freude, Sie zu sehen!«

Er lächelte. »Ich freue mich, hier zu sein, Mädchen.« Er sah, daß die Dienerin einen schnellen Blick auf Catherine warf, die noch immer den alten Mantel trug. Der Reitrock war mit Schmutzspuren übersät und auf dem Höhenweg eingestaubt.

Ruhig erkundigte er sich: »Haben sie dich gut behandelt, Kate?«

»Sie waren mehr als nur nett. Bryan Ferguson hat mir Kraft gegeben.«

»Als du den Kaffee geordert hast, erzählte er mir, wie du ihn im Gutsbüro unterstützt hast.« Er drückte sie. »Ich bin so stolz auf dich.«

Sie blickte über den ausgedehnten Garten bis an die niedrige Mauer, hinter der die See aussah wie Wasser in einem Stausee.

»Die Briefe, die auf dich gewartet haben...« Sie blickte ihn an, ihre Augen wirkten plötzlich besorgt. »Richard, werden wir Zeit füreinander haben?«

Er beruhigte sie: »Bevor Adam nicht seine Meldung über den Telegrafen von Portsmouth abgeschickt hat, werden sie nicht einmal wissen, daß ich hier bin. Außerdem ist mir nichts bezüglich meiner Abberufung mitgeteilt worden, da wird sich auch nichts tun, bevor ich die Admiralität aufsuche.«

Er musterte ihr Gesicht und versuchte, die Angst zu zerstreuen, daß sie wie beim letzten Mal bald wieder getrennt würden. »Eines ist sicher: Lord Godschale hat die Admiralität verlassen. Zweifellos werden wir dafür bald die Gründe erfahren!«

Sie schien zufrieden zu sein. Untergehakt gingen sie hinaus in den Garten. Es war sehr heiß, und der

Wind schien zu einer sanften Brise abgeflaut. Er fragte sich, ob Adam es schaffen würde, sich aus dem Hafen hinauszuschleichen.

Er erkundigte sich: »Was gibt es Neues von Miles Vincent? Du hast mir geschrieben, nachdem er entdeckt hatte, was geschehen war. Der Admiral beabsichtigte, eine Nachricht an den Kommandanten der *Ipswich* zu schicken, um den Irrtum aufzuklären...«

Sie blickte ihn überrascht an, als Bolitho knurrte: »In genau den Dienst gepreßt zu werden, den er mit seiner Unbarmherzigkeit und Arroganz so ausgequetscht hat, könnte ihm gut tun! Dieser miese kleine Tyrann verdient eine Lektion. Wenn er anstelle der Fähnrichsmesse die Justiz des Zwischendecks kennenlernt, könnte ihm das vielleicht nützlich sein, obwohl ich es bezweifle.«

Sie blieb stehen, um ihre Augen abzuschirmen. »Es tut mir leid, daß dich Adam nicht hierher begleiten konnte.«

Ihre Stimmung schlug um, sie drehte sich in seinen Armen und lächelte ihn strahlend an.

»Aber ich lüge! Ich möchte dich mit niemandem teilen. Oh, mein Liebster... du bist gekommen, als ich wußte, daß du kommen würdest, und du siehst so gut aus.«

Schweigend gingen sie weiter, schließlich fragte sie leise: »Wie geht es deinem Auge?«

Er versuchte, das Thema herunterzuspielen. »Keine Veränderung, Kate. Irgendwie erinnert es mich immer an alles, was wir durchgestanden haben,... daß wir soviel mehr Glück hatten als die tapferen Männer, die nie mehr eine Frau umarmen oder den Geruch der Hügel Cornwalls im Morgengrauen genießen werden.«

»Ich höre Menschen im Hof, Richard.« Ihre Besorgnis legte sich, als sie Alldays tiefes Lachen erkannte.

Bolitho lächelte. »Meine Eiche. Er ist mit Yovell zurückgeblieben, um das Anlanden einiger Gepäckstücke und des herrlichen Weinkühlers zu überwachen, den du mir geschenkt hast. Ich werde ihn nicht verlieren wie den anderen.« Er sprach ruhig, aber sein Blick verlor sich in der Ferne.

»Es war ein harter Kampf, Kate. Wir haben an jenem Tag viele gute Männer verloren.« Wieder das müde Achselzucken. »Ich fürchte, daß ohne Kapitän Rathcullens Initiative die Sache für uns sehr schlecht ausgegangen wäre.«

Sie nickte und erinnerte sich an die Anspannung auf dem Gesicht des jungen Stephen Jenour, als er sie auf Bitten Richards besucht hatte.

»Und Thomas Herrick hat dich wieder im Stich gelassen, trotz der offensichtlichen Gefahr und eurer früheren engen Freundschaft...«

Er starrte auf die See und fühlte, daß sein Auge etwas schmerzte. »Ja. Aber wir haben gewonnen, und jetzt sagt man, hätten wir nicht gesiegt, hätten unsere Hauptstreitkräfte vor Martinique zurückgezogen werden müssen.«

»Es ist *dein Verdienst*, Richard! Du darfst nie vergessen, was du für deine Marine, dein Vaterland geleistet hast.«

Er beugte seinen Kopf herunter und küßte zärtlich ihren Nacken. »Meine Tigerin!«

»Da kannst du sicher sein!«

Fergusons Frau Grace, die Haushälterin, kam auf

sie zu und blieb strahlend mit einem Kaffeetablett vor ihnen stehen. »Ich vermutete, daß Sie ihn gerne hier draußen trinken würden, M'lady.«

»Ja, das ist sehr aufmerksam von Ihnen. Das Haus scheint heute besonders geschäftig zu sein.«

Plötzlich griff sie nach seiner Hand. »Hier sind zu viele Leute, Richard. Sie wollen dich sehen, dich etwas fragen, dir alles Gute wünschen. Es ist schwer, alleine zu sein, sogar in unserem eigenen Haus.« Dann blickte sie ihn an, eine Ader pulsierte heftig an ihrem Hals. »Ich habe mich so nach dir gesehnt, und ich begehre dich.« Sie schüttelte den Kopf, und ein paar ihrer lose aufgesteckten Locken fielen in ihr Gesicht. »Ist das etwa unschicklich?«

Er packte fest ihre Hand. »Es gibt da einen Schlupfwinkel.«

Sie blickte ihm in die Augen.

»Unseren besonderen Platz?« Sie studierte sein Gesicht, bis ihr Atem wieder ruhiger ging. »Jetzt?«

Ferguson fand seine Frau neben dem Steintisch im Garten. Sie blickte auf den Kaffee, der nicht angerührt war.

Er meinte: »Ich habe Pferde gehört . . .« Er sah ihren Gesichtsausdruck und setzte sich an den Tisch. »Es wäre schade, ihn wegzuschütten.« Er umschlang mit einem Arm die Hüfte seiner Frau und drückte sie. Es war schwer, sie sich als das dünne, kränkliche Mädchen vorzustellen, das sie gewesen war, als Bolithos Preßpatrouille ihn und Allday mit ein paar anderen eingesackt hatte.

»Sie müssen wieder zueinanderfinden.« Sie strich sich über das Haar, und ihre Gedanken gingen zurück.

Sogar unten in der Stadt dachte man inzwischen anders über Ihre Ladyschaft. Früher war sie die Hure gewesen, für die Sir Richard Bolitho seine Frau aufgegeben hatte, die mit ihrer Schönheit und ihrem stolzen Hochmut jedem Mann den Kopf verdrehte. Einige würden sie nie mögen und sie ablehnen, aber die Bewunderung über das, was sie auf der unglücklichen *Golden Plover* getan und erduldet hatte, das Elend, der Kampf ums Überleben mit den anderen in dem offenen Boot, hatte fast alles verändert.

Es wurde gesagt, daß sie einen der Meuterer mit einem ihrer spanischen Kämme niedergestochen hatte, nachdem Bolithos Plan, das Schiff zurückzuerobern, fehlgeschlagen war.

Einige der Frauen hatten versucht sich vorzustellen, wie es sein mußte, auf einem kleinen Boot mit den Guten und den Bösen, den Verzweifelten und den Lüstlingen zusammengepfercht zu sein, wenn doch alles verloren schien. Die Männer sahen ihr nach und stellten sich vor, mit der Frau des Vizeadmirals allein zu sein.

Grace Ferguson schreckte aus ihren Gedanken auf: »Heute abend gibt es Lamm, Bryan.« Sie war wieder im Dienst. »Und diesen französischen Wein, den sie beide anscheinend mögen.«

Amüsiert blickte er sie an. »Man nennt ihn Champagner, meine Liebe.«

Sie wollte sich schon eilig auf den Weg machen, um mit den Vorbereitungen zu beginnen, als sie innehielt und ihn umarmte.

»Ich werde dir etwas verraten: Trotz all' der Teufel, die uns plagen, können sie nicht glücklicher sein als wir!«

Ferguson starrte ihr hinterher. Sogar nach so langer Zeit konnte sie ihn noch überraschen.

II Ein sehr ehrenwerter Mann

Bryan Ferguson brachte seine kleine Kutsche zum Stehen und betrachtete seinen Freund, der die Gasse zum Gasthof hinunterblickte. »The Stag's Head« war schön gelegen in dem kleinen Weiler Fallowfield am Helford River. Es war schon fast dunkel, aber an diesem milden Juniabend konnte er ein Stück des Flusses durch die Reihe hoher Bäume schimmern sehen. Die Luft war erfüllt vom Abendgesang der Vögel und dem Summen der Insekten.

John Allday trug sein bestes blaues Jackett mit den besonderen Goldknöpfen, die ihm Bolitho gegeben hatte. Sie zeigten alle das Wappen der Bolithos. Allday war über diese Geste fast vor Stolz geplatzt: *einer der Familie,* so wie er sich selber oft beschrieben hatte.

Ferguson bemerkte die Unsicherheit seines Freundes, eine Nervosität, die er bei Allday vor dem ersten Besuch des »Hirschen« niemals festgestellt hatte. Doch Allday hatte der Frau, der das Wirtshaus jetzt gehörte, das Leben gerettet: Unis Polin, die hübsche Witwe eines Steuermannsmaaten der alten *Hyperion*. Sie war von zwei Straßenräubern überfallen worden, als sie ihre paar Habseligkeiten in diesen Flecken bringen wollte.

Ferguson ging vieles durch den Kopf. Mit dem vom Wind und Wetter gegerbten Gesicht, dem feinen blauen Jackett und den Nanking-Breeches würden die meisten Leute Allday geradezu für das Musterexemplar eines Jan Maaten halten. Für einen jener Seeleute, die das sichere Schutzschild gegen die Franzosen und die anderen Feinde bildeten, die sich erdreisteten, der Marine Seiner Britannischen Majestät die Stirn zu bieten. Er hatte fast alles gesehen und erlebt. Ein paar Auserwählte kannten ihn nicht nur als den Bootssteuerer von Vizeadmiral Sir Richard Bolitho, sondern auch als dessen besten Freund. Für einige war es kaum denkbar, sich den einen ohne den anderen vorzustellen.

Aber an diesem Abend fiel es Ferguson schwer, in ihm den sonst so selbstbewußten Mann wiederzuerkennen. Er spekulierte: »Na, rutscht dir das Herz in die Hose, John?«

Allday leckte sich die Lippen. »Nur dir und sonst keinem gestehe ich, daß mir die Segel backstehen. Ich habe mir diesen Augenblick vorgestellt – und sie natürlich auch oft genug. Als die *Anemone* beim Wenden unter Rosemullion ihren Kupferboden zeigte, war mein Kopf so voller froher Gedanken, daß ich kaum geradeaus sehen konnte. Aber jetzt...«

»Hast du Angst, daß du einen Narren aus dir machst?«

»Etwas in dieser Art. Tom Ozzard fürchtet das auch.«

Ferguson schüttelte den Kopf. »Ach der! Was versteht der schon von Frauen?«

Allday blickte ihn an. »Darüber bin ich mir auch nicht so sicher.«

Ferguson legte seine Hand auf Alldays Arm. Er fühlte sich an wie ein Stück Holz.

»Sie ist eine gute Frau. Genau das, was du

brauchst, wenn du seßhaft werden willst. Dieser verdammte Krieg kann nicht mehr lange dauern.«

»Was ist mit Sir Richard?«

Ferguson blickte auf den dunklen Fluß. Also das war es. Er hatte es fast vermutet. Der alte Wachhund machte sich Sorgen um seinen Herren. So war es immer.

Allday deutete sein Schweigen als Zweifel. »Ich werde ihn nicht im Stich lassen, und du weißt das!«

Ferguson schüttelte die Zügel sehr behutsam, und das Pony lief den Hang hinunter. »Du hast erst gestern Anker geworfen, seitdem läufst du herum wie ein Bär mit Kopfschmerzen. Du kannst an nichts anderes mehr denken.« Er grinste. »Also los und bring's hinter dich.«

Es war die Nacht der Sonnenwende, einem heidnischen Fest, dem man christliche Traditionen aufgepfropft hatte. Die Alten konnten sich noch daran erinnern, wie das Fest früher nach Sonnenuntergang begann und mit einer Kette von Freudenfeuern quer durch das Land seinen Höhepunkt fand. Die Feuer wurden mit wilden Blumen und Kräutern gesegnet. Wenn alles hell loderte, pflegten oft junge Paare durch die Flammen zu springen, um sich Glück zu sichern. Der Segen wurde im alten Dialekt Cornwalls gesprochen. Während der Zeremonie wurde reichlich gegessen und getrunken. Einige Nörgler waren allerdings der Meinung, daß bei alldem eher der alte Hexenkult als die Religion im Vordergrund stand.

Aber diesen Abend war alles ruhig, obwohl sie ein Feuer hinter dem Weiler gesehen hatten, wo ein Bauer oder Gutsherr mit seinen Leuten feiern mochte. Die Kette der Freudenfeuer war verlöscht, nachdem man dem König von Frankreich den Kopf abgehackt hatte und sich der Terror im Land ausbreitete wie ein Steppenbrand. Sollte jemand so unvorsichtig sein, den alten Brauch wieder aufleben zu lassen, würde jeder Bewohner sowie die örtliche Miliz von den Trommeln zu den Waffen gerufen werden, denn so eine Kette von Feuern bedeutete Invasion!

Ferguson spielte mit den Zügeln. Sie waren fast am Ziel. Er mußte etwas herausfinden. Er hatte alles über Alldays alte Brustwunde gehört, die ihn plötzlich wie eine feindliche Kugel niedergestreckt hatte, als er die Frau vor den beiden Straßenräubern gerettet hatte. Solange seine Wunde nicht aufbrach, konnte Allday die Klinge mit jedem kreuzen, konnte er kämpfen wie ein Löwe. Aber es war ein langer Weg vom Gasthaus bis zum Haus der Bolithos in Falmouth. Ein dunkler Weg: Dort konnte alles passieren.

Er fragte geradeheraus: »Falls sie dich freundlich aufnimmt, John . . . was ich meine, ist . . .«

Überraschenderweise grinste Allday. »Ich bleibe nicht über Nacht, falls du das denken solltest. Das würde ihrem Ruf hier in der Gegend schaden. Schließlich ist sie hier immer noch fast eine Ausländerin.«

Ferguson rief erleichtert aus: »Aus Devon, meinst du wohl!« Er blickte ihn ernst an, als sie in den Hof einrollten. »Ich muß noch weiter und den alten Maurer Josiah besuchen. Er wurde vor ein paar Tagen auf unserem Land verletzt. Ihre Ladyschaft hat mich gebeten, ihm etwas zu bringen, was ihm die trüben Stunden verkürzt.«

Allday kicherte. »Rum, nicht wahr?« Er wurde wieder ernst. »Bei Gott, du hättest Lady Catherine sehen sollen, als wir in dem verdammten Langboot hockten, Bryan.« Er schüttelte seinen struppigen Kopf. »Ich bezweifele, daß wir mit dem Leben davongekommen wären, wenn sie nicht gewesen wäre.«

Die kleine Kutsche wiegte sich in den Federn, als Allday ausstieg. »Ich sehe dich dann, wenn du dich auf den Rückweg machst.« Er starrte noch immer die Kneipentür an, als Ferguson die Kutsche schon wieder auf die Straße dirigierte.

Allday packte die schwere eiserne Türklinke, als ob er dabei wäre, eine wilde Bestie freizulassen, und stieß dann die Tür auf.

Sein erster Eindruck war, daß sich seit seinem letzten Besuch einiges verändert hatte. Die Hand der Hausfrau, vielleicht?

Ein alter Bauer saß mit seinem Bierkrug neben dem leeren Kamin. Seine Pfeife schien schon lange ausgegangen zu sein. Ein Hütehund lag neben dem Stuhl des Mannes und bewegte nur die Augen, als Allday die Tür hinter sich schloß. Zwei gutgekleidete Händler sahen beim Anblick der blauen Jacke mit den goldenen Knöpfen erschrocken auf, wahrscheinlich vermuteten sie, daß er Teil einer Preßpatrouille war, die in letzter Minute noch ein paar Rekruten suchte. Es war heutzutage nicht ungewöhnlich, daß unbescholtene Kaufleute von Preßkommandos auf deren nicht enden wollender Jagd nach Kanonenfutter für die unersättliche Flotte eingesackt wurden. Allday hatte sogar von einem jungen Bräutigam gehört, der beim Verlassen der Kirche aus den Armen seiner Braut gerissen wurde. Ferguson hatte recht: Die meisten Einheimischen mußten irgendwo die Sonnenwende feiern. Diese Männer waren offensichtlich auf dem Weg zum Viehmarkt in Falmouth und wollten hier übernachten.

Alles schien zu seinen Gunsten zu laufen: Der Geruch von Blumen auf einem Tisch, gute Käsesorten und die geräumigen Bierkrüge auf den Regalen vervollständigten ein Bild, das jeder Brite vor Augen hatte, wenn er in der Ferne darbte. So wie die Männer der Blockadegeschwader oder die auf den schnellen Fregatten wie der *Anemone*, die für Monate, ja vielleicht für Jahre, keinen Fuß an Land setzen konnten.

»Was kann ich für Sie tun?«

Allday fuhr herum und sah einen großen Mann mit gleichmütigen Augen in einer grünen Schürze, der hinter den Bierfässern stand und ihn beobachtete. Ohne Zweifel hielt auch er ihn für ein Mitglied der verhaßten Preßkommandos. Sie waren in den Gasthäusern kaum willkommen, denn dort, wo sie regelmäßig erschienen, würde die Kundschaft bald ausbleiben. Der Mann wirkte irgendwie bekannt, aber alles, was Allday fühlte, war Enttäuschung, ein Gefühl des Verlustes. Er war ein Dummkopf gewesen. Er hätte es wissen müssen. Vielleicht hatte selbst der verschlossene Ozzard versucht, ihm diesen Schmerz zu ersparen.

»Wir haben gutes Ale aus Truro. Ich habe es selbst besorgt.« Der Mann kreuzte die Arme, und Allday sah die leuchtende Tätowierung: gekreuzte Flaggen und die Nummer »31stes«. Der Schmerz fraß sich tiefer. Noch nicht mal ein Seemann!

Fast zu sich selbst sagte er: »Das Einunddreißigste Infanterieregiment, die alten Huntingdonshires.«

Der Mann starrte ihn an. »Komisch, daß Sie das wissen.«

Er kam um die Fässer herum, Allday hörte das Poltern eines Holzbeins.

Der Mann packte fest Alldays Hand, sein Gesicht hatte sich völlig verändert.

»Ich bin ein Narr – ich hätte Sie gleich erkennen müssen! Sie sind John Allday, der meine Schwester vor diesen Bluthunden gerettet hat.«

Allday studierte ihn. *Schwester*. Natürlich, er hätte es sehen müssen. Sie hatten dieselben Augen.

Der Mann fuhr fort: »Ich heiße auch John. Früher war ich Schlachter bei den 31ern, bis ich das hier verloren habe.« Er klopfte auf das Holzbein.

Allday sah, wie die Erinnerungen über sein Gesicht zogen. Wie bei Bryan Ferguson und den anderen armen Hunden, die er in allen Häfen gesehen hatte. Und dann waren da noch die anderen, die, in ihren Hängematten eingenäht, wie Abfall über die Kante gegangen waren.

»Hier nebenan gibt es noch ein kleines Wohnhaus, also hat sie mir geschrieben und mich gefragt...« Er drehte sich um und meinte ruhig: »Und hier ist sie, Gott segne sie!«

»Willkommen, John Allday.« Sie sah sehr proper und adrett in ihrem neuen Kleid aus, das Haar sorgfältig über den Ohren hochfrisiert.

Er sagte ungeschickt: »Du siehst bildschön aus... äh, Unis.«

Sie sah ihn immer noch an. »Ich habe mich für dich so herausgeputzt, als ich hörte, daß Sir Richard zurückgekommen ist. Ich hätte nie wieder ein Wort mit dir gesprochen, falls...«

Dann rannte sie zu ihm hinüber und drückte ihn, bis er keine Luft mehr bekam, und das, obwohl sie ihm kaum bis zur Schulter reichte. Hinter ihr konnte er das kleine Wohnzimmer und das Modell der alten *Hyperion* sehen, das er ihr geschenkt hatte.

Zwei weitere Reisende traten ein. Sie nahm Alldays Arm und führte ihn in das Wohnzimmer. Ihr Bruder, der andere John, grinste und schloß die Tür hinter ihnen.

Sie schubste ihn fast in einen Sessel. »Ich will alles von dir hören, alles, was du erlebt hast. Ich habe guten Tabak für deine Pfeife – einer der Zollbeamten hat ihn mir gebracht. Ich konnte mich bremsen und habe nicht nachgefragt, wo *er* ihn herhatte.« Sie kniete sich hin und blickte ihn forschend an. »Ich habe mir so viele Sorgen um dich gemacht. Mit jedem Postschiff geht der Krieg hier an Land. Ich habe für dich gebetet . . .«

Er war berührt, als er ihre Tränen sah, die auf ihre Brust tropften.

»Als ich in die Schenke kam, dachte ich schon, daß du des Wartens müde geworden wärst.«

Sie schniefte und trocknete ihre Tränen mit einem Taschentuch. »Und ich wollte so gut für dich aussehen!« Sie lächelte. »Du dachtest, mein Bruder wäre mehr als das, nicht wahr?«

Dann fuhr sie in festem ruhigem Ton fort: »Ich habe Johns Seemannsberuf nie in Frage gestellt, und das werde ich auch bei dir nicht machen. Versprechen mir nur, daß du zu *mir* zurückkommst und zu keiner anderen.«

Sie rannte schnell fort, bevor Allday antworten konnte, dann kam sie mit einer Deckelkanne Rum zurück, die sie Allday in die Hand drückte. Ihre Hände lagen wie kleine Pfoten auf den seinen.

»Bleib nur ruhig sitzen und genieße deine Pfeife.« Sie trat einen Schritt zurück und stemmte die Hände in die Hüften. »Ich werde dir etwas zu essen machen, das kannst du sicher nach der Zeit auf dem Kriegsschiff vertragen!« Sie war erregt wie ein junges Mädchen.

Allday wartete, bis sie vor einem Geschirrschrank stand. »Mr. Ferguson wird mich später abholen.«

Sie wandte sich um, und er sah an ihrem Gesicht, daß sie verstanden hatte. »Du bist ein ehrenwerter Mann, John Allday.« Sie verschwand in der Küche, um das Essen zu bereiten, und über die Schulter rief sie zurück: »Aber du hättest bleiben können. Ich möchte, daß du das weißt.«

Es war eine pechrabenschwarze Nacht, nur der silberne Mond stand am Himmel, als Ferguson mit dem Pony und der Kutsche in den Hof einfuhr. Er wartete, bis Alldays massige Gestalt aus dem Dunkel auftauchte und die Kutsche sich in ihren Federn überlegte.

Allday blickte zur Kneipe zurück, wo nur in einem Fenster Licht brannte.

»Ich hätte dich auf einen Drink eingeladen, Bryan. Aber damit warten wir besser, bis wir zu Hause sind.«

Sie ratterten schweigend den Weg entlang, das Pony warf den Kopf, wenn ein Fuchs kurz durch das Licht der Laternen schnürte. Die Freudenfeuer waren alle verlöscht. Morgen früh, wenn die Dämmerung die Männer zurück auf die Felder und in die Melkställe rief, würde es jede Menge Kopfschmerzen geben.

Schließlich konnte er es nicht länger aushalten.

»Wie war es, John? Daß sie dich mit Essen und Trinken vollgestopft hat, kann ich deinem Atem entnehmen!«

»Wir haben uns unterhalten.« Er dachte an ihre Hände, die auf den seinen lagen, die Art, wie sie ihn angeschaut hatte, wie ihre Augen geleuchtet hatten, wenn sie sprach. »Die Zeit verging rasch. Kam mir vor wie eine Hundewache.«

Er mußte auch an die Verlockung denken, die in ihrer Stimme gelegen hatte, als sie über die Schulter gemeint hatte: »Du hättest bleiben können, ich möchte, daß du das weißt.« *Ein ehrenwerter Mann.* Er hatte sich noch nie in diesem Licht gesehen.

Er drehte sich auf seinem Platz herum und knurrte fast trotzig: »Wir werden heiraten – und daran gibt es keinen Zweifel!«

Die beiden Wochen nach *Anemones* kurzem Besuch in Falmouth, bei dem die Passagiere abgesetzt wurden, schienen wie im Flug zu vergehen. Für Bolitho und Catherine waren es Tage und Nächte voller Liebe. Doch zunächst war da auch Scheu gewesen, als sie wie zwei Verschwörer zu jener Bucht geritten waren, die sie als ihr privates Versteck betrachteten. Es war ein schmaler Streifen mit hellem Sand, der zwischen zwei hohen Klippen lag. Früher war es ein Landeplatz für Schmuggler gewesen, die furchtlos oder unbekümmert genug waren, die Durchfahrt zwischen den lauernden Riffen zu wagen. Dann hatte ein Steinschlag die einzige Durchfahrt verschlossen.

Sie hatten die Pferde auf dem Höhenweg zurückgelassen, waren zum harten Sandstrand abgestiegen, wo sie ihre Stiefel ausgezogen und sich umarmt hatten. Und sie hatte in seinen Augen eine plötzliche Scheu gesehen, das Zögern eines Mannes, der Angst davor hatte, ihre Liebe zu fordern.

Es war ihr Platz und würde es immer bleiben. Er hatte ihr zugesehen, wie sie ihre Kleider zur Seite warf, genau wie auf der *Golden Plover*, aber als sie ihn dann anschaute, waren da eine Wildheit und Leidenschaft, die er noch nie gesehen hatte. Die Sonne hatte ihre Nacktheit gestreichelt, während sie im warmen Sand lagen. Und als die Flut wieder auflief, waren sie durch das aufspritzende, klatschende Wasser getobt. Sie hatten zusammen gelacht und waren um die Felsen in die Sicherheit eines anderen Strandes gewatet.

Natürlich hatte es auch sehr förmliche Abende gegeben, an denen Lewis Roxbys Bedienstete mit verschwenderischen Banketten und Unterhaltungen ihr Bestes taten, um den Spitznamen ihres Herren, »König von Cornwall«, unangefochten zu sichern. Während der friedvollen Augenblicke bei ihren Ausritten über das Anwesen und die umliegenden Dörfer tauschten sie ihre Erinnerungen aus oder frischten sie auf. Alte Gesichter und auch einige neue begrüßten sie mit einer Herzlichkeit, die Bolitho nie erwartet hätte. Er war mehr an die Überraschung gewöhnt, die ihnen entgegenschlug, wenn sie zusammen spazierengingen. Es war vielen offensichtlich unbegreiflich, daß der zurückgekehrte Vizeadmiral, der bekannteste Sohn Falmouth', es schätzte, die staubigen Wege und Hügel entlangzubummeln wie jeder gewöhnliche Bauernlümmel.

Alldays Ankündigung hatte sie überrascht. Bolitho hatte ausgerufen: »Das ist ja die beste Neuigkeit, die ich seit langer, langer Zeit gehört habe, alter Freund!«

Catherine hatte ihn auf die Wange geküßt und war dann über Alldays plötzliche Unsicherheit verwirrt gewesen. »Ich bin ein Mann mit vielen Sorgen«, hatte er mehrmals ausgerufen, so als ob die Freude, die jeder zeigte, seine ursprüngliche Zuversicht gemindert hätte.

Als sie zusammen im Bett lagen und durch das offene Fenster dem Rauschen der See lauschten, fragte sie leise: »Du weißt natürlich, was ihn beunruhigt, Richard?«

Er hatte genickt. »Er fürchtet, daß ich ihn am Strand zurücklasse. Oh, wie würde ich ihn vermissen, Kate! Meine Eiche. Aber wieviel Freude würde ich auch dabei empfinden, ihn endlich in Sicherheit zu wissen, damit er das neue Leben mit seiner Frau, die ich noch kennenlernen muß, genießen kann.«

Sie hatte seine Lippen mit ihren Fingern berührt. »Er wird es schon richtig machen, zur rechten Zeit.«

Dann änderte sich ihre Stimmung wieder, die Realität jener anderen Welt, von der beide wußten, daß sie immer wartete, kroch wieder näher.

Sie küßte ihn langsam. »Stell dir vor, ich würde seinen Platz einnehmen? Ich habe schon früher Seemannsklamotten getragen. Wer würde deinen neuen Bootssteurer erkennen?«

Ferguson, der eine letzte Pfeife in der lauen Nachtluft rauchte, hatte ihr vertrautes Lachen gehört. Er war froh mit ihnen gewesen und gleichzeitig traurig, weil es so nicht bleiben würde.

Von Valentine Keen waren Neuigkeiten aus Hampshire gekommen. Zenoria hatte ihm einen

Sohn mit den Namen Perran Augustus geschenkt. Gemessen am Ton des Briefes platzte Keen offensichtlich vor Stolz und Freude. Ein Sohn: in seinen Augen schon ein zukünftiger Admiral.

Bolitho hatte sich seine Gedanken über den Namen Perran gemacht. Es war ein sehr alter Name aus Cornwall. Zenoria mußte darauf bestanden haben, vielleicht um sich gegen Keens übermächtige Familie zu behaupten.

Catherine hatte schlicht festgestellt: »Ihr Vater hieß so.«

Ihre Stimmung war nicht fröhlicher geworden, und Bolitho vermutete, daß das an der schlimmen Vergangenheit lag. Zenorias Vater war für ein Verbrechen gehängt worden, das in die Zeit fiel, als er für die Rechte der Landarbeiter gekämpft hatte. Zenorias Beteiligung hatte indirekt zu ihrer Deportation geführt. Keen hatte sie gerettet und ihren Namen wieder reingewaschen. Bolitho fragte sich, ob es wahre Liebe oder eher Dankbarkeit war, die ihnen den Sohn beschert hatte.

Dann, am Ende der zweiten Woche, kam der Bote der Admiralität zum alten grauen Haus unterhalb von Pendennis Castle geritten. Die Befehle, die sie beide erwartet hatten, wurden in dem üblichen, aufwendig versiegelten Umschlag übergeben.

Bolitho saß neben dem leeren Kamin im großen Raum, wo er die ersten Geschichten über die See und ferne Länder von seinem Vater und Großvater gehört hatte. Es war schwer, sie in diesem Haus auseinanderzuhalten, wo das Leben so vieler seiner Vorfahren begonnen hatte. Jedes einzelne Porträt an der Wand kündete davon. Nur wenige waren hierher zurückgekehrt. Er wog den Umschlag in seiner Hand. Wie oft hatte er das schon gemacht, fragte er sich. *Nach Erhalt dieser Befehle . . . werden Sie sich unverzüglich begeben . . .* Auf ein Schiff, zu einem Flottenverband, in einen unbekannten Teil des expandierenden Reiches Seiner Majestät, falls es befohlen wurde, bis vor den tödlichen Schlund der Kanonen.

Er hörte, daß Fergusons Frau mit dem Kurier sprach. Gesättigt und vom hausgemachten Cider leicht beschwingt, würde er das Haus später verlassen. Bolithos Empfangsbestätigung würde nach London gelangen, von Schreiber zu Schreiber wandern und schließlich unter den Augen der Admiralität landen, die wenig wußte und sich noch weniger um die zahllosen Schiffe und Männer scherte, die für König und Vaterland umkamen. Der kratzende Federstrich eines der Sesselpuper bei der Admiralität schickte Männer in den Tod oder machte aus ihnen verkrüppelte Wracks wie den unverwüstlichen James Tyacke. Jetzt knüppelte Tyacke, den die von ihm gejagten Sklavenhändler den »Teufel mit dem halben Gesicht« nannten, sich und sein Schiff. Die Schreiberlinge auf der Admiralität würden sich beim Anblick seiner schrecklichen Entstellung entsetzt abwenden, denn sie sahen nicht den Stolz und den Mut, der dem Mann zu eigen war. Sein Stigma trug er wie einen Talisman.

Er spürte, daß Catherine hereingekommen war. Als er sie ansah, bemerkte er, daß sie sehr gefaßt war.

Er schlitzte den Umschlag auf und überflog die saubere Handschrift. Er bemerkte nicht ihre plötzliche Besorgnis, als er unbewußt begann, sein verletztes Auge zu reiben.

Langsam meinte er: »Wir werden nach London reisen, Kate.« Er blickte durch die geöffneten Türen auf die Bäume, den klaren Himmel dahinter. *Fort von hier.*

Plötzlich fiel ihm wieder ein, daß sein Vater oft in diesem Sessel gesessen hatte, wenn er ihm und seinen Schwestern vorgelesen hatte. Man konnte von hier die Bäume und die Hügel sehen, aber nicht die See. War das der Grund, selbst für seinen Vater, der immer so streng und beherzt gewirkt hatte?

»Nicht auf ein neues Flaggschiff?«

Ihre Stimme klang ruhig; nur das Heben und Senken ihrer Brüste strafte sie Lügen.

»Es scheint, daß wir eine neue Strategie diskutieren werden.« Er zuckte die Achseln. »Was immer das sein mag.«

Sie vermutete, was er dachte. Sein Verstand rebellierte dagegen, das friedliche Leben hinter sich lassen zu müssen, das sie zwei glückliche Wochen lang hatten teilen können.

»Es ist nicht Falmouth, Richard, aber mein Haus in Chelsea ist immer ein sicherer Hafen.«

Bolitho warf den Umschlag auf den Tisch und erhob sich. »Es stimmt, Lord Godschale hat die Admiralität und London, das er so offensichtlich genoß, verlassen, wenn auch aus den falschen Gründen, wie ich vermute.«

»Wer wird dich empfangen?« Ihre Stimme war beherrscht, vorbereitet, als ob sie es schon wüßte.

Bolitho erwiderte: »Admiral Sir James Hamett-Parker.« Vor seinem geistigen Auge sah er deutlich den schmalen Mund und die farblosen Augen, als ob der Mann zugegen wäre.

»Was das nicht der . . .?«

Er lächelte grimmig. »Ja, liebe Kate, der Vorsitzende von Thomas Herricks Kriegsgericht.« War das erst ein Jahr her?

Er fügte hinzu: »Also schwingt er jetzt die Peitsche.« Er wandte sich um, als Ozzard mit einem Tablett und zwei Gläsern eintrat.

Catherine blickte den kleinen Mann an und lächelte: »Ihr Timing ist besser als der Sand in einem Stundenglas!«

Ozzard betrachtete sie leidenschaftslos. »Danke, M'lady.« Zu Bolitho gewandt, meinte er: »Ich war der Meinung, daß jetzt etwas Wein ganz passend wäre, Sir Richard.«

Keine Geheimnisse. Die Neuigkeit würde sich bald auf dem ganzen Gut und in der Stadt verbreitet haben. Bolitho reiste ab. Um neuen Ruhm zu erwerben oder einen neuen Skandal zu entfachen, konnte man noch nicht entscheiden. Bolitho wartete, bis sich die Tür schloß, dann drückte er ihr ein Glas in die Hand.

»Ich leere dieses Glas auf meine liebe Kate.« Dann lächelte er. »Mach dir nicht zu viele Gedanken über Godschales Nachfolger. Ich denke, es ist besser, den Feind zu kennen, als einen Freund zu verlieren.«

Sie blickte ihn über den Rand des Glases an. »Mußt du es immer sein, Richard? Ich habe das schon oft in der Vergangenheit gesagt, selbst auf die Gefahr hin, dich zu langweilen. Ich weiß, daß du einen Landeinsatz verabscheust . . . bei der Admiralität vielleicht, wo respektierte Truppenführer wie du rar sind, wie es scheint . . .«

Er nahm ihr Glas und stellte es neben das seine, dann nahm er ihre Hände und blickte sie längere

Zeit fest an. Sie konnte seine innere Zerrissenheit fast körperlich spüren.

»Dieser Krieg kann nicht mehr lange dauern, Kate. Wenn sich die Umstände nicht gegen uns wenden, muß er enden. Der Feind wird den Mut verlieren, sobald englische Soldaten auf seinen Straßen marschieren.« Sie wußte, es war ihm sehr wichtig, so wichtig, daß sie ihn nicht unterbrach.

»Mein ganzes Leben bin ich auf See gewesen, wie es in meiner Familie üblich ist. Seit über zwanzig Dienstjahren kämpfe ich gegen die Franzosen, und egal, was für einen Verbündeten sie auch gerade haben – *immer gegen die Franzosen*. Ich habe zu viele Männer und Jungen gesehen, die in den Schlachten zerrissen wurden, viele von ihnen gehen auf mein Konto.« Er packte ihre Hände noch fester und sagte: »Es ist genug. Wenn die feindliche Flagge gestrichen wird ...«

Sie starrte ihn an. »Du willst den Dienst quittieren? Das Leben aufgeben, das du immer geführt hast?«

Er lächelte schwach, später dachte sie, daß sie da zum ersten Mal den wahren Bolitho gesehen hatte. Den Mann, den sie liebte und beinahe verloren hätte, den Mann, den sie mit niemandem sonst teilte.

»Ich will bei dir sein, Catherine. Es wird nach dem Krieg eine neue Marine sein, mit jungen Offizieren wie Adam, die das Los der Seeleute verbessern werden.« Er lächelte wieder. »Wie in Alldays Lied an jenem Tag: ›Haltet Wacht für des Seemanns Wohl.‹ Unsere Männer haben es verdient, mehr als tausendmal verdient.«

Später standen sie an der offenen Tür und sahen auf den Obstgarten und den Hang mit den vielen Rosen hinab, die sie in Erwartung seiner Rückkehr gepflanzt hatte.

Leise flüsterte Bolitho: »Im Leben jedes Seemannes gibt es einen Moment.« Er sah zum ersten Mal auf die See, die Kimm war scharf wie eine Messerklinge. »Ich glaube, der tapfere Nelson wußte darum, als er vor Kap Trafalgar an Deck ging.« Er drehte sich um und blickte sie an. »Ich bin noch nicht bereit, liebe Kate. Das Schicksal alleine wird entscheiden, nicht die Hamett-Parkers dieser Welt.«

Sie hörten das Klappern der Hufe, als das Postpferd den Hof verließ und seine kurze Antwort an die Lords der Admiralität mitnahm.

Er lächelte und drückte ihre Taille fester. *So sei es denn.*

III Nächtliche Stimmen

Bolitho und Catherine brauchten volle sechs Tage, um die lange Reise nach London hinter sich zu bringen. Hätten sie bei ihrer Kutsche regelmäßig die Pferde wechseln lassen, wäre es auch schneller gegangen, doch die Admiralität hatte für die Besprechung kein festes Datum gesetzt, sondern nur den »ersten möglichen Zeitpunkt, der Ihnen genehm ist« vorgeschlagen. Der Admiralsrang hatte offensichtlich auch seine Privilegien.

Mit dem alten Kutscher Matthew auf dem Bock und Allday daneben, hatten sie viele neugierige Blicke auf sich gezogen. Einige der Anwohner und Landarbeiter hatten Hurra gerufen, wenn sie über die holperigen Kopfsteinstraßen der Dörfer und

Städte ratterten oder den Staub auf der sich dahinschlängelnden Straße des Königs hochwirbelten.

Sobald sie an einem Wirtshaus hielten, entweder um zu übernachten oder um sich zu erfrischen, war es üblich, daß sich sofort Menschen um sie drängten, um ihnen Glück zu wünschen.

Wie erwartet, hatte sich Allday strikt geweigert, in Falmouth zu bleiben. »Angenommen, Sie bekommen ein neues Kommando, Sir Richard? Was würden die Leute davon halten?« Er führte nicht aus, welche Leute er meinte. »Vizeadmiral der roten Flagge, Ritter des Bath Ordens, und doch ist er ohne seinen Bootssteurer!«

Bolitho hatte deutlich gemacht, daß auch Ozzard und Yovell in Falmouth blieben, bis die Lage geklärt war, aber Allday hatte verächtlich erklärt: »Ein Diener und ein Federfuchser! Die beiden vermißt doch niemand!« Dann hatte Catherine ihm erklärt, daß Allday mitkommen mußte, und sei es auch nur, um über seine neue Situation nachzudenken.

Während Bäume, Kirchen, Felder und Bauernhöfe vorbeizogen, schlief Catherine manchmal ein, den Kopf in seinen Schoß gebettet. Einmal packte sie seinen Arm, ihre Augen waren plötzlich blicklos weit aufgerissen, als ob sie einen Alptraum durchleben würde.

Während sie schlief, überlegte Bolitho, was ihn wohl erwarten mochte. Vielleicht würde es diesmal keine vertrauten Gesichter geben, keine Schiffe, deren Namen stürmische Erinnerungen an Kämpfe und Freunde weckten, die für immer verloren waren.

Vielleicht würde man ihn ins Mittelmeer schicken, um Vizeadmiral Lord Collingwood abzulösen, einst

Nelsons bester Freund und dessen Stellvertreter bei Trafalgar. Es war allgemein bekannt, daß Collingwood ein kranker Mann war, einige sahen ihn schon am Rande des Grabes. Er hatte sich nie geschont, auch die Admiralität hatte das nie getan. Seit der Schlacht, bei der Nelson fiel, war er fast ständig auf See gewesen. Schließlich hatte Collingwood seinen Stolz zurückgestellt und die Admiralität um seine Ablösung vom Kommando im Mittelmeer gebeten, aber Bolitho hatte nichts über die Antwort Ihrer Lordschaften gehört.

Er dachte an Catherines Vermutungen über eine Verwendung an Land und war fast überrascht, daß ihn weder sein Entschluß reute, den Dienst auf See zu quittieren, noch daß er ihr seinen Entschluß mitgeteilt hatte. Die See würde immer da sein, und es würde immer Kriege geben. Bolithos Familie war in der Vergangenheit in zu viele verwickelt gewesen, und es gab keinen Grund, warum Habsucht und Vormachtstreben verschwinden sollten.

Er streichelte ihr Haar und ihren Nacken, bis sie sich im Schlaf bewegte. Er dachte an die Stunden voller Liebe, die sie erlebt hatten, sogar auf der endlosen Reise von Cornwall. Die sich verbeugenden Wirte, die herumhuschenden Dienstmädchen verschwammen, nur die Nächte blieben wirklich.

Einmal, als er ihr gestanden hatte, wie sehr er sich davor fürchtete, sie verlassen zu müssen, hatte sie ihn in der Dunkelheit angesehen, ihr langes Haar hing lose auf ihre nackten Schultern herab.

»Ich liebe dich, Richard, mehr als mein Leben, denn ohne dich gibt es kein Leben. Aber nach allem, was wir auf der *Golden Plover* erduldet haben, werden wir immer zusammen sein. Wo immer du bist, werde ich bei dir sein, und wenn du mich brauchst, werde ich deine Stimme hören.« Und sie hatte sein Gesicht in ihre Hände genommen.

Es war in der Abenddämmerung, als sie schließlich an der Themse ankamen, nicht weit entfernt von der Taverne, wo sich Bolitho heimlich mit Herrick vor dessen Kriegsgerichtsverhandlung getroffen hatte, um ihn zu fragen, ob er ihn verteidigen solle. Herricks Weigerung hatte ihn wie ein Schlag ins Gesicht getroffen. Das war vor einem Jahr gewesen, aber es schien ewig her zu sein. Sie querten die große Brücke, unter der das schwarze Wasser schimmerte. Im Hafen von London lagen die vermurten Schiffe wie Schatten, die Rahen waren sauber getrimmt, die Segel eng aufgetucht. Vielleicht warteten sie auf die nächste Tide, mit der sie den Hafen verlassen und ihre Schwingen für das offene Meer oder vielleicht sogar die endlosen Ozeane dahinter entfalten konnten. Sie waren die Garanten des Handels, gleichermaßen beneidet und gehaßt von den anderen Nationen. Die Marine war bis zum Äußersten belastet und konnte kaum die Blockade der feindlichen Häfen aufrechterhalten und die lebenswichtigen Konvois schützen, aber jeder Kapitän auf jedem der schlafenden Schiffe würde ihre Hilfe erwarten – und das war ihr gutes Recht.

Nur wenige Lichter glühten am Ufer, es waren Fährboote, die ihre Dienste die ganze Nacht für die jungen Männer und ihre Mädchen anboten, die sich amüsieren wollten.

Schließlich verlief die Straße dichter am Fluß, und

die Pferde trotteten in eine baumbestandene Allee, die Cheyne Walk genannt wurde.

Bolitho kletterte heraus. Er war steif von den vielen, hinter ihm liegenden Meilen und froh, daß es diesmal keine neugierigen Zuschauer gab. Ihr hohes, schmales Haus mit den eisernen Balkonen und dem Zimmer mit dem Blick auf den Fluß war ihre zweite Zufluchtsstätte geworden. Hier kümmerten sich die Leute um ihre eigenen Angelegenheiten und waren nicht erstaunt über jemanden, der solch einen Besitz sein eigen nannte. General oder Bettler, Künstler oder Mätresse, alle hatten hier ihren Platz.

Sophie, Catherines Zofe, die zur Hälfte von Spaniern abstammte, war am Tag vorher vorausgeschickt worden, um die Wohnung und die Haushälterin vorzubereiten.

Allday half Catherine aus der Kutsche und meinte leise: »Machen Sie sich keine Gedanken um mich, M'lady, ich überlege mir alles gut.«

Sie lächelte ihn an. »Das habe ich nie bezweifelt.«

Bolitho berührte seinen Arm. »Streich die Flagge, alter Freund, die Schlacht ist schon verloren!«

Später standen sie auf dem kleinen eisernen Balkon und sahen zu, wie die Nacht über die Stadt hereinbrach. Die Glastüren waren weit geöffnet. Die Luft, die vom Fluß herüberwehte, war angenehm kühl, aber die Haushälterin hatte in bester Absicht alle Feuerstellen geheizt, um die Feuchtigkeit aus den unbewohnten Zimmern zu vertreiben. Catherine erschauderte, als er einen Arm um sie legte und ihre nackte Schulter küßte. Sie beobachteten zwei taumelnde Soldaten, wahrscheinlich Offiziere aus der Kaserne, die unsicher ihrem Quartier zustrebten. Ein

Blumenmädchen ging mit einem großen leeren Korb auf der Schulter vorbei. Wahrscheinlich mußte sie lange vor Sonnenaufgang wieder aufstehen, um ihre Ware zu pflücken.

Leise flüsterte Catherine: »Ich wünschte, wir wären zu Hause.«

Sie sprach mit derselben festen Stimme wie an dem schrecklichen Tag, an dem sie die *Golden Plover* aufgeben mußten. *Verlaß mich nicht.*

Erstaunlicherweise hatte sie fest daran geglaubt, daß sie die Heimat wiedersehen würden.

»Bald, Kate.«

Sie gingen hinein, zogen sich aus und legten sich im dunklen Zimmer ins Bett. Bedrückt von den Erinnerungen und der unsicheren Zukunft lagen sie schweigend da. Einmal schien Bolitho aufzuwachen und vermeinte, sie neben sich zu spüren, ihre Finger auf seiner Haut. Ihre Stimme flüsterte weich: »Verlaß mich nicht!« Aber er hatte nur geträumt.

Vizeadmiral Sir Richard Bolitho stieg aus der eleganten Kutsche, Allday hielt den Schlag auf. Wie Matthew, der Kutscher, trug der stämmige Bootssteurer seinen besten Rock. Bolitho hatte schon bemerkt, daß die Kutsche blitzsauber war, obwohl sie erst gestern abend in Chelsea angekommen waren. Sein Blick glitt über das Familienwappen an der Tür und mußte an das geschnitzte über dem großen steinernen Kamin in Falmouth denken. War das erst ein paar Tage her? Er konnte sich nicht daran erinnern, es früher so schnell vermißt zu haben.

Er sagte: »Ich weiß nicht, wie lange es dauern wird.« Matthew schielte von oben auf ihn herab, sein

Gesicht glänzte im hellen Sonnenlicht des Morgens wie ein roter Apfel. Auf dem Gut wurde er noch immer der junge Matthew genannt, eine Erinnerung an die Jahre, da er als junger Bursche die Pferde betreut hatte. »Fahr nach Chelsea zurück und kutschiere Lady Catherine umher!« Bedeutungsvoll blickte er Allday an. »Ich würde es als Gefallen betrachten, wenn du ihr Gesellschaft leisten würdest.«

Es schien, als würden sich um die Augen des Mannes ein paar Lachfältchen bilden, die ihm mitteilen sollten: »Ich habe Ihnen ja gesagt, Sie kommen ohne mich nicht aus.«

Bolitho musterte das schlichte Gebäude der Admiralität. Wie oft war er hierher gekommen? Um Befehle zu empfangen oder um ein Schiff zu betteln, um wieder zur Stelle zu sein, sobald sich die dunklen Wolken des Krieges über den Kanal wälzten. Hier hatte er Herrick getroffen, hier hatten sie sich als Freunde die Hände geschüttelt und wie Fremde getrennt. Bolitho hatte seinen Besuch durch einen Boten angekündigt und fragte sich, ob ihn Godschales Nachfolger warten lassen oder das Treffen für heute völlig platzen lassen würde. Es war seltsam, daß er sogar in der kleinen Welt der Marine so wenig über Sir James Hamett-Parker wußte. Er hatte erst im Zusammenhang mit den großen Meutereien auf der *Nore* und vor Spithead mehr von ihm gehört. Ganz England war geschockt und erschreckt über den plötzlichen Ausbruch von Aufruhr gewesen, der sogar die verläßlichsten Männer zu Meuterern gemacht und England wehrlos der Gnade der Franzosen ausgeliefert hatte.

Die Meuterer hatten sich in Räten organisiert, deren Sprecher ihre Forderungen vertraten. Die Bitte um bessere Lebensbedingungen auf allen Ebenen: Bezahlung, Verpflegung und Lockerung des unmenschlichen Drills, der einige Schiffe in Gefängnisschiffe verwandelt hatte. Hier machten bösartige Kapitäne den Seeleuten das Leben zur Hölle. Einige der Offiziere, die für ihre Brutalität und herzlose Behandlung bekannt waren, hatte man gewaltsam an Land gesetzt. Einer von ihnen war Hamett-Parker gewesen.

Irgend jemand in der Admiralität mußte entschieden haben, daß bei Herricks Kriegsgerichtsverfahren keinerlei Schwäche oder Sympathie gezeigt werden sollte. Es war offensichtlich gewesen, daß man fest mit einem Schuldspruch gerechnet hatte. Hätte nicht sein Flaggkapitän die Aussage geändert, hätten Herrick die Entehrung und höchstwahrscheinlich der Tod erwartet. Hamett-Parkers sehr rigide Auffassung von Disziplin und Pflicht hatte ihn zur ersten Wahl für den Vorsitz des Gerichts werden lassen.

Bolitho schnallte den Degen um die Hüfte. Es war nicht die Ehrengabe der guten Bürger von Falmouth für seine Verdienste im Mittelmeer und der Schlacht von Aboukir, sondern die alte Familienwaffe. Sie war für seinen Großvater, Kapitän David, 1702 geschmiedet worden und war leichter als viele der modernen Klingen, dazu gerade und scharf wie immer. Ein Zeichen von Aufsässigkeit? Eher von Eigensinn würden einige behaupten. Er lächelte in sich hinein. Der Unterschied zwischen beiden war allerdings gering.

»Kann ich Ihnen behilflich sein, Sir?« Eine Ordonnanz der Admiralität hörte auf, die Delphine aus Messing zu polieren, die eine Schiffsglocke hielten, und blickte ihn an. Sekundenschnell hatten seine wäßrigen Augen die glänzenden Epauletten mit den beiden Sternen, die Streifen an den Ärmeln und den goldenen Nilorden am Hals taxiert.

»Bolitho, mein Name.« Was sollte er mehr sagen, daher fragte er: »Was ist mit Pierce?«

Der Mann starrte ihn noch immer an. »Ich fürchte, der hat die letzte Reise angetreten, Sir Richard.« Er schüttelte den Kopf und fragte sich, wie es kam, daß der berühmte Offizier, geliebt von seinen Matrosen und allen, die unter ihm dienten, sich an den alten Portier erinnerte.

»Das tut mir leid, kann ich irgendwie helfen?«

Der Mann schüttelte den Kopf. »Er war schon lange krank, Sir Richard. Hat oft von Ihnen gesprochen, ja, das hat er.«

Bolitho entgegnete leise: »Er hat mir viel beigebracht ...« Ärgerlich über sich selbst, brach er ab. Ein erwartungsvoll lächelnder Leutnant wartete an der Treppe. Seine Ankunft war offensichtlich bemerkt worden. Während er dem jungen Offizier die Treppe nach oben folgte, mußte er plötzlich an Jenour denken und fragte sich, wie er mit seinem neuen Kommando klarkam. Der neugewonnene Reife nach dem Verlust der *Golden Plover* und den wagemutigen Versuchen, das unglückliche Schiff nach der Meuterei wieder zu nehmen, hatte ihn überzeugt, daß er in der Lage war, seine hart erworbene Erfahrung auch anderen zu vermitteln. Wie hatte es Keen ausgedrückt, nachdem Tyackes Brigg *Larne* sie gerettet hatte: »Keiner von uns wird jemals wieder ganz der alte sein.«

Vielleicht hatte Keen recht. Wer hätte es jemals für möglich gehalten, daß Bolitho freiwillig in Erwägung ziehen würde, die Marine zu verlassen, sollte dieser Krieg endlich beendet sein? Er wanderte die Korridore entlang, vorbei an den unpersönlichen Türen, an den aufgereihten Stühlen, auf denen die Kapitäne Platz nehmen konnten, wenn sie darauf warteten, was ihre Vorgesetzten für sie bereithielten: Lob, Beförderung, Strafe. Bolitho war froh, daß sie alle leer waren. Zur Zeit war jeder Kommandant unersetzlich, gleich wie jung er war. Dafür sorgten die bitteren Verluste. Er hatte hier oft genug gesessen, wartend, hoffend, voller Befürchtungen.

Sie hielten vor der großen Doppeltür, hinter der Godschale einst hofgehalten hatte. Er war Fregattenkapitän wie Bolitho gewesen, gleichzeitig waren sie zum Kapitän zur See befördert worden. Darüber hinaus gab es keine Gemeinsamkeiten. Godschale liebte das gute Leben: Feste, Bälle, große Bankette und Staatsempfänge. Er hatte ein Auge für hübsche Gesichter und eine so stumpfsinnige Frau, daß er seine Seitensprünge nur als gerecht empfand.

Bolithos Meinung nach ließen Godschales strategischen Pläne oft die logistischen Möglichkeiten der verfügbaren Schiffe, des Nachschubs und die Entfernungen in den endlosen Ozeanen, in denen sich der Feind seine Opfer suchen konnte, außer Betracht. Dann hatte er versucht, Bolitho zur Rückkehr zu dessen Familie zu überreden. Trotz Godschales verletzender Art, Einwände zur Seite zu wischen, wußte Bolitho, daß er ihn seltsamerweise vermissen würde – Schwulst hin oder her.

Er drehte sich um, weil er bemerkte, daß der Leutnant mit ihm sprach – wahrscheinlich schon während des ganzen Weges von der Eingangshalle.

»Wir waren alle sehr aufgeregt, als wir kürzlich von Ihrem Sieg über Konteradmiral Baratte hörten. Es ehrt mich, daß ich Sie empfangen durfte.«

Bolitho lächelte. Das Französisch des jungen Mannes war ohne Akzent. Er würde es weit bringen.

Die Türen öffneten sich und schlossen sich hinter ihm wieder. Er sah, daß ihn Admiral Sir James Hamett-Parker über einen wuchtigen Schreibtisch mit Marmorplatte anblickte. Er machte den Eindruck, als hätte er längere Zeit auf die Tür gestarrt, um sich auf die ersten Sekunden des Treffens vorzubereiten. Der große Weinschrank, die Uhr mit den Cherubinen, das Modell von Godschales erstem Kommando, waren verschwunden. Sogar die Luft schien sich verändert zu haben.

Hamett-Parker erhob sich langsam, und sie schüttelten sich über den riesigen Tisch hinweg die Hände.

»Willkommen, Sir Richard«, er deutete auf einen Stuhl, »ich dachte, wir sollten uns ohne weiteren Zeitverlust treffen. Es gibt viele Dinge, die wir besprechen müssen.« Er hatte eine scharfe Stimme, sprach aber ohne Hast, so als ob jedes Wort erst geprüft würde, bevor es seinen Mund verließ. »Ihr Neffe hat eine schnelle Überfahrt gemacht, wie es scheint. Wo Zeit eine Rolle spielt, muß ich ein Beckmesser sein. Hier ist schon zuviel davon vergeudet worden.«

Bolitho lauschte aufmerksam. Wollte er damit andeuten, daß Godschale der Missetäter war? Oder wollte er nur seine Loyalität prüfen?

Langsam ging Hamett-Parker zu einem Fenster und schob den Vorhang zur Seite. »Ich habe Ihre

Ankunft gesehen, Sir Richard. Sie sind alleine gekommen.«

Er hatte ihn beobachtet, um zu sehen, ob Catherine ihn begleitete oder im Wagen wartete.

Er erwiderte: »Von Chelsea, Sir James.«

»Ah.« Weiter nichts. Bolitho sah das feingeschnittene Profil, die leichte Hakennase, den jungen Mann, der noch immer hinter der Maske steckte. Sein Haar war grau, an einigen Stellen weiß, so daß es im fahlen Sonnenlicht wie eine Perücke wirkte. Er trug sogar noch einen altmodischen Zopf. Auf einem verblichenen Gemälde aus dem letzten Jahrhundert hätte er nicht deplaziert gewirkt, aber Bolitho wußte, daß Hamett-Parker nur zehn Jahre älter war als er.

»Es gibt viele Spekulationen darüber, was der Feind tun wird, falls oder, besser gesagt, *sobald* Sir Arthur Wellesly den Krieg in Spanien siegreich beendet. Die Nachrichten von der iberischen Halbinsel klingen erfreulich – man rechnet täglich mit einem dramatischen Umschwung. Aber die Franzosen werden wegen des Verlustes von Spanien nicht kapitulieren. Unsere Kräfte sind voll ausgelastet, unsere Werften kommen mit dem Bauen von Schiffen nicht nach. Außerdem fehlen uns kriegstüchtige Männer für neue Schiffe. Der Feind weiß das. Nach der Befriedung der Karibik können wir dort Schiffe abziehen.« Er blickte zur Seite und fuhr scharf fort: »Aber nicht genug!«

»Ich glaube, daß der Gegner seine Angriffe auf unsere Versorgungslinien verstärken wird.«

»Ach ja?« Er hob eine Augenbraue. »Das ist höchst interessant. Der Herzog von Portland sagte mir kürzlich auch etwas in dieser Art.«

Der Premierminister. Bolitho fühlte, daß er lächelte. Er hatte ganz vergessen, wie es war. Er wurde von einem Kriegsschauplatz zum anderen geworfen, sah Männer fallen und Schiffe in die Luft fliegen; wer nach Seiner Britannischen Majestät die letzte Verantwortung dafür trug, schien oft unwichtig zu sein.

»Das amüsiert Sie?«

»Ich bitte um Verzeihung, Sir James. Ich bin nicht ganz auf der Höhe des Geschehens, wie es scheint.«

»Macht nichts. Wie ich hörte, ist er etwas kränklich. Eine neue Hand wird bald die Pinne übernehmen, fürchte ich.«

Bolitho stöhnte, als ein scharfer Sonnenstrahl über die Schulter des Admirals fiel. Er drehte den Kopf zur Seite.

»Stört Sie das Licht?«

Bolitho verkrampfte sich. Wußte er es? Wie konnte er davon wissen?

Er schüttelte den Kopf. »Es ist nichts.«

Hamett-Parker kam langsam an den Tisch zurück. Seine Schritte waren wie seine Worte, abgemessen und ohne Eile.

»Sie wundern sich, warum Sie von Ihrem Kommando entbunden wurden?«

»Natürlich, Sir James.« Er sah zum ersten Mal die Augen des Admirals. Sie waren so hell, daß sie fast farblos wirkten.

»Natürlich? Das ist seltsam. Wie dem auch sei, wir müssen uns über die mögliche französische Bedrohung unserer Nachschubrouten unterhalten. Eine Fregatte, sogar nur ein Freibeuter, kann Kriegsschiffe mit Beschlag belegen, die wir nicht entbehren können. Es wird allgemein vermutet, daß schon weitere

Angriffe geplant sind. Sie werden beschleunigt werden, sobald – wie wir hoffen – Wellesly die französische Armee von der Halbinsel geworfen hat. Der Premierminister wird Ihre Meinung dazu hören wollen, das gilt auch für Sir Paul Sillitoe.« Er sah Bolithos Überraschung und bemerkte ruhig: »Noch etwas, was Sie nicht wissen, wie es scheint. Sillitoe ist der wichtigste Berater des Premierministers und anderer hoher Herren. Sogar Seine Majestät hört auf ihn.«

Bolitho versuchte Spuren von Ironie oder gar Sarkasmus zu entdecken. Vergeblich. Vor seinem inneren Auge sah er den Mann deutlich vor sich: groß und schlank, mit den sicheren Bewegungen eines Fechters. Ein dunkles, interessantes Gesicht mit tiefliegenden Augen. Er war schnell und scharf wie eine Degenklinge, zu Catherine damals charmant und wohlwollend, als der Herzog von Portland sie auf einem der lächerlichen Empfänge Godschales absichtlich brüskiert hatte. Ein seltsamer, zurückhaltender Mann, den man nicht unterschätzen sollte und dem nicht leichtfertig zu trauen war. Bolitho hatte erfahren, daß Sillitoe die lange Reise nach Falmouth gemacht hatte, um am örtlichen Gedenkgottesdienst nach dem Verlust der *Golden Plover*, bei dem alle an Bord als tot gemeldet worden waren, teilzunehmen. Catherine mußte er nicht vor eventuellen Absichten Sillitoes warnen.

Er dachte daran, wie sie heute morgen warm in seinen Armen gelegen und ihn festgehalten hatte. Später beobachtete sie, wie Allday ihn rasierte. Dann hatten sie ein kleines Frühstück zusammen eingenommen. Ob unter einem einfachen Überwurf oder in einem glänzenden Seidenkleid wie in der Nacht in

English Harbour, sie würde nie irgendwo unbemerkt vorbeigehen können. Nein, Catherine würde jede Anspielung bemerken, egal, ob plump oder versteckt.

»Sie waren als Fregattenkapitän für Unternehmungen bekannt, Sir Richard«, fuhr Hamett-Parker in derselben kurzen Art fort, »meine Sache waren eher die Linienschiffe.« Er wechselte wieder das Thema. »Ich glaube mich zu erinnern, daß Sie Flaggkapitän von Sir Lucius Broughton auf der *Euryalus* waren?«

»Ich war Flaggkapitän von Vizeadmiral Thelwall, bis er wegen seiner schlechten Gesundheit abgelöst wurde. Broughton setzte danach seine Flagge auf der *Euryalus*.«

»Ich entnehme Ihrem Ton, daß Sie ihn nicht mochten. Ich schätzte ihn immer als ausgezeichneten Flaggoffizier. Er würde sich – wie auch ich – nie durch Gefühlsduselei von den Erfordernissen der Pflicht und der Disziplin abbringen lassen.« Er ballte die Fäuste, als hätte er sich dazu hinreißen lassen, mehr zu sagen als beabsichtigt, dann fuhr er fort: »Waren Sie bei der großen Meuterei dabei?«

Es klang fast wie eine Anschuldigung.

»Wir hatten auf der *Euryalus* Glück.«

»Glück? Was hat das damit zu tun? Wir befanden uns im Krieg mit einem erbarmungslosen Gegner – so wie jetzt auch. Ich kommandierte die *Cydnus*, einen Zweidecker mit neunzig Kanonen. Gut ausgebildet und gut in Schuß wurde sie vom ganzen Geschwader beneidet.«

Bolitho sah, daß die Hände wieder zu Fäusten geballt waren. Das war Hamett-Parkers einziger wunder Punkt: Diese Ereignisse würde er nie vergessen.

»Es gibt immer ein paar faule Äpfel im Kasten. Der Gedanke an Meuterei verbreitete sich unter diesen Einfaltspinseln und Holzköpfen wie schleichendes Gift. Sie widersetzten sich mir – *mir*, ihrem Kommandanten.« Seine blassen Augen schimmerten wie Glas im reflektierten Licht. Es schien, daß er es immer noch nicht fassen konnte, daß einfache Seeleute ihre Rechte einforderten, sogar mit dem Risiko, gehängt oder durch die Flotte gepeitscht zu werden, eine Bestrafung, die mehr als einem von ihnen zuteil wurde.

Bolitho entgegnete scharf: »Admiral Broughton war ein Narr. Wäre er heute einer meiner Offiziere, würde ich es ihm ins Gesicht sagen!«

Sie beruhigten sich beide wieder, und Hamett-Parker fuhr fort: »Ich kann mit Stolz auf meine Dienstzeit zurückblicken.« Er sah sich bedeutungsvoll im Raum um. »Ich denke, daß man anderen Orts auch dieser Meinung ist.«

Bolitho fragte: »Was erwartet man von mir, Sir James?« Er war erstaunt, wie ruhig er klang, obwohl er innerlich lichterloh brannte. Er ärgerte sich über diesen unnahbaren Mann und über sich selber.

»Wir brauchen einen Plan, einen, der einfach auszuführen ist, einen, der die Nationen nicht verärgert, die noch nicht in den Krieg verwickelt sind.«

»Sie meinen die Amerikaner, Sir James?«

»Das habe ich nicht gesagt!« Er drohte mit dem Finger und lächelte steif, dann fuhr er fort: »Ich bin froh, daß wir uns aussprechen können, bevor wir auf die anderen Beteiligten treffen.« Er zog ein paar Papiere zu sich heran. »Mein Flaggleutnant hat die Adresse Ihrer Londoner Wohnung, nehme ich an?«

»Wahrscheinlich, Sir James.« Wahrscheinlich

kannte sie halb London. »Darf ich eine Frage stellen?«

Hamett-Parker zog eine glänzende goldene Uhr heraus und blickte darauf. »Wenn es nicht zu lange dauert?«

Bolitho dachte traurig an Godschale. *Einer kann nicht alles machen.* »Welche Pläne hat man mit meinem letzten Flaggkapitän, Valentine Keen?«

Hamett-Parker spitzte die Lippen. »Einen Moment lang dachte ich, daß Sie sich nach einem anderen erkundigen würden.« Er hob irritiert die Schultern. »Er wird den Breitwimpel eines Commodores setzen, sobald alles entschieden ist. Wenn er sich gut macht, wird ihm der Admiralsrang sicher sein.«

Bolitho stand auf und sah, daß der Blick des Mannes auf den alten Degen fiel. »Darf ich mich verabschieden, Sir James?« Es war vorbei, die Degen konnten zurück in die Kästen gelegt werden – fürs erste.

»Ja, bitte.« Er lehnte sich in seinem großen Sessel zurück, die Fingerspitzen zusammengepreßt wie ein Landpfarrer. Dann bemerkte er: »Vizeadmiral Sir Lucius Broughton, der *Narr*, wie Sie ihn so offen nannten, starb, während er in den Sträflingskolonien von New South Wales seine Pflicht tat.« Er blinzelte nicht, als er hinzufügte: »Seine Position wird hervorragend von Ihrem Freund Konteradmiral Herrick ausgefüllt werden, da bin ich mir sicher.«

Bolitho drehte sich auf dem Absatz um und warf die Tür auf, vor der er fast mit dem aufgeschreckten Flaggleutnant zusammengeprallt wäre.

Hamett-Parker hatte ihn tief getroffen, ob aus Boshaftigkeit oder anderen Gründen wußte er nicht, und es kümmerte ihn auch nicht. Was hatte er gewollt? Er hatte es sorgfältig vermieden, Catherine zu erwähnen, oder besser »den Skandal«, wie er es ohne Zweifel nennen würde.

Er eilte die Treppen hinunter, in seinem Kopf wirbelten die Gedanken und Erinnerungen herum. Da war die Erwähnung der *Euryalus,* auf der Thelwall sein Leben ausgehaucht hatte. Broughton hatte der schrecklichen Auspeitschung ungerührt zugeschaut. Aber vor allem war da Catherine. Er war Kommandant der *Euryalus* gewesen, als er sie zum ersten Mal traf. Sie war an Bord des Frachters *Navarra* gewesen, auf dem ihr Ehemann von Piraten getötet worden war. Sie hatte Bolitho für seinen Tod verantwortlich gemacht und ihn verflucht.

»Möchte der nette Seeoffizier eine komfortable Fahrgelegenheit?«

Er fuhr herum, halb geblendet vom Sonnenlicht, dann sah er sie am Fenster der Kutsche. Sie lächelte, aber ihre schönen dunklen Augen blickten besorgt.

»Woher wußtest du . . .?«

Sie ergriff seinen Arm, als er in die Kutsche kletterte, und erwiderte ruhig: »Ich weiß es immer.«

Admiral Sir James Hamett-Parker hielt den Vorhang zur Seite und blickte hinunter, als die Frau Bolitho in die elegante Kutsche half.

»Also das ist die berüchtigte Lady Catherine.«

Sir Paul Sillitoe, der soeben durch eine andere Tür eingetreten war, lächelte hinter dem Rücken des Admirals. »Unterschätzen Sie niemals diese Lady, Sir James, und machen Sie sie sich niemals zum Feind.« Er schlenderte lässig zum Schreibtisch hinüber, der mit Papieren übersät war, und fügte kalt hinzu: »Oder Sie haben auch mich zum Feind, das versichere ich Ihnen, Sir!«

Bolitho saß im Schatten des einsamen Baumes auf einer Bank hinter dem Haus. Es war friedlich in diesem kleinen hübschen Garten, das Rattern der eisenbeschlagenen Räder und die Geräusche der ständig vorbeitrabenden Pferde waren nur gedämpft zu hören. Hinter der Mauer waren die Stallungen für diese Häuser, in denen Pferde und eine begrenzte Anzahl Kutschen untergebracht wurden.

Er beobachtete Catherine, die Rosen schnitt, und fragte sich, ob sie noch immer Falmouth vermißte und das verschwenderisch große Haus dort. Ihr Hauskleid war weit ausgeschnitten, und sie spürte die hochstehende Sonne direkt auf der Haut. Auf den Schultern waren noch immer die dunklen Spuren der Verbrennungen zu erkennen, die sie im offenen Boot erlitten hatte.

Das Gespräch mit Hamett-Parker lag drei Tage zurück, die Unsicherheit und das Warten hatten ihn verunsichert.

Sie sah ihn an, und ihr Blick war besorgt. »Gibt es keine Möglichkeit herauszufinden, was vorgeht, Richard? Ich weiß, was du denkst.«

Er stand auf und ging zu ihr hinüber. »Ich bin ein schlechter Gesellschafter, liebe Kate. Ich möchte mit dir zusammen sein und keine sinnlose Bürde über mir schweben haben.«

Ein Windhauch fuhr über die Seiten der *Times* und warf sie auf den Rasen. Sie enthielt neue Meldungen über feindliche Angriffe auf Schiffe, die das Kap der Guten Hoffnung umrunden wollten. Sie waren ohne Geleitschutz gesegelt. Das schien es zu sein, was Hamett-Parker ihm hatte sagen wollen. Angenommen, er wurde zurück nach Kapstadt beordert, dem ursprünglichen Bestimmungsort der *Golden Plover*, bevor die Meuterei und der Schiffbruch wie ein plötzlicher Orkan über sie hereinbrach. Waren die Angreifer französische Kriegsschiffe oder Freibeuter? Was auch immer sie waren, sie mußten irgendwo eine Basis haben.

Sie berührte seine Wange. »Du machst dir schon wieder Sorgen, du haßt diese Untätigkeit, nicht wahr?« Sie fuhr mit der Hand über seinen Mund. »Protestiere nicht, Richard, ich kenne dich zu gut!«

Sie hörten die Haustürglocke läuten und Sophies helles Lachen, als sie mit jemandem sprach.

Catherine bemerkte: »Sie ist jetzt siebzehn, Richard. Eine gute Partie für den richtigen Mann.«

»Du behandelst sie wie eine Tochter, nicht wie eine Zofe. Ich habe dich oft beobachtet.«

»Manchmal erinnert sie mich daran, wie ich in diesem Alter war.« Sie blickte zur Seite. »Ich möchte nicht, daß sie dasselbe durchmachen muß wie ich.«

Bolitho wartete. Eines Tages würde sie ihm, wie Adam, alles erzählen.

Sophie erschien oben auf der Treppe. »Ein Brief M'lady.« Sie blickte auf Bolitho. »Für Sir Richard.«

Sie übergab Bolitho den Umschlag. »Es war ein fescher junger Offizier, M'lady. Von der Admiralität.«

Catherine erkannte die Karte in Bolithos sonnengebräunten Händen. Es war eine vornehme Einladung mit einem Wappen am Kopf.

»Von Hamett-Parker. Eine Einladung. Seine Majestät wird anscheinend auch anwesend sein.« Er spürte, wie Ärger in ihm aufstieg. Als sie ihm die Karte aus der Hand nahm, wußte sie, warum. Sie war nicht eingeladen.

Sie kniete sich zu ihm. »Was hast du erwartet, Richard? Was immer wir denken oder tun, andere werden es unpassend finden.«

»Ich werde nicht hingehen. Sollen sie verdammt sein!«

Sie betrachtete sein Gesicht und erkannte Adam darin wieder und viele der porträtierten Männer in Falmouth. »Du mußt gehen. Eine Weigerung wäre eine Beleidigung des Königs. Hast du daran gedacht?«

Er seufzte. »Ich wette, daß irgend jemand es getan hat.«

Sie blickte auf die Adresse der Karte. »St. James's Square. Eine *sehr* noble Gegend, glaube ich.«

Bolitho hörte sie kaum. Also begann alles wieder von vorne. Die Versuche, sie zu trennen oder sie begierig zu verdammen, sollte er sie mitnehmen.

»Ich frage mich, ob Sillitoe dort sein wird?«

»Wahrscheinlich. Er hat viele Eisen im Feuer.«

»Aber du scheinst ihn zu mögen.«

Er dachte, daß sie ihn necken wollte, um ihn von der Einladung abzulenken. Aber das war nicht der Fall.

»Ich bin mir nicht sicher, Kate.«

Sie legte ihren Kopf in seinen Schoß und meinte weich: »Dann werden wir abwarten. Aber du kannst sicher sein, daß er kein Rivale für dich ist . . . niemand kann das sein.«

Er küßte ihre nackte Schulter und fühlte sie erzittern. »Oh, Kate, was wäre ich ohne dich?«

»Du bist ein Mann, mein Mann.« Sie blickte zu ihm auf, ihre Augen leuchteten. »Und ich bin deine Frau.«

Sie nahm ihre Rosen auf und fügte hinzu: »Sie versuchen, dich durch mich zu diskreditieren – oder umgekehrt. Das ist ein Spiel, das ich gut kenne.« Sie berührte ihre Schulter, wo er sie geküßt hatte, ihr Gesichtsausdruck war ruhig, fast entrückt. »Ich werde Zenorias Einladung nach Hampshire annehmen.« Sie sah die Wolke auf seinem Gesicht. »Nur für diesen einen Tag. Es ist eine weise Vorsichtsmaßnahme, glaube mir.«

Sie gingen ins Haus, wo sie hörten, daß sich Sophie in der Küche mit dem Koch unterhielt.

Sie blickte ihn an und lächelte leise: »Ich glaube, ich habe mir den Rücken verspannt.« Sie bemerkte sein Verständnis und fügte hinzu: »Vielleicht kannst du ihn untersuchen?«

Als sie später in seinen Armen lag, flüsterte sie: »Manchmal, mein Lieber, muß man dich daran erinnern, was wichtig ist...« Sie bog ihren Rücken durch, als er sie wieder berührte. »Und was nicht...« Der Rest verlor sich in ihrer Umarmung.

IV Strategie

Kapitän Adam Bolitho parierte den großen Grauen durch und starrte über eine Steinmauer auf das imposante Haus. Die Mauer war neu, wahrscheinlich war sie eine der vielen, die von französischen Kriegsgefangenen gebaut wurden. Er tätschelte die Mähne des Pferdes, während er über die hügelige Landschaft Hampshires blickte, die einen zeitlos friedlichen Eindruck machte, so ganz anders als seine Heimat Cornwall, wo die See niemals weit entfernt war.

Als er auf der alten Poststraße durch die Dörfer ritt, hatten ihn die Menscshen neugierig betrachtet. Man sah hier offensichtlich selten einen Seeoffizier, während das Heer überall präsent war.

Er blickte auf seine Hand und hielt sie in den warmen Sonnenschein. Sie war ruhig. Beinahe hätte er laut aufgelacht, denn so fühlte er sich keineswegs. Er bezweifelte, daß es klug gewesen war, hierher zu kommen.

Die *Anemone* lag in Spithead und wartete auf Befehle. Nachdem der Hafenadmiral darauf bestanden hatte, einen Teil seiner Männer auf Schiffe zu versetzen, »die sie dringender benötigten«, konnte die Fregatte nicht vor Ablauf einiger Tage auslaufen. Wie vermutet, hatte er seinen Ersten Leutnant Peter Sargeant verloren. Es war ein trauriger Abschied gewesen, aber Adam hatte ihn nicht zurückgehalten, denn er wußte, wie wichtig es war, jede Beförderungsmöglichkeit zu ergreifen. In Sargeants Fall war es das Kommando auf einem Flottenschoner. In der Marine bekam man selten eine zweite Chance.

Aubrey Martin, der Zweite, war nachgerückt, und stündlich erwarteten sie einen weiteren jungen Offizier und ein paar Fähnriche. Da er seine erfahrensten Unteroffiziere zusammen mit dem Ersten Offizier zum Wohle der Flotte hatte abgeben müssen, wußte Adam, daß ein langer Weg vor ihm lag, bis *Anemone* wieder eine schneidige Fregatte mit einer eingespielten Mannschaft sein würde.

Der Werftkapitän hatte herausgefunden, daß er Ausritte machte, um sich für kurze Zeit der Flut von Befehlen und Anforderungen zu entziehen, die der Fluch eines jeden Kommandanten unter den wachsamen Augen eines Admirals waren. Der Werftkapitän hatte zwei Briefe für Valentine Keen erhalten, noch geschickt an das Flaggschiff *Black Prince* in der Karibik und schließlich in Portsmouth angekommen.

Der Werftkapitän hatte trocken bemerkt: »Der eine ist von einem Schneider in London, bei dem ich auch arbeiten lasse. Die Handschrift dieses Pfennigfuchsers würde ich auch im Schlaf erkennen.« Friedfertig fügte er hinzu: »Ein schönes Pferd haben Sie da.«

Das stimmte. Er hatte sich den kräftigen Grauen von einem Major der Seesoldaten in der Kaserne geliehen, einem Offizier, der so viele Pferde besaß, daß er hundert Jahre im Corps dienen mußte, wollte er sie von seinem regulären Sold bezahlen.

Adam studierte wieder das Haus. Es lag schätzungsweise fünf Meilen östlich von Winchester, und nur wenige Dörfer befanden sich in seiner Nähe. Fünf Meilen, dachte er, aber es hätte auch zehnmal so weit sein können.

Aber warum war er hier? Angenommen, Keen vermutete etwas oder Zenoria hatte die Wahrheit ausgeplaudert? Er zwang sich, den Tatsachen ins Gesicht zu schauen. Er hatte sie genommen. In einem Moment verzweifelter Leidenschaft, als sie beide geglaubt hatten, einen geliebten Menschen auf der *Golden Plover* verloren zu haben.

Er hatte sie genommen. Nicht auszudenken, was passiert wäre, hätte sie sich geweigert. Er wäre ruiniert gewesen, und das hätte seinem Onkel das Herz gebrochen. Von ihr hätte man gesagt: Kein Rauch ohne Feuer. Ein gefundenes Fressen für Lügner und Lästermäuler.

Er mußte oft an seine Wut denken, als ein Fremder in einer Kneipe Bolithos Namen beschmutzte. Jedes Mal stand es ihm vor Augen: *Ich hätte ihn beinahe getötet. Noch einen Augenblick länger, und ich hätte es getan.*

Du Narr! Kehre um, solange du noch kannst. Bei diesem Gedanken trieb er die Hacken in die Flanken des Grauen und trabte den Hang hinab auf das große Tor zu, das Hirsche aus Bronze zierte. Die Familie war reich und voller Einfluß. Man munkelte, daß Keens Vater seinen Sohn für verrückt hielt, weil er in der Marine diente, wo er doch überall leichter hätte Karriere machen können.

Ein alter Gärtner arbeitete gebückt in den Beeten, seine Schubkarre stand neben ihm. Adam tippte grüßend an den Hut, als er die geschwungene Auffahrt hinauftritt, und bemerkte, daß eine lange Vogelflinte auf der Karre lag. Das Haus mußte sehr einsam liegen, Dienerschaft hin oder her. Wie konnte sich die freiheitsliebende Zenoria nach der wilden Küste Cornwalls hier eingewöhnen?

Das Haus war noch größer und eindrucksvoller, als er es sich vorgestellt hatte. Ein mit Darstellungen von Löwen und fremdartigen Ungeheuern geschmückter Säulengang, dazu Stufen, die so sauber waren, daß man von ihnen hätte essen können.

Wäre er innerlich nicht so angespannt gewesen, hätte er gegrinst. Dagegen wirkte das alte Haus in Falmouth schäbig, aber wie ein Ort, der einen willkommen hieß, an dem man leben konnte.

Ein kleiner, verhutzelter Mann kam aus dem Nichts herangeschossen und hielt die Zügel, während Adam abstieg.

»Geben Sie ihm etwas Wasser, ich werde nicht

lange bleiben.« Der Mann nickte, sein Gesicht blieb völlig ausdruckslos.

Er sah dem Mann nicht nach, wie er das Pferd um eine Ecke des Hauses führte, weil er fürchtete, der Mut könnte ihn verlassen.

Ein Flügel der Doppeltür schwang nach innen auf, bevor er ihn erreichte, und eine förmlich wirkende Frau mit einem Schlüsselbund an der Hüfte blickte ihn kühl an.

»Kapitän Adam Bolitho. Ma'am. Ich habe Briefe für Kapitän Keen.« Oder war der schon zum Admiral befördert worden?

»Werden Sie erwartet, Sir?«

»Nein. Wohl nicht.« Daran gewöhnt, daß die Seeleute bei jedem seiner Befehle sprangen, verwirrte ihn ihr abweisender Ton.

Sie blieb unbeirrt in der Mitte der Tür stehen. »Kapitän Keen ist fort, Sir. Möchten Sie eine Nachricht hinterlassen?«

Stimmen erklangen, dann hörte er Zenoria: »Was gibt es, Mrs. Tombs?«

Adam spürte sein Herz schneller schlagen. Die Haushälterin führte einen passenden Namen.

Die Tür öffnete sich weit, dann stand sie vor ihm und starrte ihn an. Sie trug einen schlichten geblümten Morgenmantel, das dunkle Haar über den Ohren hochgesteckt. Ihr einziger Schmuck bestand aus Ohrringen mit Perlen und einem Anhänger, der seiner Schätzung nach ein Vermögen wert sein mußte. Er wußte nicht, was er erwartet hatte, aber sie sah aus wie ein Kind, das sich mit der Garderobe der Eltern verkleidet hat und ihnen nun eine Rolle vorspielt.

»Es ... es, äh, tut mir leid, wenn ich störe, Mrs. Keen. Ich habe ein paar Briefe.« Er fingerte nach ihnen, aber sein Ärmel verfing sich an dem kurzen Säbel, den er immer trug. »Mein Schiff liegt noch in Portsmouth. Ich dachte ...«

Der abschreckende Hausdrache fragte: »Ist alles in Ordnung, Ma'am?«

»Ja.« Zenoria warf ihren Kopf zurück, wie damals, als ihr Haar wie schimmernde Seide herunterhing. »Warum nicht?«

»Jawohl, Ma'am.« Sie trat zurück, um den Ankömmling eintreten zu lassen. »Sollten Sie etwas benötigen ...« Sie huschte geräuschlos auf dem Marmorboden davon, aber ihre Worte hingen wie eine Drohung in der Luft.

Zenoria sah ihn ein paar Sekunden an. »Sie wissen, daß Sie hier nicht willkommen sind, *Kapitän.*« Sie blickte sich um, als fürchtete sie, belauscht zu werden. Das Haus lag völlig ruhig da, so als ob es gespannt zuhörte und zusah.

»Es tut mir leid. Ich werde sofort gehen.« Er sah, daß sie zurückwich, als er einen Schritt auf sie zu machte. »Ich hatte nicht vor, Sie in Verlegenheit zu bringen. Ich nahm an, Ihr Mann wäre hier.« Er verlor sie, bevor er ihr nahegekommen war.

Sie hatte sich gesammelt. »Er ist in London auf der Admiralität. Heute abend wird er zurück sein.« Ihre Augen blitzten. »Sie hätten nicht kommen dürfen! Sie hätten das wissen müssen!«

Eine Tür wurde diskret geöffnet und wieder geschlossen, und sie sagte: »Kommen Sie in die Bibliothek.«

Sie ging voraus, sehr gerade und klein in dieser Kathedrale von einem Haus. *Das Mädchen mit den Mondscheinaugen,* hatte sie ihr Onkel genannt.

Bücherstapel lagen auf einem Tisch. Gleichmütig meinte sie: »Alles meine. Sie warten darauf, daß unser neues Haus fertig wird.« Sie blickte auf die hohen Fensterscheiben, gegen die eine Biene hilflos anflog. »Alle sind hier sehr nett zu mir . . . aber ich muß immer fragen. Ich habe keine Kutsche, und man hat mich davor gewarnt, alleine auszureiten. Es gibt Straßenräuber, und auch Deserteure sind immer in der Nähe. Es ist wie in der Wüste!«

Adam dachte an den Gärtner und die Muskete. »Wann werden Sie hier wegziehen?« Er wagte kaum zu sprechen.

Sie zuckte die Achseln. Sogar das ließ sein Herz schmerzen. »Dieses Jahr, nächstes Jahr – ich weiß es nicht. Wir werden in der Nähe von Plymouth leben, es ist nicht Cornwall, aber in der Nähe. Ich finde dieses Leben wahrhaft entmutigend. Die Familie ist die meiste Zeit in London, und Vals jüngste Schwester läßt das Baby niemals in Ruhe.«

Adam versuchte, sich an die Schwester zu erinnern. Sie hatte ihren Mann auf See verloren.

»Ich sehe niemanden. Erst wenn Val nach Hause kommt, kann ich . . .« Ihr schien klarzuwerden, was sie sagte. »Und was ist mit dir? Noch immer der tapfere Held? Der Schrecken des bösen Feindes?« Aber das Feuer verlosch nicht.

»Ich muß so oft an dich denken, daß ich fast den Verstand verliere.« Ein Schatten glitt am Fenster vorbei, und er sah, daß ein Mädchen das Baby über den sauber geschorenen Rasen trug. »Es ist so klein«, entfuhr es ihm.

»Du bist überrascht? Dachtest du, es wäre älter –, vielleicht dein Sohn?«

Sie verspottete ihn, aber als er sich umdrehte, sah er Tränen in ihren Augen.

»Ich wünschte bei Gott, es wäre meins. Unseres!«

Er hörte, daß sein Pferd wieder vor das Haus geführt wurde. Die Haushälterin würde sich wohler fühlen, wenn er umgehend wieder fortritt. Sie würde Keen von seinem Besuch erzählen.

Er legte die zwei Briefe auf den Tisch. »Für deinen Mann. Sie waren mein Schlüssel zu deiner Tür. Aber ich war glücklos ...«

»Was hast du erwartet? Daß ich mit dir ins Bett gehe, nur weil du es bist, nur weil du immer alles bekommst, was du haben willst?«

Er nahm seinen Hut und schob sein unbändiges Haar aus der Stirn. Er merkte nicht, wie sie bei dieser vertrauten Geste zusammenzuckte. »Ich wollte nur dich, Zenoria.« Zum ersten Mal hatte er hier ihren Namen ausgesprochen. »Ich hatte kein Recht und auch nicht den Mut, dir zu sagen, daß ich dich liebe.«

Sie zog an einer seidenen Kordel. »Bitte geh. Vielleicht wird Gott uns beiden vergeben, aber ich kann dir nie verzeihen.«

Die Tür schloß sich. Sie blieb einige Minuten still stehen, bis sie die Stimme des Kutschers hörte, der sich für die Münzen bedankte, die ihm der junge Kapitän in die Hand gedrückt hatte. Dann nahm sie ein schmales Buch von einem der Stapel und öffnete es nach einigem Zögern. In der Mitte lagen ein paar gepreßte wilde Rosen. Er hatte sie ihr auf jenem Ausritt an seinem Geburtstag geschenkt. Sie sprach in den stillen Raum: »Und auch ich liebe dich, Adam, und werde dich immer lieben.«

Dann trocknete sie ihre Tränen und strich ihren Morgenmantel glatt, bevor sie durch die Doppeltür in den Sonnenschein trat.

Der alte Gärtner arbeitete noch immer ohne Hast. Über die Auffahrt und durch die Tore konnte sie die Straße sehen. Sie war leer. So als ob nichts geschehen wäre.

Alles war so, wie es vorher gewesen war. Aber sie wußte, daß sie alles verloren hatte.

Bolitho blieb vor dem Säuleneingang des Tanzsaales stehen. Er nutzte die Zeit, die der Diener mit der Perücke benötigte, um ihn zu erkennen, um seine eigenen Augen an das Licht zu gewöhnen.

Der Diener hatte eine quäkende Stimme, und Bolitho hielt es für unwahrscheinlich, daß jemand seine Ankündigung bei dem Kratzen der Violinen und dem Stimmengewirr verstanden hatte. Es war in der Tat ein sehr beeindruckendes Haus am vornehmen St. James's Square. Nobel, wie Catherine zutreffend vermutet hatte. Es war jedoch für Hamett-Parker allein bei weitem zu groß. Der Admiral hatte seine Frau bei einem Jagdunfall verloren, hatte aber offensichtlich eine Ader für verschwenderisches Leben behalten. Bolitho hatte die Statue eines Zenturio aus Marmor in der Eingangshalle bemerkt. Sie mußte vom ursprünglichen Hauseigentümer dort aufgestellt worden sein, von Lord Anson, der damit auf den Namen seines Flaggschiffs anspielte.

Diener und ein paar Seesoldaten, die zu diesem Aushilfsdienst verpflichtet worden waren, drängten sich durch die Menge. Man sah rote Röcke, das Purpur der Seesoldaten, doch das Blau und Weiß der Marine überwog. Nur wenige Offiziere standen unter dem Rang eines Kapitäns zur See. Von Seiner Majestät war nichts zu sehen. Bolitho hatte gehört, daß er solche Einladungen oft versäumte, obwohl er von seinem geduldig leidenden Stab daran erinnert wurde.

Er fühlte Ärger in sich aufsteigen, als er die vielen anwesenden Damen bemerkte. Einige mochten Ehefrauen sein, andere mit frechen Augen und kaum verhülltem Busen konnten kaum geladene Gäste sein. Aber niemand störte sich daran. Hatte ein gewöhnlicher Offizier eine Affäre, wurde das schlicht ignoriert. Aber wäre Catherine an seinem Arm hier erschienen, hätte man eine Stecknadel zu Boden fallen hören, alle hätten sie angestarrt.

Jemand nahm seinen Hut und war schon in der Menge verschwunden. Ein anderer, es war ein Royal Marine, kam vorsichtig mit einem Tablett zu ihm. Bolitho sah ihn fragend an, der Seesoldat flüsterte verschwörerisch: »Das ist der gute Stoff, Sir Richard.« Beinahe hätte er ein Auge zugekniffen. »Ich bin stolz, daß ich Sie bedienen darf. Die Jungs werden platzen, wenn ich das erzähle!«

Bolitho nippte am Wein. Er war wirklich gut. Auch kühl, schon das war erstaunlich genug. »Kenne ich Sie?«

Der Mann grinste, als wäre so etwas unmöglich. »Nein, beim Himmel, Sir Richard. Ich war bei der Achterdecksbesatzung der *Benbow*, als Sie uns zu Hilfe kamen.« Sein Gesicht wurde plötzlich ernst. »Ich war verwundet, verstehen Sie, ohne Sie wäre ich zusammen mit allen anderen getötet worden.«

Bolitho hörte jemanden mit den Fingern schnippen. Er drehte sich um und sah, daß ein Kapitän, den er nicht kannte, den Marineinfanteristen heranwinkte.

Er war einer von Thomas Herricks Seesoldaten, ein Mann, der sich glücklich schätzte, am Leben zu sein und von seinen Verwundungen genesen zu sein – anders als viele seiner Kameraden an jenem schrecklichen Tag.

Er schnarrte: »Haben Sie keine Manieren, Sir?«

Der Kapitän starrte ihn an, dann die Rangabzeichen; er schnappte nach Luft wie ein Fisch auf dem Trockenen.

»Konteradmiral Herrick war mein Freund.«

Der Seesoldat nickte ernst. Er hatte gesehen, wie der Kapitän rot angelaufen war. Noch etwas, was er seinen Kumpels in der Kaserne erzählen konnte.

»Ich weiß, Sir Richard. Verzeihung, aber ich finde es falsch, ihn nach New South Wales zu schicken.«

Bolitho nahm noch ein Glas vom *guten Stoff* und nickte. Warum hatte er gesagt, *war* mein Freund? Gab es zwischen ihnen wirklich keine Freundschaft mehr? Herrick war immer ein starrköpfiger Mann gewesen, manchmal ohne Sinn und Verstand. Er konnte Bolithos Liebe zu der ihm nicht Angetrauten nicht akzeptieren, obwohl Catherine die einzige gewesen war, die bei Herricks geliebter Dulcie ausgeharrt hatte, als sie so jämmerlich an Typhus gestorben war. Es war ein Wunder, daß Catherine nicht dasselbe Schicksal erlitten hatte.

Er sah durch eine Lücke in der Menge, daß ihn Hamett-Parker scharf beobachtete. Seine farblosen Augen reflektierten die unzähligen Kerzen.

Bolitho ging auf ihn zu. Der Seesoldat war verschwunden, um ein neues Tablett zu holen. Bolitho hatte den Brandy in seinem Atem gerochen. Hoffentlich paßte er auf, daß es keiner seiner Offiziere bemerkte.

Hamett-Parker nickte mit dem Kopf. »Ich konnte das Charisma fühlen, das man Ihnen nachsagt, Sir Richard. Dieser Bursche war offensichtlich einer Ihrer Bewunderer.«

»Ich habe mich in Gegenwart solcher Männer immer wohl gefühlt, Sir James, weil ich gesehen habe, was er und seine Kameraden erduldet haben. Er und seinesgleichen führen mir immer vor Augen, was wir ihnen an Führung schulden.«

Der Admiral grunzte. »Das will ich nicht abstreiten. Aber wir müssen darauf achten, daß die Popularität nicht zu Lasten der Disziplin geht.« Er blickte sich in der lauten Menge um. »Lord Godschale hätte es gefallen, glauben Sie nicht auch?«

»Was ist aus ihm geworden?« Bolitho spürte, daß Hamett-Parker versuchte, ihn zu reizen.

»Er dürfte inzwischen nach Bombay unterwegs sein.« Der Admiral schien unberührt, aber seine Stimme klang schärfer. »Er bekleidet eine sehr wichtige Stellung bei der Ehrenwerten Ostindischen Handelsgesellschaft. Sehr einträgliche Sache, wie ich vermute.«

Bolitho konnte sich nicht vorstellen, daß Godschale freiwillig das abwechslungsreiche Leben in London gegen die extreme Hitze und die Fieberkrankheiten Indiens vertauscht hatte. Hamett-Parker bemerkte: »Ich glaube, es kam nicht ganz unerwartet. Einen Fehltritt kann man übersehen, einen politischen Skandal nie.« Er blickte Bolitho kalt an. »Wie ich schon sagte, man muß durch das persönliche Beispiel vorangehen!«

»Wird Kapitän Keen heute abend anwesend sein, Sir James?«

Hamett-Parker gestattete sich ein dünnes Lächeln. »Nein, er ist jung verheiratet, und ich kann ihn eine Weile entbehren.«

»Ich hatte gehofft, daß er gleich zum Flaggoffizier befördert wird.«

»War das bei Ihnen der Fall?«

Bolitho betete, daß jemand kam und dieses Wortgeplänkel unterbrach. »Nein, ich war zuerst Kommodore.« Hamett-Parker wußte das sicher besser als jeder andere. Er beherrschte seinen Ärger und fügte hinzu: »Ich kenne Kapitän Keen seit vielen Jahren. Er war Fähnrich unter meinem Kommando. Er ist ein guter Offizier und ein Ehrenmann.«

»Und er kommt aus einer mächtigen und einflußreichen Familie, nicht wahr? Ich respektiere natürlich Ihre Anteilnahme, aber Sie werden zugeben, daß Kapitän Keen mehr als nur ein guter Offizier sein muß, um seine Flagge als Konteradmiral setzen zu dürfen. Aber wir werden sehen. Er wird eine gute Chance bekommen, sich zu bewähren, das verspreche ich Ihnen.«

Ein Diener näherte sich ihnen. Er balancierte ein einzelnes Glas in der Mitte seines Tabletts. Der Admiral nahm es und bemerkte: »Sehr erfrischend.«

Bolitho konstatierte, daß er Limonensaft trank. Wahrscheinlich wollte er die Mätzchen seiner Untergebenen und Admiralskameraden, bei denen der Wein in Strömen floß, genau beobachten.

Hamett-Parker runzelte die Stirn, riß sich aber sofort wieder zusammen, als Sir Paul Sillitoe in einem eleganten grauen Seidenanzug mit einem Zierdegen an der Seite zu ihnen herübergeschlendert kam.

»Ich möchte mich für mein spätes Erscheinen entschuldigen, Sir James.« Ein paar Gäste in der Nähe versuchten so auszusehen, als ob sie nicht lauschen würden. Sie wurden nicht enttäuscht. »Ich war beim Premierminister – wir haben zusammen Seine Majestät aufgesucht. Der König wird nicht hier erscheinen.«

Hamett-Parker blickte ihn düster an. »Was schmerzt ihn denn diesmal?«

Sillitoe lächelte Bolitho zum ersten Mal zu. »Wir haben gerade die Nachricht aus Talavera erhalten, Sir James, daß General Wellesly einen großen Sieg über Marschall Soult errungen hat. Der Krieg auf der iberischen Halbinsel dürfte gewonnen sein.«

Es herrschte ein verblüfftes Schweigen, dann verbreitete sich die Neuigkeit im Raum und im Haus, und begeisterte Hochrufe ließen die Kronleuchter erzittern.

Hamett-Parker nickte. »Früher als erwartet.« Er klang völlig unbeeindruckt.

Sillitoe nahm sich ein Glas Wein und lächelte wieder. »Ein perfekter Anlaß, um Ihre Amtsübernahme zu feiern, Sir James. Meine Gratulation.« Er blickte Bolitho an. »Es ist auch für Sie ein großer Augenblick, denn ohne Sie und Ihre Seeleute hätte kein Soldat den Fuß auf Feindesland setzen können!«

Hamett-Parker bemerkte: »Wir sollten bald zu Tisch gehen, solange noch ein paar der Kerle stehen können. Geben Sie Bescheid!«

Während sich der Admiral abwandte, um ziemlich ungeschickt den Gastgeber zu mimen, meinte Sillitoe leichthin: »Sie sind heute abend allein hier, Sir Richard?« Seine tiefliegenden Augen verrieten nichts über seine Gedanken.

»Ich bin nur gekommen, weil Lady Catherine darauf bestanden hat.«

»Sehr klug. Es gibt Zeiten, da ist Besonnenheit mehr wert als ein ganzes Geschwader.«

Bolitho war plötzlich des Redens müde. »Ich werde nicht zum Essen bleiben, darf ich mich entschuldigen!«

Sillitoe hob die Schultern. »Wir werden uns bald wiedersehen. Auf uns wartet Arbeit, jetzt, da Arthur Wellesly seinen alten Gegner verhackstückt hat.«

»Worum handelt es sich?« Er wollte gehen, war aber auch neugierig.

Sillitoe nahm ihn am Arm und führte ihn in einen Nebenraum, in dem das Durcheinander aus Hochrufen und trunkenem Gelächter nur noch gedämpft zu vernehmen war.

»Raten Sie mir, Richard, und ich werde den Herzog von Portland beraten. Die Franzosen wollen unseren Handel abwürgen – unseren Lebensnerv, wie Sie wissen.«

»Ich habe von den letzten Verlusten gelesen. Hätten wir den französischen Konteradmiral André Baratte nicht gefangengenommen, würde ich sagen, es ist seine Handschrift.«

Sillitoe lächelte sanft. »Sie sind sehr scharfsinnig. Baratte wurde gegen Lord Derwent ausgetauscht, der in Spanien in Gefangenschaft geriet. Sie verstehen? Kaum zurück in England, beweisen Sie schon wieder

Ihren Wert.« Das Lächeln wurde breiter, erreichte aber nicht seine Augen. »Besonders für mich!«

Er zog seine Uhr hervor und gähnte. »Meine Kutsche steht draußen. Wenn Sie wollen, bringe ich Sie nach Chelsea. Dabei können wir in Ruhe sprechen.«

Die Straßen an der Themse waren durch einen unerwarteten Regenguß leergefegt. Sillitoe vergeudete keine Zeit und befragte Bolitho intensiv über die Bedrohung der Handelsschiffahrt.

»Ich bin ganz Ohr, Richard, begierig auf Fakten. Ich für meinen Teil werde auch in fünfhundert Jahren noch keinen brauchbaren Seemann abgeben!«

Bolitho brütete noch immer wütend über die Dummheit nach, Baratte gegen einen läppischen englischen Aristokraten auszutauschen. Baratte war ein gefürchteter Fregattenkapitän und Geschwaderkommodore gewesen, bevor man ihn befördert hatte. Es waren mehrere Versuche unternommen worden, ihn im Gefecht gefangenzunehmen, doch alle waren gescheitert. Es war Bolithos *Tybald* vorbehalten gewesen, den Admiral festzusetzen. Sie hatte Barattes Fregatte niedergekämpft, obwohl ursprünglich alles gegen einen Erfolg gesprochen hatte. Es wurde gesagt, daß Baratte England im gleichen Maße haßte, wie er Frankreich liebte; und jetzt war er wieder frei, wahrscheinlich besser über Englands Stärken und Schwächen informiert als jemals vorher.

Sillitoe bemerkte: »Wir sitzen am Kap der Guten Hoffnung, zum großen Teil verdanken wir auch das Ihrer Initiative. Sollte das nicht ausreichen?«

Bolitho sah die weit verstreuten Handelsrouten vor sich: von Indien und Hinterindien bis nach New South Wales mit seiner aufblühenden Kolonie. Baratte hatte die freie Auswahl; er konnte jedes Schiff und jede Ladung haben. Aber er benötigte einen Stützpunkt, wo er seine Schiffe mit Wasser und Proviant versorgen und die Prisen entladen konnte.

»Wir brauchen ein kleines schnelles Geschwader, vielleicht sogar eine Flottille. Sechs Fregatten mit fähigen Kommandanten...« Er spürte Sillitoes Reaktion. »Ich weiß, ich könnte genausogut den Mond verlangen, aber ohne eine durchgeplante und praktikable Strategie werden die Verluste ansteigen, und Ihre Lordschaften werden gezwungen sein, weitere Kriegsschiffe aus den Heimatgewässern abzuziehen, egal, wie sehr sie dort benötigt werden.« Er blickte aus dem Fenster und wünschte, daß Sillitoe rechts von ihm sitzen würde. Sein Auge schmerzte, und er hätte es gerne gerieben, obwohl er wußte, daß es nicht half.

Er fuhr fort: »Wie Baratte bin ich wohl im Herzen immer ein Fregattenkapitän geblieben. Ich habe drei Fregatten kommandiert, es war unvergleichlich!«

»So? Und was war mit der *Sparrow*?«

Er versteifte sich. »Das war eine Kriegsslup, nicht mal so groß wie ein Kriegsschiff der sechsten Klasse.« Wie Hamett-Parker hatte auch der mysteriöse Sillitoe seine Hausaufgaben gut gemacht.

»Ich verstehe.«

Bolitho fuhr fort: »Da sind noch die Patrouillenschiffe, die gegen den Sklavenhandel von Freetown und Kapstadt vorgehen. Ihre Hilfe könnte nützlich sein. Sie kennen alle denkbaren Schlupfwinkel, sei es auch nur durch die Verhöre der gestellten Sklavenhändler.« Und er mußte wieder an Tyacke denken, den ausgezeichneten Seemann, der wegen seiner furchtbaren Gesichtsverletzung isoliert blieb, den aber die Männer, die unter ihm dienten, respektierten und wohl auf ihre Art auch liebten. Als Bolitho mit seinen Leuten dem Tode nahe gewesen war, gab es keinen, der beim Anblick der *Larne* nicht keuchend ein Dankgebet gen Himmel geschickt hätte.

Sillitoe sagte: »Das ist es, was ich an Ihnen so schätze. Sie geben keine wohlfeilen Ratschläge, sondern durchdenken sie, wie es nur ein Berufssoldat kann. Unser neuer Erster Seelord ist noch nicht bereit, sich zu beugen. Er wird es lernen.«

»Warum mußte Godschale gehen?«

Sillitoe meinte kühl: »Sie sind sehr direkt. Wie Sie wissen, war Godschale den Damen zugetan. Aber er war weder beständig noch vorsichtig. Er kompromittierte eine hochstehende Dame, die er dann für eine andere sitzenließ. Unglücklicherweise war die Verlassene die Frau eines einflußreichen Mitglieds des Oberhauses. Mehr kann ich nicht sagen.«

»Er wird Bombay nicht mögen.«

Sillitoe beobachtete ihn aus dem Schatten heraus. »Das dürfte eine ziemliche Untertreibung sein.«

Es war stockfinster, als sie das Haus erreichten, aber der Regen hatte aufgehört, und zwischen den Wolken zeigten sich bereits wieder Sterne.

»Ich möchte Sie um einen Gefallen bitten, Richard.«

Bolitho wandte sich halb um, eine Hand schon am Kutschenschlag. »Nun?«

»Sie werden bei Ihrem nächsten Einsatz einen guten Flaggleutnant benötigen, nachdem der junge Jenour Kommandant geworden ist. Ich denke, daß ich den richtigen für Sie habe.« Es klang, als lächelte er in der Dunkelheit. »Meinen Neffen, um genau zu sein. Zur Zeit dient er als Leutnant auf der alten *Canopus*. Das Schiff wird auf dem Nore grundüberholt.«

»Ich werde mit ihm sprechen müssen.«

»Natürlich, das werde ich arrangieren. Er ist keiner dieser aufgeblasenen Karrieremacher ... Er ist intelligent und hat eine bessere Bildung als viele, die den Rock des Königs tragen.«

»Ich kann nichts versprechen.« Es war seltsam, sich vorzustellen, daß Sillitoe einen Neffen hatte und so etwas wie eine Familie. Catherine hatte ihm erzählt, daß Sillitoe ihren toten Mann, den Viscount Somervell, gekannt hatte. In welchem Zusammenhang, fragte er sich: als Spieler, als Duellant, als Betrüger? Gewöhnlich führte das eine zum anderen. Aber nicht bei Sillitoe. Er war zu klug, zu vorsichtig.

Er blickte auf das dunkle Haus. »Grüßen Sie Lady Catherine. Schade, daß sie nicht zu Hause ist.« Er klopfte an das Dach der Kutsche. »Fahr weiter!«

Bolitho berührte sein Auge. Er vertraute immer auf Catherines Instinkt, was Menschen betraf. Warte ab, hatte sie gesagt. Wenn Sillitoe im Spiel war, ein weiser Ratschlag.

Die Haushälterin öffnete die Tür und verkündete: »Ich habe den Tisch für Sie gedeckt, Sir Richard.«

»Danke, nein. Ich habe keinen Appetit, ich werde auf unser Zimmer gehen.«

Unser Zimmer. Er schloß die Tür hinter sich und sah sich um. Ihr Parfum hing in der Luft, und da lag das Negligé, das sie häufig vor dem Schlafengehen trug, weil er es so liebte. Es schien, als würde sie jeden Moment eintreten.

Er eilte an das Fenster, als eine Kutsche an der Straßenecke ihre Fahrt verlangsamte. Aber sie fuhr am Haus vorbei. Sie waren getrennt, weil sie befürchtet hatte, daß ihm Nachteile entstehen würden, sollte er die Einladung zurückweisen. Hamett-Parker würde wissen, daß er früh gegangen war, aber man würde ihm auch sagen, daß er mit Sillitoe zusammen gewesen war. Er warf seinen schweren Uniformmantel auf einen Stuhl und grinste, als er sich vorstellte, wie indigniert Ozzard darüber sein würde.

Er legte sich hin und starrte auf die tanzenden Schatten, die die einzelne Kerze an die Decke zauberte. Er sah sie vor sich, wie sie über ihm kniete oder mit zerwühltem Haar auf den Kissen lag und ihn ohne Scham, ja voller Stolz auf ihren Körper, erwartete.

Er war bald eingeschlafen.

V Keine Geheimnisse

Mitte August 1809 überwog in der Stimmung der englischen Bevölkerung Apathie und Desinteresse. Eine Ausnahme bildeten nur diejenigen, die einen geliebten Menschen auf See oder bei der Armee in der Fremde wußten. Nach Wellesleys Siegen in Spanien und seiner Heimkehr, nach der ihn der König zum Herzog von Wellington machte, schien der wahre Feind, Frankreich, plötzlich sehr fern. Nur in der City von London, also bei den Banken und Versicherungen, schätzte man die Handelsschäden und Verluste an Schiffsraum richtig ein.

Bolitho war zweimal bei der Admiralität gewesen, wo er von vier Lordschaften empfangen wurde. Zwei waren Flaggoffiziere, die anderen beiden Zivilisten. Er war verwirrt über die eher lässige Art, wie die Admiralität geführt wurde. Hunderte von Instruktionen und Befehlen wurden jede Woche an die Geschwader und einzelne Schiffe verschickt, viele würden schon überholt sein, wenn sie den Empfänger erreichten.

Als Catherine wieder zu Hause war, hatte ihn ihre strikte Weigerung überrascht, über den Besuch bei Zenoria zu erzählen. Er vermutete, daß sich die junge Frau noch immer von der überwältigenden Freundlichkeit der Familie erdrückt fühlte. Als sie die Einladung zur Taufe in Hampshire erhielten, merkte er, daß Catherines Laune noch schlechter wurde.

Er wußte, daß sie über die Ungewißheit seines nächsten Einsatzes beunruhigt war. Die Nachrichten über den sich verschlechternden Gesundheitszustand Collingwoods rückte zum ersten Mal das Mittelmeer in den Bereich des Möglichen. Aber noch immer verweigerte die Admiralität, manche sagten, der König, dessen Geistesschwäche fortschritt, Collingwood die Rückkehr nach England.

Er besprach die Taufe mit Catherine, dabei spürte er deutlich, daß etwas nicht stimmte.

Sie hatte sich zu seinen Füßen zusammengekauert, das Haar verdeckte ihr Gesicht, als sie sagte: »Val ist so aufgeregt. Er will alle seine Freunde einladen, alle, die zur Zeit im Lande sind«, er spürte das Zögern, als sie fortfuhr, »einschließlich Adam.«

»Das ist unwahrscheinlich, Kate. Die *Anemone* ist unbemannt, er wird genug damit zu tun haben, abseits der Marinebasen Männer aufzutreiben. Ein Fregattenkapitän fühlt sich auf See am wohlsten, wenn ihm kein Admiral vor der Nase sitzt.«

Sie erwiderte leise: »Dann danke Gott dafür.« Sie hatte ihn angesehen. »Du weißt, ich liebe ihn wie einen Sohn, und ich fühle mich wie eine Verräterin bei dem, was ich dir jetzt erzähle. Aber ich muß es dir sagen. Wir haben uns geschworen, daß es zwischen uns keine Geheimnisse geben soll.«

Bolitho hatte ihr zugehört, ohne sie zu unterbrechen: Was sie in Adams Gesicht bei der Hochzeit in Zennor gelesen hatte; was sie von seinen Besuchen in Falmouth wußte und über den Zwischenfall in einer Posthalterei, in der Adam einen völlig Fremden beschuldigt hatte, Bolithos Familie beleidigt zu haben. Glücklicherweise hatte er es dabei bewenden lassen, eine Kerze auszuschießen. Zenoria hatte ihr erzählt, daß Adam sie sogar kürzlich besucht hatte und daß er den ganzen Weg von Portsmouth geritten war, wo *Anemone* mit Vorräten beladen wurde.

Bolitho hatte ihr Haar gestreichelt, um sie zu beruhigen, aber in seinem Kopf hatte sich alles gedreht. Was war los mit ihm, daß er während der langen Überfahrt von der Karibik nichts bemerkt hatte? Sah er nur das, was er sehen wollte? Sein Neffe war immer ein unruhiger Typ gewesen, vom ersten Tag an, da er als magerer Fähnrich auf sein Schiff gekommen war. Er hatte nie darüber nachgedacht, daß Adam nach seinem Bruder Hugh kommen könnte. Und doch . . . Hugh hatte ein aufbrausendes Temperament gehabt und konnte keine Beleidigung einfach runterschlucken. Kapitän James, ihr Vater, empfand es als schlechtes Erbteil, aber bestimmt steckte mehr dahinter.

»Zenoria braucht ein eigenes Haus, wo sie sie selbst sein kann. Sie ist jung, Richard, aber aufgrund ihrer Erlebnisse hat sie einen Lebenshunger, den Keens Familie nicht versteht«, hatte Catherine erklärt.

Der Tag der Taufe kam heran, und wie versprochen waren sie zu dem großen Landhaus gefahren, wo viele Freunde aus nah und fern dem kleinen Perran Augustus die Ehre erwiesen. In der winzigen Dorfkirche fanden nicht alle Platz, aber auf dem Gelände des Hauses gab es genug Essen und Trinken, um ein Regiment zu versorgen.

Bolitho hatte versprochen, sich nicht anmerken zu lassen, daß er Zenorias Geheimnis kannte. Sollte Valentine Keen jemals die Wahrheit erfahren, es wäre nicht auszudenken, wie die Angelegenheit enden würde.

Es gab mehrere kleine Zwischenfälle, alle auf ihre Art banal, aber sie waren froh, daß sie sich entschieden hatten, noch am selben Tag nach Chelsea zurückzufahren. Der erste hatte sich ereignet, als die Geschenke der Gäste betrachtet wurden. Darunter war übrigens auch ein schön geschnitztes Schaukelpferd von Allday. Aber bevor sie alle gemeinsam in die Kirche gingen, hatte Bolitho es nicht vermeiden können, durch eine offene Tür die ärgerliche Stimme von Keens Vater zu hören: »Manchmal denke ich, daß du ein verdammter Narr bist! Du bist ein Kapitän des Königs und ein tapferer obendrein – aber Verstand? Du hast nicht mehr den Verstand, der dir in die Wiege gelegt wurde!« Catherine hatte ihn am Ärmel gezupft, aber Bolitho konnte noch die folgenden Worte hören: »Warum wartest du nicht ab, wie sich der Junge entwickelt? Ich jedenfalls hoffe, daß er in der City in meine Fußstapfen tritt oder Jurist wird. Ich will ihn wenigstens nicht auf den Verlustlisten sehen!« Der Anlaß für den Ärger war Keens Geschenk für seinen kleinen Sohn, ein wunderschön gearbeiteter Fähnrichsdolch. »Den wird er eines Tages voller Stolz tragen«, hatte Keen Bolitho erklärt, der aber bei diesen Worten einen Anflug von Verzweiflung auf Zenorias Gesicht entdeckt hatte. Außerdem hatte sie Catherine, wahrscheinlich ihrer einzigen wahren Freundin, einen Blick zugeworfen.

Er erinnerte sich daran, wie er Adam während der Überfahrt von der Karibik beim Trinken in der Kabine überrascht hatte. War das wirklich erst zwei Monate her? *Ich hätte es ahnen und ihn zur Rede stellen müssen.*

Ein anderer Zwischenfall war fast vorhersehbar gewesen. Eine Dame hatte sich Bolitho genähert und nach einem herausfordernden Blick auf Catherine laut verkündet: »Vor ein paar Tagen war ich bei Ihrer Frau in London zum Tee, Sir Richard. Es war wirklich ganz reizend!«

Zwei rote Flecken waren auf ihren Wangen erschienen, als Bolitho ruhig erwiderte: »Für Sie, gnädige Frau, nur für Sie, würde ich sagen.«

Er hatte die verkniffenen Mienen und die heimlichen Rippenstöße einiger Gäste bemerkt, aber vielen Bewohnern der umliegenden Dörfer schien es eine große Freude zu sein, ihn und Catherine das erste Mal zusammen zu sehen.

»Lassen Sie ihn nicht wieder gehen, meine Liebe! Sollen doch auch mal andere die Drecksarbeit machen!«

»Ein Hurra für unseren Dick und seine schöne Lady!«

Der Ausruf stammte wahrscheinlich von einem Seemann, der irgendwann unter Bolitho gedient hatte. Es war ihm wie eine Geisterstimme erschienen, die für so viele sprach, deren Gesichter er nie wiedersehen würde.

In der Kutsche war Allday, eine starke Rumfahne verbreitend, schnell in Schlaf gefallen. Catherine hatte sanft gefragt: »Werden wir bald Gewißheit haben?«

Bolitho hatte ihren Arm gedrückt. Sie mußte nicht deutlicher werden. Das Damoklesschwert der Trennung schwebte immer über ihnen, deshalb genossen sie jede gemeinsame Stunde um so intensiver.

»Ich glaube schon. Sir Paul Sillitoe hat von einem neuen Flaggleutnant gesprochen, also nehme ich an, daß er mehr weiß, als er mir sagen darf.«

»Wirst du seinen Neffen nehmen?«

»Ich bin mir nicht sicher. Manchmal ist es besser, wenn man jemanden nicht so gut kennt, weil er einen dann auch nicht enttäuschen – ja, verletzen kann.« Er zögerte. »Wir haben zu lange über den Indischen Ozean gesprochen, als daß es Zufall sein könnte. Ein schneller Schlag scheint notwendig, um weitere Angriffe auf unsere Versorgungslinien zu unterbinden.«

»Das bedeutet eine Rückkehr nach Kapstadt?«

Beide schwiegen und hatten den Alptraum des Schiffbruchs wieder vor Augen.

»Diesmal werde ich auf einem Schiff des Königs segeln und mich vom Hundertmeilenriff gut fernhalten.«

Sie preßte sich näher an ihn und flüsterte: »Ich würde gerne bei dir sein, wo immer sie dich auch hinschicken.«

Er sah die Häuser im roten Licht des Sonnenuntergangs vorbeigleiten und fragte sich, wie viele Matrosen und Möchtegerneadmirale über diese Straßen schon gefahren sein mochten.

»Ein Freund bei der Admiralität sagte mir, daß Adams Schiff demnächst auslaufen wird. Es wird wohl nach Gibraltar gehen.«

Wieder sah er Adams Gesicht vor sich, als er gesagt hatte: »An meinem letzten Geburtstag hat mich eine Frau geküßt.« Er hätte spüren müssen, was damit gemeint war. Besonders deshalb, weil Adam auf seine Nachfrage gemeint hatte, daß niemand die Dame richtig kennen würde. Adam hatte schon damals tief gelitten. Wieviel schlimmer würde es noch werden, wenn er nicht lernte, seine Gefühle zu kontrollieren.

»Ich werde mit Adam sprechen, Kate, sobald ich eine passende Gelegenheit finde.«

Aber sie war schon an seiner Schulter eingeschlafen.

Drei Tage nach der Taufe erhielt Bolitho die erwartete Einladung von der Admiralität.

Catherine hatte darauf bestanden, ihn zu begleiten. Er war selber überrascht gewesen, daß er nicht protestiert hatte, aber wenn sie schon im Namen der Pflicht getrennt wurden, wollte er jeden Augenblick ihrer Nähe auskosten.

Es war ein schöner, sonniger Tag, und Spaziergänger bevölkerten die baumbestandenen Straßen. Bolitho blickte Catherine entgegen, die mit Sophie im Schlepptau das Treppenhaus hinuntereilte. Sie sah ihm gerade in die Augen. »Nun, liebster Mann, ist es angemessen?« Sie trug ein dunkelblaues Kleid, das mit Goldlitzen geschmückt war und seiner Uniform sehr ähnelte. »Die Lady des Admirals, was auch immer da kommen mag.« Sie klappte den Fächer auf, den er ihr aus Madeira mitgebracht hatte, und verdeckte die untere Hälfte ihres Gesichts. So beherrschten ihre Augen völlig das Gesicht; nur das Beben ihres Busens zeigte ihre Erregung.

Er packte ihre Schultern: »Ich bin nie stolzer auf dich gewesen.«

Vor der Admiralität war er sich der beobachtenden Augen wohl bewußt und fühlte sich plötzlich verwegen und keck. Er küßte sie auf den Nacken und sagte nur ein Wort: »Zusammen!« Dann setzte er seinen Hut auf und schritt die Stufen hinauf.

Es gab keine Verzögerung, und er wurde wieder von dem eleganten Leutnant von neulich erwartet. Es war zwecklos, ihn zu fragen, warum er ihm bei ihrem ersten Zusammentreffen nichts von Barattes Freilassung erzählt hatte. Hatte er es nur in seiner Aufregung vergessen oder befürchtet, daß sich Bolitho aufregen würde?

Der diensthabende Admiral war ein großer rotgesichtiger Mann; er saß mit den beiden anderen Lords der Admiralität und Hamett-Parker sowie dessen Sekretär an einem Ende des Tisches. Wie er vermutet hatte, hielt sich Sillitoe abseits von den anderen, sein Gesicht war eine undurchdringliche Maske.

Fragend zog Hamett-Parker die Augenbrauen in die Höhe, eine Angewohnheit, die er auch schon beim Kriegsgerichtsverfahren gegen Herrick gezeigt hatte. »Sie sind sehr pünktlich, Sir Richard.«

Einer der anderen Admirale, den Bolitho nicht kannte, sagte: »Im Namen aller möchte ich Ihnen für

Ihre Geduld und unschätzbare Hilfe danken. Ihre Erfahrung, nicht nur in der Seekriegsführung, sondern auch in der Zusammenarbeit mit dem Heer, hat Sie zur ersten Wahl für die anstehende Aufgabe gemacht.« Alle nickten zustimmend, nur Hamett-Parker nicht. Der Admiral fuhr fort: »Wir haben von Sir Paul Sillitoe erfahren, daß Sie an ein Geschwader von acht Fregatten dachten? Das ist natürlich völlig unmöglich.«

Bolitho mußte an Godschale denken. *Einer kann nicht alles machen.*

Er stützte den Ellbogen auf eine Lehne des Sessels und betastete sein Auge. Er war nicht wieder beim Arzt gewesen. Hatte er akzeptiert, daß es hoffnungslos war?

»Die Armee zieht ihre Truppen in Kapstadt zusammen, Sir Richard. Sie können das Vorgehen der dortigen Befehlshaber unterstützen, sind aber nicht an ihre Weisungen gebunden. Die Regierung Seiner Majestät hat beschlossen, die französische Insel Mauritius zu erobern, aber vorher müssen die Seestreitkräfte des Feindes in dieser Region aufgespürt und ausgeschaltet werden.«

Abrupt unterbrach ihn Bolitho: »Das kann niemand ohne Schiffe.«

Hamett-Parker mischte sich ein: »Fregatten und vielleicht einige kleinere Fahrzeuge?«

Bolitho sah ihn an: »Ja, andernfalls . . .«

Hamett-Parker sagte scharf: »Wir haben die neue Fregatte *Valkyrie*. Sie ist offiziell in Dienst gestellt worden und liegt jetzt in Portsmouth.« Er lächelte dünn. »Sie wird von einem Ihrer Landsleute aus Cornwall befehligt.«

Bolitho hatte von der neuen Fregatte gehört. Ihr Bau stellte den Versuch dar, mit den großen Fregatten des Gegners Schritt zu halten, die wiederum Kopien der Neubauten der jungen amerikanischen Marine waren. Die *Valkyrie* war mit zweiundvierzig Kanonen bestückt und damit schwerer bewaffnet als jede andere Fregatte der Marine, trotzdem sollte sie schneller und besser zu manövrieren sein als die Schiffe der *Anemone*-Klasse mit ihren achtunddreißig Kanonen.

Hamett-Parker fuhr fort: »Kennen Sie Kapitän Aaron Trevenen?«

»Ich habe von ihm gehört.«

Hamett-Parker preßte die Fingerspitzen zusammen. Er genoß es. »Wieder einer Ihrer kurzen Zusammenfassungen der Leistungen eines verdienten Offiziers?«

Sillitoe mischte sich ein. »Vor vielen, vielen Monaten – es kommt mir jetzt eher vor, daß es Jahre sind – trafen wir uns in Godschales Haus an der Themse. Sicher erinnern Sie sich, daß mich damals Lady Catherine Somervell beschuldigte . . .«

Hamett-Parker fuhr dazwischen: »Wir legen hier keinen Wert auf persönliche Erinnerungen, Sir Paul!«

Sillitoe ignorierte ihn, fuhr aber um eine Spur schärfer fort: »Sie beschuldigte mich, daß ich Sie, Sir Richard, schon wieder mit einem gefährlichen Auftrag hinausschickte. Ich wandte ein, daß wir keinen anderen schicken konnten. Es gab niemanden, der für die Aufgabe so qualifiziert war. Nach den schrecklichen Erlebnissen anläßlich des Schiffbruchs der *Golden Plover* bin ich sicher, daß sie mir in diesem Punkt nie wieder widersprechen wird.«

Hamett-Parker schluckte seinen Ärger hinunter.

»Ich werde die Befehle für die *Valkyrie* ausfertigen lassen. Sie und Ihr Stab werden auf ihr die Überfahrt machen, denn Trevenen wird der dienstälteste Offizier unserer zukünftigen Flottille sein. Ich werde Sie wissen lassen, was Sie jeweils benötigen...«

Bolitho unterbrach ihn: »Wenn ich dieses Unternehmen gegen Baratte kommandiere...« Er sah, daß zwei der Anwesenden überrascht aufsahen. Wußten sie wirklich nicht, worum es ging und was zu erwarten war? »...dann werde ich *Sie* wissen lassen, was ich benötige, Sir James.«

Er verabschiedete sich mit einem kurzen Nicken und ging zur Tür. Sillitoe folgte ihm. Bolitho hatte es geahnt. Draußen meinte Bolitho: »Es scheint, als hätte ich mich da in etwas reingeredet, was ich eigentlich vermeiden wollte.«

»Und ich habe gesagt, was ich denke. Die Seeleute respektieren und mögen Sie, weil sie wissen, daß Sie sie nicht verheizen, um persönlichen Ruhm zu ernten, und daß Sie ihr Leben nicht grundlos aufs Spiel setzen. Wenn es einer schaffen kann, dann Sie, falls nicht, dann müssen wir ganz von vorne anfangen.« Ziemlich überraschend fügte er dann hinzu: »Vielleicht ist dann aber der König schon völlig verrückt, oder um es auf den Punkt zu bringen, diejenigen, die so etwas zu erwähnen wagen!«

Sie blieben vor einem großen Fenster im Treppenaufgang stehen. Sillitoe blickte hinaus und sagte: »Wenn ich Sie auch sonst um nichts beneide, um diese Frau schon.«

»Sollte mir etwas zustoßen...«

Bolitho sah, daß sie zum Fenster hinaufsah, so als ob sie gespürt hätte, daß von ihr die Rede war.

Sillitoe lachte. »Denken Sie doch nicht an so etwas.« Dann wechselte er das Thema und meinte glatt: »Jetzt zu Ihrem neuen Flaggleutnant.«

Bolitho hörte nur mit einem Ohr hin. »Wir fahren nach Falmouth zurück.« Er schüttelte sich. »Wie ich diesen Ort hasse, wo die Gedanken der Menschen nur aus Eis zu bestehen scheinen.« Er blickte Sillitoe fest an. »Schicken Sie ihn mir mit einem Empfehlungsschreiben nach Falmouth.«

Sillitoe sah ihn verwundert an. »Ist das alles? Dann werde ich mich darum kümmern.« Er blickte Bolitho nach, der die Treppe hinunterstieg, und meinte zu sehen, daß er in einer schattigen Ecke stolperte. Er rief ihm hinterher: »Sollten Sie Baratte treffen, zögern Sie nicht, töten Sie ihn!«

Später dachte Bolitho, daß in diesen Worten persönliche Feindschaft gelegen hatte.

Bolitho stand in der offenen Tür und blickte auf den Garten mit den Obstbäumen. Die Seebrise kühlte sein Gesicht und füllte das Zimmer hinter ihm mit dem Duft der Rosen.

Nur noch ein paar Tage, dann würde er auf dem Weg nach Plymouth sein. Er spürte, wie ihn Catherine von ihrem Platz am kalten Kamin her beobachtete. Sie hatte versucht, ihre Vorbereitungen für die bevorstehende Trennung zu verheimlichen. Aber da gab es neue Hemden aus London und eine Weinlieferung aus der St. James's Street, die direkt nach Plymouth geschickt worden war. Ozzard hatte Kisten gepackt, jedes Teil geprüft, sein Gesichtsausdruck hatte nichts verraten. Er war schon immer so gewesen, schon seit die alte *Hyperion* untergegangen war: Ein rastloser Mann, der von innerer Unruhe getrieben schien. Aber in dem offenen Boot nach dem Schiffbruch hatte er sich als erstaunlich starke Persönlichkeit erwiesen: Er hatte Sterbende versorgt, die kargen Rationen an Essen und Wasser verwaltet und ständig ein wachsames Auge auf den Meuterer in ihrer Mitte geworfen.

»Was ist mit John Allday?«

Bolitho wandte sich ihr zu. Wie immer schien sie in seinen Gedanken gelesen zu haben.

»Ich kann ihn nicht an Land zurücklassen, Heirat hin oder her! Die muß warten, bis wir wieder in England sind.«

»Das macht mich froh, weil ich ein sicheres Gefühl habe, wenn er bei dir ist.« Ihre dunklen Augen waren voller Fragen, wie seit dem Augenblick, als sie ihm zugesehen hatte, wie er den dicken Packen Instruktionen der Admiralität durchgelesen hatte. »Wird es sehr schwer werden?«

Er setzte sich neben sie und nahm ihre Hand. »Man hat mir die *Valkyrie* gegeben und die *Triton* dazu.«

»Das war Barattes Schiff?«

»Aye, vielleicht veranlaßt es ihn, etwas Törichtes zu tun.« Er streichelte den Ring mit den Edelsteinen, den sie anstelle eines Eherings trug.

»Richard, magst du diesen Kapitän Trevenen nicht? Du wirst dich auf ihn verlassen müssen.«

Er zuckte mit den Schultern. »Unsere Wege haben sich einige Male gekreuzt. Sein Vater hat mit dem meinen zusammen gedient, das war's. Er ist die Art Kapitän, von der ich annehme, daß sie Hamett-Parker gefällt.« Er blickte ihr in die Augen. »Ich werde auch die *Anemone* bekommen, wenn es Ihre Lordschaften gut mit mir meinen.« Er sah ihre Erleichterung.

»Er braucht dich, Richard.«

Er lächelte. »Wir werden sehen.«

Draußen erklangen Stimmen, und Grace Ferguson trat ein, verstimmt wie immer, wenn sie sie stören mußte.

»Ein Offizier möchte Sie sprechen, Sir Richard.«

Er sah, daß sich Catherine an die Brust fuhr und dann flüsterte: »Von der Admiralität?«

»Ein gewisser Leutnant George Avery.«

Bolitho ließ ihre Hand los und erhob sich: »Es ist Sillitoes Neffe.«

Sie fragte: »Ist das klug? Ist es vielleicht nicht nur ein schmutziger Trick, dir einen Adjutanten an die Seite zu stellen, der all deine Geheimnisse ausspionieren soll?«

Er lächelte sie an. »Nicht alle, liebe Kate. Wenn er mir nicht zusagt, schicke ich ihn zurück auf den Nore.« Zur Haushälterin gewandt, fügte er hinzu: »Führen Sie ihn herein.«

Catherine sagte: »Sie werden dich alle sehr vermissen, Richard. Sie mögen dich so!«

Er wandte sich ab, weil sein Auge wieder schmerzte. »Ich mag auch noch nicht an Trennung denken.«

Der Leutnant trat ein. Er hatte offensichtlich eine lange Kutschfahrt hinter sich, seine Kleidung war zerknautscht und staubig. Bolitho sah die Überraschung auf seinem Gesicht, als er sich vorstellte: »Ich bin Richard Bolitho. Das ist Lady Catherine Somervell.« Es mußte ein ziemlicher Schock sein, dachte er, denn sie entsprachen wohl nicht im entferntesten dem, was Avery erwartet hatte. Der berühmte Admiral in einem alten Hemd und Breeches, in denen er eher wie ein Gärtner als ein Ritter des Bathordens aussah. »Nehmen Sie Platz, Herr Avery, ich werde dafür sorgen, daß man Ihnen eine Erfrischung bringt.« Er brauchte sich nicht umzusehen, um zu wissen, daß sie zur Tür ging.

»Ich kümmere mich darum.«

»Setzen Sie sich.« Er wandte sich ab, damit die Strahlen der Nachmittagssonne nicht sein Auge trafen. Avery war auch nicht gerade das, was er erwartet hatte. Er war groß, hatte volles dunkles Haar, in dem schon einige weiße Strähnen zu sehen waren, und war für seinen Rang eigentlich zu alt, älter jedenfalls als Adam. Sillitoe hatte, wie versprochen, das Empfehlungsschreiben mitgeschickt, aber wie immer würde es Bolitho erst hinterher lesen. Zuerst würde er sich einen persönlichen Eindruck verschaffen.

»Erzählen Sie mir etwas von sich.« Er sah, wie die Augen des Leutnants im Raum herumwanderten, über die Bilder im Zimmer und die Bücher in der benachbarten Bibliothek, sich die Tradition dieser Familie bewußt machte. Sein Gesicht wies die tiefen Falten eines Mannes auf, der unschuldig gelitten hatte und das nicht vergessen konnte.

»Ich habe als Zweiter Offizier auf der *Canopus* gedient, Sir Richard.« Er hatte eine tiefe sonore Stimme, in der nur ein leichter Akzent an seine Herkunft aus Dorset anklang. Er versuchte sich zu entspannen, Muskel für Muskel, aber konnte seine Verwunderung nicht verbergen, daß er hier saß. »Die *Canopus* muß gründlich überholt werden, Sir Richard, denn Fäulnis und der ständige Blockadedienst haben der alten Dame ordentlich zugesetzt.«

»Wo waren Sie davor?«

Bolitho bemerkte den plötzlichen Schmerz, die Hoffnungslosigkeit Averys. »Ich war auf dem Schoner *Jolie*, einer französischen Prise, die wir zwei Jahre zuvor aufgebracht hatten. Wir patrouillierten vor der französischen Küste in der Biskaya, als uns ein holländisches Schiff auffiel, das dicht unter Land segelte. Wir haben diese Taktik oft angewendet, weil unser Schiff in Frankreich gebaut war, und wir deshalb normalerweise keinen Verdacht erregten.« Bitter fügte er hinzu: »Was hätten wir mit unseren kleinen Erbsenschleudern auch sonst tun sollen?« Ihm wurde wieder klar, wo er sich befand, und fuhr ruhig fort: »Ich war Erster Offizier, Kommandant war ein anderer Leutnant. Ich mochte ihn, aber . . .«

»Aber . . .?«

Avery blickte ihn direkt an, und Bolitho sah, daß er die klaren bernsteinfarbenen Augen einer Wildkatze hatte.

»Ich glaube, daß er zu leichtsinnig war.«

Ohne es zu bemerken, streichelte Bolitho sein Auge. *Jolie?* Vielleicht hätte er doch erst Sillitoes Brief lesen sollen.

Avery war verstummt, er erwartete offensichtlich eine Zwischenfrage, vielleicht sogar eine Zurechtweisung, weil er seinen Kommandanten kritisiert hatte, doch dann fuhr er fort: »Wir jagten zwei Schüsse über den Holländer, er drehte in den Wind, wohl deshalb, weil der Skipper annahm, daß wir nicht allein operierten.« Sein Gesichtsausdruck wurde starr. »Er hatte recht, nur war das andere Schiff eine französische Korvette. Sie kam unter vollen Segeln um ein Kap. Wir hatten keine Chance. Wir segelten hoch am Wind vor einer Leeküste, aber alles, was mein Kommandant sagte, war: ›Zwei für den Preis von einem!‹ Das waren seine letzten Worte auf dieser Welt. Eine Kugel zerfetzte ihn, als er dem Feind trotzig mit der Faust drohte.« Er schwieg einen Augenblick. »Die Korvette beharkte uns längsschiffs. Die Männer fielen zuhauf, ich höre noch heute ihre Schreie, ihre Bitten um Gnade. Dann wurde ich getroffen. Als ich auf dem Deck lag, sah ich, daß unsere Männer die Flagge strichen. Hätten sie weitergekämpft, wären sie alle getötet worden.«

»Wären Sie nicht verwundet worden, hätten Sie ihnen befohlen weiterzukämpfen?« Wieder dieser Schmerz in den Augen. Wahrscheinlich hatte sich Avery diese Frage schon selber wieder und wieder gestellt.

»Kurz nachdem ich gefangengenommen wurde, kam der Friede von Amiens zustande. Da ich verwundet war, waren die Franzosen wohl froh, mich los zu sein.« Wieder schwieg er. »Dann wurde ich vor ein Kriegsgericht gestellt.«

Bolitho sah alles vor sich, als ob er dabeigewesen wäre. Der Friede von Amiens hatte den beiden Parteien die Möglichkeit gegeben, ihre Wunden zu lecken und ihre Arsenale wieder zu füllen. Niemand hatte geglaubt, daß er lange halten würde. Also mußte man ein Exempel statuieren, damit in der Marine niemand auf falsche Gedanken kam.

Avery fuhr fort: »Man hat mich weder wegen Feigheit vor dem Feind noch wegen des Verlustes des Schiffes schuldig gesprochen. Aber auf der *Jolie* war die Flagge gestrichen worden – zusammengeschossen oder nicht, deshalb wurde ich zurückgestuft.« Er begann sich zu erheben. »Ich wußte, daß es hoffnungslos ist, es tut mir leid, daß ich Ihre Zeit beansprucht habe.«

Nicht schuldig, aber dazu verdammt, bis zum Heldentod oder der Entlassung Leutnant zu bleiben.

Bolitho erkundigte sich: »Haben Sie Familie?«

Avery schien ihn einen Moment lang nicht zu verstehen, dann antwortete er: »Niemanden, nur meinen Onkel, den ich kaum kenne.«

Bolitho sah Catherines Schatten vor der offenen Tür.

»Falmouth ist nicht London, aber wir haben hier einen guten Schneider, Joshua Miller, dessen Firma meiner Familie schon über mehrere Generationen gute Dienste erwiesen hat. Sorgen Sie dafür, daß er Ihnen eine Uniform anmißt, die einem Flaggleutnant würdig ist.« Er konnte Averys Gesichtsausdruck nur schwer deuten: Erstaunen, Dankbarkeit, Ungläubigkeit, von jedem etwas. Er fügte hinzu: »Mein eigener Neffe hatte auch mal diese schwierige Stellung inne, es wird für Sie nicht einfach werden. Setzen Sie sich mit meinem Sekretär, Mr. Yovell, in Verbindung, er wird Ihnen erklären, was ich von Ihnen erwarte. Wo ist Ihr Gepäck?«

Offensichtlich versuchte Avery Ordnung in seine Gedanken zu bringen. »Im Hof des Gasthauses, Sir Richard. Ich hätte mir dort ein Zimmer gemietet, wenn ich geahnt hätte . . .«

»Lassen Sie es ins Haus bringen. Es wird Ihnen leichterfallen, Fuß zu fassen, wenn Sie hier wohnen und meine kleine Crew kennenlernen.«

»Ich weiß nicht, was ich sagen soll, Sir Richard! Ich kann Ihnen nur versprechen . . .«

»Versprechen Sie mir nichts, das ist auf lange Sicht gesehen klüger.« Er zögerte. »Falls es Ihnen hilft, auch ich habe einmal meinen Degen niedergelegt, um jemanden zu retten, der mir sehr nahe steht.« Er sah Allday vor sich, wie er schwer verwundet niedersank. »Ich hoffe, daß ich auch heute noch die Kraft dazu hätte.«

Als er sich umwandte, war der große ernste Leutnant mit den zu früh ergrauten Haarsträhnen verschwunden wie ein Geist aus der Vergangenheit.

Catherine war im Zimmer und umarmte ihn. Er küßte ihren Nacken. »Habe ich richtig gehandelt, Kate?« Einige Augenblicke konnte sie nicht antworten. »Er ist ein guter Mann. Seinen Gesichtsausdruck, als er dich eben verließ, werde ich nicht vergessen.« Er drückte sie an sich. Als der Leutnant seine Geschichte heraussprudelte, hatte er die ganze Zeit gedacht: Das hätte auch mir widerfahren können.

Später am Abend, als ein feiner Dunst von der See heraufzog, gingen sie zusammen zum Gartentor, hinter dem der Weg zu den Klippen verlief. Sie sahen der Brandung zu, die sich zwischen den Felsen brach. Ein paar Möwen wiegten sich auf der Dünung. Es war, als wären sie alleine auf der Welt. Plötzlich sagte sie: »Ich will mit nach Plymouth kommen, um bis zum letzten Moment bei dir zu sein.«

Er drückte sie an sich, ihr loses Haar wehte ihm in die Augen. Seit dem Tag, da er von der *Anemone* aus die Küste Cornwalls erspäht hatte, war ihm die gemeinsame Zeit unendlich lang vorgekommen. Nun würden sie bald getrennt werden, wahrscheinlich schon in ein paar Tagen, und nur ihre Briefe und seine Erinnerungen würden ihm bleiben.

»Wenn du willst, Kate. Ich bin überredet.«

Sie gingen in das alte Haus zurück. Bolitho war überrascht, daß sein Sekretär Yovell ein paar Bücher in der Bibliothek wälzte. Sie zog die Stirn kraus. »Hoffentlich übernehmen Sie sich nicht, Mr. Yovell!« Dann lachte sie. »Ich gehe nach oben.« Ihr Blick ließ Bolitho nicht los, während sie zur Treppe ging. »Und keine Ausreden, Richard.«

Bolitho war nicht sicher, was sie meinte. Zu Yovell gewandt, erkundigte er sich: »Wie kommen Sie mit Mr. Avery klar?«

Yovell hauchte auf seine goldgeränderte Brille und putzte sie sorgfältig mit dem Taschentuch. »Ein Mann mit vielen Talenten, Sir Richard, er versteht sogar Latein. Er wird sich einfügen.«

Ein höheres Lob war von ihm nicht zu erwarten.

Bolitho ging nach oben, vorbei an den Porträts seiner Ahnen und den längst vergessenen Schlachten. Im Haus war es noch immer warm. Es schien sogar ein Gewitter in der Luft zu liegen. Er ging ins Schlafzimmer, wo sie ihn an einem weitgeöffneten Fenster erwartete. Kein Lufthauch regte sich, die Kerzen brannten völlig ruhig, und die Schatten im Raum bewegten sich nicht. Als er seine Arme um sie legte, wandte sie sich dem großen Spiegel zu, dessen Rand aus geschnitzten Disteln bestand. Er war ein Geschenk von Kapitän James an Bolithos schottische Mutter gewesen. Sie betrachtete sein Gesicht, als er ihr Spiegelbild bewunderte. Sie trug das Negligé mit der dünnen Goldkordel.

»Denk dran, keine Ausflüchte, Richard. Mache mit

mir, was du willst, denn ich gehöre dir – wie schon immer, obwohl wir es nicht wußten.«

Er sah im Spiegel, wie sich ihr Körper an ihn drückte, als er die goldene Kordel an ihrem Hals öffnete. Es war, als ob er einen Fremden beobachtete.

»Langsam.« Ihre Augen waren auf den Spiegel geheftet, die Lippen glänzten feucht, als ihr Negligé zu Boden fiel. Er trug sie zum Bett, legte sich zu ihr und streichelte sie, küßte ihre Brüste und ihren Körper, bis das Verlangen unerträglich wurde. Der Rest ging in dem Gewitter unter, das draußen losbrach.

VI Die *Valkyrie*

Der lange Sund, der die Werft in Plymouth von der angrenzenden Provinz Cornwall trennt, glitzerte in der Vormittagssonne wie flüssiges Blei. Man schrieb den letzten Augusttag, und es war schon etwas kühl, eine Folge des Regens, der auf Devon gefallen war.

Auf dem Wasser tummelten sich Schiffe jeder Art und Größe. Zwei mächtige Linienschiffe zerrten in der kräftigen ablandigen Brise an ihren Ankerkabeln. Tiefliegende Kohlenbriggs brachten ihre Ladung zu den Städten am River Tamar oder direkt zur Werft. Ein Spezialschiff zum Mastsetzen zog ein Floß aus Spieren hinter sich her und nutzte die günstige Tide, um die schmale Einfahrt sicher zu passieren.

Für eine unbedarfte Landratte sah ein Kriegsschiff wie das andere aus, bestenfalls unterschieden sie sich in der Größe, aber bei jedem echten Seemann hätte die Fregatte, die direkt vor der Werft ankerte, sofort Aufmerksamkeit erregt. Von ihrem aufragenden Klüverbaum bis zu ihrem feingeschwungenen Heck, wo der Name *Valkyrie* unter den Heckfenstern prangte, war sie offensichtlich länger als ein Schiff der fünften Klasse. Wäre da nicht nur das eine Geschützdeck gewesen, hätte man sie für ein Linienschiff halten können.

Männer bewegten sich ruhig über das Deck, in der Takelage und auf den Rahen. Eine letzte gründliche Überprüfung vor dem Auslaufen – wer wußte, für wie lange Zeit? Das Schiff war neu, gebaut nach den neuesten Erkenntnissen auf der berühmten Werft von Bucklers Hard und erst seit zwei Monaten im aktiven Dienst. Die Beanspruchung der Offiziere und Matrosen war erheblich gewesen.

Zusätzliche Offiziere und erfahrene Männer waren mit Hilfe des Hafenadmirals, der besser als jeder andere von der Bedeutung der *Valkyrie* wußte, von anderen Schiffen in Plymouth abgezogen worden. Richtig geführt, konnte sie jedes andere Kriegsschiff – außer Linienschiffen – niederkämpfen, außerdem konnte sie als Geschwaderführungsschiff eingesetzt werden.

Kapitän Aaron Trevenen bedachte achtern in der großen Kabine diese Möglichkeit gerade intensiv, als er in die angrenzenden Unterkünfte blickte, die schon für Vizeadmiral Sir Richard Bolitho vorbereitet wurden. Sie waren geräumig, denn die *Valkyrie* konnte mit einer stolzen Breite von über zwölf Metern aufwarten, außerdem hatte sie eine Stehhöhe, bei der man sich bequem bewegen konnte. Trevenen hatte fast sein ganzes Leben mit Fregatten oder vergleichbaren Schiffen auf See verbracht, diese würde wohl seine letzte sein. Es war ein gutes Schiff, aber Trevenen hatte alle Aussichten, nach erfolgreicher

Durchführung dieses Auftrags zum Admiral befördert zu werden. Es gab zwar kein verbindliches Versprechen, aber Trevenen war lange genug in der Marine, um zwischen den Zeilen seines Befehls lesen zu können.

Er war eher untersetzt als dick, hatte ein kräftiges Kinn und tiefe Falten im Gesicht, ein Tribut an die Jahre ständiger Wachsamkeit. Sein Haar war rotbraun und kurz geschnitten, aber nicht kurz genug, um die ersten Anzeichen von Grau zu verbergen. Obwohl erst vierzig, sah er viel älter aus. Er hatte sich jetzt mit hinter dem Rücken verschränkten Armen aufgebaut, als ob er so durch die volle Länge seines Schiffes blicken könne. Die *Valkyrie* war für jeden Kommandanten ein Geschenk, nutzte er sie richtig. Trotz ihrer Verdrängung von 180 Tonnen war sie schnell wie ein Vierspänner. Der Segelmeister war überrascht gewesen, als sie trotz der Größe des Schiffs und den zweiundvierzig Kanonen und Karronaden über achtzehn Knoten geloggt hatten.

Trevenen schloß die Tür, als wollte er den Vizeadmiral aus seinen Gedanken verbannen. Er durfte sich keine persönlichen Gefühle leisten, weil das zu gefährlich war. Er hörte, wie der Seesoldat vor der Tür mit seiner Muskete auf das Deck stieß, und bereitete sich auf einen Besucher vor.

Es war Leutnant Urquhart, sein Erster, ein fähiger, ruhiger Mann, der bereits auf einer anderen Fregatte Erster Offizier gewesen war. Trevenen wußte, daß Urquhart nur deshalb noch nicht zum Kapitän befördert worden war, weil er keinen Fürsprecher hatte. *Der würde es nie schaffen.* Er gestattete sich fast ein Lächeln. Fast.

Er hörte das Klopfen an der Tür. »Herein!«

Urquhart blickte sich in der Kabine um, während er sie durchquerte. Seinen Hut hatte er unter den Arm geklemmt. Es schien, als suche er nach etwas Persönlichem, etwas, was ihm Zugang zu dem Mann verschaffte, in dessen Hand das Leben von zweihundertzwanzig Männern lag.

Trevenen bemerkte es. »Sie sind früh dran, Mr. Urquhart, stimmt etwas nicht?«

»Der Schiffsarzt möchte Sie sprechen, Sir.« Er errötete, als Trevenens Augen ihn musterten. Sie waren schwarz, lagen tief in den Höhlen und beherrschten sein markantes Gesicht. Unbehaglich fügte Urquhart hinzu: »Es geht um die Auspeitschung.«

»Ich verstehe. Richten Sie ihm aus, daß ich darüber nicht zu diskutieren wünsche. Ich möchte, daß es vorüber ist, bevor der Admiral an Bord kommt.« Er wandte sich den großen Heckfenstern zu, als eine Yawl, die sich nach einer Wende weit überlegte, gefährlich dicht unter dem Heck der Fregatte durchlief, dann schnippte er mit den Fingern. »Nein, Kommando zurück! Schicken Sie ihn zu mir, Mr. Urquhart.«

Urquhart schloß die Tür und stellte fest, daß seine Hände zitterten. Auf seinem letzten Schiff hatte ihn der Kommandant stets mit dem Vornamen angeredet, wenn sie unter sich waren. Sollte Trevenen das jemals tun, würde er vor Schreck auf der Stelle tot umfallen.

Der Arzt wartete in der Messe, er knautschte seinen alten Hut mit beiden Händen. Es war ein heruntergekommener Mann, dessen Gesicht von

Trunksucht gezeichnet war. Aber man sagte, daß er ein guter Arzt sei; man konnte nur hoffen, daß das stimmte.

»Es hat keinen Zweck! Die Bestrafung findet statt.« Hilflos zuckte er mit den Schultern. »Aber er will mit Ihnen sprechen.«

Der Schiffsarzt beharrte auf seinem Standpunkt, und seine Augen blickten ärgerlich. »Der Kapitän will, daß die Bootsmannsmaate die Peitsche mit den großen Knoten verwenden! Das übersteht kein Mann!«

»Ich kann nichts machen.« Im geheimen stimmte er mit dem Mann überein, aber das offen zu zeigen, würde an Verrücktheit grenzen. Das Schiff hatte bisher mehr Glück gehabt als die meisten, und der Kommandant würde das auch wissen. Sie hatten weniger gepreßte Männer als üblich an Bord, dazu kamen etwa zwanzig neue Leute, die zwar keine Seeleute waren, aber dafür harte, furchtlose Bergarbeiter aus einer eingestürzten Zinnmine in Cornwall.

Der Posten knallte die Hacken zusammen und rief: »Der Arzt, Sir!«

Der Kabinensteward öffnete die Tür und schloß sie wieder.

»Sie wollten mich sprechen?« Trevenen stand mit seinen breiten Schultern vor den Fenstern, das glitzernde Panorama der Reede mit den Schiffen im Rücken.

»Aye, Sir, wegen des Ungedienten Jacobs. Ich kann nicht dafür garantieren, daß er die Bestrafung überlebt. Es ist seine zweite Auspeitschung innerhalb von zwei Wochen, Sir.«

»Das weiß ich. Der Mann ist ein blöder Tölpel. Ich

lasse keine Insubordination durchgehen, noch lasse ich die Autorität meiner Offiziere untergraben.« Der Steward kam über den schwarzweiß karierten Teppich gewatschelt und stellte ein großes Glas Wein in die Reichweite des Kapitäns.

Der Arzt erwiderte: »Er ist ein blöder Tölpel, Sir, das kann ich nicht abstreiten...«

Der Kommandant hob eine Hand. »Ich möchte Sie etwas fragen.« Er beobachtete, wie der Arzt gierig auf das große Glas schielte. »Sie waren früher Arzt auf der *Hyperion,* Sir Richard Bolithos Flaggschiff, nicht wahr?«

Völlig überrascht durch diese Frage, starrte ihn George Minchin an.

»Nun, jawohl, Sir. Ich war auf der *Hyperion,* als sie zu den Fischen ging.« Er schien etwas von seinem verzweifelten Überdruß zu verlieren, als er mit Stolz in der Stimme sagte: »Ich war einer der letzten, der von Bord der alten Lady ging.«

»Es ist natürlich streng vertraulich, aber wir werden den Anker hieven, sobald unsere Passagiere an Bord sind. Ihr Sir Richard Bolitho wird bei uns seine Flagge setzen.«

Er sah, wie sich die Gefühle im Gesicht des Arztes widerspiegelten. Wie konnte ein Mann nur so verkommen?

»Was ist er für ein Mann?«

Minchin blickte in die Ferne – weit über die Kabine und das Schiff hinaus. Er hörte das Donnern der Kanonen des alten Vierundsiebzigers, spürte ihren Rückschlag, sah den unendlichen Strom der Verwundeten und Sterbenden vor sich, der ins Orlogdeck flutete. Die »Flügel- und Haxenbottiche«, wie sie von den Matrosen genannt wurden, quollen über mit den grausigen Überbleibseln der Säge und des Messers: Arme, Beine, Teile von Männern, die Minchin gekannt hatte. Während der ganzen Zeit hatte das Deck von der wilden Schlacht gezittert, die um sie herum tobte.

»Der beste Mann, den ich kenne, ein Gentleman im wahrsten Sinne des Wortes. Ich habe ihn weinen sehen, wenn so ein armer Hund im Sterben lag. Er war sich nicht zu schade, ihm während der letzten Minuten die Hand zu halten.« Mit plötzlichem Widerwillen blickte er den Kapitän an. »Anders als andere Herren.«

»Sehr lobenswert. Aber die Auspeitschung wird bei vier Glasen durchgeführt, und Sie werden daran teilnehmen, Sir. Ich habe schon seit langem erkannt, daß Autorität und Strenge häufig Hand in Hand gehen müssen!«

Er wartete, bis sich die Tür hinter Minchins schäbiger Gestalt geschlossen hatte. Der Mann war ein Narr. Er würde sich bemühen, ihn so bald wie möglich ablösen zu lassen, obwohl es schwer war, einen erfahrenen Schiffsarzt für diesen Schlachterjob zu finden.

Er probierte einen Schluck Wein. Am schwersten würde es sein, die alte Abneigung zu verbergen, die aus der Feindschaft seines Vaters mit Kapitän James Bolitho resultierte. Trevenen stammte aus Truro, und es widerstrebte ihm, daß man von Bolitho als dem berühmtesten Sohn Cornwalls sprach. Er runzelte die Stirn, sein Mund war ein schmaler Strich.

Das werden wir noch sehen!

Pünktlich um vier Glasen zwitscherten die Pfeifen in den Decks und auf den Laufgängen der *Valkyrie*.

Die Seesoldaten postierten sich quer über dem Achterdeck.

»Alle Mann! Alle Mann! Zur Bestrafung achtern Aufstellung nehmen!«

Der Erste Offizier kam wieder in die Kabine, aber Trevenen meinte ruhig: »Ich habe es gehört, Mr. Urquhart. Das hier ist ein ruhiges Schiff, und ich möchte, daß es so bleibt.« Dann nahm er die Akte, die die Kriegsartikel enthielt, und nach einem prüfenden Blick auf seine Unterkunft marschierte er hinaus.

Unbewegt? Urquhart seufzte. Das war es nicht. Völlig ohne Gefühl, das traf es besser.

Lady Catherine Somervell stand vor den großen französischen Fenstern des Zimmers, das sie nur eine Nacht zusammen bewohnt hatten. Die Fenster führten auf einen schmalen Balkon, von dem man nach Süden auf den Plymouth Sound schaute. Es schien, als würde das Wetter während ihrer Rückreise nach Falmouth gut bleiben. Sie spürte, daß sie ein Schauder durchlief. Vielleicht sollte sie nach London zurückfahren, die Stadt, die sie früher so gut gekannt hatte. Im gleichen Augenblick wußte sie, daß sie in das alte graue Haus am Fuße von Pendennis Castle gehörte. Dort konnte sie sich unter Menschen bewegen, die besseres zu tun hatten, als ihr auf Schritt und Tritt nachzustarren. Sie würde in Cornwall immer eine Zugereiste bleiben, das galt sogar für Yovell, der immerhin aus Devon kam. Aber sie wurde dort respektiert, und allein das zählte. Viele Leute glaubten, daß sie über dem Tratsch und den Lügen stand, die über sie verbreitet wurden, aber das stimmte nicht.

Und der Mann, den sie über alles liebte, der alles für sie riskierte, würde sie bald verlassen. Zurückgleiten in diese andere Welt, in der sie schon eine Zeitlang die Gefahren der Seefahrt mit ihm geteilt hatte. Das gemeinsam Erlebte hatte sie noch mehr miteinander verbunden, wenn das überhaupt möglich war.

Die Werft hatte eine Kutsche geschickt, um Bolithos Gepäck abzuholen. Der neue Weinkühler, den sie ihm als Ersatz für den alten geschenkt hatte, der mit der *Hyperion* auf dem Meeresgrund ruhte, blieb in Falmouth, bis die Zukunft überschaubarer war. Jedesmal, wenn sie ihn ansah, würde sie an ihn denken müssen.

Allday war zusammen mit Ozzard und Yovell gegangen, um sicherzustellen, daß auf der Werft und auf dem Weg zum Schiff nichts gestohlen wurde. Flaggleutnant Avery hielt sich irgendwo unten im Wirtshaus »Zum goldenen Löwen« auf, dem besten in Plymouth.

Sie hatte sich von Bolithos kleiner Mannschaft, wie er sie nannte, verabschiedet, aber Allday hatte noch einen kleinen Spruch aufgesagt.

»Ich werde gut auf Sir Richard aufpassen, M'lady. Machen Sie sich keine Sorgen.« Er hatte niedergeschlagen, ja fast traurig geklungen.

»Fällt es diesmal schwerer?« wollte sie wissen.

Er hatte sie gerade angeblickt. »Aye, so ist es. Wenn wir wieder zu Hause sind, würden Sie uns dann die Ehre bei unserer Hochzeit geben?«

»Davon wird uns niemand abhalten.« Sie umarmte ihn. Ein echter Seemann mit dem typischen Geruch nach Rum, Tabak und Teer: der Geruch der See. »Und passen Sie auf sich auf, John, Sie sind mir sehr ans Herz gewachsen.«

Sie hörte, daß Bolitho aus dem Nebenraum eintrat. Er klopfte auf seine Taschen, wie sie es schon so viele Male gesehen hatte.

Er sah sie ernst an. Seine Uniform mit den glänzenden Epauletten war wie eine Barriere zwischen ihnen. Er trug den wunderschönen Ehrendegen; Allday würde auf den alten Familiensäbel aufpassen, wie sie wußte.

Nachdem sie angekommen waren, hatten sie vor genau diesem Fenster gestanden, und er hatte bemerkt: »Früher war hier ein Fernglas angebracht, damit die Gäste die Schiffe auf dem Sund beobachten konnten.« Er hatte versucht, es leichthin zu sagen, aber in seiner Stimme war eine unbestimmte Traurigkeit gewesen. »Vermutlich hat es ein Schurke gestohlen.«

»Geheimnisse?«

»Ich bin damals auch von hier ausgelaufen. Ich war Kommandant der *Hyperion*. Es ist so lange her ... fast fünfzehn Jahre.«

Sie mußte an das Porträt seiner ersten Frau Cheney denken, das sie verstaubt und vergessen dort gefunden hatte, wo Belinda es versteckt hatte. Sie hatte es gesäubert und wieder an die Wand gehängt.

Ruhig erklärte Bolitho: »Es war das letzte Mal, daß ich sie sah. Sie starb, als ich auf See war.«

Es war ein seltener Augenblick. Sie wußte, daß sie das Bild nochmals betrachten würde, sobald sie in Falmouth war: Die junge Braut, die ihm ein Kind geschenkt hätte, wäre da nicht der tragische Unfall gewesen.

Ein Diener erschien in der Tür. »'zeihung, Sir Richard, aber die Kutsche is' da.«

»Danke.« Er blickte sie wieder an, und sie sah den Schmerz in seinen grauen Augen.

»Ich wünschte, du könntest mit mir kommen, aber ich fahre direkt zur Werft. Es schmerzt mich zutiefst, daß wir uns trennen müssen, um wieder in die Angelegenheiten anderer verwickelt zu werden.« Er ging zum geöffneten Fenster hinüber. »Um Gottes willen, da draußen wartet eine Menschenmenge!«

Catherine spürte seinen Widerwillen. Warum war er immer so überrascht, wenn die Menschen ihn sehen wollten? Für die einfachen Leute war er ihr Schutz, der Held, der zwischen ihnen und dem verhaßten Feind stand.

»Wir müssen uns verabschieden, geliebte Kate. Da draußen wird es ein Spießrutenlaufen werden und keine normale Kutschfahrt.«

Schweigend umarmten sie sich, küßten sich und versuchten die letzten Minuten festzuhalten.

Sie flüsterte: »Ich werde dir das Medaillon wieder abnehmen, wenn du zu mir zurückkommst. Gehe hinunter zu ihnen, Richard, ich sehe von hier aus zu.«

»*Nein*, nicht von hier.« Er lächelte gequält. »Komm zur Tür, sie werden es zu schätzen wissen.«

Sie nickte verständnisvoll. An diesem Fenster hatte er Cheney zum letzten Mal gesehen, als er an Bord gegangen war.

»Gut. Danach werde ich nach Matthew schicken. Hab keine Angst, wir haben einen Beschützer bei uns.« Sie berührte seinen Mund, ihre Finger waren kühl. Ein letzter Kontakt. Sie dachte an die Nacht zurück. Sie waren zur Liebe nicht fähig gewesen, jeder dachte an den Morgen, an jetzt.

»Ich liebe dich, Kate. Ich muß soviel zurücklassen.«

Dann waren sie auf der Treppe, und Bolitho sah Avery unten mit dem Wirt vom »Löwen« warten. Letzterer grinste über das ganze Gesicht, erfreut darüber, welche Aufmerksamkeit sein berühmter Gast erregte. Wahrscheinlich hatte er die Nachricht selbst in Umlauf gebracht.

Bolitho hatte bemerkt, daß Avery beim Stehen und Gehen eine Schulter leicht hochzog. Wahrscheinlich war das die Nachwirkung einer Verwundung, die er sich bei dem unglücklichen Gefecht mit der französischen Korvette zugezogen hatte. Aber der alte Schneider in Falmouth hatte gute Arbeit geleistet, Avery sah in dem neuen Rock mit den weißen Aufschlägen ganz verändert aus, sein Dreispitz war mit schimmernder goldener Litze verziert. Die Schneider konnten eine Uniform in knapp vier Tagen zusammenstichen. Bei dem ständigen Kommen und Gehen von Seeoffizieren mochte das oft genug ein Vierundzwanzigstundentag werden. Bolitho hatte schon des öfteren daran gedacht, daß diese Schneider in London ein Vermögen machen würden.

Avery lüftete seinen Hut vor Catherine. »Auf Wiedersehen, Mylady.«

»Wir hatten keine Zeit, uns richtig kennenzulernen, Mr. Avery, aber das werden wir beim nächsten Mal nachholen.«

Avery erwiderte linkisch: »Sie sind sehr freundlich, Mylady.«

Es war klar, daß er tief verletzt worden war, und das nicht nur körperlich.

Der Wirt öffnete schwungvoll die Tür, und das Stimmengewirr überflutete sie. Leute riefen Hurra und brüllten in ihrer Aufregung alles mögliche.

»Sie haben den Froschfressern die Flötentöne beigebracht! Genau wie der olle Drake!« Ein anderer rief: »Gott schütze dich, Dick, und deine Lady auch!«

Sie wurden merkwürdig ruhig, als Avery die Kutschtür öffnete, an der als Wappen der unklare Anker prangte. Bolitho blickte sie an. Er wußte, daß ihr Mund zittern würde, aber nur er würde es sehen. Ihre großen dunklen Augen waren sehr ruhig, vielleicht zu ruhig. Was sie anging, waren sie auch jetzt ganz alleine.

»Mein Geliebter.« Sie konnte nicht weitersprechen. Als sie sich küßten, herrschte absolute Stille, so als ob die Menge zu scheu, vielleicht auch zu traurig war, um zu stören. Als er in die Kutsche neben Avery kletterte, brandeten Hochrufe entlang der ganzen Straße auf, Zivilisten warfen ihre Hüte in die Luft, zwei Seesoldaten lüfteten die ihren grüßend.

Sie sah, daß der Kutscher die Pferde mit der Peitsche antippte, und die Räder begannen über das Kopfsteinpflaster zu rattern. Die Rufe wollten nicht enden, kleine Jungs rannten neben der Kutsche her, bis sie zu schnell wurde. Die ganze Zeit hielt sein Blick sie gefangen, bis die Kutsche um eine Ecke bog. Er hatte nicht ein einziges Mal zu dem Fenster über dem Balkon hochgeblickt. Sie war tief bewegt.

Sie ging zurück in das Zimmer und sah zu, wie sich die Menge verlief. Der Lärm verebbte. Sophie erwartete sie, ihre Augen schienen das ganze Gesicht auszufüllen.

»Ich bin ja so stolz, Mylady, all die vielen Leute!«

Sie nickte und preßte ihre Hand unter ihre Brust. Sie konnte kaum atmen, nicht glauben, daß er fort war.

»Das war bei dem armen Nelson auch so«, sagte sie abrupt, »Matthew soll unser Gepäck aufladen.«

»Schon geschehen, Mylady.« Sophie war verwirrt. Lady Catherine hätte aufgeregt sein oder in Tränen ausbrechen sollen. Sie verstand nicht, warum die große schöne Frau mit den schwarzen Haaren und den hohen Wangenknochen ihre Gefühle nicht teilen wollte, noch nicht einmal mit ihr.

»Gehe hinunter, Sophie. Ich habe hier noch etwas zu erledigen.«

Sie stand alleine im Zimmer und blickte auf das Fenster, von der eine andere Frau ihn hatte fortgehen sehen.

»Meine Liebe wird dich immer beschützen.« Sie hatte laut gesprochen, und es war ihr nicht bewußt, daß dieser Satz auch auf dem Medaillon eingraviert war.

Langsam ging sie die Treppe hinunter, mit einer Hand hielt sie ihren Rock, die Augen blickten geradeaus.

Der Wirt verbeugte sich. »Gott sei mit Ihnen, M'lady.«

Sie lächelte, dann gefror das Lächeln, als eine Kutsche hinter der mit dem Wappen der Bolithos hielt.

»Was ist, Mylady?« Matthew nahm ihren Arm, sein rundes Apfelgesicht war voller Besorgnis.

Sie starrte den Mann an, der aus der Kutsche kletterte. Dieselbe Uniform mit den Epauletten. Er streckte eine Hand aus, um seiner Lady zu helfen.

Die Bediensteten des Wirtshauses eilten herbei, um sich um das Gepäck zu kümmern.

»Es ist nichts, Matthew.« Sie schüttelte den Kopf, um das Bild zu verdrängen. »Bring mich nach Hause.«

Matthew kletterte auf den Bock neben seinen Begleiter und trat die Bremse los. Schließlich drehte sie sich nochmals um und erlaubte sich, zu dem Fenster hochzuschauen. Es gab keine Gespenster, oder doch? Stand dort jemand und sah ihr bei der Abfahrt zu? Immer noch auf das Schiff wartend, das zu spät gekommen war?

Sophie hielt ihre Hand wie ein Kind. »Geht es Ihnen jetzt besser, Mylady?«

»Ja.« Plötzlich war sie froh darüber, daß das Mädchen sie während der langen Fahrt nach Falmouth begleiten würde. Sie versuchte, sie zu beruhigen: »Wenn Allday hier wäre, würde ich ihn wahrscheinlich nach einem Schnaps fragen.« Aber die Bemerkung machte sie nur traurig.

Verlaß mich nicht . . .

Leutnant George Avery blieb stehen, als Bolitho an den Rand eines der vielen Werftbecken ging. Schiffe wurden hier repariert, wieder aufgeriggt, und einige waren noch in Bau. Plymouth war immer ein geschäftiger Ort, die Luft war erfüllt vom Klopfen der Hämmer und dem Kreischen der Sägen. Pferdegespanne zogen Meilen von Tauwerk zu einem Schiff, das aufgeriggt werden sollte. Dort warteten Männer, die aus dem endlosen Durcheinander von Leinen ein sinnvolles Geflecht aus Wanten und Stagen herstellen würden. Für den einen ein Kunstwerk, für den anderen, der es bei jedem Wind und Wetter in Ordnung halten mußte, eine Tretmühle.

Aber Bolitho war an ein ganz bestimmtes Hafenbecken herangetreten. Hier hatte seine *Hyperion* nach der schrecklichen Schlacht gelegen, und er war ihr junger Kommandant gewesen. Ein stolzes Schiff, dem selbst der Geruch des Todes, die zerfetzte Beplankung und der zusammengeschossene Rumpf nichts anhaben konnte. Es war in eine Lagerhulk verwandelt worden, genau wie das Schiff, das jetzt an diesem Becken lag. Er hatte Nelsons Worte im Ohr, als die *Hyperion* wegen der Verluste und der Knappheit an Schiffen wieder ihren Platz in der Schlachtflotte einnehmen sollte, der ihr zustand. Als Bolitho sich ein neues Flaggschiff aussuchen sollte, war man auf der Admiralität erstaunt gewesen, daß er diesen alten Eimer wählte. Nelson hatte die Zweifler zum Verstummen gebracht: »Gebt ihm das Schiff, das er haben will!«

Hyperion mochte alt gewesen sein, aber die Wahl des kleinen Admirals für sein letztes Flaggschiff war auf die *Victory* gefallen, die dann im stolzen Alter von vierzig Jahren die feindliche Linie vor Trafalgar durchbrochen hatte; doch Nelson hatte für seinen Mut bezahlen müssen.

Aus dieser Werft war Bolitho damals in ein leeres Haus zurückgekehrt. Er konnte an nichts mehr glauben und hatte niemanden mehr, der sich um ihn sorgte. Jetzt war alles anders: Er hatte seine schöne Catherine und eine Liebe, die er niemals für möglich gehalten hatte.

Avery beobachtete ihn neugierig: »Sir?«

Bolitho blickte ihn an. »Erinnerungen. Ich habe

hier ein altes Schiff zurückgelassen. Aber ich bekam es wieder. In jenem berühmten Oktober, sechs Tage vor Trafalgar. Einige sagen, daß wir die Waagschale zu Nelsons Gunsten verändert hätten ... aber das kann nur die Geschichte entscheiden. Ich muß oft daran denken und an die Tatsache, daß nur mein Neffe Nelson von Angesicht zu Angesicht kennengelernt hat. Ich freue mich für ihn, er wird es niemals vergessen.«

Und plötzlich ging ihm Catherine durch den Kopf, und wie sie sich als Verräterin gefühlt hatte – obwohl sie es als erste geahnt hatte. Andere durften es niemals erfahren. Das Mädchen mit den Mondlichtaugen und der junge Kapitän. Vielleicht war auch das Schicksal.

Er wandte sich ab. Sein neuer Flaggleutnant mußte ihn für verrückt halten. Wahrscheinlich bereute er schon seinen Entschluß, die alte müde *Canopus* in Chatham verlassen zu haben. Sie gingen weiter. Ein paar Werftarbeiter hievten eine Spiere mit einer Talje an den Vormast einer Fregatte. Sie winkten, und einer rief: »Viel Glück, Sir Richard! Machen Sie den Scheißern Feuer unter dem Arsch!«

Bolitho hob seinen Dreispitz und erwiderte: »Gebt uns die Schiffe, Jungs! Den Rest erledigen wir dann schon!« Alle lachten, als wäre das ein großartiger Witz gewesen.

Aber Avery sah Bolithos Gesicht, als er sich von ihnen abwendete. Seine Augen waren so bitter wie seine Stimme: »Es ist alles prima, wenn man nicht selber hinausfahren und die Schlachten schlagen muß.«

»Ich glaube, sie haben es gut gemeint, Sir Richard.« Bolitho entgegnete kühl: »Denken Sie das?

Dann tun Sie mir leid.« Und er packte Averys Arm und rief: »Es tut mir leid, ich habe es nicht so gemeint!«

Sie erreichten die Hauptpier. Bolitho blieb stehen und betrachtete die vermurten Schiffe, das endlose Gewusel der kleinen Hafenbarkassen. Seine Nerven waren zum Zerreißen gespannt. *Ich brauche dich, Kate.* Auf unerklärliche Weise war er sicher, daß sie ihn hörte. Er spürte, wie die Sonne auf seinen Rücken brannte, das Medaillon klebte an seiner feuchten Haut unter dem Hemd. Es war eines der neuen, die sie ihm gekauft hatte. Irgendwie half ihm das, sich zu beruhigen. Er erinnerte sich daran, daß er als junger Leutnant nur über ein Paar ungestopfter Strümpfe verfügt hatte. Fast hätte er gelächelt. *Gesegnet seist du, Kate . . . du hast mich gehört.*

Avery bemerkte ruhig: »Das Boot kommt, Sir Richard.« Er schien Angst zu haben, den Gedankengang seines Vorgesetzten zu unterbrechen. Er war nicht so schüchtern oder so leicht zu durchschauen, wie es Jenour gewesen war; er war sehr verschlossen, abwartend.

Bolitho sah, daß eine schmucke Gig eine festgemachte Hulk rundete und auf die Pier zuhielt. Die Riemen hoben und senkten sich wie weiße Walknochen. Er berührte sein Auge, und sofort fragte Avery: »Kann ich Ihnen helfen, Sir Richard?«

»Ich habe etwas ins Auge bekommen.« Die Lüge ging ihm leicht von den Lippen. Aber wie lange würde es dauern, bis Avery, wie vor ihm Jenour, die Wahrheit erkennen würde? »Wer ist im Boot?«

Avery schien fürs erste zufriedengestellt zu sein. »Ein Leutnant, Sir.«

Es war seltsam, daß jetzt nicht Allday neben ihm war, der die Bootsbesatzung und alles andere kritisch mustern würde. Er war auch nicht in der Gig.

Avery kommentierte: »Das Boot ist auf Zack, Sir Richard.«

Der Bugmann stand schon mit dem Bootshaken bereit. Der Leutnant neben dem Bootssteurer lauerte auf den richtigen Augenblick: »Auf Riemen! Riemen hoch!« Jedes Blatt fluchtete exakt mit dem nächsten. Während der kurzen Zeit seit der Indienststellung mußte da ein erheblicher Drill erfolgt sein.

Die Gig glitt längsseits an die mit Seegras bedeckten Treppenstufen, und der Bugmann hakte sich in einen Festmacherring ein.

Der Leutnant stolperte an Land. Er hatte seinen Hut schon in der Hand, als er umständlich Haltung annahm.

»Finlay, Sir Richard, Vierter Leutnant.«

Bolitho sah, daß die Augen des jungen Offiziers unruhig zwischen ihnen hin- und herwanderten, vom berühmten Vizeadmiral zum Leutnant mit der goldenen Adjutantenkordel an der Schulter.

»Sehr gut, Mr. Finlay, Sie haben eine beeindruckende Bootscrew.« Er sah, daß der Leutnant blinzelte, als sei er kein Lob gewöhnt.

»Danke, Sir Richard.«

Avery kletterte nach unten und nahm im Heck Platz, dann blickte er nach oben zu seinem neuen Chef. Der hatte sich umgedreht, eine Hand schützend über die Augen gelegt und blickte über das Land, den grünen Hügel des Mount Edgcumbe und die kleinen Bauernhäuser, die im Sonnenlicht lagen.

Bolitho wußte, daß die beiden Leutnants ihn beobachteten, nur die Bootscrew verharrte bewegungslos auf den Duchten, obwohl sich sonst in der Nähe des Landes die Disziplin gewöhnlich immer etwas lockerte.

Auf Wiedersehen, meine liebe Kate. Auch wenn viele Meilen zwischen uns liegen, bist du immer bei mir.

Dann preßte er den Ehrendegen gegen die Hüfte und stieg in das Boot.

Der Leutnant sprang hinein und rief: »Setz ab vorne!« Als der Strom sie erfaßt hatte, befahl er: »Laß fallen! Ruder an!«

Auf dem Wasser wehte eine Brise, und Bolitho spürte, wie sie seine Augen reizte, so als mache sie sich über seine Förmlichkeit lustig. Er betrachtete die Ruderer, die mit karierten Hemden und geteerten Hüten herausgeputzt waren. Etwas war anders, nicht in Ordnung. Ihre Augen waren auf den Schlagriemen fixiert, die Körper gingen in die Auslage, dann legten sie sich wie ein Mann zurück, sobald die Blätter ins Wasser bissen. Er versuchte es zu verdrängen. Ein neues Schiff mit einem neuen Kommandanten, eine unbekannte Zukunft lag vor ihnen, was sollte man da erwarten? Er wandte sich um und betrachtete das Wachboot. Es hatte die Riemen hochgestellt, der Offizier im Heck hatte seinen Hut grüßend gelüftet, nachdem er gesehen hatte, daß ein Admiral in der Gig war. Inzwischen würden es alle wissen, dachte er bei sich. Er blickte wieder auf die Matrosen. Sie waren nicht feindselig, nicht gleichgültig, sie waren verängstigt. Man konnte es nur so beschreiben.

Also hatte sich Trevenen nicht geändert. Was Disziplin und Leistung anging, so hatte man ihn als Fanatiker beschrieben.

Finlay bemerkte zögernd: »Dort liegt sie, Sir Richard.«

Bolitho überschattete seine Augen. Die *Valkyrie* war wirklich ein großes Schiff. Aus der Ferne wirkte sie fast so groß wie die alte *Hyperion*, und die war ein Vierundsiebziger mit zwei Geschützdecks gewesen.

Finlay rutschte nervös auf seinem Platz hin und her. »Behalten Sie sie gut im Auge, Bootssteuerer! Der Strom schiebt uns gewaltig!«

Der Mann an der Pinne nickte, er schätzte die Fahrt des Bootes durchs Wasser ab.

Bolitho sah, daß die Rotröcke der Seesoldaten schon in Position waren. Er konnte sich des Eindrucks nicht erwehren, daß sie das schon eine lange Zeit waren. Das Sonnenlicht funkelte auf vielen Teleskopen, und sogar auf diese Entfernung konnte er das Trillern der Pfeifen hören. Es hatte ihn Jahre gekostet, um sich an diese Augenblicke zu gewöhnen, sich auf die erste Begegnung einzustellen.

Ein Boot verließ die Fregatte in schneller Fahrt auf der anderen Seite, zwei bewaffnete Seesoldaten saßen im Heck.

Avery bemerkte ruhig: »In dem Kutter liegt eine Leiche, Sir.«

Bolitho hatte es schon gesehen. Sie war mit Segeltuch bedeckt. Ein Arm hing heraus, als ob der Mann schliefe.

»Was ist passiert?« Als Finlay schwieg, hakte er scharf nach: »Das war eine Frage, Mr. Finlay!«

Der Leutnant starrte nach vorne ins Boot und erwiderte unglücklich: »Ein Missetäter, Sir Richard.« Er schluckte schwer. »Er starb heute vormittag unter der Peitsche.«

Bolitho bemerkte, daß der Schlagmann ihn ein paar Sekunden ansah, bevor er wieder starr nach achtern blickte, so als wolle er etwas herausfinden oder um etwas bitten. Bolitho zog seinen Hut weiter in die Stirn, als Spritzwasser über das Dollbord flog.

»Sein Vergehen?«

Finlay war bleich geworden, so als ob er Unanständiges täte, etwas ausplaudern würde.

»Er ... er hat einen Fähnrich beleidigt, Sir Richard.«

»Und?«

»Drei Dutzend Hiebe, Sir Richard.« Er biß sich so heftig auf die Lippe, daß es ein Wunder war, daß sie nicht blutete.

Bolitho war sich bewußt, daß ihn sein Flaggleutnant beobachtete, zu verstehen versuchte, warum ein in der Marine so angesehener Mann sich um einen einfachen Seemann kümmerte. Männer wurden jeden Tag ausgepeitscht, einer mehr oder weniger machte da keinen Unterschied. Es waren immer die harten Männer, die drei Dutzend Schläge und mehr überstanden und später mit den Narben angaben, die die berüchtigte Katze hinterlassen hatte. Die Rechtsprechung des Zwischendecks war oft noch rigoroser, wenn man jemanden des Kameradendiebstahls überführt hatte. So etwas kam vor, und jeder wußte es. Diese harte Gerechtigkeit unterschied sie von der Offiziersmesse, den Deckoffizieren und den Seesoldaten.

Bolitho betrachtete die Fregatte, die jetzt schon näher war, ihre Masten ragten hoch in den Himmel. Das Red Ensign flatterte über der Heckreling, der Union Jack am Bug. Er studierte die eindrucksvolle

Galionsfigur der *Valkyrie:* eine Frau mit einem Wikingerhelm und Brustpanzer, eine von Odins treuen Dienerinnen, die mit erhobenem Arm einem toten Helden den Weg nach Walhalla wies. Er war überrascht, daß die schön geschnitzte Figur nur mit der matten gelben Werftfarbe angestrichen war. Das war seltsam, denn die meisten Kommandanten zahlten aus eigener Tasche die Goldauflagen der Galionsfigur und der Heckverzierungen, so wie es Adam für die verführerische Nymphe auf der *Anemone* gemacht hatte. Daran war abzulesen, daß das Schiff einen erfolgreichen Kommandanten hatte, der geneigt war, auch etwas von seinen Prisengeldern auszugeben. Es war nur eine Nebensächlichkeit, aber Trevenen schien seltsamer zu sein, als er vermutet hatte. Er wußte noch immer nicht, warum sein Vater die Familie Trevenen nicht gemocht und sein Großvater sie sogar verflucht hatte. Land, Eigentum oder irgendein anderer Streit – es konnte alles mögliche sein.

Er betrachtete die Hauptartillerie, als die Gig unter dem aufragenden Klüverbaum durchfuhr. Es waren mächtige Achtzehnpfünder. Dabei waren viele der älteren Fregatten noch mit Zwölfpfündern bestückt, wie seine damals auch. Er hatte gehört, daß die junge amerikanische Marine noch weitergegangen war und ihre großen Fregatten mit Vierundzwanzigpfündern ausgerüstet hatte. Sie waren zwar schwerer zu handhaben, aber eine Breitseite konnte jeden Gegner entmasten, bevor er selbst in Schußweite kam.

Die Gig wendete in einem engen Bogen, und Bolitho sah die Männer an der Relingspforte, die sauber gestauten Hängematten in den Finknetzen, die frische Farbe, die sich im Wasser spiegelte.

»Boot ahoi!« Der alte Anruf erklang über das Wasser, obwohl die Ferngläser schon längst festgestellt hatten, daß der erwartete Flaggoffizier an Bord war. Der Leutnant hob eine Flüstertüte und erwiderte: »Flagge, *Valkyrie!*«

Bolitho mußte an Allday denken. Er hätte nur eine Hand an den Mund gehalten, um verständlich zu sein.

Avery sah, daß Bolitho den blitzenden Ehrendegen zurechtrückte. Es war ein steiler Aufstieg an der Seite der Fregatte, außerdem war er rutschig. Kein Offizier, geschweige denn ein Admiral, wollte kopfüber ins Wasser fallen, weil er über seinen Degen stolperte. Das schoß auch Bolitho durch den Kopf. Allday war immer an seiner Seite, um ihm bei Bedarf zu helfen. Und seit er von dem verletzten Auge wußte, war er noch fürsorglicher geworden.

Mit hochgestellten Riemen hakte die Gig in den Großrüsten ein, Bolitho ergriff die Handläufer, wartete, bis das Boot von einer Welle angehoben wurde, und kletterte dann schnell auf das Hauptdeck. Die Seesoldaten präsentierten das Gewehr, eine Wolke von Talkum schwebte über den glitzernden Bajonetten, die Pfeifen zwitscherten, und die kleine Kapelle aus Trommelbuben und Querflöten intonierte *Heart of Oak*. Nach der Stille in der Gig war es ohrenbetäubend.

Bolitho hob grüßend seinen Hut in Richtung Achterdeck und Flagge, während sich am Fockmast seine eigene Flagge im Wind entfaltete.

Kapitän Trevenen trat vor seine Offiziere, sein faltiges Gesicht war ernst. »Willkommen an Bord, Sir Richard, ich bin geehrt, daß Sie Ihre Flagge auf meinem Schiff setzen, wenn auch nur vorübergehend.«

Bolitho antwortete ebenso förmlich: »Ein schönes Schiff, Kapitän Trevenen.« Er hörte, daß Avery hinter ihm an Bord kam. Wahrscheinlich fragte er sich, wie er sich auf der *Valkyrie* fühlen würde, nachdem er zuvor auf einem Linienschiff gewesen war.

Er blickte zu den zusammengedrängten Männern auf den Laufstegen und Wanten, auf die Ansammlung aus Weiß und Blau auf dem Achterdeck, wo die Leutnants und Deckoffiziere in respektvollem Schweigen verharrten.

Trevenen fuhr fort: »Ihr Quartier ist vorbereitet, Sir Richard. Sollten Sie irgend etwas benötigen, werde ich mein Bestes tun, um es zu beschaffen.« Seine tiefliegenden Augen musterten Bolithos Uniform und den Orden vom Nil an seinem Hals, auch der Ehrendegen wurde registriert.

»Vielleicht möchten Sie meine Offiziere demnächst kennenlernen?«

Ruhig blickte ihn Bolitho an. »Bis Kapstadt ist es eine lange Reise, Kapitän Trevenen, ich hoffe, daß ich bis dahin jeden Mann kenne.« Er hatte gesprochen, ohne die Stimme zu erheben, sah aber die tiefliegenden Augen funkeln, als ob er eine Beleidigung gebrüllt hätte.

Der Kommandant zog seinen Hut und rief: »Drei Hurras für Sir Richard Bolitho! *Hurra! Hurra! Hurra!*«

Die Matrosen und Unteroffiziere stimmten lautstark mit ein, aber es war kein Leben darin, keine Wärme. Als die Hochrufe verklungen waren, mußte er an die Crew der Gig denken.

Dann entdeckte er Allday. Er stand neben einem der langen Achtzehnpfünder. Irgendwie wirkte er in seiner schmucken Jacke mit den goldenen Knöpfen wie ein Fremdkörper zwischen all den anderen.

Über das geräumige Deck der Fregatte trafen sich ihre Blicke. Allday schüttelte unmerklich den Kopf.

Mehr war nicht nötig.

VII Konfrontationen

Bolitho stand an der Heckgalerie seiner Kabine, überschattete seine Augen gegen das reflektierende gleißende Sonnenlicht und betrachtete das imponierende Massiv des Felsens von Gibraltar. Die *Valkyrie* hatte eine schnelle Überfahrt gemacht, nur fünf Tage, und sie wäre noch schneller gewesen, hätte man nicht auf die ehemalige französische Fregatte Rücksicht nehmen müssen, die jetzt *Laertes* hieß. Er konnte sie in dem Hitzedunst, der über die geschäftige Reede zog wie der Pulverqualm auf den Schlachtengemälden der Künstler, gerade noch ausmachen. Sollte er recht haben mit seiner Vermutung über Baratte, dann würde er schon wissen, daß sein ehemaliges Schiff unter neuem Namen aus England ausgelaufen war. Ihre Lordschaften hätten den alten Namen sicher beibehalten, aber es gab schon eine *Triton* in der Marineliste.

Nackte Füße liefen oben über das Deck, gelegentlich gab eine autoritäre Stimme einen Befehl, der sofort ausgeführt wurde. Das war unheimlich und ungewöhnlich, wie Bolitho aus langer Erfahrung wußte. Alles wurde umgehend und in völliger Stille erledigt. Ein kurzes Verschnaufen, ein Gehen statt Rennen, wurde sofort mit einem Hieb des Starters* von einem der Bootsmannsmaaten oder dem diensttuenden Unteroffizier geahndet.

Seit sieben Tagen lagen sie in Gibraltar vor Anker, die neuen Männer blickten verlangend auf den schroffen Umriß des Felsens oder auf die farbenprächtigen Boote der Händler, die aber nicht längsseits gehen durften. Die Wasserfässer waren aufgefüllt, die Postsäcke an Land. Er konnte Kapitän Trevenen nicht befehlen, länger zu warten.

Bolitho kannte den Mann noch keinen Deut besser als bei der Begrüßung an Bord. Er fragte sich, was sein Flaggleutnant von dem Kapitän hielt. Auch als Bolitho den Mann erwähnt hatte, der unter der Peitsche gestorben war, war er aus ihm nicht schlauer geworden. Trevenen hatte gelassen erwidert: »Ich habe seinen Tod in meinen Berichten an die Admiralität erwähnt.« Dabei hatte er sich einen kleinen triumphalen Unterton in der Stimme erlaubt. »Ich bin der dienstälteste Offizier dieses Geschwaders und wurde angewiesen, entsprechend zu handeln. Sie waren nicht an Bord, Sir Richard, außerdem war es kein schwerwiegender Zwischenfall.«

»Das Leben eines Mannes?«

Es war seltsam gewesen, den alten Schiffsarzt der *Hyperion* wiederzutreffen. Er war noch immer ein widerspenstiger Querdenker und fühlte sich unter Trevenens Kommando offensichtlich unwohl. Bolitho hatte die Auspeitschung nicht erwähnt, statt dessen hatte er gemeint: »Ich dachte, Sie hätten den Seedienst nach dem Verlust der *Hyperion* quittiert.«

---

* Kurzes Ende zum Schlagen der Mannschaften

»Ich hatte es erwogen, Sir Richard, aber zu Hause wollte man mich nicht.« Minchin hatte mit seiner kräftigen Hand über das Deck des mächtigen Schiffes gedeutet und erklärt: »Außerdem ist der Rum auf den Schiffen des Königs besser.«

Der Mann, der die Schlacht überlebt hatte, ohne zu sehen, was passierte, während die Planken um ihn herum erzitterten und krachten, hatte bewiesen, daß er sogar Sir Piers Blachford ebenbürtig war, dem großen Londoner Chirurgen, der während der Schlacht an Bord der *Hyperion* gewesen war. Man konnte sich kein ungleicheres Paar vorstellen.

Bolitho trat von den großen Fenstern zurück und ging zu dem kleinen Schreibtisch hinüber, der für ihn und Yovell aufgestellt worden war. Nicht wie auf einem Linienschiff, aber ausreichend. Vor seinem geistigen Auge sah er die lange Überfahrt vor sich, zuerst nach Freetown, dann nach Süden, die afrikanische Küste entlang bis nach Kapstadt und dem Kap der Guten Hoffnung, wo er schon so viel bewirkt und gesehen hatte.

In Freetown würden weitere Informationen auf ihn warten. Sollte man weiterhin beabsichtigen, Mauritius zu besetzen, würden dafür viele Soldaten, Pferde, Kanonen und Versorgungsgüter notwendig sein. Wie in der Karibik mußte das alles geschützt werden. Sollte es ihm nicht gelingen herauszufinden, welche Insel der Feind als Basis benutzte, würden ihm Ihre Lordschaften mehr Kriegsschiffe schicken müssen, ob sie wollten oder nicht. Und während jeder Meile, während jeden Wachwechsels, während Trevenens ständiger Übungen entfernte er sich weiter und weiter von Catherine. In der Vergangenheit war er auf die Trennungen vorbereitet gewesen, weil es zu seinem Leben als Seeoffizier gehörte. Aber mit Catherine hatte sich alles geändert. Früher hatte es Momente gegeben, in denen es ihm gleichgültig gewesen war, ob er lebte oder starb. Nur das Vertrauen der Männer, die sich auf seine Fähigkeiten verlassen mußten, hatte blinde Tollkühnheit vereitelt.

Avery war außerhalb der täglichen Dienstgeschäfte keine große Hilfe. Jenour war da anders gewesen. Bolitho hatte schon Offiziere wie Avery erlebt. Sie verstanden es, auf einem überfüllten Kriegsschiff für sich zu bleiben. Avery aß in der Offiziersmesse, verbrachte aber die meiste Zeit in seiner winzigen Kabine oder an Deck, wo er die ständig wechselnden Launen der See beobachtete.

Bolitho war kurz vor der Abfahrt in Plymouth in die Messe eingeladen worden. Ihre Mitglieder waren nette junge Männer, mit Ausnahme des ärgerlich blickenden Arztes, des Segelmeisters und des Zahlmeisters. Eine durchschnittliche Mischung auf einem solchen Schiff, nur der Kommandant würde die Schwächen und Stärken dieser Männer kennen und die der Fähnriche und Unteroffiziere, die sie unterstützten. Alle waren sehr neugierig auf den Vizeadmiral gewesen, waren aber zu höflich, um viel zu fragen. Sollten sie mit Trevenens Führungsstil nicht einverstanden sein, so war es ihnen, mit Ausnahme von Minchin, nicht anzumerken.

Am Vormittag hatte es wieder eine Auspeitschung gegeben. Die Prozedur war ihm entsetzlich langsam und erbarmungslos vorgekommen: das Rasseln der Trommeln, das nur vom Klatschen der Peitsche auf dem nackten Rücken des Mannes unterbrochen wurde. Sogar nachdem Ozzard das Skylight der Kabine geschlossen hatte, war er nicht in der Lage gewesen, es zu verdrängen. Der Missetäter war dabei erwischt worden, wie er Rum in dem Laderaum trank, den er anstreichen sollte.

Zwei Dutzend Hiebe. Gegen Ende war der Mann zusammengebrochen und hatte gewimmert wie ein gequältes Tier.

Er ist der Kommandant, mit aller Autorität, ich gehöre dazu und muß hinter seinen Entscheidungen stehen. Ich kann nichts tun. Trevenen wußte genau, was er tat, wie weit er gehen konnte, ohne sich Kritik von oben zuzuziehen. Aber ihm mußte auch klar sein, daß Bolitho seine Hoffnung auf eine Beförderung zum Adrmial mit ein paar Worten an geeigneter Stelle zerstören konnte. *Er kennt mich offensichtlich besser als ich ihn.*

Bolitho hörte, wie die Boote aufgeheißt, eingeschwungen und in ihre Knacken gesetzt wurden, gleiches würde jetzt auf der *Laertes* geschehen. Die französische Prise war ein Schiff, das jedem jungen Offizier gefallen würde. Ursprünglich war es ein Sechsunddreißiger gewesen, gebaut auf der renommierten Marinewerft in Toulon. Jetzt war ihre Artillerie durch einige schwere Jagdgeschütze am Bug verstärkt worden, die ihren Wert beim Aufbringen flüchtiger Piraten beweisen würden. Ihr Kommandant war jung und etwa gleichzeitig mit Adam zum Vollkapitän befördert worden. Sein Name war Peter Dawes, und als Sohn eines Admirals würde er keine Gelegenheit auslassen, seine Qualitäten herauszustreichen.

Der Gedanke an Adam machte ihn besorgt. *Ane-*

mone hätte kurz nach ihnen in Gibraltar einlaufen müssen, höchstens zwei Tage später, ob mit voller Mannschaftsstärke oder nicht. Trevenen hatte darauf hingewiesen, schien ihn aber zu belauern und auf Bolithos Entscheidung zu warten. Er fällte sie kurz nach der letzten Auspeitschung. Sie würden zusammen mit der *Laertes* nach Freetown versegeln.

Pfeifen zwitscherten, Füße trampelten über Laufbrücken und Treppen. Die *Valkyrie* schüttelte sich wie ein erwachendes wildes Tier. Er hörte das Klacken der Spillpalle, das Kratzen der Fidel, als sich die Matrosen in die Spillspaken warfen, um die schwere Fregatte langsam zu ihrem Anker zu ziehen.

Es war wie immer. Das Verlassen eines Hafens hatte er schon als Fähnrich und junger Leutnant genossen. Bis heute hatte sich nichts daran geändert. Ein Schiff erwachte zum Leben, die Besatzung bereit, um auf die Stationen zu eilen, wo jede Rah und jedes Tau am richtigen Platz auf den Einsatz wartete. *Gleiche Belastung auf alle Teile*, so hatte es ihm ein alter Segelmeister oftmals erklärt.

Er hörte Schritte im Niedergang, schwere, gewichtige Schritte. Wie erwartet, war es der Kommandant.

»Klar zum Auslaufen, Sir Richard.« Seine tiefliegenden Augen blickten fragend, finster.

»Ich komme nach oben.« Ihm wurde plötzlich klar, daß er seit dem Auslaufen aus Plymouth kaum jemals an Deck der *Valkyrie* gewesen war. Er sah sich in der Kabine um und bemerkte Ozzards kleinen Schatten hinter der Pantrytür. »Hoffentlich wird die *Anemone* unterwegs zu uns stoßen.« Es war nur ein Gedanke gewesen, den er laut ausgesprochen hatte.

»Ich vermute, er wird eine gute Ausrede haben, Sir

Richard. *Anemones* Kommandant ist Ihr Neffe, glaube ich?«

»Richtig.« Er blickte in Trevenens kalte Augen. »So wie mein Flaggleutnant der Neffe von Sir Paul Sillitoe ist, dem Berater des Premierministers. Mich überraschen derartige Verbindungen immer wieder.«

Er ging schnell hinter ihm vorbei und fand es unpassend, daß er Trevenens Taktik wiederholt hatte. War es eine Herausforderung? Sei es drum!

»Aufentern! Setzt die Marssegel!«

Bolitho sah Allday bei den Finknetzen stehen. Er beobachtete mit grimmiger Miene, wie die Seeleute mit nacktem Oberkörper die Wanten emporkletterten wie die Affen. Viele von ihnen hatten Narben auf dem Rücken, alte verblaßte und frische rote.

»Der Anker ist kurzstag, Sir!«

Trevenen knurrte kurz angebunden: »Machen Sie den Faulpelzen am Spill Beine, Mr. Urquhart! Sie bewegen sich heute wie alte Weiber!«

Als sich ein Bootsmannsmaat mit seinem Starter auf sie zubewegte, stemmten sich die Männer mit aller Kraft in die Spillspaken, ihre nackten Füße krallten sich wie Klauen in das Deck.

»Anker aus dem Grund, Sir!«

Bolitho sah die Erleichterung des Ersten Offiziers. Die Männer waren weiteren Schlägen entgangen. Für dieses Mal.

Mars- und Vorsegel, dann blähte sich die große Fock und füllte sich mit Wind, die *Valkyrie* drehte ihr Heck dem Felsen zu, die Leeseite lag gut frei über dem Wasser. Noch bevor sie die Reede verlassen hatte, türmte sich eine Pyramide von Gut-Wetter-Segeln über den geschäftigen Decks und zeigte die

Energie, mit der das Schiff durch das Wasser schob. Bolitho sah, daß die andere Fregatte wendete, um in ihrem Kielwasser zu folgen.

Er blickte über die Heckreling und machte einen flachen Schatten aus: Spanien. Ein Teil hatte unter dem Schutz der Engländer Frieden gefunden, ein anderer würde noch immer von Napoleons Regimentern terrorisiert werden. Bolitho mußte an die optimistischen Worte auf Hamett-Parkers Empfang denken: »Dieser Krieg ist so gut wie gewonnen.« Wie oft hatte er diese Küsten gesehen, wohl wissend, daß viele Teleskope auf die auslaufenden Schiffe gerichtet waren. Schnelle Pferde warteten darauf, die Kuriere zu den Ausgucksposten und Küstenbatterien zu tragen. *Die Engländer sind auf See.* Er hatte die Spanier als widerstrebende Verbündete und als Gegner kennengelernt. Letzteres war ihm lieber gewesen.

Er meinte zu Allday: »Komm mit mir nach achtern.« Er wußte, daß die Achterdeckwache ungläubig lauschte und es kaum glauben konnte. Wieder ein Teil der Legende. Der Vizeadmiral, der nur mit den Fingern schnippen brauchte, um sie in die Hölle segeln zu lassen, war zwar ein Mann, den die ganze Marine kannte, aber nur wenige hatten ihn gesehen oder gar unter ihm gedient. Jetzt ging er mit seinem untersetzten Bootssteurer den Niedergang hinab, als wären sie alte Freunde, Schiffskumpel wie sie selbst.

Sie kamen in die relativ kühle Luft des Zwischendecks und gingen nach achtern, wo der Posten der Marines zwischen den Türen zu Trevenens und seinem Quartier stand. Er hatte ein ausdrucksloses offenes Gesicht. Die Muskete mit aufgepflanztem Bajonett preßte er an die Hüfte, sein Blick war auf einen Punkt hinter ihren Köpfen fixiert.

In der Kabine wartete schon Ozzard. Rheinwein für den Admiral, Rum für den Bootssteurer. Bolitho setzte sich auf die Heckbank und blickte auf das gurgelnde Wasser, das das Ruder umspülte.

»Was ist los mit den Männern, alter Freund?«

Allday hob den Becher und blinzelte ins Sonnenlicht. »Ich habe mal einen alten Hund gesehen, der vor Angst fast verging, wenn sein betrunkener Herr seinen Stock nur hob.« Seine Stimme war weit weg. »Dann eines Tages griff er ihn an. Der Scheißer hat ihn nie wieder geprügelt!« Er nahm einen Schluck Rum und fügte nachdenklich hinzu: »Und auf diesem Schiff gibt es mehr als nur einen Hund!«

Kapitän Adam Bolitho kam an Deck, blickte zuerst auf den Kompaß und dann auf jedes einzelne Segel. *Anemone* nutzte den guten Wind aus Nordwest voll aus, der Millionen von weißen schnaubenden Pferden auf das blaugraue Wasser zauberte und die Segel kraftvoll füllte. An Deck herrschte geschäftiges Treiben, und obwohl es erst kurz nach der Morgendämmerung war, schrubbten die Männer die Leeseite des Hauptdecks, wo von Zeit zu Zeit Seen durch die offenen Geschützpforten wuschen, die nackten Füße umspülten, um dann gurgelnd durch die Speigatten abzulaufen. Auf dem Achterdeck scheuerten andere Matrosen mit Steinen die weißen Planken, bevor die Sonne zu stark wurde, Nähte erwärmte, und diese Arbeit dann unmöglich war.

Für die neuen Männer sah Adam vermutlich nicht wie ein erfolgreicher Fregattenkapitän aus. Ohne

Hut flatterte sein schwarzes Haar im Wind, und er ähnelte eigentlich mehr einem Piraten.

Es hatte länger gedauert als vermutet, Spithead zu runden und ein kleines Preßkommando an Land zu setzen. Es kehrte nur mit drei Männern zurück, die alle unbefahren waren. Vor Portsmouth Point hatte er mehr Glück gehabt, dort war die *Anemone* zufällig auf einen Toppsegelschoner gestoßen, der unter dem Kommando eines berüchtigten Leutnants stand, der die dortigen Preßpatrouillen kommandierte. Der Leutnant folgte häufig Schiffen, die nach Southampton oder zum Solent liefen, denn er hatte schon lange herausgefunden, daß es miese Skipper gab, die den größten Teil der Besatzung schon aus Sparsamkeit auf See auszahlten. War die Abmusterung beendet, die der Leutnant mit seinem starken Fernglas verfolgte, schor der Kutter längsseits und preßte die unglücklichen Seeleute, von denen viele schon in Sichtweite ihrer Häuser waren, und brachte sie auf das Wachschiff.

Adam hatte zwölf Männer bekommen, alles Matrosen, was zwar immer noch nicht genug war, aber etwas den Druck von seinen Leutnants und den Unteroffizieren nahm. Die Verzögerung hatte ihn aufgehalten, und als er Gibraltar erreichte, mußte er feststellen, daß sein Onkel und die andere Fregatte schon abgesegelt waren.

Der Erste näherte sich ihm und berührte grüßend seine Stirn.

»Südwest zu Süd, Sir! Kurs liegt an!«

Adam dachte an seine versiegelten Befehle, die er seinem Onkel überbringen sollte. Aber noch waren sechstausend Meilen zurückzulegen mit einem Aufenthalt in Freetown an der Westküste des afrikanischen Kontinents. Es hätte auch auf dem Mond liegen können. Ein kleines Schiff, *sein* Schiff, war frei, niemand konnte ihm hineinreden.

Leutnant Martin beobachtete ihn ängstlich. Es war nie leicht gewesen, mit dem Kommandanten auszukommen, wenn etwas schiefging. Aber sein Vorgänger Sargeant, der ein eigenes Kommando bekommen hatte, war trotz seiner Jugend gut mit ihm klargekommen. Er hatte zwischen dem Kommandanten und der Besatzung vermittelt, wie es die Aufgabe eines jeden Ersten Offiziers war.

»Sollen wir nach dem Frühstück die Leesegel setzen, Sir?«

Adam blickte zu den Spieren hinauf, die unter den Rahen festgelascht waren. Waren sie ausgebracht, mochte die zusätzliche Segelfläche der *Anemone* ein paar Extraknoten verleihen.

Er roch die fettigen Dünste aus der Kombüse und bemerkte plötzlich die Unsicherheit seines Ersten. Zu Martins Überraschung klopfte er ihm auf den Arm und grinste. »Ich bin ein schlechter Gesellschafter, Aubrey. Verzeihen Sie mir, aber mir geht so viel im Kopf herum.«

Auf Martins Gesicht machte sich Erleichterung breit, aber er war sensibel genug, nicht nach den Gründen zu fragen, warum sein Kapitän so mißmutig war.

Adam bemerkte: »Um die Wahrheit zu sagen, bin ich nicht sonderlich scharf darauf, die anderen einzuholen.«

»Aber Ihr Onkel.«

Adam lächelte breit. »Er ist der Admiral, ich erlaube mir nie, das zu vergessen.« Er drehte sich um, als der Segelmeister aus dem Niedergang auftauchte. »Ah, Mr. Partridge, ich habe eine Aufgabe für Sie.«

Der alte Navigator grunzte: »Allzeit bereit, Sir.«

»Wenn wir jetzt den Kurs auf Madeira abstecken und der Wind steht so durch, wann würden wir dann in Funchal ankern können?«

Partridge zwinkerte noch nicht einmal. »Sir, ich dachte, es würde eine wirklich schwierige Frage werden.« Er verbeugte sich vor seinem Kommandanten, der nur halb so alt war wie er. Allerdings wußte niemand genau, wie alt Partridge wirklich war.

»Der Ausguck müßte jeden Augenblick Land in Sicht melden, Sir. Ich werde an die Karte gehen.«

Er schlurfte fort, und Adam schüttelte bewundernd den Kopf. »Was für ein Mann. Würde ich ihm befehlen, uns zum Barrier Riff zu bringen, würde er nicht mit der Wimper zucken.«

Der Erste hatte in den Segelanweisungen der Admiralität keinen Hinweis darauf gefunden, daß sie Madeira anlaufen sollten. »Darf ich fragen, warum wir dorthin laufen, Sir?«

Adam ging an die Reling und beobachtete die beiden Rudergänger am großen Doppelrad. In Zeiten wie diesen konnte er vergessen, daß sein Schiff noch immer unterbemannt war, und er konnte auch alle anderen Probleme seines Kommandos verdrängen. Wäre da nicht die Frau ständig in seinem Kopf gewesen, hätte er glücklich sein können.

»Madeira ist eine Oase, Aubrey, ein Wasserloch für die braven Handelsschiffe und auch für Raubvögel wie uns. Dort führen Schiffe aller Nationen Reparaturen durch, ergänzen ihre Ausrüstung und versorgen sich mit Wein. Außerdem gibt es dort immer ein paar erfahrene Seeleute, die aus dem einen oder anderen Grund achteraus gesegelt* sind!« Er grinste, jetzt war er wieder ein kleiner Junge. »Schicken Sie die Männer zum Frühstück, der Geruch dreht mir schon den Magen um. Danach werden wir Kurs auf Funchal nehmen, dem letzten Land, das wir vor Sierra Leone sehen werden.« Beide blickten in die Höhe, als der Ruf vom Großmast erschallte: »An Deck! Land an Backbord voraus!«

Der alte Partridge erschien zufrieden. »Da, Sir, was habe ich Ihnen gesagt?«

Sein Leutnant meinte nachdenklich: »Was ist, wenn die Behörden unsere Suche nach Männern nicht billigen?«

Adam lächelte. »Wir fragen natürlich nur nach Freiwilligen!«

Beide lachten, und ein paar der Seeleute blickten sich an, als die Pfeifen die Wache in die Messen entließ.

Während Adam zum Niedergang schlenderte, grunzte der alte Navigator: »So ist es besser, Mr. Martin, das läßt seine Augen wieder funkeln. Ist auch besser für uns.«

»Was treibt ihn bloß so um, Ihrer Meinung nach?«

Old Partridge blies seine gegerbten Wangen auf und antwortete spöttisch: »Natürlich eine Frau! Das sollten Offiziere doch wissen.«

In seiner Kabine wartete der Steward darauf, ihm das Frühstück zu servieren. Adam mußte plötzlich an seinen Onkel denken und an seine große Liebe, um

---

* die Abfahrt ihres Schiffes verpaßt haben

die er ihn so beneidete. Bolitho war schon auf Madeira gewesen und hatte für Catherine einen Fächer und Spitzen mitgebracht. Vielleicht konnte er an Land ein silbernes Schmuckstück kaufen... Er wandte sich den Heckfenstern zu, so daß der Diener sein Gesicht nicht sehen konnte. Sie würde es nie tragen, geschweige denn überhaupt annehmen. Nach der schmerzlichen Zurückweisung war es verrückt von ihm, daran nur zu denken.

Irgendwo auf dem Schiff spielte jemand eine beschwingte Jig auf der Fiedel, ein anderer begleitete ihn auf einer Flöte. Hinter Freetown würden sie bald den Äquator überqueren, dann würde Neptun mit seinem Gefolge an Bord kommen und die Täuflinge würden sich einer rauhen Zeremonie unterziehen müssen. So wurde es auf den Schiffen des Königs seit Menschengedenken gehandhabt.

Adam setzte sich und blickte auf das fette Schweinefleisch, das im Takt der Schiffsbewegungen hin und her rutschte.

Offiziere wurden nicht verschont. Er erinnerte sich an einen Leutnant, der nackt ausgezogen worden war und beinahe an der Mixtur, mit der er »rasiert« werden sollte, erstickt wäre. Es war etwas für schlichte Gemüter, aber Seeleute waren einfache Leute. Es würde dazu beitragen, seine Mannschaft zusammenzuschweißen. Old Partridge würde den Neptun spielen. Er schob das Essen zur Seite. Das Mädchen ging ihm nicht aus dem Kopf.

Unter gekürzten Segeln ging *Anemone* für den letzten Schlag auf den anderen Bug. Madeira lag im Licht der Nachmittagssonne, die aufragenden, mit

Blumen bedeckten Hänge wirkten wie ein Märchenbild.

»An Deck!« Ein paar Männer der Freiwache blickten nach oben, aber die meisten starrten gierig auf das Land. Der Ausguck klang überrascht, sogar auf seinem schwindelerregenden Platz auf der Saling. »Kriegsschiff, Sir! Linienschiff!«

Leutnant Martin fragte: »Von uns, Sir?«

Adam blickte auf die ferne Insel. »Ich kann mir nicht vorstellen, was ein Linienschiff hier zu suchen hätte. Ich habe darüber keine Informationen. Woher sollte es kommen? Von der Blockadeflotte auf der Überfahrt in die Karibik? Ziemlich unwahrscheinlich.« Er griff nach einem Fernglas. »Ich gehe selber nach oben, Aubrey. Sie halten das Schiff auf Kurs, bis ich etwas anderes befehle!«

Er schwang sich in die Wanten, das Teleskop um die Schulter geschlungen. Dann wandte er sich seinem Ersten zu und meinte ruhig: »Zumindest wird es den Leuten zeigen, daß sie von keinem Krüppel kommandiert werden.«

Er hatte nie Höhenangst gekannt, auch nicht als junger Fähnrich, anders als sein geliebter Onkel, der ihm seine jugendlichen Ängste im Masttopp gebeichtet hatte. Einmal blickte er nach unten und sah die schäumende weiße Bugwelle, die kleinen Gestalten auf dem Achterdeck und dem Laufsteg, der der Insel zugewandt lag. Freiwillige und Gepreßte, die Guten und die Schlechten, einige nur knapp der Schlinge des Henkers entronnen. Eines schweißte sie alle zusammen: Das Schiff mußte das wichtigste in ihrem Leben werden. Er erreichte die Großmastsaling und nickte dem Ausguck zu, einem älteren Matrosen namens Betts, der Augen wie eine Raubmöve hatte. »Unsicher, Betts?« Er zog das Teleskop aus und legte ein Bein um ein Stag.

»Weiß nich', Sir, sieht irgendwo aus wie 'n Zweidekker, aber ...«

Adam stellte das Fernglas sorgfältig ein und wartete, daß sich die *Anemone* aus einem langen Wellental schob. »Es ist eine Fregatte, Betts, Sie waren zu recht verwirrt.« Er blinzelte, um den Blick freizubekommen. Vielleicht war es die *Valkyrie*, von der er soviel gehört hatte, aber das verwarf er sofort wieder. Sein Onkel würde in Gibraltar eine Nachricht über etwaige Änderungen seiner Pläne hinterlassen haben. Ein Franzose? Das würden sie nicht wagen. Es wäre so gefährlich wie das Liegen auf Legerwall, sollte ein englisches Schiff wie die *Anemone* hier auftauchen. Er hielt den Atem an, als eine kleine Bö die Flagge am Heck des anderen Schiffes auswehen ließ: Es waren die Streifen und Sterne der neuen amerikanischen Marine. Er schob das Glas zusammen und beobachtete die Szenerie. Der alte Seemann Betts hatte ohne Teleskop alles Wichtige erkannt – bis auf die Flagge.

Er rutschte an einem Backstag hinunter und ging zu seinen Offizieren auf das Achterdeck. Er war sich der neugierigen Blicke der Männer bewußt, die er zum größten Teil nicht einmal kannte. Bis jetzt.

Er blickte die Offiziere an. »Ein Amerikaner, meine Herren, und ein verdammt großer.«

Jervis Lewis, der frisch an Bord gekommene Dritte Leutnant, erkundigte sich: »Drehen wir ab, Sir?«

Martin blickte ihn verächtlich an. »Wir befinden uns nicht im Kriegszustand mit denen, Sie Trottel!«

Die gemurmelte Bemerkung des Segelmeisters war auch nicht sehr hilfreich: »Soweit wir wissen, Sir.«

Adam lächelte grimmig. »Es waren keine hektischen Aktivitäten zu sehen, er ist auch nur ein Besucher. Erinnern Sie sich daran, was ich vorhin sagte, Mr. Martin? Raubvögel!«

Er ging an die Reling und blickte über das Hauptdeck mit den langen Achtzehnpfündern unter den Laufbrücken. »Mr. Martin, bereiten Sie das Schiff zum Einlaufen vor!« Er blickte sich nach dem Signalfähnrich um. »Mr. Dunwoody, lassen Sie eine neue Nationale anstecken, damit man uns unsere sauberen Absichten auch abnimmt. Bereiten Sie Ihre Männer auf das Empfangen und Abgeben aller möglichen Flaggensignale vor!«

Die Offiziere eilten fort, froh, etwas tun zu können.

Leutnant Martin beobachtete seinen Kommandanten. *Sie*, wer immer es war, würde stolz sein, wenn sie ihn so sehen könnte.

Adam sagte: »Ich gehe unter Deck und ziehe mir ein sauberes Hemd an.« Er warf einen letzten Blick auf die Insel, fast vermeinte er, schon den Blumenduft riechen zu können. Es hatte wahrscheinlich nichts zu bedeuten, aber seine innere Stimme begann sich warnend zu melden.

Der große Anker fiel genau um zwei Glasen klatschend in das klare Wasser. Die Sonne, die hoch über den Mastspitzen stand, ließ Adam bald seinen dicken Uniformrock spüren. Sein Hemd, das ihm sein Steward bereitgelegt hatte, klebte schon wieder feucht an seinem Körper. Viele Schiffe lagen vor Anker oder an den Kais. Es waren Schiffe aller möglichen Typen unter allen denkbaren Flaggen, so verschieden wie die Männer, die darauf dienten. Aber die amerikanische Fregatte überragte sie alle. Quer über ihrem Heck und unter der wehenden gestreiften Flagge stand ihr Name in goldenen Lettern: *Unity*. Nachdem die *Anemone* in die Ankertrosse eingetörnt hatte und ruhig über ihrem Spiegelbild lag, sah Adam das Vorschiff des Schiffes, es war blau gestrichen und mit goldenen Sternen verziert. Die Galionsfigur stellte einen Bürger dar, der eine Schriftrolle in der ausgestreckten Hand trug. Wahrscheinlich einer ihrer Helden oder Märtyrer der Revolte gegen König George.

Leutnant Martin senkte die Flüstertüte, als das letzte Segel aufgetucht und sauber an die Rahen gezeist war. Die Männer wurden besser und schneller, dachte er, aber nicht sehr viel. »Von der habe ich noch nichts gehört, Sir.«

»Ich auch nicht. Scheint nach dem Linienriß noch sehr neu zu sein. Sehen Sie sich ihre Kanonen an, Vierundzwanzigpfünder würde ich schätzen!«

Lewis, der neue Dritte Offizier, meinte gewichtig: »Ich möchte keinen Streit mit ihr bekommen.« Er schwieg sofort, als Adam ihn scharf ansah.

»Schiff ist aufgeklart, Sir!«

»Danke. Setzen Sie ein Wachboot aus, falls ein verwegener Hein Seemann auf die Idee kommen sollte, zu unserem großen Freund dort drüben und ins Land der Freien desertieren zu wollen!« Er klang bitter, und Martin fragte sich, warum.

Ein Bootsmannsmaat rief: »Sie schicken ein Boot, Sir! Offizier an Bord!«

»Ehrenwache antreten lassen!«

Ein großer Leutnant kletterte durch die Relingspforte, nachdem er lässig seinen Hut in Richtung

Achterschiff gelüftet hatte. »Habe ich die Ehre, mit dem Kommandanten zu sprechen?«

»Kapitän Adam Bolitho von Seiner Britannischen Majestät Schiff *Anemone*.«

»Kapitän Nathan Beer übermittelt Ihnen seine besten Grüße und hat mich angewiesen, Sie zu einem Besuch am Abend einzuladen, Sir. Wir werden Ihnen ein Boot schicken.« Seine Augen musterten flink das Deck. »Wie ich sehe, verfügen Sie selber über nicht allzu viele, Sir.«

»Grüßen Sie Ihren Kapitän ...« Er zögerte, denn eigentlich hätte er jetzt *untertänigst* sagen müssen, aber das hätte bedeutet, daß er sich dem Amerikaner unterlegen fühlte. »Es ist mir eine große Ehre.« Er lächelte. »Aber ich werde mit meinem Boot kommen.«

Wieder Ehrenbezeugungen, dann war der Amerikaner gegangen. Adam sagte: »Ich gehe an Land, um Frieden mit den Behörden zu schließen. Setzen Sie ein Boot für den Arzt und den Zahlmeister aus. Der eine kann sich vielleicht Arzneien besorgen, der andere Früchte für das Lazarett.« Aber in Gedanken war er bei seinem Besucher. Es handelte sich also um eine formelle Einladung von Kommandant zu Kommandant. Nathan Beer ... der Name kam ihm bekannt vor. Seine Gig, die schmuck aussah, wurde längsseits gebracht. Aber der amerikanische Leutnant würde ihre Mannschaftsstärke, oder besser ihre Unterbesetzung, erkannt haben. Er wandte sich an seinen Ersten: »Sie übernehmen während meiner Abwesenheit. Bei irgendwelchen Zweifelsfällen lassen Sie sofort nach mir schicken.« Er ließ die Worte wirken. »Ich vertraue Ihnen.« Er ging zur Relingspforte, wo sich die Ehrenwache wieder formiert hatte. »Sollte ein Deserteur vom Schiff wegschimmen, informieren Sie das Wachboot. Aber keine Schüsse. Er soll besser ertränkt als erschossen werden.« Er deutete mit dem Kopf in Richtung der großen Fregatte. »Sie beobachten uns. Ob Feind oder nicht, sie werden niemals unsere Freunde sein, vergessen Sie das nicht.«

Kapitän Nathan Beer war in jeder Beziehung ein großer Mann. Er begrüßte Adam jovial an der Relingspforte. Mit seinem verwitterten offenen Gesicht, dem krausen Haar, das noch fast kein Grau aufwies, und den verschmitzten blauen Augen wäre er in England leicht als Gutsherr durchgegangen. Bei Fregattenkapitänen war Adam eher an jüngere Männer gewöhnt, obwohl es auch da welche gab, die sehr lange dienten.

Adam sah sich auf dem breiten Geschützdeck um. Es waren in der Tat Vierundzwanzigpfünder, er mußte an die taktlose Bemerkung des neuen Leutnants nach dem Einlaufen denken. Die *Unity* würde ein furchtbarer Gegner sein. Er wußte, daß ihn Beer beobachtete, unternahm aber keinen Versuch, seine professionelle Neugier zu unterbinden. Vielleicht war es als Warnung gedacht.

»Kommen Sie herunter, und lassen Sie uns ein Glas Madeira trinken. Ich dachte, ich sollte ihn versuchen, aber er scheint mir verdammt süß zu sein.«

Auch das Achterschiff war sehr geräumig, trotzdem mußte sich Beer unter den Decksbalken ducken. Ein Steward nahm Adams Hut und blickte ihn mit unverhohlener Neugierde an, während er den Wein eingoß. Beer war erheblich älter, als Adam vermutet hatte. Er mußte schon auf die Sechzig zugehen. In seiner Hand sah das Glas wie ein Kinderspielzeug aus.

»Darf ich fragen, was Sie hierher führt, Kapitän Bolitho?«

»Das dürfen Sie, Sir, ich will meinen Proviant auffrischen und mir natürlich das Schiff ansehen, das meine Aufmerksamkeit erregt hat.«

Beer grinste, seine Augen verschwanden fast in Lachfältchen. »Eine sehr ehrenwerte Antwort.«

Adam nahm einen Schluck Wein. Ein Rundblick sagte ihm vieles. Die Einrichtung war teuer, am Schott neben Beers Ehrendegen hing ein Porträt einer Frau mit zwei Mädchen.

»Kommandieren Sie das Schiff schon lange, Sir?«

Beer beobachtete ihn scharf. »Seit dem Stapellauf in Boston. Es war sehr aufregend, das Schiff entstehen zu sehen, selbst für einen alten Seemann wie mich. Ich stamme aus Newburyport, das nicht weit entfernt liegt...« Er brach ab. »Kennen Sie den Ort?«

»Ich war dort.«

Beer drang nicht weiter in ihn. »Ich bin sehr stolz darauf, Kommandant der *Unity* zu sein. Kein Schiff kann sich mit ihr anlegen, jedenfalls keine Fregatte. Den anderen kann ich die Hacken zeigen, wenn es sein muß.«

Adam hörte lautes Gelächter an Deck, es schien zufriedene Stimmung zu herrschen. Unter diesem bemerkenswerten Kommandanten konnte er sich das gut vorstellen.

Beer fuhr fort: »Unsere Marine steckt noch in den Kinderschuhen. Wir möchten unsere Offiziere überzeugen und begeistern. Ich hatte das Privileg, kürzlich Frankreich besuchen zu dürfen – wie sich alles verändert hat. Frankreich ist, genau wie mein Land, aus einer Revolution auferstanden, aber dort ist die Tyrannei geblieben. Vielleicht bringen Ihre Erfolge in Spanien den revolutionären Geist zurück.«

»Sie werden geschlagen werden wie auf See und verprügelt werden wie jetzt in Spanien.«

Beer betrachtete ihn ernst. »Harte Worte für einen so jungen Mann, meinen Sie nicht?« Er nahm das wieder gefüllte Glas und blickte Adam nicht an, als er fortfuhr: »Sie werden Depeschen für Sir Richard Bolitho an Bord haben. Man weiß hier alles, die Schiffe sind nur zu froh, Informationen nach den langen Wochen auf See auszutauschen. Sind Sie vielleicht zufällig sein Sohn? Der Name ist mir, mit einer Ausnahme, sonst nicht bekannt.«

»Ich bin sein Neffe, Sir.«

»Ach so. Der Mann, den ich kannte, war ein Überläufer, der mit uns die Unabhängigkeit erkämpfte.«

»Kommandierte er die Fregatte *Andiron*?«

»Er war Ihr Vater? Ich wußte es. Dieselben Augen, dieselbe Art. Ich kannte ihn nicht sehr gut, aber gut genug, um über seinen Tod bestürzt gewesen zu sein.«

»Dann haben Sie mir etwas voraus.« Eine warnende Stimme riet ihm, nichts mehr zu sagen. Vielleicht wurde das Geheimnis schon zu lange bewahrt, aber wie sein Vater wirklich gestorben war, würde er niemals verraten.

Beer sagte: »Er war, glaube ich, kein glücklicher Mann. Es ist das Schicksal von Überläufern, daß ihnen niemals jemand völlig vertraut.« Er lächelte gequält. »Nehmen Sie beispielsweise John Paul Jones.« Aber Heiterkeit wollte nicht aufkommen.

Adam erkundigte sich: »Was ist mit Ihnen, Sir, überbringen auch Sie Depeschen?«

Beer antwortete gleichmütig: »Wir breiten unsere Flügel aus. Die britische Navy beherrscht die Hohe See, aber eine solche Machtenfaltung hat einen hohen Preis. Die Franzosen könnten noch eine Trumpfkarte im Ärmel haben. Napoleon hat zu viel zu verlieren, um sich zu beugen.«

»So wie wir.«

Beer wechselte das Thema. »Es gibt da Geschichten, daß Ihre Schiffe unsere Frachter anhalten und nach Konterbande durchsuchen. Meiner Meinung nach wollen sie aber nur Seeleute pressen. Unser Präsident hat bereits zweimal seinen Unmut darüber zum Ausdruck gebracht und hat eine Art Versprechen von Seiner Majestät Regierung bekommen. Ich hoffe, daß das stimmt.«

Adam lächelte zum ersten Mal. »Würden Sie sonst an der Seite Frankreichs in den Krieg eintreten?«

Beer starrte ihn an, dann grinste er breit. »Sie sind genau wie ich, als ich so alt war wie Sie.«

»Wir sprechen dieselbe Sprache. Das dürfte die einzige Ähnlichkeit sein.«

Beer zog seine Uhr hervor. »Ich segle mit der Tide, Kapitän Bolitho. Ich hoffe, daß wir bei unserem nächsten Treffen zusammen essen können.«

Beide griffen nach ihren Hüten und gingen hinauf. Adam dachte an die überfüllte Reede und die schwierigen Kurse, die Beer würde steuern müssen. Nur ein hervorragender Kapitän mit einer ausgezeichneten Mannschaft konnte das schaffen.

»Grüßen Sie Ihren Onkel, Kapitän. Ein Mann, den ich gerne kennenlernen würde.«

Das Licht der Seitenlaternen spielte über *Anemones* Gig, die auf dem phosphoreszierenden Wasser tanzte. Dunwoody, der dienstälteste Fähnrich, sechzehn Jahre alt, saß an der Pinne.

Beer legte eine seiner großen Hände auf die nächststehende Kanone. »Hoffen wir, daß wir uns nicht mit Hilfe dieser Schönheiten verständigen müssen!«

Sie lüfteten ihre Hüte, und Adam kletterte ins Boot. Er hörte das geschäftige Klappern des Spills, einige Segel zeichneten sich lose aufgegeit an den Rahen gegen den Sternenhimmel ab.

Das Boot schor ab, und die *Unity* wurde ein undeutlicher Schatten wie die anderen auch. Wieder ein Zufall? Oder hatte ihn Beer an Bord gebeten, damit die *Anemone* nicht ankerauf gehen und ihn verfolgen konnte? Er lächelte in sich hinein, und das mit dieser unerfahrenen Mannschaft.

»Was gibt es Neues, Mr. Dunwoody?«

Der Junge war aufgeweckt und pfiffig, erste Wahl für die wichtige Welt der Flaggensignale. Sollte sich der Krieg weiter hinziehen, konnte er in einem Jahr Leutnant sein. Dunwoody würde das nur zu gut wissen.

»Die Boote haben zehn Matrosen an Bord gebracht, Sir. Alle haben einen Schutzbrief von der Ehrenwerten Ostindischen Kompanie.« Der Junge lehnte sich vor, um ein passierendes Fischerboot im Auge zu behalten. »Der Erste meint, daß es alle hervorragende Seeleute wären, Sir.«

Das würde stimmen. John Company* war sehr stolz

---

* Spitzname der Ostindischen Handelskompanie

auf seine Seeleute. Kein Wunder: gute Arbeitsbedingungen, gute Bezahlung und Schiffe, die so schwer bewaffnet waren, daß man sogar Kriegsschiffe mit ihnen verjagen konnte. Alles so, wie die Marine sein sollte – sein könnte. Diese zehn Männer waren ein Gottesgeschenk. Wahrscheinlich waren sie betrunken gewesen und hatten die Abfahrt ihrer Schiffe verpaßt.

»Glauben sie, daß wir nach England segeln?«

Der Junge dachte nach, erinnerte sich an Leutnant Martins trockenes Grinsen und wiederholte, was der gesagt hatte: »Der Erste hat ihnen mitgeteilt, daß wir das tun würden, sie aber ihre Überfahrt erarbeiten müßten.«

Adam lächelte in der Dunkelheit. Martin lernte schnell. »Nun ja, wir werden nach England zurücksegeln – irgendwann!«

Er hörte Rufe auf der großen amerikanischen Fregatte und dachte an den beeindruckenden Kommandanten.

Er kannte meinen Vater. Er blickte ängstlich auf den Fähnrich. Hatte er laut gesprochen? Aber der junge Mann blickte über das schwarze Meer auf das Ankerlicht der *Anemone*.

»Boot ahoi!«

Der Fähnrich rief durch die zum Trichter geformten Hände zurück: »Anemone!«

Er wußte nicht, ob es wegen seines Vaters oder seines Schiffes war, aber Adam fühlte plötzlich Stolz.

Hinten auf der großen Fregatte legten Männer auf den Rahen aus, andere arbeiteten unermüdlich am Spill, das Ankerkabel kam steifer. Der Erste Offizier beobachtete seinen Kommandanten, dann fragte er ruhig. »Dieser Kapitän Bolitho, wird er uns Ärger machen?«

Beer lächelte. »Vielleicht sein Onkel, aber er nicht, würde ich denken.«

»Anker aus dem Grund, Sir!«

Alles war vergessen, als das Schiff sich unter dem Winddruck überlegte, frei vom Grund, wieder in seinem natürlichen Element.

Nachdem sie frei von der Reede waren, machte der Erste seine Meldung auf dem Achterdeck.

»An die Brassen!« Beer blickte auf den Kompaß. »In zehn Minuten ändern wir Kurs! Stationen besetzen!« Der Leutnant zögerte. »Sie kannten seinen Vater aus dem Krieg, Sir?«

»Ja.« Er dachte an die ernsten Gesichtszüge des jungen Kapitäns, den irgend etwas umtrieb, das er kaum verbergen konnte. Wie konnte er ihm die ganze Wahrheit erzählen? Es spielte keine Rolle mehr. *Der Krieg*, wie es sein Erster ausgedrückt hatte, war lange vorüber. »Ja, ich kannte ihn. Er war ein Schwein – aber das bleibt unter uns.«

Der Leutnant entfernte sich, überrascht und erfreut, daß ihn sein großmächtiger Kommandant ins Vertrauen gezogen hatte.

Gegen Mitternacht steuerte die *Unity* unter allen Arbeitssegeln nach Süden. Der Ozean gehörte ihr allein.

VIII Freunde und Feinde

Eine Woche nachdem sie Gibraltar verlassen hatten, ankerten die *Valkyrie* und ihre Begleiterin vor Freetown in Sierra Leone. Nach einer schnellen Überfahrt war Bolitho der letzte Tag so lang geworden wie noch nie einer zuvor. Sengende Hitze ließ die halbnackten Seeleute von einem Fleckchen Schatten zum nächsten flüchten, das Licht war so grell, daß man kaum die Kimm ausmachen konnte.

Als die Brise schließlich völlig einschlief, ließ Kapitän Trevenen sofort die Boote aussetzen, um die große Fregatte auf der Suche nach dem Wind, der sie zu der unendlichen grünen Küstenlinie bringen sollte, schleppen zu lassen.

Bolitho wußte aus schmerzlicher Erfahrung, daß die Gezeiten und Strömungen ebenso wie die unberechenbaren Windverhältnisse vor dieser Küste schon die erfahrensten Seeleute aus der Fassung gebracht hatten. Es war Trevenens Temperament nicht zuträglich, daß die *Laertes*, die nur zwei Meilen an Steuerbord achteraus stand, plötzlich Wind einfing und mit geblähten Segeln sein Schiff zu überholen begann.

Monteith, der Fünfte Leutnant, kletterte im Vorschiff unter die lustlos klatschenden Vorsegel und brüllte zu den ziehen Booten hinüber: »Benutzen Sie die Starter, Mr. Gulliver. Die Burschen sollen sich ordentlich ins Zeug legen!« Als ob er den Ärger um sich herum spüren würde, fügte er hinzu: »Befehl des Kapitäns!«

Bolitho hörte ihn in der Achterkabine und sah Allday aufblicken, der den alten Säbel einer rituellen

Reinigung unterzog. Auf dem Deck war es wie in einem Ofen, draußen in den offenen Booten würde es noch schlimmer sein. Kein Boot konnte mehr als die Steuerfähigkeit des Schiffes erhalten, besonders wenn es so groß war wie die *Valkyrie.* Er blickte achteraus auf die lange Dünung und den blassen Himmel, aus dem jede Farbe ausgebrannt schien.

»Schicken Sie nach meinem Flaggleutnant!« Er hörte, daß Ozzard die Kabine verließ. Es war eine schwierige Überfahrt gewesen, denn die *Valkyrie* war kein eigentliches Flaggschiff und er war mehr als ein Passagier.

In einer stickigen Nacht war er in seiner Koje hochgeschreckt, weil der Alptraum zurückgekehrt war. Das Hundert-Meilen-Riff, die *Golden Plover* wälzte sich entmastet auf den scharfkantigen Felsen, die kochende See umspülte das Wrack, der Schaum wurde plötzlich blutrot, als die Haie die ertrinkenden Seeleute zerfetzten, die zu verstört und zu betrunken gewesen waren, um zu erkennen, was vorging. In diesem Alptraum hatte er versucht, Catherine festzuhalten, aber ein anderer packte sie und lachte, als die See über ihm zusammenschlug.

In dieser Nacht hatte er einen ersten persönlichen Eindruck von George Avery, seinem neuen Flaggleutnant, bekommen. Er war aufgewacht und hatte ihn neben sich in der dunklen Kabine sitzen sehen, während das Rudergeschirr dumpf wie eine Begräbnistrommel dröhnte.

»Ich habe Sie schreien hören, Sir Richard. Ich habe Ihnen etwas zu trinken gebracht.«

Es war Brandy gewesen; er hatte ihn in zwei Schlukken gekippt, beschämt, daß Avery ihn in dieser Verfassung sah. Er zitterte so stark, daß er einen schrecklichen Augenblick lang befürchtet hatte, daß das Fieber wieder ausgebrochen war, das ihn in der Südsee beinahe umgebracht hatte.

Avery hatte gemeint: »Ich dachte, besser ich, als irgend jemand anderer.« Offensichtlich hatte er Trevenen genau beobachtet, was seine zur Schau getragene Zurückgezogenheit Lügen strafte. Nach einiger Zeit hatte ihm Avery erzählt, daß auch er nach dem Verlust seines Schoners unter Alpträumen gelitten hatte. Als schwerverwundeter Kriegsgefangener war er seinen Wärtern eine Last gewesen. Man hatte ihn in einem kleinen Dorf untergebracht, wo er vom örtlichen Doktor versorgt wurde, der ihm jedoch kaum helfen konnte. Es war nicht so gewesen, daß die Franzosen brutal oder voller Haß gegen den Feind gewesen wären, sie hatten einfach geglaubt, daß er sterben würde. Nach der Herrschaft des Terrors hatte der Tod viel von seinem Schrecken für sie verloren. Als er schließlich begann, sich zu erholen, hatten die Bewohner Mitleid mit ihm gehabt, und als er nach dem Frieden von Amiens entlassen wurde, hatten sie ihn mit warmer Kleidung und frischem Brot und Käse für die Heimreise versorgt.

Nachdem sich Bolitho beruhigt hatte und noch etwas Brandy mit seinem Leutnant getrunken hatte, erzählte ihm dieser von seiner Verzweiflung nach der Kriegsgerichtsverhandlung. Sogar an Bord der alten *Canopus* hatten ihn einige seiner Offizierskameraden geschnitten, so als ob sie sich bei engerem Kontakt anstecken oder sich ihre Chancen auf Beförderung zerstören würden.

Bolitho hatte von vielen Leutnants gehört, die in

mehreren Feldzügen gedient und sich ausgezeichnet hatten, aber niemals befördert worden waren. Avery würde dazu gehören. Der kleine bewaffnete Schoner *Jolie* würde immer das Schiff bleiben, auf dem er einem eigenen Kommando am nächsten gekommen war.

Über Sillitoe hatte er gesagt: »Meine Mutter war seine Schwester. Ich glaube, er fühlte sich verpflichtet, in ihrem Angedenken etwas für mich zu tun. Er hat sich kaum um sie gekümmert, als sie seine Hilfe brauchte. Zu stolz, zu stur . . . das waren Eigenschaften, die sie beide hatten.«

»Und Ihr Vater?«

Er mochte mit den Schultern gezuckt haben, aber es war zu dunkel, um es zu sehen.

»Er hat an der ersten Schlacht von Kopenhagen teilgenommen, Sir Richard. Er diente auf der *Ganges*, einem Vierundsiebziger.«

Bolitho hatte genickt. »Kenne ich gut, Kapitän Freemantle.«

Ruhig hatte Avery gesagt: »Ich weiß, daß damals viele gefallen sind. Mein Vater war einer von ihnen.«

Am folgenden Tag, als er Yovell ein paar Befehle diktiert hatte, sprach Avery ihn wieder an. »Als mir mein Onkel von der Möglichkeit erzählte, daß ich unter Ihnen dienen könnte, wollte ich laut auflachen – oder weinen. Mit allem Respekt, Sir Richard, ich konnte mir nicht vorstellen, daß Sie mich akzeptieren würden, ganz gleich, was Sie von meinen Konduiten halten würden. Wo es so viele Leutnants gibt, die bereit wären, für eine solche Chance zu töten!«

Jetzt, der letzte Befehl des Kommandanten hing noch in der bewegungslosen Hitze der Kabine, langte

Bolitho nach seinem Rock, aber er überlegte es sich wieder. Niemand schien viel über Trevenens Lebenslauf zu wissen, aber es war mehr als offensichtlich, daß er dieses Kommando Sir James Hamett-Parker verdankte. Warum? Ein Ausgleich für geleistete Dienste in der Vergangenheit?

Kurz angebunden befahl er Avery: »Bitten Sie den Kommandanten zu mir.«

Während er wartete, brütete er weiter über Trevenen nach. Er war ziemlich alt für einen Fregattenkapitän, besonders auf einem Schiff wie diesem, dem ersten einer neuen Klasse. Außerdem umgab den Mann eine Aura der Knauserigkeit. Er schien viel Zeit damit zu verbringen, die Bücher und Listen der Versorgungsgüter und Lebensmittel mit dem ängstlich blickenden Zahlmeister durchzugehen. Und da war auch die Galionsfigur mit dem Farbanstrich der Werft. Man wußte, daß Trevenen hohe Prisengelder kassiert hatte, als er Versorger des Feindes abgefangen hatte, also lag es nicht an den fehlenden Mitteln. Ein Mann, der sich seine Gefühle nicht anmerken ließ, seine Hoffnungen und seine Vergangenheit verbarg ...

Der Posten der Seesoldaten schnarrte: »Der Kommandant, Sir!«

Trevenen trat ein mit dem Hut in der Hand. Er kniff die Augen zusammen, als er versuchte, Bolitho nach der gleißenden Helle an Deck zu erkennen.

»Ich möchte, daß Sie Ihren Befehl kassieren, Kapitän Trevenen, er schafft nur böses Blut. Außer dem Sechsten Offizier, Mr. Gulliver, der selbst noch vor einigen Monaten Fähnrich war, sind die anderen Fähnriche in den Booten zu unerfahren, um irgend etwas zu verstehen – außer daß Befehle befolgt werden müssen.«

Trevenen betrachtete ihn ruhig. »Ich habe das immer als . . .«

Bolitho hob die Hand. »Hören Sie zu! Ich habe Sie nicht zu mir gebeten, um mit Ihnen über unterschiedliche Auffassungen von Disziplin zu philosophieren. Ich habe Ihnen *gesagt*, daß Sie den letzten Befehl zurückzunehmen haben. Des weiteren wünsche ich, daß Sie Ihren Offizieren durch den Ersten mitteilen lassen, daß jede unnötige Schikane zu unterbleiben hat. Dieser Jacobs, der bei der zweiten Auspeitschung gestorben ist, wurde von einem Fähnrich verspottet, der noch ein Kind ist und auch so gehandelt hat!«

Er war ärgerlich. Er wußte, daß er sich völlig regelwidrig in die Belange des Kommandanten einmischte. Sollte es eine große Operation gegen französische Freibeuter geben, würde Trevenen als sein Flaggkapitän eine Schlüsselrolle spielen müssen. War seine Animosität eine Folge der alten Familienfehde? Oder steckte etwas Geheimnisvolles dahinter? Jedenfalls hatte er die Fronten klar abgesteckt.

Trevenen sagte schwerfällig: »Ich hoffe, daß ich meine Pflichten kenne, Sir Richard.«

Bolitho sah ihn an, und er spürte die Abneigung wie einen Schlag ins Gesicht. »Das will ich hoffen, Kapitän! Aber ich kenne auch die meinen!«

Nachdem sich die Tür geschlossen hatte, rutschte ein Lineal vom Tisch über den schwarzweißen Segeltuchteppich. Bolitho fühlte den Rumpf erzittern, hörte das Schlagen der Blöcke und Falle, als der launische Wind über die See strich und Leben in die schlaffen Segel brachte.

»Aufentern!«

»Klar zum Einsetzen der Boote!«

Eine Pfeife schrillte, Füße klatschten über das Deck. Er lehnte sich in den Stuhl zurück und hob das Hemd von der verschwitzten Brust. Er spürte das Medaillon unter seinen Fingern und dachte an Catherine, die dreitausend Meilen achteraus in Falmouth war. Wann würde er ihren ersten Brief bekommen? Er vermutete, daß sie direkt nach Kapstadt geschrieben hatte, aber sogar dann ...

Avery kam aus der Nachbarkabine und blickte ihn forschend an, seine braunen Augen reflektierten das Sonnenlicht, das durch die Heckfenster kam. *Er würde genau wissen, was soeben vorgefallen war.* Bolitho hörte weitere Kommandos, das Quietschen der Taljen, als die Boote eingesetzt wurden. Die Bootsbesatzungen würden wahrscheinlich nie etwas von seiner Intervention erfahren, auch waren sie vermutlich zu ausgepumpt, als daß es sie etwas scherte. Er stand auf, als Ozzard mit einem sauberen Hemd aus dem Schlafraum kam.

Avery fragte: »Wird es einen offiziellen Empfang geben, Sir Richard?«

Bolitho nickte nachdenklich. »Ein Kapitän kommandiert hier die Antisklavereipatrouillen. Ich denke, daß ich ihn kenne.« Er lächelte trotz seines Ärgers mit Trevenen. Über kurz oder lang stolperte man immer über ein bekanntes Gesicht in dieser Familie namens Navy.

Das Deck legte sich wieder über. »Flaggensignal an die *Laertes*: ›Position hinter Flaggschiff einnehmen!‹« Er zog das frische Hemd an. Avery sah ihm zu, sagte aber nichts, weil ihm klar war, daß der Befehl dazu diente, Trevenen die Schande durch die bessere Führung des anderen Schiffs zu ersparen.

Ozzard hielt den Uniformrock hin und wartete geduldig, bis Bolitho hineingeschlüpft war. Er lächelte vor sich hin, denn er hatte den Ausdruck in Trevenens Augen gesehen, als er den Admiral in einem zerknitterten Hemd vorgefunden hatte. Sollten sie jemals in ein Gefecht kommen, so würde jedenfalls Trevenen der Kleiderordnung gemäß angezogen sein.

Als sich Avery abwandte, rief ihm Bolitho nach: »Lassen Sie mich wissen, ob die Brigg *Larne* vor Anker liegt.« Er ging zu den Heckfenstern und zuckte zusammen, als er die Hände auf das Fensterbrett legte. Es wäre gut, wenn Tyacke hier wäre. Er hatte schlimme Erinnerungen an diesen Hafen, aber nicht, wenn er an den tapfersten aller Männer dachte.

An Deck schien sich kein Windhauch zu regen, trotzdem standen alle Segel. *Laertes* lief gehorsam im Kielwasser, die Kriegsflagge und der Kommandantenwimpel zeichneten sich scharf gegen den dunstigen Hintergrund ab.

Allday stand neben ihm, den Hut ins Gesicht gezogen, die mächtigen Arme vor der Brust gekreuzt.

Ein paar Seeleute befestigten mit einigen letzten Laschings die Boote, obwohl alles von vorne losgehen würde, sobald das Schiff vor Anker lag. Die meisten waren jetzt braun gebrannt, aber einige hatten einen schweren Sonnenbrand, weil sie an derartige Wetter- und Lebensverhältnisse nicht gewohnt waren. Ein junger Seemann hatte eine blutige Wunde auf der Schulter, die er während des Pullens vom Starter erhalten hatte. Er schien zu spüren, daß ihn jemand beobachtete und drehte sich in Richtung des Achterdecks um. Als sich ihre Augen trafen, nickte Bolitho kaum merklich. Der Seemann blickte sich um, als ob er befürchtete, ertappt zu werden, dann lächelte er schnell zurück, bevor er sich wieder den Laschings widmete.

Allday murmelte: »Immerhin ein Anfang.« Ihm entging nichts. Bolithos Auge schmerzte, er wandte sich ab, damit Allday nicht auch noch das bemerkte.

Der erste Salutschuß rollte von der kleinen Batterie auf dem Hügel über das Wasser, er wurde Schuß für Schuß von der *Valkyrie* beantwortet, fünfzehn insgesamt für den Mann, dessen Flagge im Vortopp wehte. Allday blickte auf Bolithos durchgedrückte Schultern und konnte nur vermuten, was er dachte. Kaum jemand würde den Mann verstehen, noch nicht einmal im Ansatz, entschied er. Der Salut, die Ehre und die Macht bedeuteten ihm nichts. Aber das ängstliche Grinsen eines unbekannten Decksbauern hatte sein Herz berührt. Kein Wunder, daß man ihn liebte.

»Aufentern! Marssegel aufgeien! Klar zum Aufgeien des Großsegels!«

Ein Leutnant rief: »Bootsmann! Machen Sie den Männern Beine! Auf geht's, Mr. Jones!« Aber der Bootsmann, der einen Brustkorb wie ein Faß hatte, zuckte nur mit den Schultern und unternahm nichts. Urquhart, der Erste Leutnant, legte grüßend die Hand an den Hut. »Wachboot ist klar, Sir!« Trevenen blickte starr über ihn hinweg, seine Hände auf dem Rücken. »Klar bei Steuerbordanker, bitte!« Er blickte Bolitho nicht an. »Den Besan und die Bramsegel bergen! Klar zum Aufschießer!«

Avery meldete: »Kein Anzeichen von der *Larne*, Sir Richard.«

»An die Brassen!«

Bolitho überschattete seine Augen und studierte die Ansammlung der Schiffe. Es waren große und kleine, ein Teil davon sicher vermurt, vermutlich Prisen, die Kommandanten wie Tyacke hier abgeliefert hatten. Ein altertümlicher Vierundsechziger war in Ufernähe verankert, Hauptquartier und Wohnung für den Mann, der die Patrouillen kommandierte und einen privaten Kampf gegen das Fieber und den plötzlichen Tod kämpfte. Trotz der neuen Gesetze waren die Sklavenjäger noch immer aktiv. Das Risiko war zwar größer geworden, damit aber auch die Gewinnspannen für die Erfolgreichen. Viele der Sklavenschiffe waren genauso schwer bewaffnet wie die Briggs und Schoner, die sie jagen sollten. Die meisten Marineoffiziere hielten das alles für Zeitverschwendung, ausgenommen natürlich diejenigen, die auf ihren langen Patrouillenfahrten hohe Prisengelder verdienten. Man sollte alles zurückstellen, bis der Krieg gewonnen war, dann konnte man genauso gottesfürchtig sein wie jene, die jetzt nicht zu kämpfen hatten. Der Mangel an Kriegsschiffen überwog bei vielen die sogenannte Humanitätsduselei.

»Leebrassen los!«

»Anluven!«

Die *Valkyrie* drehte herum, der große Anker schickte eine Spritzwasserwolke über das Vorschiff, schließlich kam sie langsam am Ankerkabel zur Ruhe. Trevenen blickte zu den Rahen empor, wo die Matrosen die Segel auftuchten und festlaschten.

Bolitho befahl: »Lassen Sie die Gig klarmachen,

Kapitän Trevenen, ich möchte dem Hafenkapitän einen Besuch abstatten.« Er blickte sich auf dem Achterdeck um. »Ihr Schiff muß beim Einlaufen ein hervorragendes Bild abgegeben haben.« Es erfolgte keine Antwort. Bolitho ging zum Niedergang, weil es offensichtlich war, daß auch keine mehr kommen würde.

Leutnant Avery sagte: »Mr. Guest, Sie können unter Deck gehen, ich werde Sie bald wieder benötigen.« Er sah, wie das Gesicht des Fähnrichs versteinerte, als der Kommandant fauchte: »Ich gebe hier die Befehle, *Mister* Avery, und ersuche Sie dringend, sich nicht einzumischen! Seien Sie mit Ihrem Gefälligkeitsposten zufrieden!«

»Ich weise das zurück, Sir!«

Trevenen lächelte kalt. »Tun Sie das?«

Avery blieb ungerührt: »Es wäre das einzige, was wir gemeinsam hätten, *Sir!*«

Der Fähnrich schluckte. »Was soll ich machen, Sir?«

Trevenen drehte sich weg. »Gehorchen Sie ihm, und verdammt sei Ihre Impertinenz!«

Avery stellte fest, daß er seine Fäuste so fest geballt hatte, daß sie schmerzten. *Du verdammter Narr! Du hast dir geschworen, deine Gefühle nie mehr zu zeigen, damit dich niemand wieder verletzen kann . . .*

Er sah, daß Allday ihn mit dem Anflug eines Lächelns beobachtete. Der große Mann meinte ruhig: »Genau in die Wasserlinie, Sir. Gut gemacht.«

Avery starrte ihn an. So hatte noch nie jemand mit ihm gesprochen. Er stellte fest, daß er lächelte. Der plötzliche Anflug von Verzweiflung war verflogen. Der Vizeadmiral und sein Bootssteurer. Bemerkenswert.

Bolithos Stimme klang durch das offene Skylight: »Mr. Avery! Wenn Sie da oben endlich fertig sind, würde mir Ihre Hilfe sehr zupaß kommen!«

Allday gluckste, als Avery forteilte. Er mußte noch eine Menge lernen, genau wie ehemals der junge Jenour. Denn wie das alte Familienschwert hatte auch Sir Richard zwei Seiten.

Kapitän Edgar Sampson, der kommandierende Offizier in Freetown, sah zu, wie es sich Bolitho und Avery in den beiden Ledersesseln bequem machten, die schon bessere Tage gesehen hatten. Sein Kommando mit dem ehemals stolzen Namen *Marathon* war ein Schiff der vierten Klasse, das jetzt als Hauptquartier und Versorger für die Antisklavereiflottille diente. Man konnte sie sich auch nicht mehr in der Schlachtlinie oder im aktiven Dienst vorstellen. Blumentöpfe standen auf der altmodischen Heckgalerie, und in den Geschützpforten waren nicht einmal mehr Attrappen, um ihre Leere zu vertuschen. Das Schiff würde nie wieder bewegt werden, und wenn seine Aufgabe hier beendet war, würde es in Freetown als schwimmendes Lagerhaus enden oder, falls es auch dazu nicht mehr taugte, abgebrochen werden.

Sampson sprach schnell und aufgeregt, während er seinen schwarzen Diener heranwinkte, der Gläser und Wein bringen sollte. Der Diener antwortete nicht, blickte aber den Kapitän an, als sei er Gottvater persönlich. »Ich wußte, daß Sie kommen würden, Sir Richard, konnte es aber nicht einmal glauben, als ich die Fregatte mit der Vizeadmiralsflagge im Vortopp sah. Sonst hätte ich für diese außergewöhnliche Gelegenheit eine Ehrenwache antreten lassen.« Er machte eine vage Geste in Richtung der Heckfenster. »Die meisten meiner Royal Marines schieben Wache, bis die *Prince Henry* morgen den Anker lichtet.«

Bolitho hatte das Schiff gesehen, als die Gig die Reede überquert hatte: groß, alt und vernachlässigt. Noch bevor ein Wachboot auf sie zugeschossen kam, hatte er gewußt, wozu es diente. Es war ein Sträflingstransporter. Er war dankbar, daß Keen nicht hier war, es würde ihn nur daran erinnern, wie er Zenoria zum ersten Mal gesehen hatte. Gefesselt wie eine gemeine Verbrecherin, das Kleid am Rücken zerrissen, während Gefangene, Wächter und Seeleute sie in dumpfer Vorfreude betrachteten. Sie hatte gerade den ersten Streich auf den nackten Rücken empfangen, der ihre Haut von der Schulter bis zur Hüfte aufgerissen hatte. Die Narbe würde immer bleiben – wie ein Brandmal.

Sampson erklärte: »Das Schiff ist in einen Sturm gekommen und führt hier Reparaturen durch. Ich kann Ihnen gar nicht sagen, wie froh ich bin, wenn ich es von hinten sehe!«

Der schwarze Diener goß ihnen würdevoll Wein ein.

»Danke, du lernst schnell.«

Der Mann lächelte ebenso hoheitsvoll und zog sich zurück. »Ich habe ihn von einem Sklavenschiff geholt. Er arbeitet schwer, aber ich glaube, daß er aus einer besseren Familie als die meisten anderen stammt«, erklärte Sampson.

Er sah Averys fragenden Blick und fuhr traurig fort: »Die Sklavenhändler haben ihm die Zunge herausgeschnitten, aber er hat überlebt und gesehen, wie seine Folterknechte dort drüben an den Bäumen hingen.«

»Wie ist die *Prince Henry*, Sir?« fragte Avery.

Sampson hob sein Glas. »Auf Ihr Wohl, Sir Richard! Ich fühle mich in diesem stinkenden Loch am Arsch der Welt, habe aber trotzdem von Ihren mutigen Taten gehört.« Er schüttete den Wein hinunter, der sehr warm war. »Sollte ich etwas nicht mitbekommen, klärt mich Commander Tyacke von der *Larne* auf. Ein merkwürdiger Mann, aber das ist wohl kaum überraschend.« Er schien sich an Averys Frage zu erinnern. »Ein Transporter dieser Art ist immer nur so gut wie der Skipper, Mr. Avery. Kapitän Williams ist ein harter Mann, aber ziemlich fair. Das Schiff wird für viele ein Vorhof der Hölle sein, ein Schlupfloch vor der Henkersschlinge für andere. Es ist voller Verbrecher, Mörder und Missetäter aller Art. *Alle* wollen flüchten, das darf er nie vergessen.«

Bolitho sah Averys Miene. Ein ausdrucksvolles Gesicht voller unterschwelliger Traurigkeit. Er dachte an den Transporter. Es war ein langer, langer Weg bis zur Sträflingskolonie am anderen Ende der Welt. Er erinnerte sich an Admiral Broughtons kurze Zusammenfassung, als er die Admiralität verlassen hatte: »Ab ins Vergessen!«

»Ich vermute, daß Sie keine Post für uns haben, Kapitän Sampson?«

Sampson schüttelte den Kopf. Er war noch nicht alt, aber schon ein Original, wie man es auf James Gillrays bissigen Karikaturen sehen konnte. Ungepflegtes Haar, rutschende Strümpfe und einen Bauch, der die Knöpfe der Weste fast sprengte. Wie die alte *Marathon* würde er seine Tage hier beenden.

»Nein, Sir Richard, vielleicht nächste Woche.« Er schlug sich so auf den Schenkel, daß etwas Wein auf seinen Rock spritzte. »Verdammt, das hätte ich beinahe vergessen! An Bord der *Prince Henry* ist auch der neue Befehlshaber der Seestreitkräfte in Sidney. Ich denke, daß Sie ihn kennen, Sir Richard.«

Bolitho griff nach der Sessellehne. Er ahnte schon, was kommen würde. Ruhig meinte er: »Konteradmiral Herrick.«

Sampson verbeugte sich. »Mein Gedächtnis läßt auch nach, fürchte ich. Ich hatte gehört, daß Sie einander kennen, habe es aber nicht erwähnt, als er an Land kam.« Er zögerte. »Ich möchte Ihrem Freund nicht zu nahe treten, Sir Richard, aber er war nicht sehr gesprächig. Er hat sich angesehen, wie die geretteten Sklaven untergebracht sind, bevor sie in Sicherheit gebracht werden können.«

Avery setzte sein Glas ab, er spürte, daß sich etwas Wichtiges ereignete. Er wußte von der Kriegsgerichtsverhandlung und daß nur eine veränderte Zeugenaussage Herrick vor dem Schuldspruch gerettet hatte. Es ähnelte zu sehr seinem eigenen Schicksal, als daß er es hätte vergessen können. Es hatte Gerüchte gegeben, daß Herrick Vizeadmiral Bolitho vor Martinique keine Hilfe geleistet hatte. Waren sie noch Freunde?

Bolitho fragte: »Falls ich die *Prince Henry* besuchen sollte . . .« Er brach ab, als er das Erstaunen auf Sampsons rotem Gesicht sah. »Ich verstehe, also besser nicht!«

»Ich kann Sie nicht zurückhalten, Sir Richard. Sie sind der ranghöchste Offizier hier, wahrscheinlich der ranghöchste südlich des ganzen fünfzehnten Breitenparallels.«

»Aber meine Anwesenheit auf dem Transporter

vor einer endlosen Überfahrt kann Kapitän Williams' Autorität schaden.«

»Wie ich schon ausführte, Sir Richard, ist Williams ein harter Mann, aber kein Tyrann, und möchte auch nicht durch äußere Umstände dazu gezwungen werden, einer zu werden.«

»Gut gesagt. Es war unfair von mir, Sie in eine solche Lage zu bringen.«

Sampson blickte ihn an. Er hatte erwartet, daß ein Admiral – und noch dazu ein so berühmter – ihn jetzt beiseite nehmen und scharf abkanzeln würde.

Ein Offizier wartete unruhig an der Tür, und Sampson meinte linkisch: »Wenn Sie mich entschuldigen wollen, Sir Richard, ich muß mich um einen Unfall kümmern.« Er zuckte mit den Schultern. »Solange kein Ersatz kommt, bin ich hier auch der Heilkundige. Mein Arzt ist vor ein paar Wochen an einem Schlangenbiß gestorben.«

»Ich werde Sie nicht länger aufhalten.«

Sampson war erschrocken. »Ich hatte gehofft, daß wir zusammen speisen.« Er sah Avery an. »Und Sie natürlich auch.«

»Es wird uns eine Ehre sein.«

Er wandte sich Avery zu, als der Kapitän forteilte. Es war schrecklich zu sehen, wie dankbar sein Gesicht geleuchtet hatte.

»Es wird wahrscheinlich kein bemerkenswertes Mahl werden, aber wenn ich diesen Posten hätte, würde ich auch jeden Besucher herzlich begrüßen und seine Abreise verfluchen.«

Avery beobachtete ihn, als er von seinem Sessel aufstand. Er lernte jeden Tag dazu. Sillitoe mußte gewußt haben, was er ihm offerierte. Hier war ein Mann ohne Dünkel, der seine Zeit damit verschwendete, einem Ausgestoßenen wie Kapitän Sampson den Rükken zu stärken. Offensichtlich machte er sich auch Sorgen um den Mann, der sein Freund gewesen oder immer noch war. Die Frage nach der Post war auch aufschlußreich gewesen. Er mußte daran denken, wie Bolitho sein verschwitztes Hemd vor ihm ausgezogen hatte und er dabei das Medaillon sehen konnte. Das Bild der Frau stand ihm vor Augen, ihr Hals, die hohen Wangenknochen. Bolithos Liebe entschädigte sie für all den Haß, der ihr entgegenschlug, und schützte sie vor denen, die ihr übelwollten. Den Gerüchten nach wäre es nicht das erste Mal in ihrem Leben.

»Darf ich etwas sagen, Sir Richard, verzeihen Sie mir, falls ich zu persönlich werde.«

Bolitho sah ihn ruhig an: »Legen Sie los.«

»Ihr Rang würde auf der *Prince Henry* sofort erkannt werden ...« Er verstummte unter Bolithos starrem Blick. »Die Leute mögen Ihren Namen oder Ihren Ruf nicht kennen, aber ...« Er hielt inne.

»Aber ich repräsentiere für sie die höchste Autorität, nicht wahr? In meiner Person würden sie den Richter, Polizeibüttel und Vollzugsbeamten zugleich sehen, oder wer auch immer sie auf das Schiff geschickt haben mag.«

»Das wollte ich ausdrücken, Sir Richard.«

Bolitho legte ihm eine Hand auf die Schulter. »Es entspricht der Wahrheit.«

Avery blickte auf die starke sonnengebräunte Hand, die auf seiner Jacke lag. Es war, als würde ein anderer an seiner Stelle sitzen, der jetzt für ihn sprach. »Ein Leutnant ist etwas anderes, Sir Richard.

Ich könnte hinüberfahren und dem Konteradmiral einen Brief übergeben.« Er fühlte, wie sich Bolithos Finger verkrampften.

»Er wird nicht kommen, das weiß ich.« Avery wartete ab. »Aber es war ein guter Vorschlag.« Die Hand wurde zurückgezogen.

Avery meinte versuchsweise: »Kapitän Sampson könnte ihn auch zum Dinner einladen.«

In diesem Augenblick kam der Kapitän zurück und ging schnurstracks an seinen Weinschrank. Er zog eine Flasche Cognac heraus und sagte rauh: »Verzeihung, Sir Richard.« Er stürzte schnell ein Glas hinunter und füllte es neu. »Wundbrand ist eine scheußliche Sache. Jede Hilfe kommt zu spät.« Er blickte sie müde an. »So habe ich mir Ihren Besuch nicht vorgestellt, Sir Richard.«

Avery räusperte sich. »Sir Richard hat sich gefragt, ob Sie Ihre Einladung vielleicht auch auf Konteradmiral Herrick ausdehnen könnten, Sir?«

Sampson blickte sie an wie ein Ertrinkender, der unerwartet Hilfe kommen sieht. »Ich wäre entzückt, Sir Richard. Ich werde sofort meinen Diener informieren und eine Nachricht mit meinem Boot zur *Prince Henry* schicken.«

Bolitho studierte seinen Flaggleutnant. »Sie riskieren viel, Sir.« Er sah, daß Avery verwirrt die Augen niederschlug. »Aber wie unser alter Nelson richtig zu sagen pflegte, dürfen Formalien nie die Initiative eines eifrigen Offiziers bremsen!« Er lächelte. »Vielleicht kommt er trotzdem nicht.« Eine innere Stimme flüsterte ihm zu: *Du wirst ihn vielleicht nie wiedersehen. Niemals!* Wie so viele andere Männer, die nur noch in der Erinnerung existierten.

Sampsons persönlicher Steward huschte herein, fast ein zweiter Ozzard, aber mit dem Akzent der Slums Ostlondons. Er goß Wein nach und bemerkte: »Verzeihung, Sir Richard, aber mein oller Vater diente unter Ihnen auf der *Undine*. Hat 'ne Menge Gratisrum geschluckt, wenn er sein Garn von Sie gesponnen hat.«

Er verließ die Kabine, und Bolitho blickte auf den warmen Wein. Wieder diese Familienfirma Navy, dabei hatte er ihm nicht mal seinen Namen genannt.

Als sich die Abenddämmerung auf die verankerten Schiffe senkte, funkelten die Ankerlichter wie Glühwürmchen über das Wasser. Bolitho hörte, wie ein Boot in die Großrüsten einpickte. Die Handvoll verfügbarer Seesoldaten nahm stampfend Haltung an. Warum hatte er gezweifelt, daß Herrick kommen würde? Herrick würde es nicht aus Neugierde oder aus Freundschaft tun, sondern weil er immer pflichtbewußt gewesen war und auf Form hielt. Er würde nie Kapitän Sampsons Einladung ignorieren, ganz gleich, was er dachte. Das war das schlimmste. Er kannte ihn genau, vielleicht zu genau.

Ein Posten der Marines öffnete die Tür, und sie traten ins Kerzenlicht. Bolitho erlebte zwei Überraschungen. Er konnte sich nicht erinnern, Herrick jemals ohne Uniform gesehen zu haben, sogar unter den gelockerten Bedingungen auf See, außerdem schien er in der kurzen Zeit um Jahre gealtert zu sein.

Herrick trug einen dunklen Frack, nur das Hemd brachte in die Düsternis seiner Erscheinung etwas Farbe. Er ging leicht gebeugt, was wahrscheinlich auf seine Verwundung an Bord seines Flaggschiffs *Benbow* zurückzuführen war. Sein Gesicht wies tiefe Falten um den Mund auf, aber als er in den Schein der tanzenden Lichter trat, waren seine Augen unverändert: klar und blau, wie an dem Tag, als Bolitho ihn als Leutnant kennengelernt hatte. Sie schüttelten sich die Hände. Herricks Druck war hart und fest wie gegerbtes Leder.

»Es tut gut, dich zu sehen, Thomas. Ich hätte nie gedacht, daß wir uns hier treffen würden.«

Herrick blickte auf das Tablett, das ihm der schwarze Diener hinhielt. Er fragte kurz: »Ingwerbier?«

Sampson schüttelte den Kopf und begann sich zu sorgen: »Nein, Sir, ich bedauere.«

»Egal.« Herrick nahm ein Glas Rotwein. »Ich habe es auch nie geglaubt, Sir Richard. Aber wir müssen tun, was wir können, und ich hatte nicht den Wunsch, in England zu bleiben.« Seine blauen Augen blickten scharf. »Ohne Beschäftigung.«

Erstaunlicherweise mußte Bolitho an den großen Seesoldaten denken, der ihm »guten Stoff« auf Hamett-Parkers Empfang in London gebracht hatte. Und wie er gesagt hatte, daß es falsch wäre, Herrick nach New South Wales zu schicken.

Herrick blickte Avery an und dann auf die goldene Kordel an seiner Schulter. »Der andere wurde befördert, nehme ich an?«

»Ja, Stephen Jenour hat sein eigenes Kommando.«

»Wieder ein glücklicher junger Mann.«

»Er hat es verdient.«

Herrick sah zu, wie das Glas wieder gefüllt wurde, und wandte sich dann Kapitän Sampson zu. »Auf Ihre Gesundheit, Sir, aber ich beneide Sie nicht um Ihre Aufgabe hier.« Zu allen gewandt, fuhr er fort: »Es ist doch seltsam, daß wir einerseits unsere Kräfte schwächen, Schiffe und Männer abstellen, die anderenorts dringend gebraucht werden, nur um ein paar Wilde, die sich gegenseitig an die Sklavenhändler verkauft haben, zu finden und zu befreien.« Er lächelte plötzlich und für eine Sekunde sah Bolitho den dickköpfigen, aber auch einfühlsamen Leutnant von früher vor sich. »Andererseits verschiffen wir unsere eigenen Landsleute schlimmer als Vieh, nein, schlimmer als wilde Tiere, was diese Männer und Frauen nur gegen uns aufbringen kann.« Er wechselte das Thema. »Wie geht es Ihrer Ladyschaft, Sir Richard, und was macht die kleine Elizabeth?«

»Lady Catherine erfreut sich guter Gesundheit, Thomas.« Sogar die Benutzung seines Titels war wie ein Schlag ins Gesicht.

Herrick nickte ernsthaft. »Verzeihung, ich vergaß.«

Das Mahl, das Sampson zusammengestellt hatte, erwies sich als überraschend appetitlich. Als Hauptgang gab es Wildgeflügel und saftigen Fisch, den die Boote vor Ort gefangen hatten.

Sampson spürte die Spannungen zwischen seinen beiden Hauptgästen nicht, oder gab es zumindest vor. Als sie schließlich bei den Früchten und einigen ausgezeichneten Käsesorten angekommen waren, die ein durchreisender Indienfahrer zurückgelassen hatte, war er kaum noch in der Lage zu sprechen, ohne zu lallen. Bolitho beobachtete ihn; Sampson war zweifellos trotzdem glücklich.

Herrick erkundigte sich: »Warten große Aufgaben auf Sie, Sir Richard? Sie scheinen immer im Einsatz zu sein, vielleicht sollte ich mich besser auf den Weg in die Kolonie machen.«

Ein Leutnant blinzelte in die Kabine. »Mit den besten Empfehlungen von Mr. Harrison, Sir. Das Boot des Konteradmirals ist längsseits.«

Herrick stand abrupt auf und blickte auf seine Uhr. »Jedenfalls pünktlich.« Er blickte auf den Kapitän, aber der war fest eingeschlafen und schnarchte leise. Die roten Weinflecken auf seiner prallen Weste sahen aus wie das Werk eines feindlichen Scharfschützen. »Auf Wiedersehen, Mr. Avery, ich wünsche Ihnen alles Gute. Ich bin sicher, daß Ihre Zukunft so hervorragend sein wird wie Ihre Herkunft.« Bolitho geleitete ihn vor die Tür. In der verhältnismäßigen Kühle des Achterdecks meinte er zu Herrick: »In seinem Fall irrst du dich. Er hat seinen Teil an ungerechter Behandlung schon abbekommen.«

»Ich verstehe.« Herrick klang uninteressiert. »Nun, ich bin sicher, du wirst ihm das leuchtende Beispiel schon geben.«

»Können wir nicht Freunde sein, Thomas?«

»Damit du mich später daran erinnern kannst, daß ich dich in der Klemme habe sitzenlassen?« Er machte eine lange Pause, dann fuhr er sehr ruhig fort: »Um es ganz klarzumachen: Ich habe alles verloren, woran ich glaubte, als Dulcie starb. Du hast alles weggeworfen für . . .«

»Für Catherine?«

Herrick blickte ihn im Licht der Gangwaylaterne fest an. Bolitho knurrte barsch: »Sie hat ihr Leben für deine Frau riskiert, und im letzten Jahr hat sie Dinge erlebt, die Narben an ihrer Seele hinterlassen haben, unauslöschlich wie die Spuren der Verbrennung durch die Sonne auf ihrem Körper.«

»Das ändert nichts, Sir Richard.« Er lüftete den

Hut in Richtung der Ehrenwache. »Wir haben beide zu viel verloren, um auf Rettung hoffen zu dürfen.« Dann war er verschwunden. Sekunden später wurde das Boot kräftig von der Bordwand fortgerudert. Nur das leuchtende Heckwasser war noch zu sehen.

»Nur gut, daß ich hier bin, Sir Richard.«

Bolitho fuhr herum und entdeckte Allday an der Achterdecktreppe. »Warum bist du gekommen?« Er wußte es bereits.

»Hab' so was läuten hören, daß Konteradmiral Herrick zur *Marathon* fährt. Dachte mir, Sie könnten mich gebrauchen.« Bolitho spürte, wie Allday ihn in der Dunkelheit musterte.

Er berührte seinen Arm. »Nie mehr als jetzt, alter Freund.« Er wäre fast gestrauchelt. Ein Arm in einer scharlachroten Uniformjacke schoß vor, um ihn zu stützen. »Danke.« Bolitho seufzte. *Wahrscheinlich denkt er, ich wäre betrunken.* Sein Auge schmerzte entsetzlich, und er wartete darauf, daß Allday vorausging. Herrick hatte ihn noch nicht mal nach seiner Verletzung gefragt, obwohl er von ihr wußte. Wenn nur ein Brief von Catherine kommen würde, gleich, ob kurz oder lang, er würde ihn wieder und wieder lesen, sich vorstellen, wie sie mit ihrem gelösten Haar in dem Zimmer saß, das auf die See hinausging. Ihren Gesichtsausdruck, wenn sie die Schreibfeder nachdenklich an die Lippen legte. *Ich bin deine Frau.*

Unvermittelt sagte er: »Komm mit nach achtern! Wir beißen einen ordentlichen Streifen ab, wie du es ausdrücken würdest.«

»Dem Kapitän wird das kaum gefallen, Sir Richard!«

»Der macht sich heute über nichts mehr Gedanken, alter Freund!«

Allday grinste erleichtert, froh, daß er gekommen war. Vermutlich gerade rechtzeitig, wie es aussah.

Sie saßen an der unordentlichen Tafel. Avery meinte: »Ein merkwürdiges Festessen, Sir Richard.« Er schien nervös und unsicher. Bolitho griff nach einer der Flaschen. »Entspannen Sie sich, Mr. Avery, heute nacht gibt es hier keine Offiziere – nur Männer. Freunde.«

Feierlich hoben sie ihre Gläser.

Avery sagte: »Dann auf die Freunde! Egal, wo sie sein mögen.«

Bolitho stieß mit ihm an. »So soll es sein!«

Er trank und dachte an Herrick in seinem schwarzen Rock. Im nächsten Brief an Catherine würde er ihr das Fiasko ihres Zusammentreffens verschweigen. Sie hatte es sowieso vorhergesagt. Doch es war vorbei.

IX Intrigen

Lewis Roxby, Landedelmann, Großgrundbesitzer und Friedensrichter, der mit einiger Berechtigung den Spitznamen »König von Cornwall« trug, stand am Fuße des Glockenturms der Kirche von King St. Charles the Martyr. Seine Augen tränten wegen der kalten Brise, die von der Reede von Carrick herüberwehte. Neben ihm schwadronierte der Kurat von Falmouth' berühmter Kirche über notwendige weitere Umbauten, die vorgenommen werden mußten, um die Sonntagsschule, die er mitbegründet hatte, zu einer Ganztagsschule erweitern zu können. Doch zuerst mußte das Dach repariert und die fortschreitende Fäulnis im Glockenstuhl bekämpft werden.

Roxby war sich im klaren darüber, daß es wichtig war, der Kirche und der Gemeinde zu helfen und daß jeder von seiner Großzügigkeit erfuhr. Richard Hawkin Hitchens war seiner Meinung nach ein recht guter Geistlicher, der dafür sorgte, daß die Kirche sich um die Erziehung der Kinder kümmerte. Der eigentliche Gemeindepfarrer von Falmouth besuchte den Ort nur selten, zum letzten Mal bei der Gedenkmesse für Sir Richard Bolitho, den man nach dem Untergang der *Golden Plover* für tot hielt. Roxby erinnerte sich noch an den wilden Tumult, als zwei von Adams Leutnants mit der Nachricht von Bolithos Rettung in den Hof galoppiert kamen. Die Worte des unglücklichen Pfarrers waren im Durcheinander untergegangen, als die Menge in die Kneipen strömte, um zu feiern.

Er merkte, daß der Geistliche aufgehört hatte zu sprechen und ihn ernst ansah. Roxby räusperte sich: »Nun ja, das scheint sinnvoll zu sein.« Er sah das Erstaunen auf dem Gesicht des anderen und wußte, daß er etwas überhört hatte. »Ich werde es mir ansehen. Wie ich vermute, scheint es notwendig zu sein.« Das war offensichtlich passender, denn der Kurat verbeugte sich vor ihm. Roxby drehte sich auf dem Absatz um und war ärgerlich auf sich selbst, denn das würde ihn wieder Geld kosten. Er sah, daß sein Pferd neben dem des Pferdeknechts wartete, und gab sich den fröhlichen Gedanken an den nächsten Jägerball hin, den er veranstalten würde.

Der Knecht murmelte: »Sie kommt, Sir.«

Roxby sah, wie Lady Catherine Somervell auf ihrer

großen Stute um die Ecke von »The King's Head« geritten kam. Es war ein geschmackloser Name für eine Kneipe, überlegte sich Roxby, besonders wenn man das Ende von König Charles bedachte. Er lüftete seinen Hut und versuchte, sie nicht anzustarren. Sie war von Kopf bis Fuß in grünen Samt gehüllt, die Kapuze teilweise über das Haar gezogen, was die Schönheit ihrer Gesichtszüge nur betonte. Er wollte ihr helfen, aber sie schwang sich leicht aus dem Sattel. Er küßte ihre Hand und roch ihr Parfüm sogar durch den dikken Reithandschuh.

»Sehr nett von dir, Lewis, daß du gekommen bist.«

Sogar die Benutzung seines Vornamens ließ ihn erzittern. Kein Wunder, daß sich sein Schwager in sie verliebt hatte.

»Ich kann mir nichts Erfreulicheres vorstellen, meine Liebe.« Er nahm ihren Ellenbogen und führte sie beim Gemüseladen um die Ecke. Er entschuldigte sich für seine Eile und erklärte: »Hitchens hatte so einen gierigen Ausdruck in den Augen. Wahrscheinlich ist ihm eingefallen, was er noch gebrauchen könnte.«

Sie hielt leicht Schritt mit ihm und wurde nicht langsamer, als sie den Schutz der Häuser verließen und der beißende Wind ihr die Kapuze vom Haar wehte. Roxby war schon außer Atem und versuchte, es vor ihr zu verbergen. Es kam ihm nicht in den Sinn, daß das bei seinem Alkoholkonsum und dem reichlichen Essen nur natürlich war.

»Ich muß dich warnen, meine Liebe. Dein Vorhaben kann ein teurer Fehlschlag werden.«

Sie blickte ihn an, ein schwaches Lächeln umspielte ihre Mundwinkel. »Ich weiß, und ich bin dir für deinen Rat und deine Besorgnis dankbar, aber ich will dem Gut helfen, denn welchen Nutzen haben hohe Ernteerträge, wenn die Preise vom Markt bestimmt werden? Es gibt viele Orte, wo Getreide benötigt wird, weil Mißernten die Leute fast verhungern lassen.«

Roxby beobachtete sie, erstaunt über ihr Engagement. Er wußte, daß sie ein Vermögen für die Güter ihres verstorbenen Mannes bekommen hatte, hätte aber gedacht, daß sie es in Kleidern und Schmuck anlegen würde. Doch er wußte, daß sie sehr bestimmt sein konnte. »Ich habe das gewünschte Schiff gefunden. Es heißt *Maria José* und liegt in Fowey. Ein Freund hat sie begutachtet, er steht mit den Prisengerichten auf gutem Fuß.«

»Eine Prise?«

»Sie wurde von Zollkuttern aufgebracht. Ein Schmuggler. Du kannst den Namen ändern, wenn du möchtest.«

Sie schüttelte so heftig den Kopf, daß sich ihr Haar aus den Kämmen befreite und im Wind wehte. »Richard sagt, daß es Unglück bringt, wenn man den Namen eines Schiffes ändert.« Sie sah ihn gerade an. »Was ist mit der Besatzung geschehen?«

Er zuckte die Achseln. »Die schmuggelt nie wieder.«

»Wie weit ist es bis Fowey?«

»Ungefähr dreißig Meilen auf den Poststraßen, aber bei einem Wetterumschlag . . .« Er machte eine nachdenkliche Pause. »Ich werde dich nicht ohne Schutz reisen lassen. Ich würde dich selber begleiten, aber . . .« Sie lächelte. »Es wäre mir eine Ehre, Catherine, aber bis zum Einbruch des Winters werde ich hier gebraucht. In St. Austell kannst du die Reise unterbrechen ... Ich habe Freunde dort, das kann ich arrangieren.« Sein Tonfall deutete an: *Falls du meinst, reisen zu müssen!*

Sie blickte an ihm vorbei auf die weißen Katzenpfoten, die die ankernden Frachter umspülten, und auf die Ruderboote, die ihrem Gewerbe nachgingen. Sie spürte die Kälte durch ihren dicken Mantel. Blätter trieben auf dem Wasser, und die kahlen Bäume glänzten schwarz vom nächtlichen Regen. Und doch war es erst Oktober, jedenfalls noch ein paar Tage. Sie hatte den Kauf des Schiffes mit einem Anwalt besprochen, der extra aus London gekommen war. Er hatte dieselben Zweifel wie Roxby geäußert. Nur Ferguson, der einarmige Verwalter, war begeistert gewesen, als sie ihm die Pläne erläutert hatte. »Ein gutes, starkes Boot, Lady Catherine. Es kann bis Schottland oder Irland fahren, dort sind Hungersnöte keine Seltenheit!«

Roxby rief: »Dort ist so ein Schiff!« Er zeigte mit seiner Reitpeitsche in die Richtung, sein Gesicht war durch die kalte Luft noch stärker gerötet als sonst.

»Zwei Masten?« Sie blickte ihn fragend an. »Eine Brigg?«

Er verbarg seine Überraschung, daß sie darüber Bescheid wußte. »Keine normale Brigg, sondern eine Kohlenbrigg, breit und mit tiefen Laderäumen, damit kann man jede Ladung fahren.«

Sie hielt ihre Hand über die Augen und beobachtete, wie die Kohlenbrigg wendete und langsam die Einfahrt ansteuerte. Ihre dunkelrot gelohten Segel zeichneten sich gegen das Vorland und die Batterie auf den Hügeln von St. Mawes ab.

»Zweitausend Pfund, hast du gesagt?«

Roxby erwiderte dumpf: »Guineen, fürchte ich.«

Er bemerkte dasselbe schelmische Lächeln, das er schon bei seinen Empfängen bemerkt hatte. Roxby erkannte, daß sie sich entschlossen hatte.

»Ich werde alles in die Wege leiten, aber es ist keine Arbeit für eine Lady. Meine Nancy wird mir die Hölle heiß machen, daß ich es erlaube!«

Sie erinnerte sich an den jungen Fähnrich, der Richards bester Freund gewesen war, und der sein Herz an das Mädchen verloren hatte, das schließlich Roxby geheiratet hatte. Wußte Roxby davon? Trauerte Richards Schwester noch um den Jungen, der gefallen war? Sie mußte an Adam denken und fragte sich, ob Richard schon mit ihm gesprochen hatte.

»Ich reite mit Ihnen«, bemerkte Roxby, »es liegt auf meinem Weg.« Er winkte seinem Pferdeknecht, aber sie hatte sich schon in den Sattel geschwungen. Schweigend ritten sie, bis das Bolitho-Haus durch die kahlen, vom Wind gepeitschten Bäume zu sehen war. Solide, verläßlich, zeitlos, dachte Roxby. Er dachte sich, daß er es eines Tages erwerben würde, sollten die Dinge für die Bolithos schlecht laufen. Aus den Augenwinkeln beobachtete er die Frau in Grün. Aber das war Vergangenheit. Mit einer Frau wie dieser an der Seite konnte sein Schwager alles erreichen. »Du mußt bald mal wieder zum Essen zu uns kommen«, meinte er leutselig.

Sie zog die Zügel fester, als Tamara in Sichtweite des Hauses schneller wurde. »Das ist nett von dir, doch das verschieben wir auf später. Grüße Nancy bitte ganz herzlich von mir.«

Roxby sah ihr nach, bis sie durch das verwitterte

Tor verschwunden war. Sie würde nicht kommen, nicht solange sie nichts von Richard gehört hatte. Er seufzte und lenkte sein Pferd wieder auf den Weg. Sein Knecht trottete in respektvoller Entfernung hinter ihm her. Er dachte nach, um sich von der schönen Frau abzulenken, die ihn gerade verlassen hatte. Sein Tag morgen würde ausgefüllt sein. Zwei Männer hatten Hühner gestohlen und den Eigentümer geschlagen, der sie ertappt hatte. Er würde dabei sein müssen, wenn man sie aufhängte. Das zog immer eine große Menschenmenge an, wenn auch nicht ganz so groß wie bei einem Straßenräuber oder Piraten. Der Gedanke an Piraten ließ ihn wieder an den Kohlenfrachter denken. Er würde ein Empfehlungsschreiben für Lady Catherine vorbereiten, das ihr weiterhelfen würde.

Er war müde und deprimiert, als er sein eigenes großes Haus erreichte. Die Auffahrt und Nebengebäude waren gepflegt, die Mauern und Gärten in gutem Zustand. Französische Kriegsgefangene hatten viel dazu beigetragen. Sie waren froh gewesen, den Gefängnissen oder, was noch schlimmer war, den Gefangenenhulken zu entrinnen. Der Gedanke ließ ihn sich wieder als Menschenfreund fühlen, und seine Stimmung besserte sich. Seine Frau überraschte ihn in der Halle mit einer Neuigkeit. Wie es schien, würde Valentine Keen, der zum Kommodore ernannt worden war, sie mit seiner jungen Frau besuchen, bevor er eine neue Aufgabe übernahm. Roxby war erfreut, meinte aber: »Sollten sie ihren kleinen Schreihals mitbringen, halte ihn fern von mir.« Dann lachte er. Es würde Nancy guttun, etwas Gesellschaft zu haben. Er dachte an Catherine. Und ihr auch.

»Wir werden ein paar Leute einladen, Nancy.«
»Wie geht es Catherine?«
Roxby setzte sich und wartete, bis ihm ein Diener die Stiefel ausgezogen hatte. Ein anderer erschien mit einem Glas Cognac. Als Friedensrichter erschien es ihm weise, nicht nach der Herkunft zu fragen. Er dachte über ihre Frage nach.
»Sie vermißt ihn, meine Liebe. Stürzt sich in Arbeit, damit die Tage vergehn.«
»Du bewunderst sie, nicht wahr, Lewis?«
Er sah in ihr hübsches Gesicht und die Augen, die er in seiner feurigen Jugend mit der Farbe des Lavendels im Sommer verglichen hatte. »Habe nie eine größere Liebe gesehen«, sagte er. Als sie zu seinem Stuhl kam, legte er einen Arm um ihre kräftige Hüfte, die einst so schmal gewesen war. »Außer der unseren natürlich.«
Sie lachte. »Natürlich.«
Sie drehte sich um, als plötzlich Regen gegen die Fenster peitschte. Roxby, bodenständiger Gutsherr, der er war, konnte so etwas ignorieren, aber sie war die Tochter eines Seemannes und die Schwester des berühmtesten Seeoffiziers seit Nelsons Tod. Sie hörte sich murmeln: »Mein Gott, an einem Tag wie diesem auf See...« Als sie sich umwandte, war Roxby neben dem Feuer eingenickt.
Sie sagte sich, daß sie alles hatte, was sie sich wünschen konnte. Ein großes Haus, eine herausragende gesellschaftliche Stellung, zwei gutgeratene Kinder und einen Mann, der sie aufrichtig liebte. Aber sie hatte den jungen Mann nie vergessen, der ihr vor vielen Jahren sein Herz geschenkt hatte. In ihren Träumen sah sie ihn manchmal in seinem blauen Uni-

formrock mit den weißen Aufschlägen vor sich, sein offenes Gesicht und das blonde Haar wie das von Valentine Keen. Sie stellte sich vor, daß er auf großer Fahrt war und den Gefahren der See trotzte. Eines Tages würde er ins Haus spaziert kommen, und sie hätten sich beide weder verändert noch wären sie gealtert. Sie spürte einen Kloß in ihrem Hals und flüsterte: »Oh, Martyn, wo bist du?«

Doch nur der Regen war zu hören.

Lady Catherine Somervell ging ins Schlafzimmer und hörte den Regen auf das Dach prasseln und aus den übervollen Regenrinnen herunterklatschen. Im Kamin brannte ein kräftiges Feuer, und trotz der bitteren Kälte draußen war es hier angenehm warm. Sie hatte ein heißes Bad genommen, und ihr Körper brannte noch immer vom kräftigen Abrubbeln. Es war gut, daß sie sich nicht länger in Fowey oder bei Roxbys Freunden in St. Austell aufgehalten hatte. Jetzt würden die Straßen schlammige Fallen für jede Kutsche und jedes Pferd sein.

Alle waren nett zu ihr gewesen, und sogar der Prisenkommissar hatte schließlich die Überraschung verdaut, daß er es mit einer Frau zu tun hatte. Sie goß sich etwas von Grace Fergusons Kaffee ein, neben den jemand diskret ein Glas Cognac gestellt hatte.

Es war schön, wieder zu Hause zu sein, besonders weil Valentine Keen mit seiner jungen Frau kurz vor ihr angekommen war. Kommodore Keen war voller Neuigkeiten über seinen kleinen Sohn, den sie in Hampshire zurückgelassen hatten. Eine von Keens Schwestern hatte darauf bestanden, die Pflege des Babys zu übernehmen, so daß sie die Reise zusammen unternehmen konnten. Catherine hatte sich gefragt, ob es aus Rücksicht auf sie geschehen war, weil sie Zenoria erzählt hatte, daß sie keine Kinder bekommen konnte.

Wann immer sie Keen ermuntert hatte, von seinem neuen Einsatz zu sprechen, hatte sie den Schmerz in Zenorias Augen sehen können. Eine Trennung so schnell nach dem schrecklichen Ende der *Golden Plover* und ihrem Wiedersehen, dann die Freude über die Geburt ihres Sohnes. Alles konnte verloren sein, sobald Keen sein Geschwader übernahm.

Ein eifersüchtiges Gefühl hatte sie durchzuckt, als Keen von dem wahrscheinlichen Zusammentreffen mit Richard in Kapstadt gesprochen hatte. Er war sicher gewesen, daß man Mauritius erobern würde, um die Handelsrouten ein für alle mal zu sichern.

»Wird es schwer werden, Val?«

Keen hatte zurückhaltend geantwortet: »Es ist immer einfacher, eine Insel zu verteidigen, als sie zu erobern. Stehen genug Soldaten zur Verfügung und hat Sir Richard das Ruder in der Hand, sollte es möglich sein.«

Catherine hatte sich zwingen müssen, nicht die junge Frau anzublicken, als Keen enthusiastisch gemeint hatte: »Wenn Adam dabei ist, wird es sein wie in alten Zeiten.«

Vielleicht war das eine Illusion, doch Seeleute müssen zur See fahren, sogar der arme Allday hatte eine schwierige Entscheidung treffen müssen.

Sie mußte an den Brief denken, der sie nach ihrer Rückkehr aus Fowey erwartet hatte. Richard hatte ihn in Gibraltar geschrieben. Als der Regen plötzlich nachließ, blickte sie zum Fenster, heller Mondschein fiel auf das Haus. November – und das war sein erster Brief. Vielleicht würden bald viele folgen. Es war ein Brief voller Liebe und Zärtlichkeit. Er hatte wenig von der *Valkyrie* und ihrem Kommandanten geschrieben, auch nicht über Adam, nur, daß sie auslaufen würden, ohne auf die *Anemone* zu warten.

Jeder Tag ohne dich ist eine Prüfung, meine liebe Kate, und wenn du in der Nacht nicht zu mir kommst, sehne ich mich mit jeder Faser nach dir. Vor ein paar Nächten, als wir Kap Finisterre rundeten und der Wind versuchte, uns auf die Leeküste zu drücken, warst du bei mir. In der Kabine war es dunkel wie in einem Teerfaß, aber du standest am Heckfenster, dein Haar wehte im Wind, obwohl alles dicht war. Du hast mich angelächelt, und ich sprang auf, um dich zu umarmen. Aber als ich dich küßte, waren deine Lippen kalt wie Eis. Dann war ich wieder alleine, doch fühlte ich mich gut, weil dein Besuch mir Stärke verliehen hatte.

Sie setzte sich auf das Bett und las den Brief noch einmal. Er war ein scheuer, übersensibler Mann, der viel gab, während andere nur forderten. *Es ist immer einfacher, eine Insel zu verteidigen, als sie zu erobern.* Aus Keens Mund klang das merkwürdig. Etwas, was er von Richard gelernt hatte. Genau wie all die anderen, die sie kannte, sich Richards Erfahrungen angeeignet hatten: Oliver Browne, Jenour und jetzt vielleicht bald auch sein neuer Flaggleutnant George Avery.

Im nächsten Monat würden sich alle auf das Weihnachtsfest vorbereiten. Wie schnell war es wieder herangekommen. Die ganze Zeit würde sie gierig auf Nachricht warten, dem Postjungen auflauern; *ihm* schreiben und sich Gedanken machen, ob er ihre Briefe erhielt.

Sie stand auf und ging zum Fenster. Die meisten

Wolken hatten sich verzogen, einige trieben noch im feuchten Südwestwind wie massive Gebirge durch das Mondlicht. Catherine nahm das Negligé, und einen Augenblick lang stand sie nackt da, nachdem sie das schwere Kleid auf den Stuhl geworfen hatte. Sie blickte in den großen Spiegel, vor dem Richard sie mit ausgesuchter Langsamkeit entkleidet hatte. Seine starken Hände waren suchend über ihren Körper geglitten, so wie sie es sich von ihm gewünscht hatte.

»Ich bin bei dir, Richard. Wo immer du auch bist, ich bin bei dir!«

In der plötzlichen Stille meinte sie zu hören, wie er ihren Namen rief.

Sir Paul Sillitoe blieb vor einem der großen Fenster der Admiralität stehen und blickte auf die Kutschen, die im ständigen Nieselregen wie poliertes Metall glänzten. Er fragte sich, warum er solch ein Leben führte. Er hatte zwei Landgüter in England und Plantagen auf Jamaica, wo er sich die Kälte aus den Knochen vertreiben konnte.

Er kannte natürlich den Grund genau, und sogar seine momentane Unzufriedenheit war nur eine Facette seiner ungeduldigen Natur.

Es war November, fast drei Uhr am Nachmittag, und man konnte kaum die andere Straßenseite erkennen. London war naß, kalt und widerwärtig.

Er hörte, daß Sir James Hamett-Parker den Raum wieder betrat, und fragte: »Ist das Geschwader fertig zum Auslaufen, Sir James?« Er wandte sich halb um und sah die Last der Verantwortung im Gesicht des Admirals. Hamett-Parker schien die Schwierigkeiten unterschätzt zu haben.

»Ich habe die Befehle heute abgeschickt. Sobald Kommodore Keen zufrieden ist, werde ich ihn anweisen, in See zu stechen.« Er blickte Sillitoe an, kaum in der Lage, seine Abneigung zu verbergen. »Und was ist mit dem Premierminister?«

Sillitoe zog die Schultern hoch. »Als der Herzog von Portland sich entschloß, diese bedeutende Position aus gesundheitlichen Gründen aufzugeben, waren wir überzeugt, daß es zu Veränderungen in der Strategie kommen würde. Im nächsten Monat werden wir wieder mit einem Tory, Spencer Perceval, beglückt werden. Wenn man ihm Zeit gibt, wird er vielleicht stärker sein als der Herzog.«

Hamett-Parker war erstaunt, daß Sillitoe seine Geringschätzung so frei äußerte. Es war gefährlich, sogar unter Freunden. Es sollte noch schlimmer kommen.

»Ihnen ist klar, Sir James, daß wir ohne fähige Führung allen möglichen Gefahren ausgesetzt sind.«

»Die Franzosen?«

Sillitoes tiefliegende Augen glühten, als er erwiderte: »Ausnahmsweise sind es diesmal nicht die Franzosen. Die Gefahr kommt von innen.« Er wurde wieder ungeduldig. »Ich spreche von seiner Majestät. Sieht denn niemand, daß er total verrückt ist? Jeder Befehl, jede Bestallung, ob zur See oder zu Lande, muß ihm vorgelegt werden.«

Hamett-Parker blickte auf die geschlossene Tür und erwiderte unbehaglich: »Er ist der König. Es ist die Pflicht jedes loyalen . . .«

Sillitoe schien ihn anspringen zu wollen. »Dann sind Sie ein Narr, Sir! Sollte die Invasion von Mauritius seiner Winkelzüge wegen scheitern, dann glauben Sie doch wohl nicht, daß er dafür die Verantwortung übernimmt?« Er sah die plötzliche Besorgnis auf dem Gesicht des Admirals. »Gottesgnadentum, Sie erinnern sich? Wie kann ein Monarch verantwortlich gemacht werden?« Er trommelte mit den Fingern auf den Tisch. »Er ist verrückt. Sie werden den Sündenbock abgeben. Aber schließlich kennen Sie sich ja mit Kriegsgerichten aus.«

Hamett-Parker zischte: »Ich habe genug von Ihrer Impertinenz, verdammt! Was Sie sagen ist Hochverrat!«

Sillitoe blickte wieder hinaus auf die Straße, wo eine Abteilung Dragoner vorbeiritt, ihre Mäntel schwarz vom Regen. »Sein ältester Sohn wird eines Tages gekrönt werden. Beten wir, daß es dann nicht zu spät ist.«

Hamett-Parker zwang sich, aufrecht in seinem Sessel zu sitzen. Gleichgültig, wer das Ohr des Premierministers oder gar des Königs hatte, Sillitoe schien vertraut mit ihnen. Er versuchte, nicht an das große Haus zu denken, das Anson gehört hatte. Genau wie Godschale konnte er alles verlieren. Sogar die Lords der Admiralität waren vor Bestrafungen nicht länger gefeit. »Und Sie meinen, daß das Volk seinen König nicht liebt?«

Sillitoe lächelte nicht. Es mußte den Admiral große Überwindung gekostet haben, diese indiskrete Frage zu stellen. »Richtiger ausgedrückt, müßte man wohl sagen, daß dem König das Volk völlig gleichgültig ist.« Er hielt einen Moment inne. »Nehmen wir mal an, daß Sie einen glänzenden Empfang in Ihrem Londoner Haus geben.« Er wußte, daß Hamett-Parker nur dieses Haus hatte, aber jetzt war keine Zeit für neckische Anspielungen.

»Was soll das bringen?«

»Für Sie, fragen Sie sich?« Er sprach schnell weiter, bevor Hamett-Parker sich über die freche Bemerkung aufregen konnte. »Laden Sie bekannte Persönlichkeiten ein, die angesehen sind, vielleicht auch verhaßt, aber nicht nur Offiziere des Königs und Beamte, die Vergünstigungen zu vergeben haben.«

»Aber nächstes Jahr...«

»Im nächsten Jahr ist der König jenseits von Gut und Böse, dann wird sein Sohn die Verantwortung übernehmen.« Er sah die Zweifel und Ängste auf dem Gesicht des anderen Mannes, von dem man sich erzählte, daß er ein Tyrann war.

»Ihn einladen, ist es das, was Sie empfehlen?«

Sillitoe zuckte die Achseln. »Es ist nur ein Vorschlag. Aber ich bin sicher, daß der Premierminister erfreut sein würde.« Er sah, daß er ins Schwarze getroffen hatte. Es war wie bei einem Duell, wenn man schon dachte, daneben geschossen zu haben und der Gegner dann langsam fiel.

»Ich werde darüber nachdenken.«

Sillitoe lächelte. Die Schlacht war fast gewonnen. Freundlich meinte er: »Sie haben die Position erreicht, von der ein Marineoffizier nur träumen kann.« Er zählte die Sekunden. »Es würde niemandem etwas nützen, am wenigsten Ihnen, wenn Sie sie jetzt wieder verlieren.«

»Ich habe niemals jemanden um Protektion gebeten!«

Sillitoe betrachtete ihn gleichmütig. *Er spricht wie Thomas Herrick.* Alles, was er sagte, war: »Bewundernswert.«

Ein Leutnant trat ein und meldete: »Die Kutsche von Sir Paul ist vorgefahren, Sir James.«

Sillitoe nahm seinen Mantel und wandte sich zur Tür.

»Ich werde zu Fuß gehen, das macht den Kopf klar.« Er verbeugte sich knapp. »Ich wünsche Ihnen einen guten Tag, Sir James.«

Er ging das elegante Treppenhaus hinunter und marschierte forsch am Portier vorbei hinaus in den Nieselregen. Sein Kutscher grüßte ihn mit der Peitsche. Er wußte, wo er ihn finden würde. Er war verläßlich, sonst würde er auch nicht in Sillitoes Diensten stehen. Es waren nur wenige Menschen auf der Straße. Sillitoe war tief in Gedanken versunken und ignorierte sie. Er wunderte sich noch immer, daß Hamett-Parker keinen Streit angefangen hatte.

Seine Gedanken schweiften ab zu Lady Somervell. Sie war nicht auf der Welt, um sich in Cornwall zwischen Fischern und Landarbeitern zu vergraben, auch konnte sie ihr Leben nicht einer hoffnungslosen Liebe wegen in Chelsea verbringen. Sicher erinnerte sie sich manchmal an ihre Ehe mit Viscount Somervell, die großen Empfänge, auf denen sie geglänzt hatte. Sie würde um Sillitoes Einfluß in der Admiralität und dem Parlament wissen. Ein paar Worte, gesprochen oder geschrieben, konnten Bolitho von seinen Kampfeinsätzen erlösen, bei denen er immer in Lebensgefahr schwebte. Ihr würde auch klar sein, daß er ein bigottes Schwein wie Hamett-Parker dazu bringen konnte, daß Bolitho, genau wie Nelsons bester Freund Lord Collingwood, in der Fremde verfaulte.

Der Empfang, den er dem Admiral empfohlen

hatte, war der erste Schritt gewesen. Er dachte an die Neuigkeiten, die ihm seine Spione mitgeteilt hatten. Catherine hatte in Cornwall von einem Prisengericht eine Kohlenbrigg gekauft. Um den Mann zu beeindrucken, den sie niemals würde heiraten können? Er bezweifelte, daß das der Grund war. Vielleicht war es ihre geheimnisvolle Ausstrahlung, die ihn so anzog.

Er blieb vor einem Haus in einer stillen Straße stehen. Nach einem schnellen Blick in alle Richtungen zog er an der Klingel. Für kurze Zeit würde er in eine unzüchtige Welt eintauchen, wo selbst Politik keinen Einfluß hatte. Er lächelte, als sich die Tür einen Spalt weit öffnete. Vielleicht waren Huren die ehrlichsten Menschen, die es noch gab.

Die Frau machte fast einen Hofknicks. »Oh, Sir Paul! Was für eine Freude. Sie wartet oben auf Sie.«

Er blickte auf die düstere Treppe. Er würde an Catherine denken, solange er hier war. Wie es mit ihr sein würde.

X Gekreuzte Klingen

John Allday saß so bequem es eben ging auf einem umgedrehten Dory und blickte auf die umliegenden Schiffe und Boote. Wenn er den Kopf drehte, konnte er das Massiv des Tafelberges sehen, der Kapstadt überragte. Aber jede Bewegung war in der sengenden Hitze eine Tortur. Er war überrascht, daß er nicht schwitzte, vermutlich war es selbst dafür zu heiß. Von See wehte eine schwache Brise, die aber keine Abkühlung brachte. Er fühlte sich an die Dorfschmiede erinnert, die er einmal besucht hatte.

Sein Magen knurrte, und er wußte, daß es an der Zeit war, etwas zu essen und einen Schluck zu nehmen, aber nicht bevor Sir Richard und sein Flaggleutnant von ihrem Treffen mit dem Gouverneur und einigen Militärs zurück waren.

Er schaute über das glitzernde Wasser zur *Valkyrie* und der Ex-Prise *Laertes*. Verschwommen wie ein Phantomschiff lag Kapitän Adam Bolithos *Anemone* vor Anker. Allday fragte sich, was passieren würde, wenn er mit seinem Onkel zusammentraf. Kapitän Trevenen hatte gemeldet, daß die *Anemone*, die dritte Fregatte ihres kleinen Geschwaders, im Morgengrauen von einem Armeeposten in den Bergen gesichtet worden war. Als Sir Richard die *Valkyrie* verließ, war *Anemone* noch nicht im Hafen gewesen. Allday verstand genug von Flaggensignalen, um mitzubekommen, daß Trevenen als dienstältester Offizier »*Kommandant zur Meldung!*« hatte setzen lassen, kaum hatte der Anker der *Anemone* Grund berührt.

Allday wandte seine Aufmerksamkeit der Gig zu, die sie an Land gebracht hatte. Sie war an einer kleinen Boje festgemacht, und die Crew saß mit durchgedrücktem Kreuz und verschränkten Armen sauber ausgerichtet im Boot. Seit Sir Richard an Land gegangen war, saßen sie dort in der Hitze. Im Boot saß auch ein Leutnant. Nicht einmal er kam auf die Idee, die Männer im Schatten warten zu lassen.

Ein paar Soldaten trampelten vorbei, eine Trommel gab den Marschtakt an. Einige waren kaum von der Sonne gerötet; sie blickten unsicher unter ihrem Marschgepäck und den Waffen hervor. Die roten Röcke verstärkten noch die Hitze. Es waren nur einige Männer, die hier zusammengezogen wurden, und viele Schiffe warteten darauf, sie dort hinzubringen, wo sie benötigt wurden.

Aber konnten sie sich ihren Weg durch eine schwer verteidigte Inselgruppe bahnen? Allday sah darin keinen Sinn. Aber warum sollte er sich Gedanken machen? Er hatte das alles schon in der Karibik gesehen, die Inseln des Todes, wie die Soldaten sie nannten. Männer von den Feldern Englands, aus den schottischen Garnisonen, den walisischen Tälern oder wo auch immer man ihnen den Schilling des Königs aufgeschwatzt hatte, um sie anzuwerben. Da machte er sich Gedanken! Er grinste. Sir Richard mußte auf ihn abgefärbt haben. Allday hatte miterlebt, daß viele Männer für Inseln verheizt wurden, deren Namen kein Mensch in England kannte. Jedenfalls würden sie dem Feind wieder übergeben werden, sobald dieser verdammte Krieg vorüber war.

Er versuchte, sich keine Sorgen über Unis Polin zu machen, sondern an ihre letzten ruhigen Minuten im Wohnzimmer des »Stag's Head« in Fallowfield zu denken. Er war immer ein Schürzenjäger gewesen – in mehr Häfen, als er sich erinnern konnte. Aber diesmal war es anders, und er hatte sich fast gefürchtet, sie zu umarmen. Doch sie hatte nur gemeint: »Ich bin nicht zerbrechlich, John Allday, also drück mich feste!«

Aber auch ihre Fröhlichkeit hatte nicht angehalten. Sie hatte ihren Kopf an seine Brust gelegt und geflüstert: »Komm zurück zu mir! Versprich es!«

Sie wußte über die Seefahrt Bescheid und über Gefühle wie Loyalität. Sie hatte darüber von ihrem toten Ehemann Jonas Polin, Steuermannsmaat auf der alten *Hyperion*, genug gehört. Die Zeit verging, und in seinem Herzen wußte er, daß auch Sir Richard dieses Mal der Abschied schwergefallen war, auch wenn er sich nicht mit ihm vergleichen wollte.

Dieses Mal. Warum? Es hatte ihn beunruhigt und tat es noch.

Er hörte Schritte hinter sich und stand auf. Es war Leutnant Avery, der verschwitzt und müde aussah. Wieder so ein Nordseeoffizier, gewöhnt an Regen, Wind und noch mehr Regen. Als er darüber nachdachte, wurde ihm klar, wie sehr auch er dieses Wetter vermißte.

»Rufen Sie das Boot heran, Allday. Sir Richard wird gleich hier sein.«

Alldays Rufen ließ das Boot zum Leben erwachen, die Riemen erschienen wie durch Zauberhand in den Dollen.

»Alles in Ordnung, Sir?« Er deutete in Richtung der blendend hellen Gebäude, über denen der Union Jack müde wehte.

»Vermutlich.« Avery dachte an Bolithos Gesicht, als ihm ein Stabsoffizier einige Briefe überreicht hatte. Er steckte eine Hand in den Uniformrock. »Hier ist ein Brief für Sie, Allday.«

Er sah zu, wie der große Mann den Brief mit Händen nahm, die kräftig und hornig waren. Allday drehte ihn so vorsichtig hin und her, als könne er zerbrechen. Er wußte, daß er von ihr kam. Wenn er ihn an seine Nase führen würde, könnte er sie riechen. Der süße Geruch des Landes und der Blumen, der Ufer des Helford River und des kleinen Zimmers.

Er erinnerte sich an ihr Gesicht, als sie über das Gold sprachen, das sie den Meuterern auf der *Golden Plover* abgenommen hatten und das er ihr zur Aufbewahrung gegeben hatte. »Es gehört dir, Unis. Ich möchte, daß du es behältst.« Er hatte den Schock in ihren Augen gesehen und hinzugefügt: »Nach der Hochzeit gehört es dir sowieso.«

Ernsthaft hatte sie geantwortet: »Aber erst dann, John Allday.«

Avery beobachtete ihn und fragte sich, von wem der Brief wohl stammen möge.

Allday sagte plötzlich: »Ich kann nicht lesen, Sir.«

»Ich lese ihn gern vor, Allday . . . falls Sie wollen.« Sie blickten sich abwartend an, bis Avery ergänzte: »Ich habe keinen Brief bekommen.«

Ein Offizier, dachte Allday, einer, den er kaum kannte. Aber der Schmerz, der aus der letzten Bemerkung klang, ließ ihn antworten: »Ich nehme dankend an, Sir.«

Das Boot kam an der Pier längsseits, der Bugmann kletterte mit der Vorleine an Land. Der Leutnant folgte ihm, rückte seinen Hut zurecht und zog das Hemd glatt.

»Scheint ein hübscher Ort zu sein, Mr. Finlay.«

Avery hatte sich ein wenig mit den Schiffsoffizieren eingelassen, was diese sehr wohl geschätzt hatten. Avery kannte die Gründe gut, er hatte sich daran gewöhnt. Doch er hatte noch immer ein ausgezeichnetes Namensgedächtnis. Der Vierte Leutnant murrte irritiert: »Das würden Sie nicht sagen, wenn Sie die ganze Zeit in diesem verdammten Boot gesessen hätten.«

Avery fixierte ihn scharf, seine Augen glühten im hellen Licht: »Ich war in guter Gesellschaft.«

Der Leutnant sah Allday mißmutig an. »Und was treiben Sie hier?«

Ruhig erwiderte Allday: »Ich höre zu.«

»Sie aufsässiger Bursche ...«

Avery nahm ihn am Arm und führte ihn beiseite. »Lassen Sie das! Es sei denn, Sie legen Wert auf ein sehr persönliches Gespräch mit Sir Richard Bolitho.«

»Ist das eine Drohung?«

»Besser! Ein Versprechen!«

Der Leutnant riß sich zusammen, als Bolitho und zwei Armeeoffiziere in Sicht kamen. Avery sah sofort, daß der Ärmel des Vizeadmirals schmutzig war. »Alles in Ordnung, Sir Richard?«

Bolitho lächelte. »Natürlich. Die Gastfreundschaft der Armee war vermutlich etwas übertrieben. Ich hätte wohl etwas besser aufpassen müssen.« Die Armeeoffiziere grinsten.

Avery drehte sich um und bemerkte, daß Allday Bolitho besorgt ansah. Er spürte einen kalten Schauder über seinen Rücken laufen – aber warum? Es gab da etwas, wovon er nichts wußte. Aber er hatte diesen Austausch von Blicken schon früher gesehen – hart wie Stahl. Was verband sie?

Bolitho stellte fest: »Ich sehe, daß die *Anemone* an ihrem Liegeplatz ankert.« Er blickte Allday fragend an.

Allday nickte und zog seinen Hut zum Schutz gegen die Sonne weiter in die Stirn.

»Signal ›Kommandant zur Meldung‹ wurde gesetzt, Sir Richard.«

»Gut. Ich will ihn selber sprechen.« Er betrachtete die ankernden Armeetransporter, an deren Riggs frischgewaschene Hemden und Decken hingen. Mehr zu sich selbst sagte er: »Ich glaube nicht, daß wir hier eine professionelle Armee haben. Jedenfalls noch nicht.« Etwas anderes schien ihm in den Sinn zu kommen. »Zwei Briggs werden unser Geschwader verstärken, die *Thruster* und die *Orcadia*.«

Avery erstarrte, genau wie der Leutnant im Boot, als Allday ausrief: »Wir werden Mr. Jenour nicht los, Sir!« Avery wußte, daß Jenour sein Vorgänger gewesen war. Er hatte gehört, daß er Bolitho nach seiner Beförderung zum Commander nach der Schlacht gegen Baratte nicht hatte verlassen wollen. Ein eigenes Kommando war der Traum eines jeden Offiziers, und Jenour hatte darauf verzichten wollen.

Würden sie hier draußen, wo zwei große Ozeane aufeinandertrafen, sich wieder mit Baratte anlegen? Würde er danach auch die Chance bekommen? Er blickte auf Bodenbretter, um seine Bitternis zu verbergen. Wenn ja, würde er die Gelegenheit mit beiden Händen packen.

Allday murmelte: »*Anemones* Gig liegt noch immer längsseits, Sir Richard.«

Bolitho biß die Zähne zusammen. Was hatten die beiden Kapitäne am Vormittag so lange zu besprechen?

»Achten Sie auf den Schlag, Mann!«

Bolitho sah den betreffenden Ruderer zusammenzucken, voller Angst, daß er unter den Augen des Kommandanten das Anlegemanöver versauen könnte. Der Vierte Offizier war mindestens so ängstlich wie der Matrose, versuchte es aber zu verbergen.

Bolitho tastete in seiner Brusttasche nach den zwei Briefen von Catherine. Sie würde mit ihren Worten wieder bei ihm sein, die sechstausend Meilen würden für eine gewisse Zeit keine Rolle mehr spielen.

Er hörte das Stampfen von Marschtritten und das Klirren von Waffen, als die Seesoldaten sich zur Ehrenwache formierten.

Er blickte zu den aufragenden Masten und den sauber zusammengelegten Segeln empor. Wie sich das Schiff doch von jeder anderen Fregatte unterschied. Mit einer Besatzung von zweihundertsiebzig Offizieren, Seeleuten und Marines wäre sie bei richtiger Führung eine ausgezeichnete Waffe. Auf der ersten Fregatte, die er kommandiert hatte, waren nur drei Leutnants gewesen, genau wie es auch heute noch üblich war. Er runzelte die Stirn. Einer von ihnen war Thomas Herrick gewesen.

Er blickte auf seinen Uniformrock und fragte sich, ob jemand seine nachlassende Sehkraft bemerkt hatte. Er hatte die Stufe übersehen, so wie damals in Antigua, wo er auch gestürzt wäre, hätte ihn nicht eine Dame gestützt, die ihn mit ihrem Gatten erwartet hatte: Catherine.

Allday flüsterte: »Ozzard hat das bald gesäubert, Sir Richard.«

Ihre Augen trafen sich, und Bolitho erwiderte schlicht: »Es ist nichts.« Also wußte er Bescheid.

Auf dem Deck hielten die Matrosen kaum in ihrer Arbeit inne, um den Vizeadmiral zu beobachten, der unter ihnen weilte. Die Ehrenwache wartete darauf, wegtreten zu können. Ein paar Männer schwabberten das Deck unter dem Backbordlaufgang ab. Es sah aus wie Blut. Wieder eine Auspeitschung.

Kapitän Aaron Trevenen vergeudete keine Zeit. »Ich habe die Ankunftszeit der *Anemone* im Tagebuch vermerkt, dann den Kommandanten an Bord befohlen. Ich habe ihn zusammengestaucht, weil er sich nicht an seine Befehle gehalten hat und unverzüglich zu uns gestoßen ist.«

In seiner Stimme und seinen Augen schwang nicht nur Ärger mit. War es vielleicht Triumph? Laut fuhr er fort: »Als der kommandierende Offizier in Ihrer Abwesenheit, Sir Richard . . .«

Bolitho blickte ihm fest in die Augen. »Es scheint hier viel zu passieren, wenn ich nicht an Bord bin, Kapitän Trevenen.« Sein Blick wanderte schnell zu den Seeleuten mit den Schwabbern hinüber. »Ich bin ganz Ohr, was mir mein Neffe zu berichten hat – mehr, als Sie sich wahrscheinlich vorstellen können.« Sein Ton wurde schärfer. »Wir werden das in meiner Kabine erörtern, nicht hier auf dem Marktplatz!«

Der Seesoldat nahm stampfend Haltung an, als Ozzard ihnen die Tür öffnete. Obwohl alle Fenster, Oberlichter und Geschützpforten geöffnet waren, war kaum eine Linderung der Hitze festzustellen. Adam stand unter dem Skylight. Seine Uniform mit den schimmernden Epauletten ließ ihn noch jünger aussehen als er war.

Bolitho winkte Ozzard zu. »Eine Erfrischung.« Er wußte, daß Trevenen versuchen würde, sich zurückzuziehen, nachdem er sein Sprüchlein aufgesagt hatte. »Setzen Sie sich. Wir werden, wenn nötig, gegen die Franzosen kämpfen, aber nicht gegeneinander!«

Sie setzten sich, sorgfältig darum bemüht, einander nicht zu nahe zu kommen. Bolitho studierte seinen Neffen und bedachte, was Catherine ihm erzählt hatte. Hier saß er nun, mußte sich mit einem Konflikt befassen und machte sich Vorwürfe, daß er es nicht selber bemerkt hatte.

Trevenen polterte los: »Kapitän Bolitho hat ohne

Befehl Funchal auf Madeira angelaufen, Sir Richard. Deshalb verließ er unseren Verband und setzte uns der Gefahr aus, von einem überlegenen Feind geschlagen zu werden!« Finster blickte er den jungen Kapitän an. »Ich habe ihn zurechtgewiesen!«

Bolitho blickte seinen Neffen an. Die Wut war noch da, auch Trotz. Er konnte sich gut vorstellen, daß Adam jemanden zu einem Duell provozierte, gleich welche Konsequenzen es haben würde. Ebenso leicht konnte er ihn sich mit Zenoria vorstellen. Er versuchte nicht an Valentine Keen zu denken, der so stolz und glücklich war, ein lieber Freund, der niemals davon erfahren durfte.

»Was hast du in Funchal gemacht?«

Adam sah ihn zum ersten Mal offen an, seit er an Bord gekommen war.

»Ich glaubte, Schiffe entdecken zu können, die vielleicht nicht das sind, was sie vorgeben zu sein.

Trevenen explodierte: »Eine faule Ausrede, Sir!«

Bolitho fühlte Besorgnis in sich aufsteigen. Adam log. Meinetwegen oder wegen Trevenen?

Trevenen legte sein Schweigen als Zweifel aus und knurrte: »Der Ort ist bekannt für seine losen Zungen. Inzwischen weiß vermutlich ganz Frankreich von unseren Absichten.«

Bolitho fragte: »Nun?«

Adam zuckte mit den Achseln, seine Augen lagen im Schatten. »Vielleicht nicht ganz Frankreich, aber jedenfalls sind die Amerikaner an uns interessiert. Ich bin von Kapitän Nathan Beer von der US-Fregatte *Unity* eingeladen worden.«

Bolitho nahm Ozzard ein Glas Wein ab, überrascht, daß er so ruhig blieb.

»Ich habe von ihm gehört.«

»Und er von Ihnen.«

Trevenen knirschte: »Warum wurde mir das nicht gemeldet? Sollte das wahr sein ...«

Adam erwiderte: »Bei allem Respekt, Sir, schienen Sie nur daran interessiert zu sein, mich vor möglichst vielen Leuten zusammenzustauchen.«

Bolitho sagte: »Langsam, Gentlemen!« Zu Adam gewandt, fuhr er fort: »Ist die *Unity* ein neues Schiff? Ich habe noch nie von ihr gehört.« Das gab Adam Zeit, seinen aufsteigenden Ärger im Zaum zu halten.

»Sie ist die größte aktive Fregatte.«

Trevenen fauchte: »Und was, meinen Sie, ist die *Valkyrie*?«

Adam blickte sich in der Kajüte um. »Sie ist größer als dieses Schiff und ist mit mindestens vierundvierzig Kanonen bestückt.« Er blickte den anderen Kapitän an. »Ich bin mir bewußt, daß das nur zwei mehr sind, als dieses Schiff trägt, aber es sind Vierundzwanzigpfünder. Außerdem hat sie eine große Besatzung, vielleicht für Prisenkommandos.«

Bolitho nahm ein weiteres Glas Wein. Trotz seines Scherzes über die Gastfreundschaft der Armee hatte er an Land nichts getrunken.

»Ich werde mit der nächsten Kurierbrigg eine Nachricht schicken.« Er blickte auf das Glas in seinen Fingern. »Das Schiff ist wahrlich zu groß, um spurlos zu verschwinden, sogar in einem Ozean.« Baratte mußte dahinterstecken. Es war so ein Verdacht. In der Vergangenheit hatte Baratte Neutrale benutzt, sogar gegeneinander, um seine Absicht zu verschleiern.

An Deck polterten Füße und erklangen Rufe, als ein Leichter zum Löschen längsseits kam.

Adam fragte: »Darf ich auf mein Schiff zurückkehren, Sir Richard?«

Bolitho nickte. Er wußte, daß Adam es haßte, ihn so formell anzusprechen. »Vielleicht besuchst du mich einen Abend, bevor wir Kapstadt verlassen?«

Adam grinste wie ein großer Junge. »Es wird mir eine Ehre sein.«

Auch Kapitän Trevenen entschuldigte sich, wie erwartet, und ging.

Bolitho hörte Ozzard in der Pantry herumhantieren und fragte sich, wie lange es dauern würde, bis man ihn wieder störte. Er nahm den ersten Brief hervor und öffnete ihn behutsam. Er enthielt eine kleine Locke von ihrem Haar, von einem grünen Bändchen zusammengehalten.

Mein liebster Richard. Draußen singen noch die Vögel, und die Blumen leuchten in der Sonne. Ich kann nur vermuten, wo du bist. Ich benutze den Globus in der Bibliothek, um wie eine Nymphe in deinem Kielwasser zu schwimmen . . . Heute war ich in Falmouth, fühlte mich aber wie eine Fremde. Sogar meine schöne Tamara suchte dich . . . Ich vermisse dich so . . .

Er hörte bellende Kommandos und wußte, daß Adam das Schiff verließ. Jedenfalls hatte er die Feindseligkeiten Trevenens mitbekommen, die von einer alten Fehde herrührten, an die er sich aber nicht erinnern konnte.

Ozzard trat mit einem Tablett ein, und Bolitho legte den Brief neben den anderen auf den Tisch.

An Deck wandte sich Adam dem anderen Kapitän zu, die Hand grüßend an den mit Goldlitzen verzierten Hut gelegt. Trevenen zischte: »Wagen Sie es nicht, sich mit mir anzulegen, Sir!«

Jeder Zuschauer hätte nur gesehen, daß Adam lächelte, seine Zähne blitzten im tiefgebräunten Gesicht. Aber sie wären zu weit entfernt gewesen, um seine Antwort zu verstehen.

»Und wagen Sie es nie wieder, mich vor irgend jemandem bloßzustellen, Sir. Ich mußte einstecken, als ich jünger war, aber jetzt nicht mehr. Ich denke, Sie wissen, was ich meine!« Unter dem Zwitschern der Pfeifen schwang er sich über die Seite in seine Gig.

Der Erste kam über das Deck heran. »Man sagt, daß er ein gefährlicher Duellant ist, Sir. Egal, ob mit Degen oder Pistole.«

Trevenen funkelte ihn an. »Halten Sie Ihre Zunge im Zaum! Kümmern Sie sich um Ihre Pflichten!«

Viel später, als eine kühle Abendbrise durch das Schiff strich, erlaubte sich Bolitho, ihren Brief nochmals zu lesen. Er hielt nur einmal inne, als er eine Stimme hörte, die anscheinend etwas vorlas. Vielleicht ein Gebet. Sie kam aus Averys kleiner Kabine, die seine Unterkunft von der Messe trennte. Dann wandte er sich wieder dem Brief zu, alles andere war vergessen.

Mein liebster Richard . . .

Der Kapitän des Sträflingtransporters *Prince Henry*, Robert Williams, zog ein abgenutztes Gebetbuch aus der Tasche und wartete darauf, daß seine Männer einen Leichnam für die Seebestattung vorbereiteten. Den vierten, seit sie England verlassen hatten, und unter diesen Bedingungen würden es auf dem Weg zur Botany Bay immer mehr werden.

Er blickte über die Decks und Laufbrücken, auf denen aufmerksame Wachen neben den geladenen Drehbrassen standen, dann nach oben, wo weitere Seeleute in der Takelage hingen wie die Affen. Die Arbeit hörte nie auf. Das Schiff war zu alt für diese Einsätze, bei denen es Wochen und Monate auf See war. Er hörte das Klappern der Pumpen und war dankbar, daß er die Gefangenen für diese ermüdende Arbeit einsetzen konnte, wenn schon zu sonst nichts.

Es befanden sich zweihundert Sträflinge auf dem Schiff. Wegen ihrer großen Anzahl konnten immer nur wenige aus den faulig stinkenden Laderäumen an Deck gelassen werden, einige davon in Eisen. Getrennt waren ein paar Frauen untergebracht, überwiegend Huren und Taschendiebinnen, deportiert von Gerichtsherren, die Ruhe in ihrem Bezirk haben wollten. Zumindest die Frauen würden in der Kolonie nicht leiden, aber viele andere würden nicht überleben.

Sein Steuermann rief: »Fertig, Sir!« Ihre Augen trafen sich. Sie dachten an die Zeitverschwendung. Der Leichnam gehörte einem Mann, der einen anderen in einer Schlägerei getötet hatte und dem Galgen nur wegen seiner beruflichen Kenntnisse als Küfer entgangen war. Er war ein gewalttätiger, gefährlicher Gefangener gewesen, und man hätte ihn jetzt einfach über Bord werfen sollen wie anderen Abfall auch.

Aber Gesetz war Gesetz, und die *Prince Henry* war trotz ihrer Unzulänglichkeiten ein Regierungsschiff.

»Er kommt, Sir.«

Williams seufzte. *Er* war sein einziger Passagier, Konteradmiral Thomas Herrick, der während der endlosen Wochen sehr zurückgezogen gelebt hatte. Williams hatte sich darauf vorbereitet, sein Quartier mit einem hohen Offizier teilen zu müssen, der seinem Land gute Dienste geleistet hatte, bis seine Vorgesetzten entschieden hatten, ihm die Stellung in New South Wales anzubieten. Williams verstand es nicht. Seinem schlichten Weltbild nach mußte sogar ein Konteradmiral reich sein, also hätte Herrick ablehnen und den Rest seines Lebens ruhig und bequem verbringen können. Williams fuhr seit seinem achten Lebensjahr zur See. Es war ein langer harter Weg gewesen, bis er sein erstes Kommando bekam. Er verzog den Mund. Ein verrottetes, stinkendes Sträflingsschiff, Rumpf und Rigg waren so alt, daß es kaum mehr als sechs Knoten laufen konnte. Vorher hatte die *Prince Henry* lebendes Vieh zu den vielen Armeestützpunkten in der Karibik transportiert. Sogar die Quartiermeister und Schlachter der Armee hatten gegen die Unterbringungsbedingungen der Tiere während der langen Fahrt protestiert. Aber sie waren für Menschen offensichtlich gut genug, auch wenn es der Abschaum der Gefängnisse war.

Er berührte seinen Hut. »Guten Morgen, Sir.«

Herrick trat neben ihn an die Reling, unbewußt wanderten seine Augen vom Steuerkompaß zu den backstehenden Segeln. Es war zur Gewohnheit geworden, seit er seine erste Wache als Leutnant gegangen war.

»Kaum Wind.«

Herrick wandte sich dem Begräbniskommando zu, das nach achtern blickte, als ob es auf ein Kommando wartete.

»Wer war er?«

Williams hob die Schultern. »Ein Schurke, ein Mörder. Er verbarg seine Verachtung nicht.«

Herricks blaue Augen fixierten ihn. »Aber trotz alledem ein Mensch. Wünschen Sie, daß ich etwas vorlese?«

»Damit komme ich klar, Sir. Ich habe es schon öfter gemacht.«

Herrick dachte an Bolitho, an das Treffen in Freetown. Er wußte noch immer nicht, warum er so reagiert hatte. *Weil ich nicht heucheln kann.* Er war plötzlich unzufrieden mit sich. Er wußte, daß Williams ihn für verrückt hielt, weil er die Reise auf einem Sträflingsschiff machte, zusammen mit Männern, die er bald im Zaum würde halten müssen, an Orten, wo nur die Marine Gesetz und Ordnung aufrechterhielt. Er hätte mit einem schnellen Postschiff oder als Passagier unter seinesgleichen auf einem Kriegsschiff reisen können. Ein schlichter Seemann wie Williams würde nie verstehen, daß Herrick an Bord der *Prince Henry* gekommen war, eben weil es diese Wahlmöglichkeiten gegeben hatte.

Williams öffnete sein kleines Buch. Er war ärgerlich, denn Marineoffiziere hielten ihn oft für dumm.

»Die Tage des Menschen sind oft begrenzt, denn er wächst und gedeiht wie eine Blume auf dem Feld . . .«

Aus dem Konzept gebracht, verstummte er, als der Ausguck im Masttopp rief: »An Deck! Segel Backbord achteraus!«

Herrick blickte die Männer um ihn herum an. Sie dachten vermutlich dasselbe wie ihr Kapitän.

Die *Prince Henry* hatte den Indischen Ozean für sich. Das Kap der Guten Hoffnung lag etwa dreihundert Seemeilen achteraus, und vor ihnen lagen unendliche sechstausend Meilen, bevor sie wieder Land sichten würden.

Williams brülle durch seine gewölbten Hände: »Was für ein Schiff?«

Der Ausguck rief zurück: »Klein, Sir, vielleicht zwei Masten!«

Williams spekulierte: »Vielleicht eins der unseren, Sir?«

Herrick dachte an das schöne Teleskop in seiner Kabine. Dulcies letztes Geschenk. Er preßte die Kiefer zusammen und versuchte den Gedanken zu verdrängen. Bevor er ins Bett ging, nahm er es oft in die Hand und stellte sich vor, wie sie es für ihn ausgesucht hatte. Er spürte einen Kloß im Hals. Er wollte sich nicht einmischen, wahrscheinlich hatte Williams ohnehin recht. Sollte es ein Feind sein, dann befand er sich weit von den Positionen entfernt, wo man ihn hätte vermuten können. Er sah zu den Seeleuten hin, die immer noch wartend bei dem in Segeltuch gehüllten Leichnam standen.

Williams schreckte aus seinen Gedanken auf. »Royals setzen, Mr. Spry! Ich glaube, die kann sie vertragen.« Er schien das Begräbniskommando zum ersten Mal zu sehen. »Worauf, zum Teufel, wartet ihr? Werft den Halunken über Bord!«

Herrick hörte ein Aufklatschen und stellte sich das Bündel vor, das immer tiefer in die absolute Dunkelheit fiel.

Befehle erklangen, und die Matrosen eilten an die Fallen und Brassen. Die Rahen wurden getrimmt, bis der Wind wieder eingefangen war und sich das Deck unter dem zusätzlichen Druck der Royals überlegte.

Williams befahl: »Entern Sie mit einem Glas auf, Mr. Spry! Der Ausguck ist ein guter Mann, aber er wird nur sehen, was er will.«

Herrick sah einen großen Fisch aus dem ruhigen Wasser springen, nur um dann zwischen den Fängen eines wartenden Räubers zu landen. Er hatte Williams Bemerkung gehört. Da sprach ein echter Seemann: Nichts ist selbstverständlich!

Ein paar Wachen tauchten aus einer der Luken auf, und etwa zwanzig Gefangene wurden grob in das Sonnenlicht gestoßen. Herrick beobachtete, daß sich eine der Drehbrassen leicht bewegte, der Geschützführer wartete nur darauf, die Reißleine zu ziehen, was diese Menschen in einen blutigen Haufen verwandeln konnte. Es war eine armselige Ansammlung, dreckig und unrasiert blinzelten sie wie alte Männer in den Sonnenschein. Einer trug Fußeisen. Er legte sich bei den Speigatten an Deck, sein bleiches Gesicht von den anderen abgewandt.

Jemand sagte: »Spar dir dein Mitleid, Silas, sie spukken dich schneller an, als du gucken kannst.«

Herrick mußte wieder an Bolitho denken. *Ich hätte daran denken müssen, ihn nach seinem Auge zu fragen.* Wie ging es ihm? Hatten die anderen schon bemerkt, daß etwas nicht stimmte?

Mit einem dumpfen Aufprall kam der Steuermann wieder an Deck, er war an einem Backstag heruntergerutscht. Einer Landratte wären die Hände in Fetzen gerissen worden.

»Eine Brigantine, Sir, ziemlich klein.« Er blickte nach achtern, als erwartete er, die Segel am Horizont sehen zu können. »Sie holt uns ein.«

Williams blickte nachdenklich. »Hier draußen

kann es kein Sklavenjäger sein. Kein Löschhafen für diese Ladung in dieser Richtung.«

Der Steuermann zögerte. »Wenn es nun ein Pirat ist?«

Williams grinste breit und schlug ihm auf die Schulter. »Sogar ein Pirat wäre nicht verrückt genug, um zweihundert zusätzliche Mägen füllen zu wollen, und mehr haben wir kaum zu bieten.«

Herrick bemerkte: »Sollte es ein Feind sein, können Sie ihn vertreiben.«

Williams sah wieder sorgenvoll aus. »Darum geht es nicht, Sir, es sind die Gefangenen. Wenn sie durchdrehen, können wir sie nicht unter Kontrolle halten.« Er blickte seinen Steuermann an. »Greifen Sie sich den Stückmeister und sagen Sie ihm, daß er alles vorbereiten soll. Wir haben sechs Zwölfpfünder, die unter meinem Kommando noch nicht abgefeuert wurden.« Der Steuermann ergänzte wenig hilfreich: »So wie sie aussehen, auch vorher nicht.«

Ein Matrose, der in der Nähe des Niedergangs spleißte, stand auf und deutete nach achtern. »Da ist sie, Sir!«

Herrick nahm ein Teleskop aus dem Gestell neben dem Kompaßhäuschen und ging damit nach achtern. Das andere Schiff lief sie schnell auf. Mit dem ausgezogenen Teleskop konnte er die schwellende Fock und die Stagsegel erkennen, die Segel des anderen Mastes wurden vom Mars- und Bramsegel völlig abgedeckt. Sie nutzte den Wind, der es nicht schaffte, die *Prince Henry* außer Reichweite zu bringen, optimal aus.

»Sie hat die brasilianische Flagge gesetzt, Sir!«

Herrick grunzte. Flaggen bedeuten wenig. Sein

professionelles Auge registrierte schnell die Einzelheiten. Flott und händig, ein Arbeitspferd, doch ein Brasilianer hier draußen, das war unwahrscheinlich.

Spry fragte: »Werden wir kämpfen, wenn sie uns angreift, Sir?«

Williams leckte seine trockenen Lippen. »Vielleicht wollen sie Verpflegung oder Wasser?« Bitter fügte er hinzu: »Wir haben kaum genug für uns selbst.« Er traf seine Entscheidung. »Alle Gefangenen nach unten. Informieren Sie den Stückmeister, er soll die Waffen verteilen.« Er drehte sich zu dem grauhaarigen Seeoffizier um, doch Herrick war verschwunden.

Ein Matrose murmelte: »Ein schmuckes Schiff!« Der Respekt eines Seemanns für ein gut geführtes Schiff, egal, ob es ein feindliches war oder nicht.

In seiner Kabine stand Herrick vor einer seiner Seekisten. Nach einigem Zögern öffnete er sie, so daß seine Admiralsuniform in den Reflexen des Sonnenlichts zu erwachen schien. Er nahm die Metallkiste mit seinen besten Epauletten heraus. Dulcie hatte sie immer so gerne an ihm gesehen. Er zog eine Grimasse, denn es waren dieselben, die er vor dem Kriegsgericht getragen hatte. Er streifte seinen Rock und die Hosen ab und zog sich langsam und methodisch an, die schnelle Brigantine immer im Gedächtnis. Er dachte darüber nach, sich zu rasieren, doch sein Sinn für Disziplin ließ ihn den Gedanken verwerfen. Auf diesem schäbigen Sträflingsschiff war die Wasserration für alle dieselbe. Sogar der Schurke, der jetzt das Ende seiner letzten Reise auf dem Meeresgrund erreicht haben mochte, hatte nicht weniger bekommen als der Kommandant.

Er setzte sich hin und kritzelte ein paar Worte auf ein Stück Papier, versiegelte es und versteckte es dann sorgfältig in dem langen Lederetui des Teleskops. Er musterte sich im Spiegel, die Epauletten mit dem silbernen Stern, von denen er nie zu träumen gewagt hatte. Er lächelte sogar ohne Bitterkeit. Die Karriere war für den Sohn eines armen Buchhalters aus Kent überraschend erfolgreich verlaufen.

Hinter den dicken Glasfenstern bewegte sich etwas. Dann schoß das andere Schiff in den Wind, das Manöver perfekt ausgeführt, sogar als die Segel gekürzt wurden. Er hörte überraschte Rufe, als die grüne brasilianische Flagge vom Besanpiek verschwand und sofort durch die Trikolore ersetzt wurde. Herrick nahm seinen Degen und hängte ihn am Gürtel ein. Ohne Eile warf er einen letzten Blick in die Kabine, dann ging er zum Niedergang.

»Es ist ein Franzose!«

Williams fiel die Kinnlade herunter, als er Herrick so ruhig in seiner Uniform sah.

»Ich weiß.«

Williams war plötzlich wütend. »Geben Sie dem Bastard eine Kugel, Stückmeister!«

Der Knall des Zwölfpfünders rief unter Deck Schreckensschreie hervor und ließ die Weiber kreischen.

Herrick schnappte: »Feuer einstellen!«

Zwei Blitze zuckten über dem niedrigen Rumpf der Brigantine auf, und eine Ladung Kartätschen explodierte im Achterschiff. Die beiden Rudergänger stürzten. Mr. Spry kniete auf dem Deck und blickte auf das Blut, das aus seinem Bauch strömte, dann fiel er vornüber und starb.

»Sie drehen bei! Sollen wir die Enterer zurückschlagen, Sir?«

Williams rief zu Herrick hinüber: »Was soll ich tun?«

Herrick sah das Boot ablegen, die hart aussehenden Ruderer pullten kräftig in Richtung des Gefangenentransporters. Die Brigantine stampfte mit backen Segeln auf und ab. Er sah die Kanonen, die nach dem Schuß ausgewischt wurden. »Sie haben Ihren Mut bewiesen, Kapitän, aber dafür sind Männer gestorben.«

Die Hand des Kapitäns lag an der Pistole. »Die bekommen mich nicht, sollen sie verdammt sein!«

Herrick sah, daß eine weiße Flagge dort im Boot wehte. Er erkannte den in goldenen Lettern geschriebenen Namen am Heck des anderen Schiffes: *Tridente.*

»Halten Sie Ihre Hand ruhig, Kapitän. Folgen Sie meinen Anordnungen, und Ihnen wird kein Leid geschehen.«

Das Boot hakte ein, und ein paar Sekunden später schwärmten zerlumpte Gestalten über das Deck. Sie waren bis an die Zähne bewaffnet und mochten jeder nur denkbaren Nationalität angehören.

Herrick sah unbeteiligt zu. Jemand rief: »Alles unter Kontrolle, Leutnant!« Amerikanischer oder kolonialer Akzent. Doch der Mann, der als letzter das Deck der *Prince Henry* betrat, war so französisch, wie man es sich nur vorstellen konnte. Er nickte Williams kurz zu, dann ging er direkt auf Herrick zu. Später erinnerte sich Williams, daß Herrick seinen Degen schon ausgehakt hatte, so als ob er damit gerechnet hätte.

Der Leutnant berührte grüßend den Hut.

»M'sieur 'errick?« Er sah ihn ernst an. »Die Wechselfälle des Krieges. Sie sind mein Gefangener.«

Die Brigantine setzte Segel, als das Boot längsseits kam. Alles schien nur Minuten gedauert zu haben. Erst als Williams seinen toten Steuermann und die wimmernden Männer am Ruder sah, begriff er.

»Rufen Sie Mr. Prior, er kann seinen Platz einnehmen!« Er blickte auf die Pistole, die noch immer in seinem Gürtel steckte. Die meisten Marineoffiziere hätten ihm befohlen, bis zum bitteren Ende zu kämpfen, zur Hölle mit den Konsequenzen. Für Herrick hätte er genau das getan. Schwerfällig befahl er: »Wir laufen nach Kapstadt zurück!«

Herrick hatte sich sogar die Mühe gemacht, seine Große Uniform anzulegen, dachte er. Als er zur *Tridente* hinüberblickte, oder wie immer ihr richtiger Name sein mochte, sah er, daß sie unter dem Druck der großen Segelfläche bereits ihren Kupferbeschlag zeigte.

Sogar die Gefangenen waren ruhig, so als ob sie wüßten, wie knapp es gewesen war.

Herricks letzte Worte gingen ihm nicht aus dem Kopf. *Ich denke, sie werden Ihnen nichts tun.*

Es klang wie ein Nachruf.

XI Das Entermesser

Das Haus, das jetzt dem zunehmend stärker werdenden Militär in Kapstadt als Hauptquartier diente, war früher Eigentum eines wohlhabenden holländischen Handelsherren gewesen. Es schmiegte sich an den mächtigen Fuß des Tafelbergs und hatte Blick auf die

Bucht, in der die Schiffe und auch die Soldaten auf ihre Befehle warteten.

Fächer bewegten sich im größten Raum, der zur See hinauslag, hin und her. Über den hohen Fenstern waren Blenden angebracht, doch das reflektierende Licht der See störte trotzdem. Der lachsfarbene Himmel erinnerte an einen frühen Sonnenuntergang, obwohl erst Mittagszeit war. Bolitho bewegte sich in seinem Korbsessel, während der General einen Bericht durchlas, den ihm gerade eine Ordonnanz gebracht hatte.

Generalmajor Sir Patrick Drummond war groß und kräftig gebaut, sein Gesicht war fast so rot wie sein Uniformrock. Er war während der ersten Zeit des spanischen Krieges ein erfolgreicher Offizier gewesen und auch während vieler anderer weniger wichtiger Feldzüge. Er hatte den Ruf ein »Soldat der Soldaten« zu sein, immer bereit zuzuhören, aber auch immer auf dem Sprung, jeden zurechtzustutzen, der nicht seinen Maßstäben entsprach.

Bolitho hatte schon einige der Einheiten gesehen, die Drummond zusammenschweißen mußte, wenn er auf den feindlichen Inseln landen wollte. Koste es, was es wolle. Es war keine beneidenswerte Aufgabe.

Drummond lag halb ausgestreckt im Sessel, seine Füße auf ein kleines Tischchen gelegt. Bolitho stellte fest, daß seine Stiefel schimmerten wie schwarzes Glas. Die prächtigen Sporen waren das Werk eines berühmten Silberschmieds. Drummond blickte auf, als ein Diener den Raum betrat und Wein für den General und seinen Gast einschenkte.

Bolitho bemerkte: »Wie Sie wissen, sind alle

meine Schiffe auf See, und ich erwarte die Ankunft von zwei Briggs.«

Der General wartete ab, bis der Diener ihm das Glas so hingestellt hatte, daß er es ohne Anstrengung erreichen konnte. »Ich fürchte, daß wir in der Gefahr schweben, Gespenster zu sehen.« Er kratzte eine seiner langen Koteletten, dann fügte er hinzu: »Sie sind ein berühmter und erfolgreicher Marineoffizier, Sir Richard. Das ist doch etwas, wenn einem das ein Stoppelhopser konzediert, nicht wahr? Aber es überrascht mich, daß man Sie hierher geschickt hat. Ein erfahrener Kapitän oder vielleicht ein Kommodore hätten diesen Job auch erledigen können. Es kommt mir vor, als ob man zehn Träger anheuert, um eine Muskete zu tragen!«

Bolitho kostete den Wein, der köstlich war. Eine Erinnerung blitzte auf: Die Keller in der St. James's Street und Catherine, die eine Bestätigung brauchte, daß der Wein, den sie für ihn kaufte, auch wirklich so gut war, wie der Laden behauptete. Er sagte: »Ich glaube nicht, daß der Feldzug glatt ablaufen wird, wenn es uns nicht gelingt, die feindlichen Seestreitkräfte auszuschalten. Sie werden ihre Basis auf Mauritius haben, aber weitere Stützpunkte auf den kleineren Inseln sind nicht auszuschließen. Wir hätten in Martinique scheitern können, hätte der Feind unsere militärischen Transporte angegriffen.«

Drummond lächelte trocken: »Ihnen ist es zu verdanken, daß er sich eine blutige Nase geholt hat.«

»Wir waren damals vorbereitet, heute sind wir es nicht.«

Drummond dachte darüber nach. Er runzelte leicht die Stirn, als Geräusche von draußen in diesen langen, schattigen Raum eindrangen. Marschtritte, Pferdehufe und Harnische klapperten, Sergeanten bellten Befehle. »Ich werde wohl Weihnachten hier verbringen, danach müssen wir weitersehen.«

Bolitho dachte an England. Es würde kalt dort sein, vielleicht würde Schnee liegen, obwohl sie in Cornwall wenig davon abbekamen. Die See vor Pendennis Point würde in Aufruhr sein und mit grauen Brechern um die vertrauten Felsen spülen. Und Catherine ... würde sie London vermissen? *Würde sie ihn vermissen?*

Drummond sinnierte: »Wenn Sie mehr Schiffe hätten ...«

Bolitho lächelte. »So ist es immer, Sir Patrick. Ein Geschwader mit Soldaten und Versorgungsgütern sollte inzwischen auf dem Weg hierher sein.« Er fragte sich, wie sich Keen gefühlt hatte, als er von Zenoria Abschied nehmen mußte. Seinen Breitwimpel als Kommodore zu setzen, mußte ihm nicht schwergefallen sein, nach den langen Jahren als Kommandant und Bolithos Flaggkapitän. Wie anders war er doch als Trevenen. Der war draußen auf dem Ozean mit seiner mächtigen *Valkyrie*, die anderen Fregatten querab versetzt auf jeder Seite, damit der Suchstreifen nach übelwollenden Schiffen so breit wie möglich war. Für ein schwerfälliges Handelsschiff gab es keinen Unterschied zwischen Kriegsschiff oder Pirat.

Drummond läutete mit einem Glöckchen. Der Diener erschien wieder und füllte die Gläser neu. Er blickte an ihm vorbei durch die Tür und bellte: »Kommen Sie rein, Rupert! Flattern Sie nicht da draußen herum!«

Rupert war der Major, den Bolitho schon getroffen hatte. Er schien Drummonds rechte Hand zu sein, eine Art Mischung aus Keen und Avery.

»Was ist, Mann?« Drummond machte eine Handbewegung in Richtung des Dieners. »Noch eine Flasche! Aber plötzlich!«

Der Major blickte Bolitho an und lächelte kurz. »Der Beobachtungsposten hat ein weiteres Schiff gesichtet, Sir.«

Drummonds Glas verharrte auf halbem Wege in der Luft. »Und? Spucken Sie's aus! Ich bin kein Gedankenleser, und Sir Richard ist kein feindlicher Spion.«

Bolitho unterdrückte ein Grinsen. Es mußte nicht leicht sein, unter Drummond zu dienen.

»Es ist die *Prince Henry*, Sir.«

Drummond erstarrte. »Der verdammte Sträflingseimer? Man erwartet ihn nicht in Kapstadt, das würde ich wissen.«

Bolitho sagte ruhig: »Ich war in Freetown, als sie ankerauf ging. Sie sollte inzwischen gut im Indischen Ozean stehen.«

Die anderen blickten ihn unsicher an. Bolitho sagte: »Mein Flaggleutnant soll das bitte untersuchen und mir dann Bericht erstatten. Der Wein ist zu gut, als daß ich jetzt gehen möchte.« Er hoffte, daß die lässige Bemerkung seine Besorgnis überspielte. Was war passiert? Die Transporter verschwendeten niemals Zeit. Vollgepackt mit Kriminellen, konnte sich kein Skipper über irgend etwas sicher sein.

Drummond stand auf und rollte ein paar Karten auf seinem Tisch aus. »Wir können die Zeit überbrücken, indem ich Ihnen zeige, was wir auf Mauritius vorhaben. Allerdings brauche ich dafür ein Minimum an guter Infanterie – und die meisten meiner Männer sind kaum ausgebildet. Der Eiserne Herzog sichert sich die Eliteregimenter für Spanien, verdammt sei er!« Aber in seiner Stimme klang Bewunderung mit.

Es dauerte fast eine Stunde, ehe Avery und der gestreßte Major zur Berichterstattung erschienen.

Avery meldete: »Es ist tatsächlich die *Prince Henry*, Sir Richard. Sie bittet mit einem Flaggensignal um medizinische Hilfe.«

Der Major fügte hinzu. »Ich habe den Feldscher informiert, Sir.«

Avery blickte Bolitho an. »Der diensthabende Kapitän ist auch benachrichtigt, die Wachboote warten bereits.« Sein Gesicht war unbewegt, aber Bolitho wußte, was er dachte. Medizinische Hilfe konnte bedeuten, daß eine schreckliche Seuche an Bord ausgebrochen war. So etwas war nicht ungewöhnlich. Sollte die Krankheit auf die überfüllten Armeelager der Garnison übergreifen, würde sie wie ein Steppenbrand wüten.

Der General ging zum Fenster, zog die Blende zur Seite und griff dann nach dem Messingteleskop.

»Sie dreht auf. Der Wachoffizier hat ihr einen Ankerplatz zugewiesen.« Er stellte das Fernglas sorgfältig ein. »Wie es aussieht, ist sie beschossen worden!« Er gab Bolitho das Fernglas und befahl scharf: »Reiten Sie sofort zum Hafen, Rupert. Wenn Sie wollen, können Sie mein Pferd nehmen. Schicken Sie Männer rüber, falls es Ärger geben sollte!« Als sich die Tür geschlossen hatte, knurrte Drummond ärgerlich: »Ich habe das 58th Regiment of Foot hier, aber der Rest? Landwehr und die York Fusiliers. Ihr Konvoi sollte besser bald erscheinen!«

Als er aus dem Fenster blickte, sah Bolitho, daß der Transporter geankert hatte und schon von Wachbooten und Wasserleichtern umgeben war. Die anderen Hafenboote blieben auf sichere Distanz. Warum griff ein Kriegsschiff oder ein Freibeuter einen alten Transporter voller Sträflinge an? Das war, als ob man in eine Schlangengrube griff. Er berührte sein Auge, als ein Sonnenstrahl wie eine glühende Kohle hineinfiel.

Am späten Nachmittag kam Avery zum Hauptquartier zurück. Er legte ein ledernes Teleskopetui auf den Tisch. »Das wurde in der Kabine gefunden, Sir Richard.«

Bolitho nahm es in die Hand und dachte an Herricks sterbende Frau, die von Catherine gepflegt worden war. Avery beobachtete ihn. »Die *Prince Henry* ist von bewaffneten Männern unter dem Kommando eines französischen Leutnants geentert worden. Sie nahmen Konteradmiral Herrick gefangen, dann durfte das Schiff seine Reise fortsetzen. Kapitän Williams entschloß sich umzukehren, damit wir von dem Zwischenfall Kenntnis bekamen. Sein Steuermann wurde getötet, einige seiner Männer schwer verwundet.«

Im Raum war es still, so als ob niemand Bolithos Gedanken stören wollte. Später wurde Avery klar, daß Bolitho schon vermutet hatte, was passiert war. Er hatte den Grund für den Angriff geahnt. Bolitho öffnete das Lederetui und fand das Stück Papier. Er hielt es in das Sonnenlicht und erkannte Herricks schwungvolle Handschrift. *Es ist die Tridente, Brigan-*

tine, unter brasilianischer Flagge. Aber es ist ein amerikanischer Freibeuter, den ich von früher kenne. Herrick hatte nicht unterschrieben oder eine andere persönliche Bemerkung hinzugefügt. Er mußte gewußt haben, daß der Angriff ihm galt. Und der trug wieder Barattes Handschrift.

Drummond fragte: »Was werden Sie unternehmen?«

»Es gibt wenig zu tun, solange meine Schiffe den Feind nicht aufspüren.«

»Konteradmiral Herrick war früher Ihr Freund, glaube ich.«

»Das glaubt Baratte offensichtlich auch.« Er lächelte, sah dabei aber sehr ernst aus. »Er ist mein Freund, Sir Patrick.«

Drummond blickte auf seine Karten. »Das bedeutet, daß sie mehr über unsere Pläne wissen, als uns lieb sein kann.«

Bolitho erinnerte sich an Adams Bericht über die große amerikanische Fregatte *Unity*. Ein Zufall? Unwahrscheinlich. Einmischung? Wenn dem so war, könnte das in einen Krieg enden, in dem die Franzosen die englische Blockade durchbrachen und die siegreichen Armeen durch einen unerwarteten Gegner zersplitterten. Er blickte auf, seine Gedanken waren plötzlich klar.

»Suchen Sie Yovell, ich muß ihm ein paar Befehle diktieren.« Er sah alles kristallklar vor sich. »Ich möchte, daß *Valkyrie* und *Laertes* sofort zurückkehren, *Anemone* patrouilliert alleine weiter. Einer der Schoner soll so schnell wie möglich Trevenen aufspüren. Jenours *Orcadia* und die andere Brigg müssen jeden Tag hier einlaufen.« Er sah sich um, als wäre er in dem Raum eingesperrt. »Ich muß auf See.« Er machte eine Pause, als wäre er von sich selbst überrascht. »Bei nächster Gelegenheit geben wir Nachricht nach Freetown. Ich will James Tyacke hier haben. Wie kürzlich jemand richtig bemerkt hat, bin ich hier der ranghöchste Marineoffizier.« Er blickte in die Schatten, als suche er dort nach den Gesichtern der Verstorbenen. »Vielleicht sind wir keine verschworene Bruderschaft mehr, aber wir werden es Baratte diesmal so besorgen, daß hinterher kein Gefangenenaustausch mehr nötig ist!«

Nachdem Bolitho und sein Flaggleutnant gegangen waren, dachte der Generalmajor über das nach, was er gerade erlebt hatte. Er war Soldat und nicht nur seiner Meinung nach ein guter. Er hatte nie viel mit der Marine des Königs zu tun gehabt, und wenn, dann war es eher unbefriedigend gewesen. Es gab nichts besseres als die Tradition und die Disziplin der Armee, ganz gleich, welchen Abschaum man ausbilden und ihm dann vorstehen mußte. Nur die Ehre des Regimentes zählte.

Er hatte von Bolithos Verhalten in England gehört, wo seine Affäre mit der Somervell die bessere Gesellschaft gegen ihn eingenommen hatte. Er hatte auch vom Mut der Lady nach dem Verlust der *Golden Plover* auf dem Riff gehört.

Bolithos Charisma hatte er eben selber fühlen können, hatte das Feuer in diesem Mann gespürt, die Sorge um seinen Freund, der vielleicht einer seiner Auserwählten gewesen war.

Später an diesem Tag, als Yovell schließlich seine Feder weggelegt hatte, Avery die Befehle zum Schoner brachte und Ozzard leise summend den Tisch zum Dinner deckte, überdachte Bolitho sein Vorgehen. Ungestüm, ja; gefährlich, vielleicht. Aber es gab keine andere Wahl. Er blickte sich um. Herricks Teleskop, das am Fenster lag, glänzte hell im Kerzenlicht. Es war wie eine ständige Erinnerung – wenn denn eine notwendig war.

Laut sagte er: »Keine Angst, Thomas, ich werde dich finden, und dann wird es zwischen uns kein böses Blut mehr geben.«

Unter dichtgeholten Marssegeln und Fock schwebte Seiner Britannischen Majestät Fregatte *Anemone* scheinbar schwerelos über das tiefblaue Wasser, ihr Spiegelbild wurde von der langen ozeanischen Dünung kaum gestört.

In seiner Kutsche hatte Kapitän Adam Bolitho neben den Überresten seines späten Mittagsmahles eine Karte vor sich. Während er sie studierte, verfolgte er mit einem Ohr die Geräusche an Deck.

Es war jetzt eine Woche her, daß der Schoner aus Kapstadt und die *Valkyrie* nebst der *Laertes* ihn verlassen hatten. Es schien viel länger her zu sein, und Adam hatte viele Male über dem kurzen Brief seines Onkels gebrütet, den er selber geschrieben und den anderen Befehlen beigefügt hatte. Vielleicht traute er Trevenen nicht. Adams Gesicht verzog sich vor Abscheu. Wann immer sein Schiff in die Nähe der großen Fregatte gekommen war, hatte es dort einen endlosen Strom von Flaggensignalen gegeben. Schlimmer noch, befanden sie sich in Rufweite, hatte er seine ganze Selbstbeherrschung aufbringen müssen, wenn Trevenen mit der Flüstertüte über das Wasser quengelte. Unzufriedenheit über zu wenige Berichte und Sichtungen, Beschwerden über schlechtes Halten der Position – eigentlich über alles. Die Ankunft des Schoners war wie eine Erlösung gewesen. *Damals.*

Er starrte auf die Karte. Im Norden lag die große Insel Madagaskar, im Nordosten die französischen Inseln Mauritius und Bourbon. Von dort aus konnte man gut die Handelsrouten überfallen. Und niemand wußte, wie viele Schiffe der Feind einsetzte, geschweige denn, wo sie ihre Basis hatten.

Er hörte Rufe an Deck und wußte, daß sich die Wache darauf vorbereitete, das Schiff auf den anderen Bug zu bringen. So war es seit ihrer Ankunft in diesem Seegebiet immer gewesen. Jeden Tag dasselbe, nichts unterbrach die Monotonie des Drills. Aber wenigstens keine Auspeitschung. Das zeigte die Geduld, die seine Offiziere aufbrachten.

Anders auf Trevenens Kommando, dachte er. Im Rückblick erschien es ihm, daß jedesmal, wenn sich die Schiffe näher kamen, dort jemand zur Bestrafung an der Gräting hing. Weil Bolitho nicht an Bord war, schien Trevenen alle verpaßten Gelegenheiten nachzuholen.

Er dachte an Herricks Gefangennahme durch einen feindlichen Freibeuter, von der er durch den Brief seines Onkels erfahren hatte. Er war überrascht, daß er wenig Mitgefühl hegte. Er hatte Herrick stets respektiert, aber sie hatten sich nie nahegestanden, und Adam konnte ihm nicht vergeben, wie er Bolitho behandelt hatte. Gleichzeitig konnte er sich aber vorstellen, daß sein Onkel unter dem Schicksal litt, das seinen ehemaligen Freund ereilt hatte.

Seine Gedanken wanderten zu dem Kurierschoner zurück, obwohl er ihn aus seinen Gedanken verdrängen wollte. Er hatte falsch gehandelt, absolut falsch, nichts Gutes würde daraus entstehen. *Aber ich habe es getan.* Die Worte schienen sich lustig über ihn zu machen. Er hatte einen Brief geschrieben, schon bald nachdem die *Anemone* den afrikanischen Kontinent hinter sich gelassen hatte und in einen neuen Ozean eingelaufen war.

Es war, als hätte er mit ihr gesprochen, jedenfalls hatte er damals so gefühlt. Und er hatte wieder die Augenblicke durchlebt, in denen sie sich geliebt hatten, trotz der Trauer und Verzweiflung über das, was geschehen war. Sogar ihr Ärger und ihr Haß hatten ihn nicht abhalten können. Mit den vielen tausend Seemeilen zwischen ihnen und der Möglichkeit, sich vielleicht nie wiederzusehen, erschien ihm sogar die Erinnerung an ihre letzte Begegnung weniger schmerzlich. Als der Kommandant des Schoners nach Briefen gefragt hatte, konnte er seinen nicht zurückhalten. Er konnte nicht akzeptieren, daß eine solch leidenschaftliche Liebe wie die ihre so enden sollte.

Es war verrückt gewesen. Jede Nacht hatte er in der feuchten Dunkelheit seiner Kabine darüber gebrütet, was seine unbedachte Tat ihr antun konnte und dem Glück, das sie mit Keen teilte.

Er griff nach dem Kaffee, schmeckte ihn aber nicht.

Wo würde das enden? Was sollte er tun?

Vielleicht würde sie den Brief sofort vernichten, wenn er sie schließlich erreichte. Bestimmt würde sie ihn nicht aufheben, es sei denn, um ihn ihrem Ehemann zu zeigen ...

Es klopfte an der Tür, und der Erste Leutnant

blickte vorsichtig herein. Martin hatte sich weit besser in seine Pflichten gefunden, als Adam erwartet hatte. Mit dem sich nähernden Weihnachtsfest hatte er sogar das Interesse des harten Kerns wecken können. In der Kühle der Abendwache hatte er alle möglichen Wettkämpfe organisiert, vom Ringen, von dem er erstaunlich viel zu verstehen schien, bis zu Wettkämpfen in Segel- oder Bootsmanövern zwischen den einzelnen Divisionen. Bei zusätzlichen Rumrationen waren Hornpipes erklungen, und die Besatzung hatte applaudiert, wenn die Gewinner bekanntgegeben wurden.

»Was gibt's, Aubrey?«

Der Leutnant entspannte sich leicht. Wenn der Kommandant ihn mit seinem Vornamen anredete, war seine Stimmung besser als die vergangenen Tage. Er hatte gespürt, daß ihn seit England etwas quälte. Trevenens Schikanen, der Verlust der ausgebildeten Männer an andere Schiffe, der endlose Ozean, alles hatte eine Rolle gespielt, aber Martin wußte, daß er unter keinem anderen dienen wollte.

»Der Ausguck meldet ein Segel, Sir. Meint er zumindest.« Er sah Adams Augen aufblitzen und fügte hastig hinzu: »Im Norden liegt dicker Seenebel, Sir.«

Erstaunlicherweise lächelte Adam. »Danke.« Es war nicht die ungenaue Meldung, die ihn irritierte, sondern die Tatsache, daß er den Ruf des Ausgucks durch das geöffnete Oberlicht nicht gehört hatte. Noch vor einem Jahr hätte er das für unmöglich gehalten.

»Was macht der Wind?«

»Ziemlich gleichmäßig, Sir. Süd-zu-West, eine gute Brise.«

Adam kehrte zu seiner Karte zurück und umkreiste

die Inseln mit einem Finger, genau wie es sein Onkel zu tun pflegte.

»Was treibt ein Schiff hier draußen?«

»Mr. Partridge meint, es wäre ein Frachter.«

Adam rieb sein Kinn. »Wohin bestimmt, frage ich mich.« Er tippte mit dem Messingzirkel auf die Karte. »Er hat die Wahl zwischen Mauritius oder Bourbon – die anderen Inseln sind uninteressant. Es sei denn...« Er blickte den Leutnant an, seine Augen waren plötzlich hellwach.

»Alle Mann an Deck, Aubrey! Die großen Lappen und Bramsegel setzen! Diesen Fremden wollen wir uns mal genauer ansehen!«

Martin bemerkte den schnellen Gemütsumschwung und meinte vorsichtig: »Er könnte völlig harmlos sein, Sir.«

Adam grinste ihn an. »Andererseits, Sie alter Miesmacher, könnte es auch ein schönes Weihnachtsgeschenk für meinen Onkel sein, haben Sie daran schon gedacht?«

Er ging an Deck und beobachtete die Männer, die schon auf den Rahen auslegten. Die befreiten Segel schlugen und knallten im rauhen Wind. Er sah zu, wie Segel nach Segel mit Schoten und Halsen eingestellt wurden und sich das Deck unter dem Druck überlegte. Spritzwasser sprühte über die Galionsfigur, durch das Rigg und über die halbnackten Seeleute. Die goldenen Schultern der Nymphe glänzten, als wäre sie gerade aus dem Wasser aufgetaucht.

»Der Ausguck meldet, daß das Schiff zwei Masten hat, Sir.« Das war Dunwoody, der Signalfähnrich. »Aber trotz des Windes ist der Seenebel ziemlich dicht.«

Partridge, der graue Navigator, blickte ihn spöttisch an: »Sie sind schon ein verdammter kleiner Kapitän Cook!«

Adam ging ein paar Schritte auf und ab. Er war so an die Ringbolzen und Geschützlaschings gewöhnt, daß sie ihn nicht störten.

Ein Zweimaster. Konnte es die unbekannte *Tridente* sein, die Herrick in seiner versteckten Botschaft erwähnt hatte? Sein Herzschlag erhöhte sich bei diesen Gedanken. Es schien ziemlich wahrscheinlich. Sie segelte allein, jedes gesichtete Schiff konnte ein Feind sein.

»Die Luvbrassen der Fock noch etwas dichter!« Dacre, der Zweite Offizier, lief über das Hauptdeck, seine Augen nach oben in die Segel gerichtet.

»An Deck!« Die Stimme des Ausgucks war im Gurgeln der See und dem Jaulen der Stage und Wanten kaum zu vernehmen. Bedingungen, die die *Anemone* voll ausnutzte. Der Ausguck versuchte es noch mal: »Eine Brigg, Sir!«

Adam blickte zum Horizont. Also war es nicht die *Tridente.*

Mehrere Ferngläser waren auf die vom Nebel verwischte Grenzlinie zwischen Himmel und See ausgerichtet, als ob die darauf warteten, das zu sehen, was der Ausguck gemeldet hatte.

»An Deck, Sir! Sie setzt mehr Segel und dreht nach Norden ab!«

Adam klatschte in die Hände. »Der Narr macht einen Fehler! Bei dieser Damenbrise hilft ihm das nichts!« Er packte den Arm des Ersten. »Lassen Sie die Royals setzen, Mr. Martin, und ändern Sie den Kurs zwei Strich nach Steuerbord! Den Schweinehund haben wir in weniger als einer Stunde gepackt!«

Martin blickte ihn kurz an, bevor er den wartenden Matrosen und Seesoldaten seine Befehle zubrüllte. Es war, als käme eine völlig andere Persönlichkeit zum Vorschein.

»Mr. Gwynne, mehr Leute nach oben! Bewegung!«

Der neue Dritte meinte lässig: »Könnte ein wenig Prisengeld abwerfen, nicht wahr?« Er zuckte zusammen, als ihn die Augen des Kommandanten streiften. Er hätte sich keine Gedanken zu machen brauchen, Adam hatte ihn nicht gehört.

Adam drückte sich gegen die Reling und stellte sein Teleskop ein. Der Nebel rollte wie ein rosa Vorhang zur Seite. Die Brigg, und es war ganz sicher keine Brigantine, zeigte ihm fast genau das Heck. Ihr Großsegel überragte den Rumpf an beiden Seiten. Der Schaum der Hecksee war klar zu erkennen, als sie versuchte, vor dem Wind zu entkommen.

»Sie zeigt keine Flagge, Sir.«

Adam befeuchtete seine Lippen und schmeckte das Salz. »Das wird sie bald tun. So oder so!«

Er blickte Martin scharf an. »Bald werden sie sehen, wer wir sind, Aubrey.«

Dem Leutnant stockte unter dem Blick fast der Atem, dann fuhr Adam fort: »Sie haben fast meine Figur, nicht wahr?« Er grinste, als ob alles ein toller Witz wäre. »Wir werden die Jacken tauschen. Sie werden kurzzeitig zum Kapitän befördert.«

Verwundert schlüpfte Martin in den angebotenen Rock mit den vom Seewasser angelaufenen Epauletten. Adam nahm die Jacke des Leutnants mit den weißen Aufschlägen.

»Sehr gut.«

Die Männer am Ruder und der Besanschot sahen erstaunt zu.

Adam packte seinen Ärmel. »Ich vertraue Ihnen, Aubrey, aber ich muß mich selbst drüben umsehen.« Er wurde wieder förmlich, sogar kurz angebunden. »Wir werden ein Enterkommando hinüberschicken. Suchen Sie gute Männer aus, auch Seesoldaten. Sergeant Deacon wäre richtig.« Er drehte sich um, als sein Bootssteurer George Starr mit dem kurzen Kampfdegen über das Deck kam. »Den nehme ich mit.« Er blickte in Starrs ausdrucksloses Gesicht. Kein Allday, aber gut.

Später, als sie auf die Brigg hinunterstießen, befahl Adam: »Lassen Sie das Signal zum Beidrehen setzen, Mr. Dunwoody. Sollte sie darauf nicht reagieren, dann möchte der Stückmeister so freundlich sein, eines der Jagdgeschütze mit eigener Hand zu richten!«

Martin war wieder an seiner Seite und wirkte besorgt.

»Falls die nun das Enterkommando zurückschlagen, Sir?«

»Dann werden Sie sie beschießen, Sir!«

»Wenn Sie an Bord sind, Sir?« Er sah schockiert aus.

Adam sah ihn ernst an, dann klopfte er ihm auf eine der Epauletten. »Was soll sein? Dann werden Sie vielleicht früher als gedacht Kommandant.«

»Keine Bestätigung, Sir.«

»Fallen Sie einen Strich ab, Mr. Partridge.« Adam sah das andere Schiff im Durcheinander der Takelage erscheinen, als das Ruder gelegt wurde. Das würde dem Buggeschütz die Sache erleichtern. Trotzdem würde es kein einfacher Schuß sein. Er sah, wie sich das Sonnenlicht in den Heckfenstern der Brigg und den Ferngläser reflektierte. Ein schnelles kleines Schiff. Er lächelte. Nicht schnell genug.

»Sobald Ziel aufgefaßt ist!« Ayres, der grauhaarige Stückmeister der *Anemone*, konnte ihn hören, sah aber, daß die Hand seines jungen Kommandanten nach unten schoß.

Der Abschuß des Achtzehnpfünders ließ die Spanten wie unter einem Volltreffer erzittern.

Ayres erhob sich mühsam neben der rauchenden Kanone und bedeckte seine Augen, als die Kugel durch den Besan der Brigg fetzte. Sie hinterließ ein dunkles Loch. Er war zu alt für diese Arbeit, aber sogar seine Offiziere würden es nicht wagen, ihm das zu sagen.

Gedämpfte Hochrufe erklangen. Adam sah, daß eine Flagge an der Gaffel des anderen Schiffes ausbrach.

Einer der Leutnants stöhnte: »Ein verdammter Yankee! Nach all dem Glück!«

»Sie kürzt Segel und dreht bei, Sir!«

Adam bemerkte kühl: »Würden Sie es nicht tun?«

Er ballte die Faust. »Beidrehen! Den Kutter aussetzen!« Er sah Martin bedeutsam an. »Sie wissen, was zu tun ist. Beobachten Sie alles mit dem Fernglas.« Er wandte sich an den Signalfähnrich. »Sie kommen mit mir.« Dann drehte die Fregatte in den Wind. Auf den Rahen kürzten die Matrosen die Segel, so schnell und sauber wie jede andere Mannschaft. Adam erinnerte sich an die Bemerkung des Kommandanten der *Unity*, die er über *Anemones* halbausgebildete Mannschaft gemacht hatte. Sollten sie sich wiederbegegnen, würde er sie nicht noch einmal äußern.

Als das Boot ablegte, sah er viele seiner Männer aus den Wanten und dem Laufgang herabblicken. Die Ruderer bemühten sich, das Boot unter Kontrolle zu bringen. Die meisten würden nicht wissen, was vorging, schon gar nicht, warum ihr Kommandant den Rock eines Untergebenen trug. Der Wind war auf ihrer Seite, und die Matrosen legten sich in die Riemen. Bald konnten sie die Brigg deutlich erkennen und den Namen an ihrem Heck: *Eaglet*.

»Sie haben eine Leiter gefiert, Sir.« Dunwoody lehnte sich vor, den Dolch zwischen die Knie geklemmt. Er klang rauh, aber nicht ängstlich. Genau wie Martin schien er zu denken, daß man sie als Geiseln an Bord nehmen könnte.

Adam stand in dem schwankenden Boot und rief durch die an den Mund gelegten Hände: »Ich werde an Bord kommen! Im Namen des Königs!«

Er hörte ein paar unterdrückte Rufe, wahrscheinlich spöttische Bemerkungen und meinte, das Glitzern von Sonnenlicht auf Waffen zu sehen. Ein Mann ohne Hut und Rock stand an der Verschanzung und blickte voller Ärger und Verachtung auf den tanzenden Kutter hinunter.

»Bleiben Sie weg! Dies ist ein amerikanisches Schiff! Wie können Sie es wagen, auf uns zu feuern?«

Starr, der Bootssteurer, murmelte. »Was halten Sie davon, Sir?«

Adam blieb stehen: »Bluff!« Er hoffte, daß er überzeugend klang. Seine Hände waren trotz der Wärme kalt. Er konnte fast spüren, wie ihn Martin und die anderen über den bewegten Wasserstreifen hinweg beobachteten. Langsam hob er eine Hand. Alle Augen an Deck erstarrten, als sich die Geschützpforten der *Anemone* mit einem Schlag öffneten und die Rohre rumpelnd ins Sonnenlicht ausgefahren wurden.

»Ihr verrückten Hunde!« Der Skipper der Brigg winkte seinen Männern zu, und eine Tür wurde am Kopf der schwankenden Leiter geöffnet.

Adam zischte durch die Zähne. »Nachdem wir eingehakt haben, folgt mir einer nach dem anderen.« Er blickte den Fähnrich an: »Sollte etwas schieflaufen, bringen Sie die Männer zum Schiff zurück.«

Er sah nach oben und wartete, bis der Kutter an der verwitterten Seite der Brigg hochgehoben wurde. Was hatte er zu dem Fähnrich gesagt? Sie konnten beide in wenigen Minuten tot sein, sollte der Skipper der *Eaglet* dumm genug sein, sich unter der drohenden Breitseite für den Tod zu entscheiden. War es Stolz? Arroganz? Wie würde *sie* ihn beurteilen, wenn sie hier wäre?

Er packte die Eingangspforte und zog sich binnenbords. Das Deck war mit Männern überfüllt, die meisten waren bewaffnet. Der Skipper des Schiffs blockierte seinen Weg, die Seestiefel gespreizt, die Arme gekreuzt, jede Faser strahlte Wut aus. »Ich bin Joshua Tobias. Wer zum Teufel sind Sie?«

Adam berührte seinen Hut. »Seiner Britannischen Majestät Fregatte *Anemone*.« Er nickte kurz und meinte, den berüchtigten Sergeant Deacon auf der Leiter zu hören. Deacon war mehr als einmal degradiert worden, meistens wegen Prügeleien an Land. Er war für sein Verhalten sogar schon ausgepeitscht worden, doch als Sergeant war er Sonderklasse. Er mußte

249

kaum jemals einen seiner Marines disziplinieren. Ein schneller Schlag mit einer seiner schinkengroßen Fäuste reichte für gewöhnlich völlig aus.

»Warum haben Sie es gewagt, mein Schiff aufzubringen? Ihre Regierung wird davon erfahren, sobald ich einen Hafen erreiche, Leutnant. Ich möchte nicht in Ihren verdammten Schuhen stehen!«

Die umstehenden Seeleute knurrten. Jetzt noch einen Funken und das Pulverfaß ging hoch.

Ruhig sagte Adam: »Ich muß Sie warnen, Sir. Jeder Widerstand gegen ein Schiff des Königs wird als Piraterie ausgelegt. Kraft der Vollmachten, die man mir übertragen hat, muß ich Ihr Schiff durchsuchen. Außerdem möchte ich Ihre Papiere einsehen.«

Im Hintergrund rief jemand: »Werft den Hund über Bord! Wir haben Leute seines Schlages schon früher verprügelt! Bringen wir's hinter uns!«

Der Skipper hob die Hand: »Ich befehle hier!« Zu Adam gewandt, meinte er barsch: »Und ich soll Ihnen abnehmen, daß Ihr Kapitän auf seine eigenen Männer schießt?«

Adams Gesicht blieb unbewegt. »Sie kennen meinen Kommandanten nicht.«

Fähnrich Dunwoody meldete: »Entermannschaft in Position, Sir.«

Adam spürte, wie ihm der Schweiß den Rücken hinunterlief. Es dauerte alles zu lange. Er schnarrte: »Bestimmungshafen?«

Gleichmütig erwiderte der Skipper: »Die Insel Rodriguez mit Stückgut. Falls es Ihnen Spaß macht, können Sie meine Konnossemente einsehen. Dies hier ist ein neutrales Schiff. Ich werde dafür sorgen, daß Sie für diesen Zwischenfall bestraft werden und Ihr verdammter Kapitän auch!«

»Schon gut!« Adam blickte den Sergeanten der Seesoldaten an. »Sie übernehmen das Deck, Deacon. Sollte es Ärger geben, haben Sie Ihre Befehle.« Er wandte sich an den Bootssteurer. »Nehmen Sie sich vier Mann.« Starr hatte sie selbst ausgesucht, alles Männer aus der ersten Besatzung der *Anemone*. Angenommen, der Skipper sprach die Wahrheit? Dann mußten sie die Brigg freilassen. Trevenen würde daraus einen riesigen Fall machen, sogar sein Onkel würde nicht helfen können. Der Gedanke ärgerte ihn.

»Zeigen Sie mir die Karte!« Sie kletterten die schwankende Treppe in den winzigen Kartenraum hinab. Er studierte die Eintragungen, die im Vergleich zum Marinestandard sparsam und nachlässig waren. Old Partridge wäre tot umgefallen, wenn er sie gesehen hätte.

Die *Eaglet* war kein Sklavenhändler. Es gab noch nicht mal Handschellen, deretwegen man sie nach dem Antisklavereigesetz hätte festhalten können. Starr stand an der Treppe und schüttelte den Kopf.

Wieder an Deck überlegte Adam genau. Proviant, Mehl, Öl, sogar Schießpulver, aber das ware kein Verbrechen.

Der Skipper grinste ihn an, und von seiner Besatzung kamen spöttische Bemerkungen. »Bootsmann! Rufen Sie das Boot heran, damit es seine Freunde holen kann!«

Dunwoody blickte sich um. Er fühlte sich verletzt und war aufgebracht, weil sein Kapitän beleidigt wurde und später mit einer Strafe zu rechnen hatte.

Der Bootsmann war ein riesiger Kerl, dessen schwarzes Haar zu einem altmodischen Pferdeschwanz zusammengebunden war, der fast seinen Gürtel erreichte.

Adam sah seine Männer an. Das war der Moment des Rückzugs, ein gefährlicher Augenblick. Er fuhr herum, als Dunwoody ausrief: »Der Bootsmann, Sir! Er trägt ein neues Entermesser.«

Adam blickte von ihm zu dem mächtigen Kerl. Dunwoody quiekte fast: »Bevor wir England verließen, Sir, habe ich geholfen, den Schoner zu beladen und auszurüsten...« Er schwieg, als er das Begreifen auf Adams Gesicht sah.

»Wie lange haben Sie das Entermesser schon?«

Der Skipper bellte: »Verschwenden Sie nicht unsere Zeit, Leutnant! Gequatsche nützt Ihnen nichts mehr!«

Adams Augen blitzten. »Ihnen auch nicht, *Sir*!«

Der Bootsmann zuckte die Achseln. »Ich bin seit drei Jahren amerikanischer Staatsbürger!« Er klopfte auf das Entermesser, das in seinem Gürtel steckte. »Ein Souvenir aus Tagen unter einer anderen Flagge, *Sir*.« Er spuckte jedes Wort förmlich aus, seine Augen ließen Adams Gesicht nicht los.

»Nun dann.« Adam griff nach seinem Säbel, und er spürte, daß sich die Marines in seinem Rücken bewegten. »Mein Fähnrich hat mich an etwas erinnert, an den Schoner *Maid of Rye*. Sie war gerade in den Dienst übernommen worden und ist vor mir zum Kap ausgelaufen. Man hat nie wieder von ihr gehört, folglich dachte man, sie sei in einem Sturm verlorengegangen.« Wie konnte er so ruhig bleiben, wenn doch jede Faser danach schrie, den Mann in Stücke zu hauen?

Der Skipper mischte sich hitzig ein. »Also sind wir jetzt Strandräuber, oder was?« Aber er klang weniger selbstsicher.

Adam ignorierte ihn. »Ich habe meine Männer über den Schoner reden hören, und mein Waffenmeister hatte bemerkt, daß er das erste Schiff Seiner Majestät sei, der mit den neuen Entermessern ausgerüstet wurde.« Seine Hand flog mit der nackten Klinge in die Höhe. »Und mir scheint, das ist noch keine drei Jahre her!« Scharf fuhr er fort: »Packen Sie ihn, Sergeant!« Der erstaunte Seemann wich zurück, überrascht vom schnellen Stimmungsumschwung. Adam fügte hinzu: »Ich würde keinen Widerstand leisten. Mein Sergeant ist bekannt für sein heißes Temperament!«

Der Bootsmann brüllte: »*Tut doch was!* Was zum Teufel ist los mit euch?«

Adam erläuterte: »Dieser Mann wird auf mein Schiff gebracht und in Kapstadt seiner Strafe zugeführt. Er kann das Entermesser nur von der *Maid of Rye* haben. Entweder Meuterei oder Piraterie, das können sie sich aussuchen. Wenn Sie, wie Sie behaupten, in der Königlichen Marine gedient haben, kennen Sie die Strafe.«

Er drehte sich zu Deacon um: »Zieht ihn aus!«

Zwei Marines rissen ihm das Hemd herunter. Der Rücken war voller tiefer schwarzer häßlicher Narben, wie bei Trevenens Opfern, dachte Adam bitter.

Der Skipper mischte sich ein. »Dies ist ein neutrales Schiff, Leutnant!«

Der Bootsmann kniete auf den Planken, als Starr das Entermesser in das Deck trieb.

»Du Bastard, was hast du mit den armen Kumpels gemacht, frage ich mich?«

Der Bootsmann verlegte sich aufs Bitten: »Es war nicht mein Fehler, Sir!« Sogar der amerikanische Akzent war verschwunden. »Sie sollten mir glauben!«

Adam blickte ihn an. Es war wenig genug, was sie hatten, und wäre Dunwoody nicht gewesen, hätten sie es übersehen. Er war überrascht, wie gleichmütig er klang: »Kapitän Tobias, Ihr Schiff ist zwecks weiterer Untersuchungen beschlagnahmt. Sollten sich Deserteure unter Ihrer Mannschaft befinden, werden sie wieder dem Dienst der Flotte verpflichtet. Für das Verstecken dieses kriecherischen Subjekts können auch Sie der Mitwisserschaft an einem schweren Verbrechen auf hoher See beschuldigt werden.«

Noch lange mußte er an die verzweifelten Worte des Skippers denken. Er hatte über das Deck der Brigg geblickt und leise gesagt. »Dies Schiff ist alles, was ich habe.«

Das hätte Adam nach einem Kriegsgericht auch gedacht, hätte man ihm aufgrund seines Vorgehens die *Anemone* weggenommen. Der Gedanke daran ließ jede Sympathie schwinden. »Signalisieren Sie dem Schiff, Mr. Dunwoody. Ich benötige ein Prisenkommando. Mr. Lewis kann den Vizeadmiral unterrichten.« Er blickte den Skipper an. »Danach werden wir weitersehen.« Ein Boot legte aus *Anemones* Schatten ab. Das gab ihm Zeit, in Ruhe seine weiteren Schritte zu überlegen, so wie er es von seinem Onkel gelernt hatte. Sergeant Deacon trat den zusammengekrümmten Bootsmann mit dem Stiefel. »Was ist mit diesem Schwein?«

»Legen Sie ihn in Eisen, und schicken Sie ihn mit dem Kutter hinüber.«

Der amerikanische Skipper meinte: »Für einen einfachen Leutnant maßen Sie sich eine Menge Entscheidungsfreiheit an!«

»Ich habe gelogen. Ich kommandiere die *Anemone*. Kapitän Adam Bolitho, zu Ihren Diensten.«

Er sah die Verzweiflung in den Augen des anderen Mannes und knurrte kalt: »Sagen Sie mir Ihren wahren Bestimmungsort, Kapitän Tobias. Wären Sie ein Feind, würde ich Ihr Schweigen respektieren, aber jeder, der unter dem Deckmantel der Neutralität meinem Land zu schaden versucht, kann keine Gnade von mir erwarten.«

Er hörte die Rufe vom anderen Langboot und sah, wie der Mann mit sich kämpfte. Der Bootsmann brüllte: »Sagen Sie es ihm, Sie feiger Hund! Ich werde nicht für Sie nach der Flöte des Henkers tanzen!« Er bäumte sich auf, als die Marines ihm Fußfesseln anlegten. »Es ist eine Insel mit dem Namen Lorraine! Dahin geht's!«

Adam blickte den Skipper an und sah, wie er zusammensackte. »Kapitän Tobias, Sie haben Ihre Chance vertan. Schade.« Mehr Männer schwärmten über das Deck aus, und scharf befahl er: »Nehmt ihn auch mit!«

Adam sah Lewis, der sich mit schiefem Hut durch die Menge schob. »Entwaffnen Sie diese Männer und lassen Sie sie ständig von den Seesoldaten bewachen!«

Er blickte auf das sich entfernende Boot und wandte sich ab. Er konnte es nicht ertragen, wie Tobias seinem eben verlorenen Schiff nachblickte.

»Sie segeln nach Kapstadt und berichten meinem Onkel. Ich gebe Ihnen Befehle mit. Können Sie das ausführen?«

Er sah, daß Starr den Sergeanten anstieß. Sie wußten natürlich, daß Lewis Prisenkapitän wurde, weil er von den drei Leutnants der Fregatte der unfähigste war.

»Aye, aye, Sir!«

»Hören Sie auf Deacons Ratschläge. Er war früher bei einem Sklavenaufstand dabei, er weiß, wie man sich zu verhalten hat.«

Er legte seine Hand auf die Schulter des Fähnrichs. »Lorraine Islands, Mr. Dunwoody. Ein unwirtlicher Ort, aber nicht weit von Mauritius oder Bourbon. Ich hätte alleine darauf kommen sollen. Ohne Sie . . .« Er schüttelte ihn leicht. »Nun, denken wir nicht daran, wir kehren zurück auf das Schiff.«

Die Mannschaft der Brigg wurde entwaffnet und in Wachen eingeteilt. Es gab keinen Widerstand mehr.

Zurück an Bord der *Anemone*, verlor Adam keine Zeit mit viel Erklärungen an Martin, Dacre, den Zweiten und natürlich den Segelmeister Old Partridge.

»Sie hat genug Nachschubgüter für ein wesentlich größeres Schiff an Bord, bei einer gründlichen Durchsuchung wären wir vermutlich noch auf andere Beweise gestoßen. Mein Sekretär soll Befehle für Mr. Lewis schreiben. Danach liegt es an uns!«

Martin stöhnte: »Es kann Wochen dauern, ehe er unser Schiff findet, Sir!«

Adam blickte in die angespannten Gesichter und lächelte leicht. »Aber wirklich, Aubrey, haben Sie gehört, daß ich etwas von Abwarten gesagt hätte?« Er sah, daß Starr mit dem Entermesser in der Hand nach achtern ging. »Es hing an dieser einfachen

Klinge und der schnellen Auffassungsgabe von Fähnrich Dunwoody...« Er grinste plötzlich. »Aber wir haben Probleme genug. Also, auf geht's!«

Partridge unterdrückte ein Grinsen. Es war, als ob sein Onkel zu ihnen sprach.

XII Vertrauen

Old Partridge lehnte an der weißgestrichenen Holzwand und beobachtete seinen Kapitän und die Leutnants beim Kartenstudium. Draußen war finstere Nacht, der Himmel war bedeckt mit Millionen Sternen. Einige waren so groß, daß sie gleich über der schaukelnden Mastspitze zu stehen schienen, andere so schwach und weit, daß sie auch zu einem fernen Planetensystem gehören konnten.

Das Schiff segelte unter stark gerefften Marssegeln, den Stagfocks und dem Besan. Es bewegte sich unruhig, aber stetig, nach Nordosten. Morgen würde es zwei Tage her sein, daß die Prise *Eaglet* sie verlassen hatte.

Adam beugte sich über die Karte und blickte auf das Ziel, das ihnen der Gefangene verraten hatte. Partridge hatte ihm schon erklärt, daß die Insel Lorraine so gut wie unbekannt war und die Karten unzuverlässig. Es gab eine große Lagune, aber kein Frischwasser, noch nicht einmal Holz für Reparaturen oder das Kombüsenfeuer. Es klang nach einer der Inseln, die Catherine nach der Strandung beschrieben hatte.

Partridge hatte betont, daß sie für den nicht Ortskundigen gefährlich war. Adam lächelte. Wie alles im großen Indischen Ozean. Aus strategischen Gründen hatte diese Insel, wie fast jede in dieser Gegend, häufig den Besitzer gewechselt. Es spielten auch andere Gründe eine Rolle, wie etwa die Suche nach einem Handelsplatz oder Schutzhafen, wenn die schweren Stürme kamen. So wie bei Mauritius, das etwa einhundertfünfzig Seemeilen weiter westlich lag und zuerst von den Arabern, dann von Portugiesen beherrscht wurde. Schließlich kamen die Holländer, die sie nach dem Prinzen Maurice von Nassau benannten. Nach den Holländern kam die Ostindische Kompanie, die dem Ort aber nicht zu Aufschwung verhelfen konnte und sich wieder zurückzog. Seitdem beherrschten die Franzosen die gesamte Inselgruppe. Doch beschäftigte nur eines Adams Gedanken: Lorraine.

Eine Insel war immer einfacher zu verteidigen als einzunehmen. Das hatte sein Onkel viele Male gesagt. Und wenn der Angriff schließlich durchgeführt wurde, würden die Kommandanten der Kriegsschiffe und Armeetransporter über berichtigte Karten verfügen. Nichts über Lorraine zu wissen, bedeutete im dunkeln zu tappen.

Der neue Offizier der Royal Marines, der für seinen unglücklichen Vorgänger Leutnant Montague Baldwin in Portsmouth an Bord gekommen war, bemerkte mit seinem affektierten Akzent: »Sollte dort ein feindliches Schiff liegen, Sir, wird es bald wissen, daß wir kommen.« Als er auf die Karte schaute, leuchtete sein Uniformrock unter den Deckenlampen wie Blut. »Wenn ich eine Abteilung im Schutze der Dunkelheit landen würde, könnten wir Ihnen beim Einlaufen Hilfestellung geben.«

Leutnant Martin runzelte die Stirn. »Da sind jede

Menge Riffe, und Sie würden wahrscheinlich mehr Lärm verursachen als wir.«

Leutnant Dacre ergänzte: »Wir sollten die Insel morgen in Augenschein nehmen.« Er grinste den Navigator breit an. »Das ist jedenfalls meine Meinung.«

Adam blickte sie an. Die Gefahr wirkte stimulierend. Eine Herausforderung, die man annehmen, respektieren und manchmal fürchten mußte. Er war ihr Kommandant. Von seinen Fähigkeiten hingen ihre Reputation und ihr Leben ab.

Er spürte wieder diesen Stolz, der sogar den Gedanken an den Brief, den er Zenoria geschrieben hatte, aus seinem Kopf verdrängte. Hiervon hatte er als Fähnrich geträumt. Er hatte von allen gelernt, die ihn auf dem Weg zu diesem Schiff, seiner *Anemone*, begleitet hatten: sein Onkel, Valentine Keen und sogar Herrick mit seiner soliden Erfahrung. Er hätte fast gelächelt. Niemals würde er Alldays Anteil vergessen. Ein Mann der See, ein wahrer Freund.

Martin schlug vor: »Was ist mit den Gefangenen, Sir? Können die uns nicht helfen?«

Adam blickte auf, seine Augen in die Ferne gerichtet. »Kapitän Tobias? Ich könnte ihn um Rat bitten, weil er die Örtlichkeiten kennt, und dann das Gegenteil tun. Denn er würde uns sicher auf ein Riff lotsen, selbst wenn wir ihn in das Kabelgatt sperren würden, wo er als erster ersaufen würde.«

Martin stimmte zu. »Dann der Bootsmann?«

Adam spürte, wie das Schiff erzitterte, als ob es aus dem Ruder gelaufen wäre; dann sah er die Laternen kreisen, als es wieder in ein langes Wellental fiel.

»Es ist eine Überlegung wert.« Wie die meisten einfachen Seeleute würde der Mann nur wenig wissen, was über seine Pflichten hinausging. Üblicherweise konnten sie die tägliche Navigation bewältigen und die Mittagsbreite mit dem Sextanten nehmen. Doch die Beschäftigung mit Seekarten lag außerhalb ihrer direkten Aufgaben. Viel gefährlicher war, daß der Mann, der wegen des Vorfalls auf der *Maid of Rye* um sein Leben fürchten mußte, alles mögliche erzählen würde, nur um sich bei seinen Gegnern beliebt zu machen.

»Die Brigg hatte genug Versorgungsgüter an Bord, um ein größeres Schiff für längere Zeit auszurüsten. So mußten sie keinen Haupthafen mehr anlaufen und sich der Gefahr aussetzen, daß es von einer unserer Patrouillen aufgespürt wird. Wenn wir denn welche hätten.« Er lächelte trocken.

»Könnte es der Yankee sein, die *Unity*, Sir?«

»Glaube ich nicht. Die muß sich nicht verstecken, außer hinter ihrer ›Neutralität‹. Ihre Anwesenheit hier draußen und ihr offenes Zeigen der Flagge mitten im Kriegsgebiet sind viel effektiver. Ihr Kommandant läßt sich das natürlich nicht entgehen.«

Angenommen, es war Baratte? Adam spürte, wie sein Blutdruck stieg. Noch eine Fregatte vielleicht? Keine gewaltigen Flotten, keine endlosen Flaggen und Gegensignale. Schiff gegen Schiff, Mann gegen Mann. Wie sein Onkel. *Wie mein Vater.*

Er entschied sich. »Mr. Partridge hat zwei mögliche Ansteuerungskurse eingetragen, und, was ebenso wichtig ist, einen Fluchtweg, falls der Feind dort ist und versucht, offenes Wasser zu erreichen, in dem er entweder kämpfen oder türmen kann, ganz wie es ihm beliebt.« Er sah ihre angespannten Gesichter, alle hatten den unbekannten Feind jetzt vor Augen.

»Wir waren schon unterbemannt, bevor wir das Prisenkommando abgesetzt haben. Wir können es uns nicht leisten, zu entern oder geentert zu werden, wenn der Gegner ungefähr unsere Größe hat.« Er blickte die Leutnants an. »Gehen Sie durch Ihre Divisionen und sprechen Sie mit den Geschützführern. Alle drei Fähnriche müssen genau instruiert werden, damit sie wissen, was von ihnen erwartet wird.« Er grinste, als er hinzufügte. »Außer dem jungen Dunwoody, der scheint heller zu sein als sein Kapitän.«

Auf dem Vorschiff wurde eine Glocke angeschlagen, deren Klang sich in den Geräuschen der See verlor wie in einer Unterwasserkapelle. »Morgen um diese Zeit . . .«, er schaute auf die Karte, als könne er die Insel, die Lagune, das Fehlen genauer Lotungen und Peilungen vor sich sehen, ». . . werden wir Klar-Schiff-zum-Gefecht machen, und ich werde selber durch das Schiff gehen.« Er dachte an seinen Onkel, der damals Kommandant war und durch die *Hyperion* gegangen war, ohne den Männern seine Zweifel und Ängste gezeigt zu haben. *So muß ich auch sein. Ich darf es niemals vergessen.* »Im ersten Morgengrauen werden wir einlaufen . . .«

Der Leutnant der Seesoldaten meinte nüchtern: »Weihnachten, Sir!«

Martin ergänzte: »Die Männer werden Ihnen vertrauen, Sir!«

Es blieb Old Partridge überlassen auszusprechen, was sie alle dachten: »Und dem lieben Gott, hoffe ich!«

Kapitän Adam Bolitho lag auf dem Rücken unter den großen Heckfenstern seiner Kabine und starrte, ohne zu Zwinkern, zum Oberlicht empor. An Deck war noch alles ruhig. Auf dem Glas lag zuviel Salz, als daß man die Sterne hätte sehen können. Die *Anemone* glitt wie ein Schatten durch die Nacht. Die Geschützpforten verschlossen, Niedergänge und Oberlichter abgedeckt, die Anzahl der Lichter auf ein Minimum reduziert. Sogar das Schiff selbst schien ruhiger zu sein als sonst, schoß es ihm durch den Kopf. Ab und zu klatschten nackte Füße über das Deck, dann der harte Schritt eines Leutnants oder Deckoffiziers. Er hörte das Knarren des Ruders, wenn es aus dem Wasser kam, dann folgte das Gurgeln der Welle, wenn es wieder eintauchte. Er setzte sich auf und fuhr mit den Fingern durch sein strubbeliges Haar. Was hielten seine Offiziere von dem Unternehmen, was dachten sie *wirklich*? Wie schätzten sie den Angriff ein? Die Lagune mochte leer sein, wenn sie sie irgendwie erreichten, und er wettete, daß viele seiner Männer beteten, daß es so sein möge. Aber er spürte tief in seinem Inneren, daß der Feind da sein würde. Und er hatte sich entschieden, den Weg durch die Riffe und verborgenen Sandbänke zu suchen, um sich dem Feind zu stellen. Einige mochten seinen Plan als Wahnsinn ansehen, als pure Ruhmsucht. Er versuchte sich mit einem Lächeln zu beruhigen. Davon konnte keine Rede sein.

Partridge hatte zwei Ansteuerungen in die Lagune ausgearbeitet, doch selbst er hatte keine Erfahrung mit diesem schwierigen Ort. Welche war die richtige?

Erfolglos hatte er mit dem Skipper der *Eaglet,* Joshua Tobias, gesprochen. Sollte Tobias überleben, war es unwahrscheinlich, daß man ihn und sein Schiff auf amerikanischen Druck hin freigab. Eine Einmischung, und sei es auch nur, um sich selbst zu retten, würde ihn noch tiefer hineinreiten.

Er war plötzlich ärgerlich. Warum riskierte er die *Anemone* und das Leben der Männer auf einen bloßen Verdacht hin? Blieb er vor der Küste, würde ihn der Feind sehen und vielleicht sicher vor Anker liegenbleiben; flüchtete er, konnten sie es auf offener See ausfechten. Die Alternative war, die Ausfahrten zu blockieren und abzuwarten, bis Hilfe kam. Es konnte Wochen dauern, bis Leutnant Lewis auf seinen Onkel oder eine der Patrouillen traf. Und was war, wenn ein weiterer Feind in der Zwischenzeit eintraf, vielleicht Baratte persönlich? Sein Kopf schmerzte, als er alle Möglichkeiten bedachte.

Er sprang auf und durchquerte die Kabine. Er spürte, wie sich das Schiff unter seinen nackten Füßen hob und senkte und sich unter dem Druck der Segel leicht nach Steuerbord neigte. Der Posten ließ beinahe seine Muskete fallen, als er eine der Türen aufstieß. Er hatte offensichtlich im Stehen geschlafen.

»Sir?« Das Weiße in seinen Augen schien in der Laterne zu glühen.

»Holen Sie den...« Er zögerte und sah, daß der Erste die leere Messe verließ. Sie begrüßten sich wie alte Freunde, und Adam fragte: »Können Sie auch nicht schlafen, Aubrey?« Martin versuchte ein Gähnen zu unterdrücken. »Ich habe die Morgenwache, Sir.« Auch er lauschte auf die Geräusche des Schiffes um sie herum. Dann folgte er Adam in die Kabine, und der Posten döste wieder ein. Adam streckte ihm eine Hand entgegen. »Frohe Weihnachten, Aubrey.« Es klang so gelassen, daß er beinahe gelacht hätte.

Martin setzte sich. »Ich kann es kaum glauben.«

Adam nahm eine Flasche aus dem Schrank und zwei Gläser. Das gab ihm Zeit zum Überlegen. Es gab niemanden, den er fragen konnte. Zeigte er auch nur einen Anflug von Unsicherheit, würden sie das Vertrauen in ihn verlieren. Und genau das war die Trennlinie zwischen Leben und Tod.

Adam goß Rotwein in die Gläser. Martin sah ihn an. »Auf die Frauen, Sir!«

Sie tranken, und Adam dachte wieder an den Brief. *Wenn du wüßtest!*

»Ich möchte einen guten Mann im Masttopp, Aubrey. Jorston soll das machen. Er ist ein erstklassiger Seemann, der Segelmeister werden kann, sobald wir ihn entbehren können. Er erkennt den Verlauf des Grundes und der Tide auf einen Blick.«

Martin sah zu, wie der Kapitän die Gläser wieder füllte.

Adam fuhr fort: »Beide Anker klarmachen zum Fallen.«

Martin wartete ab, dann fragte er: »Denken Sie, es wird zum Kampf kommen, Sir?«

Adam schien weit weg zu sein. »Ich weiß es.«

Plötzlich war er hellwach. »Lassen Sie den Gefangenen holen, den Bootsmann – Richie, nicht wahr?«

Martin starrte ihn an. Wie konnte er sich an solche Details erinnern? Adam lächelte. »Informieren Sie den Profos. Ich möchte Sie bei mir haben.« Er hätte auch sagen können, ich *brauche* Sie hier. Während sie den Wein tranken, sprachen sie kaum, sondern lauschten auf das Schiff und die See. Jeder hing seinen Gedanken nach.

Die Türen öffneten sich, und der Bootsmann

wurde vom Profos und dem Korporal hereingeführt. Er schlurfte über das schräge Deck. Richie trug Fußfesseln, jeder Schritt war langsam und mußte schmerzen. Er stand still und blickte auf den jungen Kapitän hinab, den er für einen schlichten Leutnant gehalten hatte.

»Ich hab' nichts mehr zu sagen.«

Der Profos zischte: »Sir!«

Adam meinte: »Einen Stuhl, Korporal.« Der Mann setzte sich schwerfällig. »Warten Sie draußen, Profos.« Die beiden Hüter der Schiffsdisziplin gingen verwundert hinaus.

Adam sagte: »Ich muß verschiedene Dinge wissen. Erstens, welche Rolle haben Sie beim Verlust der *Maid of Rye* gespielt?«

Der Mann schien verwundert, so als hätte er etwas anderes erwartet.

»Nichts, Sir!« Er sah, daß sich Adam umdrehte, als wolle er den Profos wieder hereinholen und rief laut: »Ich schwöre bei Gott, das ist die Wahrheit!«

Adam beobachtete ihn. »Ich höre.«

Richie blickte zu Martin, als ob er auf seine Hilfe hoffte. »Sie ist im Golf von Guinea auf Grund gelaufen. Es gab einen fürchterlichen Sturm, und auch wir verloren ein paar Segel, bevor wir uns freikreuzen konnten.«

»Warum haben Sie Ihren Kapitän einen Feigling genannt? Weil er nicht für Sie eingetreten ist, als wir die *Eaglet* geentert haben?«

Richie blickte auf seine Fußeisen, als wäre er geschockt darüber, was er dort sah. »Er wollte dem Schoner nicht helfen. Ein paar Leute hatten sich an Land gerettet – nicht allzu viele, glaube ich. Wir wußten damals noch nicht, daß es ein Kriegsschiff war. Die Männer, die den Strand erreichten, wurden von Eingeborenen empfangen. Sie hackten sie in Stücke. Sogar gegen den Wind hörten wir ihre Schreie!« Er schüttelte sich. »Wahrscheinlich dachten sie, es wäre ein verdammter Sklavenjäger.«

Adam griff nach dem Entermesser, dem neuen mit der kurzen Klinge. Richie blickte es trübe an. »Wir haben nur einen Mann gerettet. Er war über Bord gegangen, als das Schiff auflief. Ich sprang ins Wasser, obwohl mich der Skipper zurückhalten wollte. Er hatte Angst, daß unser Schiff dem Schoner auf den Strand folgen würde.«

Adam fragte sich, wie viele Männer der *Anemone* wohl schwimmen konnten. Sehr wenige vermutlich. Er blickte auf das Entermesser. Der Mann mochte lügen. Andere Männer der *Eaglet* würden die Geschichte bestätigen können – oder auch nicht. Aber das würde lange dauern. Vielleicht würden sie die Wahrheit niemals erfahren.

Richie fuhr fort. »Der Mann lebte noch etwa eine Stunde. So erfuhren wir, daß es ein Schiff des Königs war. Er war ein Matrose, genau wie ich auch.« Er klang müde, so als ob er das Todesurteil schon gehört hätte.

»Woher kommen die Narben auf Ihrem Rücken? Ein gestreiftes Hemd an der Gräting?«

»Jawohl, Sir.«

Adam stand auf und ging wieder zum Schrank. Er spürte, wie ihn die Augen des Mannes verfolgten.

»Sie kennen die Insel Lorraine, Richie.« Er sah, wie der Mann den Cognac beobachtete, der schräg im Glas hochstieg, als sich das Schiff wieder auf die Seite legte. »Sie sind viele Male dort gewesen?«

»Einmal, Sir. Nur einmal.«

Adam blickte in Martins besorgtes Gesicht. »Einmal.« Er hielt ihm das Glas hin. »Trinken Sie das, Mann.« Richie verschluckte sich fast, hörte aber nicht auf, bis das Glas leer war.

»Wir spielen hier nicht Karten, Richie. Mein Schiff und Ihr Leben sind ein zu hoher Einsatz. Sie sind aus der Navy desertiert?« Der Mann nickte verzweifelt. »Unterstützung des Feindes, im Besitz eines Entermessers, das vielleicht zufällig in Ihre Hand gekommen ist – vielleicht auch nicht.« Er goß Cognac nach. »Nur nicht hängen, nicht wahr?« Er zwang sich fortzufahren: »Haben Sie schon mal gesehen, was es heißt, durch die Flotte gepeitscht zu werden? Der Strick ist eine Wohltat dagegen.« Er sagte es so scharf, daß sogar Martin zusammenzuckte. »Auf welchem Schiff haben Sie gedient? Ich will die Wahrheit hören.«

Richies rotgeränderte Augen blickten nach unten. »Das letzte war die *Linnet*, eine Kriegsslup. Ich war Großtoppmann. Ich bin abgehauen, ich konnte es nicht mehr ertragen.«

Adam beobachtete ihn. Die Narben des Mannes sprachen für sich. Vielleicht hatte er es verdient. Er hielt den Atem an, als der Mann sein Kinn vorschob und ihm gerade in die Augen blickte. Es war, als ob er einen anderen Menschen vor sich hatte.

»Davor war ich auf der alten *Superb*, Sir, Kapitän Keats. Das war ein Kerl.«

Adam sah Martin an. »Ja, ich weiß.«

Füße waren an Deck zu hören, und es lachte jemand. Adam blickte sich in der Kabine um, die man bald ausräumen würde. Klar zum Gefecht, und einen

Kampf würde es auch geben. Er kannte das Gefühl: Es war wie Übelkeit. Trotzdem hatte jemand gelacht. Es war Weihnachten.

»Vertrauen Sie mir, Richie, so wie Sie Kapitän Keats vertraut hätten. Ich verspreche Ihnen, daß ich mich später für Sie einsetzen werde.« Die Worte schienen in der Luft zu hängen.

Der Mann sah ihn ernst an. Er schien sich gefangen zu haben und nicht nur wegen eines Versprechens, das vielleicht nicht eingehalten wurde.

»Jawohl, Sir.« Er nickte langsam, dann fragte er: »Die Eisen, Sir?«

Adam blickte Martin an. *Er hält mich wahrscheinlich für verrückt.* »Lassen Sie sie abnehmen.« Die Eskorte trat wieder ein, und Richie wurde weggeführt.

Tue ich recht daran, ihm zu vertrauen? Doch er sagte nur: »Lassen Sie mich jetzt allein, Aubrey.« Als sich Martin zum Gehen wandte, fügte er hinzu: »Wir sehen uns bei Morgengrauen.«

Als sich die Tür geschlossen hatte, setzte er sich und blickte auf den leeren Stuhl. Es war seltsam, daß er über Richie mehr wußte als über die meisten Männer seiner Besatzung. Auf das Wort eines Deserteurs hin schoß das Schiff vorwärts durch die Nacht, abhängig von den Fähigkeiten der Männer, die von Preßpatrouillen eingefangen worden waren. Wahrscheinlich hatten viele von ihnen vorher noch kein Schiff betreten. Das war wenig genug.

Er war überrascht, weil seine Zweifel fort waren. Sie hatten jetzt ein Ziel, weil er so entschieden hatte.

Er legte ein Blatt Papier auf den Tisch, und nach einem Augenblick begann er zu schreiben.

Meine liebe Zenoria. Am Weihnachtstage des Jahres 1809 segeln wir in ein Gefecht. Der Ausgang ist ungewiß, aber mein Herz ist stark, weil ich an dich denke ...

Er stand auf, zerknüllte das Papier und warf es dann aus dem Heckfenster.

Eine Stunde später kletterte er auf das Achterdeck. Alle beobachteten ihn. Er trug ein sauberes Hemd, seine Hosen und Strümpfe glänzten wie Schnee. An alle gewandt, sagte er: »Hoffentlich werden wir ein schönes Weihnachtsfest haben!« Zum Ersten meinte er: »Schicken Sie die Männer zeitig zum Frühstücken und richten Sie dem Zahlmeister aus, daß ich heute eine gewisse Großzügigkeit von ihm erwarte.«

Ein paar Männer lachten. Adam blickte zum Horizont, oder dorthin, wo er sein sollte.

»Ich gehe jetzt durch das Schiff, Aubrey.« Er verdrängte den Brief, den sie niemals lesen würde, aus seinen Gedanken. »Danach können Sie Schiff-klar-zum-Gefecht anschlagen lassen.«

Die Karten lagen auf dem Tisch.

»Schiff ist klar zum Gefecht, Sir.« Martin sah zu seinem Kommandanten hinüber, der an den festgepackten Finknetzen stand.

»Danke.« Adam blickte zum Himmel empor. Es wurde heller. Man konnte schon die Bugseen erkennen, den Schaum, wenn das Schiff in eine lange Welle einsetzte, die dann nach achtern in der Dunkelheit verschwand. Gesichter gewannen an Schärfe und wurden zu Persönlichkeiten. Die Geschützführer und die alten Hasen erklärten nochmals ruhig alle Handgriffe, als ob alles andere uninteressant wäre.

Leutnant Baldwins Seesoldaten nahmen ihre Plätze an den Finknetzen ein oder waren schon oben in den Kampfständen, um den Feind mit ihren Musketen oder den tödlichen Drehbrassen, die sich auf jeder Mars befanden, niederzustrecken. Bald würde man alles wieder erkennen können. Außer den beiden Kranken im Lazarett, die selbst zum Bedienen der Pumpen zu schwach waren, waren alle für den Ernstfall gewappnet. Die Uniformröcke der Marines sahen im ersten Licht sehr dunkel aus. Alles war ruhig. Es war ungewöhnlich, daß man Sergeant Deacons rauhe Stimme nicht vernahm, der seine Leute zu scheuchen pflegte.

Old Partridge schaute mißtrauisch zu dem freigelassenen Gefangenen hinüber, der neben dem Bootssteuerer des Kommandanten stand. Adam wußte, daß der Navigator nicht einverstanden war, doch er hatte sich entschlossen, das zu ignorieren. Sie hatten erbärmlich wenig Anhaltspunkte. Jorston, ein Steuermannsmaat, der zur Beförderung anstand, saß mit einem Fernglas oben auf der Saling, obwohl in erster Linie sein seemännischer Instinkt gefragt war.

Es war jetzt schon viel heller, und Adam sah, daß verschiedene Matrosen an den Kanonen lange Hälse machten, um etwas zu entdecken. Er überlegte nochmals, ob er etwas vergessen oder übersehen hatte. Aber sein Kopf schien plötzlich leer zu sein, seine Glieder waren leicht und entspannt. Das hatte er schon oft vor einem Gefecht erlebt. Beinahe hätte er gelächelt. Wie würden alle lachen, sollte kein feindliches Schiff in der Lagune liegen oder nur ein friedlicher Handelsmann, der Reparaturen durchführte. Unwahrscheinlich, sagte er sich, denn Mauritius war für ein normales Schiff nur eine Tagesreise entfernt. Er dachte an die machtvolle *Unity*. Beer würde es sich sehr überlegen, sie an einen so gefährlichen Platz zu bringen. Er hörte Partridge mit einem der Steuermannsmaaten flüstern. Sie sahen aus wie Verschwörer.

»Wer steht zum Loten in den Rüsten, Mr. Martin?« Die Formalität verriet seine Aufmerksamkeit.

»Rowlatt, Sir.«

Wieder einer, der von Anfang an dabei war.

»Ein guter Mann.«

Er ging zum Kartentisch hinüber, den Partridge von unten mitgebracht hatte, und bat Richie: »Erklären Sie es mir noch einmal.«

Der große Bootsmann beugte sich über die Karte und berührte sie vorsichtig mit seinem Finger.

»Sie sieht ganz gut aus, Sir. Die Lagune liegt in der südöstlichen Ecke, und das Riff reicht ungefähr zwei Meilen weit hinaus. Auf der anderen Seite der Einfahrt liegen Felsen.« Überraschend blickte er zu der großen roten Kriegsflagge auf, die an der Gaffel wehte.

Ein echter Seemann, dachte Adam. Um sich von dem langen Riff freizuhalten, würden sie ständig wenden müssen, um in die Lagune zu gelangen, die die Form einer großen Flasche zu haben schien. Richie hatte nicht die Flagge interessiert, sondern die Windrichtung, die sie anzeigte. Bei diesem südwestlichen Wind war es für jedes Schiff ein einfaches, aus der Lagune auszulaufen. Hineinkreuzen würde ein langwieriges, ja gefährliches Unterfangen bedeuten.

Er betrachtete Richies markantes Profil. Ein Mann mit einer Geschichte, aber es war jetzt nicht die Zeit, darüber nachzudenken. Scharf erkundigte er sich: »Auf diesem Kurs können wir das Riff passieren, ohne den Kurs stark ändern zu müssen?« Er spürte, daß ihn Martin und Dunwoody beobachteten und Partridge zweifelnd die Stirn krauste.

»So sind wir eingelaufen, Sir. Im Riff ist eine Durchfahrt. Eine Ansammlung von Klippen befindet sich auf der anderen Seite.« Er zuckte die Schultern, das war alles, was er wußte. »Der Skipper behielt sie in Linie, in Deckpeilung, wie er sich ausdrückte.«

Das konnte er sich nicht aus den Fingern gesaugt haben. Aber seit er als Fähnrich auf das Schiff seines Onkels gekommen war, hatte er gelernt, auf seine innere Stimme zu hören. Als Wachoffizier und jetzt als Kapitän zur See hatte er immer einem Riff in Lee mißtraut, denn jede freie Minute wurde es schwieriger, die Strandung zu verhindern.

Richie blickte ihn an. Ängstlichkeit, Hoffnung, aber auch Furcht erschienen wieder in seinen Augen. Es wäre nutzlos, ihn zu bedrohen, wahrscheinlich eher gefährlich. Adam dachte an den Skipper der *Eaglet*, der unter Deck unter Bewachung stand. Der hatte diese Ansteuerung schon häufiger gemacht, wahrscheinlich öfter, als sich Richie träumen ließ. Er würde jetzt lauschen, darauf hoffen, daß Adam seine schöne *Anemone* in ein entmastetes Wrack verwandelte, den Kiel an einem Riff gebrochen.

Er befahl: »Mit dem Loten beginnen!«

Er beobachtete, wie der Lotgast in den Vorrüsten die Leine mit dem schweren Lotkörper im Halbkreis zu schwingen begann, bis das Lot weit über der schäumenden Bugwelle schwebte. Der Matrose war ein guter Lotgast und sah unbeeindruckt aus, als die Leine mit ihrem ganzen Gewicht an seinem Körper zerrte. Das Licht war noch zu schlecht, um zu sehen, wie der Lotkörper weit voraus flog und die Leine dann auf und nieder kam.

»Kein Grund!«

Partridge murmelte düster: »Es wird schlagartig flach werden, Sir.« Seinem Maaten flüsterte er zu: »Ich schlitze dem Bastard den Bauch auf, wenn er uns auf das Riff setzt!«

Adam entfernte sich von den anderen und erinnerte sich an seinen Rundgang durch die Messedecks, bevor die Männer auf die Gefechtsstationen gerufen worden waren. Es waren bekannte Gesichter darunter gewesen, aber auch viele fremde. Vielleicht hätte er sich mehr darum bemühen sollen, diese Kluft zu überbrücken, anstatt die Segelmanöver und den Geschützdrill zu perfektionieren? Er verwarf den Gedanken wieder. Sein Onkel hatte immer gesagt, daß nur Zusammenarbeit zum Respekt der Männer untereinander führte. Doch Loyalität mußte man sich verdienen.

Er sah den jüngsten Fähnrich, Frazer, der in Portsmouth eingestiegen war. Er war eifrig und voller Erregung, ganze dreizehn Jahre alt, wirkte aber jünger. Er blickte auf die See hinaus, und seine Hand schloß und öffnete sich um seinen Spielzeugdolch. Er war ganz in Gedanken versunken.

»Die Sonne geht auf.« Aber niemand antwortete.

Die letzten Schatten verschwanden aus den langen Wellentälern, und die Wogen schimmerten wie geschmolzenes Glas. Die Farbe des Wassers hatte sich geändert, es war jetzt hellgrün. Etwas Morgendunst lag darüber, der sich mit dem Wind bewegte, so daß das Schiff zu stehen schien.

Das erste Sonnenlicht fiel auf das Deck, beschien die Kanoniere mit ihren Rammstäben, die Auswischer, die Sandeimer, in denen Lunten steckten, für den Fall, daß die Feuersteinzündung versagen sollte. Auf den Decks unten den Laufgängen war Sand gestreut worden, damit die Männer nicht ausrutschten, wenn eine Welle hereinspülte. Adam biß die Zähne zusammen. *Oder Blut.* Direkt über ihm bewegte sich wenig, denn die großen Untersegel waren aufgegeit, damit man eine bessere Sicht hatte und das Feuerrisiko vermindert wurde. Auf einem Schiff wie diesem, dessen knochentrockene Holzplanken mit Teer versiegelt waren, konnte schon ein brennender Pfropfen, der aus einer der Kanonenmündungen fiel, gefährlich werden.

Farbe kam wieder in das Rigg, die Jacken der Marines leuchteten scharlachrot, und die Bajonette blinkten wie Eis.

Adam betrachtete aus zusammengekniffenen Augen die wartenden Geschützmannschaften und die anderen Männer und Jungs aller Altersstufen, die darauf warteten, die Rahen zu brassen. Sie kamen aus den unterschiedlichsten Verhältnissen, denn er hatte sich bei seinem Rundgang bei etlichen danach erkundigt. Einige waren erst verschlossen gewesen, hatten dann aber frisch darauflosgeredet, andere waren näher gerückt, um zuzuhören. Viele hatten ihn nur angesehen: ihren Kommandanten, das Symbol ihres Leidens, ihrer Knechtschaft. Es waren überwiegend Männer aus dem Süden und Westen Englands, von Bauernhöfen und aus Dörfern, die das Pech gehabt hatten, den Preßkommandos in die Hände zu fallen.

Der Ruf des Steuermannsmaaten auf der Saling war laut und deutlich: »Brecher voraus!«

Aus den Vorrüsten rief der Lotgast: »Kein Grund, Sir!«

Adam sagte: »Haltet die Augen offen, Jungs!« Er sah, daß Martin ihn anblickte. »Stellen Sie einen guten Bootsmannsmaaten an jeden Anker, Mr. Martin. Sollten wir ankern, müssen wir das Schiff herumreißen!«

»Zehn Faden an der Markierung!«

Adam machte ein ausdrucksloses Gesicht. Partridge hatte recht, es war ein Sockel, der von tiefem Wasser schlagartig auf sechzig Fuß anstieg. Er riß sich von dem Gedanken los, daß *Anemones* Kiel unaufhaltsam auf das Flach zuraste.

Richie stürmte plötzlich los und kletterte, ehe ihn jemand zurückhalten konnte, in die Kreuzmastwanten. Einen Augenblick lang dachte Adam, daß er sich in den Tod stürzen wollte, bevor das Schiff zerschellte. Aber er deutete aufgeregt nach vorn, während er sich mit der anderen Hand an den geteerten Webeleinen festhielt. »Vor dem Leebug, Sir!« Er war ganz aufgeregt. »Da ist die Durchfahrt!«

Adam zog das Teleskop auseinander. Er stellte fest, daß seine Finger plötzlich feucht waren. Er sah die Öffnung im Riff sofort, an beiden Seiten stiegen Spritzwasserwolken in die Höhe und hingen wie ein schimmernder Vorhang in der Luft. Sein Herz klopfte heftig. Die Durchfahrt schien die Größe eines Farmtores zu haben.

»Acht Faden!«

Adam blickte zu Richie. Er wollte ihn fragen, ob er sicher war, aber er wußte, daß er das nicht durfte.

Sollte Richie ihn hinters Licht führen, wäre das Ergebnis dasselbe, als wenn Richie sich getäuscht hätte.

Der Ausguck rief: »Fallen Sie einen Strich ab, Sir!« Er wiederholte es, und Adam bemerkte, daß er nicht reagiert hatte. Sofort befahl er: »An die Brassen, Mr. Martin. Wir steuern Nordost-zu-Ost!«

»Genau sieben Faden!« Der Lotgast klang völlig gleichmütig, als interessierte ihn die abnehmende Tiefe überhaupt nicht.

»Kurs liegt an Nordost-zu-Ost.«

Viele blickten jetzt zur Insel hinüber, die plötzlich ganz nahe schien. Sie war fast durchgehend flach, nur ein Hügel ragte auf wie eine abgebrochene Klippe. Ein guter Platz für einen Ausguck.

Adam ballte die Fäuste. Was interessierte das, sie würden niemals durchkommen. *Anemone* war keine Brigg, ihr Tiefgang betrug nahezu drei Faden.

Wie um ihn zu necken, erklang die Stimme vorne: »Sechs Faden!«

Adam befahl scharf: »Lassen Sie die Stagsegel bergen, Mr. Martin!«

Ihre Augen trafen sich über den nackten Rücken der Seeleute. Es war schon zu spät.

»Genau zehn Faden!«

Adam starrte seinen Ersten an. »Kommando zurück!« Wieder hob er das Teleskop. Überall war Spritzwasser in der Luft, und die Körper der Matrosen, die Kanonen und die Segel glänzten wie nach einem tropischen Regenguß. Zum ersten Mal hörte Adam das Riff, das Donnern und Brüllen der Wogen, die darüber hinwegliefen. Er sah, daß Richie seine Hände zum Gebet faltete. Das Wasser hatte sein Haar und sein Gesicht durchnäßt, aber er schien wie gebannt von dem Anblick. Als er Adam sah, rief er: »Ich hatte recht, Sir! Recht!«

Adam nickte, konnte es selber kaum glauben. »Klar zur Halse, Mr. Martin!«

»An die Brassen! Und etwas plötzlich!«

Die Männer erwachten urplötzlich wieder zu Leben und rannten an die tropfenden, salzharten Tampen.

Der Rumpf bockte, der starke Unterstrom des Riffs packte das Ruder wie ein Seeungeheuer, so daß Partridge drei zusätzliche Männer ans Ruder stellen mußte.

Die Sonne brannte herab, und von den Segeln stiegen Dampfwolken auf, als die Hitze des Tages einsetzte.

»Klar zur Kursänderung! Neuer Kurs: Nordwest-zu-Nord!« Weiter konnten sie nicht in den Wind gehen, aber es reichte aus.

Adam blickte auf die beiden ruhig ankernden Schiffe, bis sein Kopf schmerzte. Es war kaum zu glauben, was sie eben durchlebt hatten. Eins war eine Brigg. Adam spürte, daß sich sein Mund spannte. Das andere eine Brigantine, auf deren Deck sich Männer drängten. Die Fregatte schoß aus dem Dunst auf sie zu, die Masten am Wind weit gekrängt.

Noch bevor der scharfäugige Steuermannsmaat es von seinem luftigen Platz meldete, von wo er dem unausweichlich scheinenden Desaster entgegengesehen hatte, wußte Adam, daß es der Freibeuter *Tridente* war, den sein Onkel in seinem Brief erwähnt hatte.

»Wir greifen beide gleichzeitig an. Es ist zu wenig Zeit und Raum für einen zweiten Anlauf. Also doppelte Ladung, bitte, und ausrennen!« Einen Moment später rief er: »Eine Guinee für den ersten Geschützführer, der eine Spiere runterholt!«

Martin zögerte trotz der hektischen Aktivität der Männer, die die Kugeln einrammten und die Pfropfen feststießen. Es war wie in einem Wettkampf, genau wie es ihnen der Kapitän beigebracht hatte.

»Sie haben nie daran gezweifelt, nicht wahr, Sir?«

Dann eilte er fort, ohne auf eine Antwort zu warten, wenn es denn eine gegeben hätte. Die Kanonen rollten quietschend aus den Pforten. Martin zog seinen Degen, dann blickte er zum Achterdeck. Er sah zweierlei: Der Kommandant warf das bewußte Entermesser über Bord, und er klopfte Richie auf den Rücken.

»Einzelfeuer, sobald das Ziel aufgefaßt ist!«

Die Geschützführer hockten zusammengekrümmt hinter den schwarzen Lafetten, die Reißlinien waren straff gespannt.

Wie ein Racheengel schob sich die *Anemone* zwischen die beiden Schiffe, die es nicht geschafft hatten, die Anker zu kappen. Der Abstand zur Brigg betrug etwa eine halbe Kabellänge*, und die Brigantine lag nur fünfzig Meter entfernt, als Adam seinen Degen senkte.

Das Donnern der Geschütze hallte über die Lagune. Hier und dort fiel ein Mann, wahrscheinlich von einer Musketenkugel getroffen, aber die Antwort der Seesoldaten kam schnell und schrecklich.

Die *Tridente* verlor ihren Fockmast, das Deck war mit den Überresten des Riggs übersät.

»Klar zum Aufschießer!«

* etwa 90 m

Martin vergaß sich und packte den Arm seines Kommandanten. »Sehen Sie! Sie streichen die Flagge! Die Hunde ergeben sich!«

Aber Adam hörte ihn nicht. Alles, was er hörte, waren die Hochrufe seiner Männer. Zum ersten Mal jubelten sie ihm zu. Er war plötzlich todmüde. »Bringen Sie sie zu Anker und setzen Sie die Boote aus!« Konteradmiral Herrick konnte noch an Bord der Brigantine sein, aber in seinem Innersten wußte Adam, daß er es nicht war.

Als der Anker ins Wasser klatschte, verließ er das Achterdeck und ging zu seinen Männern. Sie waren erstaunt über das, was sie geleistet hatten, überrascht, daß sie noch lebten. Sie nickten ihm zu und grinsten, als er vorbeiging. Leutnant Dacre hatte eine Bandage am Kopf, wo ein Splitter nur knapp sein Auge verfehlt hatte. Adam legte ihm eine Hand auf die Schulter. »Sie haben sich gut geschlagen, Robert.« Er sah in die Gesichter um ihn herum. »Alle haben das, und ich bin stolz auf euch! England ist stolz auf euch!«

Dacre stöhnte, als der Sanitätsmaat die Binde fester anzog. Er flüsterte: »Es gab da einen Moment . . .«

Adam grinste. Er spürte, wie ihn Erleichterung durchflutete. »Die gibt es immer, Robert. Eines Tages werden Sie das feststellen.«

Rum wurde an Deck gebracht. Ein Matrose zögerte, dann reichte er Richie eine volle Mugg.

Er sah zu, wie er trank, dann fragte er schlicht: »Wie hat er das geschafft?«

Richie lächelte zum ersten Mal seit langer Zeit. »Mit Vertrauen«, flüsterte er.

XIII   Es hätten auch wir sein können ...

Im späten Januar 1810 war das kleine Geschwader von Vizeadmiral Sir Richard Bolitho endlich komplett, und soweit es die Admiralität anging, konnten keine weiteren Verstärkungen erwartet werden.

Bolitho war enttäuscht, aber nicht sonderlich überrascht. Erfreut war er über das Eintreffen des letzten Armeekonvois, der während des gesamten Weges von Portsmouth und den Downs von Kommodore Keens Schiffen eskortiert worden war. Es war eine Laune des Schicksals, daß die beiden Vierundsiebziger, die den hauptsächlichen Schutz des Konvois bildeten, schon unter Bolithos Flagge in der Karibik gedient und an der Eroberung Martiniques teilgenommen hatten. Die ältliche *Matchless* wurde von dem reizbaren irischen Earl Lord Rathcullen kommandiert, den man nur mit großem Wohlwollen als schwierigen Menschen umschreiben konnte. Doch war er es gewesen, der Befehle ignoriert und Bolithos kleine Streitmacht herausgehauen hatte, als sie durch ihre zahlenmäßige Unterlegenheit auf verlorenem Posten stand. Er hatte die Flagge eines Konteradmirals gehißt und den Feind so glauben lassen, daß Herrick mit seinem mächtigen Geschwader auf See war. Aber Herrick war im Hafen geblieben. Bolitho hatte oft Rathcullens Stimme im Ohr, die Herricks Worte wiederholten: *Ich will nicht ein zweites Mal die Schande tragen*. Erst beim gemeinsamen Essen in Freetown war Bolitho bewußt geworden, wie tief die Bitterkeit bei Herrick saß.

Der andere Zweidecker war die *Glorious*. Es war klug von Keen gewesen, sie als Flaggschiff auszuwählen. Mit ihrem Kommandanten John Crowfoot, der immer den Eindruck eines vertrottelten Landgeistlichen vermittelte, würde man die Tagesgeschäfte leichter abwickeln können als mit Rathcullen.

Keens andere Schiffe waren mit unziemlicher Hast sofort wieder ausgelaufen. Vielleicht hatten ihre Lordschaften befürchtet, daß Bolitho seine Befugnisse überschreiten und die Schiffe seinem Kommando unterstellen könnte.

Bolithos Verhältnis zu Trevenen hatte sich nicht verbessert. Als Adam triumphierend mit seinen Prisen eingelaufen war, dem Freibeuter *Tridente* und einer nützlichen französischen Handelsbrigg, hatte Trevenen seinen Ärger und Neid kaum verbergen können.

Bolitho hatte die beiden Prisen zusammen mit der US-Brigg *Eaglet* nach Freetown geschickt, wo ein Prisengericht über ihr weiteres Schicksal entscheiden sollte. Die HMS Brigg *Thruster*, die schließlich mit Jenours *Orcadia* am Kap angekommen war, hatte er als Eskorte mitgeschickt. Sie konnte zwar keinen überlegenen Feind vertreiben, aber die Besatzungen der Prisen täglich an die Macht des Königs erinnern.

Bolitho war an Bord der *Valkyrie* zurückgekehrt, obwohl die meisten Admirale es vorgezogen hätten, in den komfortablen Quartieren der Garnison zu wohnen. Er spürte, daß sein Platz auf See war, und er wollte bereit sein, ankerauf zu gehen, sobald er Nachrichten über den Aufenthalt von Baratte erhielt. Über Herrick gab es keine Neuigkeiten. Erwartete Baratte, daß ein Angriff vorbereitet wurde, um ihn zu befreien? Oder wurde er als Geisel für einen anderen Zweck zurückgehalten?

Er blickte zu Yovell, der über den kleinen Schreibtisch gebeugt war. Seine Feder kratzte geschäftig beim Schreiben neuer Befehle für die verschiedenen Kommandanten. Das Schiff war so ruhig wie immer, er meinte aber trotzdem, einen Unterschied zu spüren. Man pflegte zu sagen, daß ein Schiff so gut war wie sein Kommandant und nicht besser. Trevenen war auf Keens *Glorious* gefahren, wo sich bald auch alle anderen Kommandanten einfinden würden.

Er nahm seinen Hut. »Ich gehe an Deck. Kommen Sie mit mir, sobald mein Boot bereit ist!«

Er fand Avery auf dem Achterdeck, wo er ruhig mit Allday sprach. Die Schranken zwischen ihnen schienen gefallen, worüber Bolitho froh war.

Er überschattete seine Augen, um seine kleine Flotte zu mustern, die von den beiden Vierundsiebzigern dominiert wurde. Die *Valkyrie* würde für die Ausgucksleute oder Müßiggänger genauso imposant aussehen. Es war schon merkwürdig, wie sich alte Schiffe trennten und wieder zusammenfanden. *Die Familie.* Bei seinem letzten Geschwader hatte er seine Flagge auf der *Black Prince* gesetzt; ein Vierundsiebziger *Valkyrie* war auch dabei gewesen, und er fragte sich, was wohl aus dem geworden war. Aufgelaufen, in irgendeinem Gefecht in die Luft gegangen oder in eine verrottende Hulk verwandelt wie das Schiff in Freetown . . .? Er blickte über das weite Deck der Fregatte und auf die Männer, die die hundert kleinen Arbeiten verrichteten, die der Tagesdienst mit sich brachte. Einige blickten zu ihm hinauf, und er meinte den Jungen wiederzuerkennen, der ihm zugelächelt hatte. Loyalität entstand von oben nach unten. Es war nicht nur Trevenens Fehler, daß es ein unglückliches Schiff war. *Es beginnt bei mir.*

Er sah zur Küste und den weißen Gebäuden hinüber und stellte sich die Soldaten vor, die wie immer in einer Staubwolke exerzieren würden.

Sie konnten nicht mehr lange warten. Ein Regiment würde bald in Indien eingeschifft werden, während sich seine Streitmacht den französischen Inseln aus Südwesten näherte. Er begann langsam auf und ab zu schreiten. Die Hitze auf seinen Schultern nahm er kaum wahr.

Der Feind war über ihre Vorbereitungen sicherlich informiert. Bei den vielen Küstenfrachtern und Handelsschiffen war eine Geheimhaltung unmöglich. Und was war mit der großen US-Fregatte *Unity*? Lag sie friedlich im Hafen von Bourbon oder Mauritius? Jedenfalls würde sie die Hoffnung des Feindes stärken, wo auch immer sie war.

Er wußte, daß Allday das Gespräch abbrach, um ihn zu beobachten. Seine Sorge freute Bolitho zwar, beunruhigte ihn aber auch zugleich, denn er fragte sich, wann Avery den Zustand seines Auges herausfinden würde. Was würde er dann tun? Einen Brief an Sillitoe schreiben, um ihn über eine Schwäche Bolithos zu informieren, die der noch nicht kannte?

Er dachte an die Briefe, die er von Catherine erhalten hatte. Lebendige Beschreibungen der Landschaft, der Vorbereitungen für Weihnachten und ihre unerwartete persönliche Herausforderung durch die Kohlenbrigg *Maria José*. Dem armen Roxby mußten bei dem Gedanken die Haare zu Berge gestanden haben, denn seiner Auffassung nach war der Platz einer Frau am heimischen Herd.

Als er Keen zum ersten Mal auf seinem Flaggschiff besucht hatte, bemerkte er überrascht dessen Veränderung. Obwohl äußerlich noch immer jugendlich, hatte er gereifter gewirkt, stolz auf seine Beförderung und alles, was damit einherging. Als ihm Bolitho von Adams Erfolgen berichtete, hatte er die aufrichtige Freude gespürt.

»Vor meiner Abreise sagte ich Lady Catherine, daß er sich hier gut machen würde. Ein weiter Ozean liegt ihm besser als das Herumkreuzen vor Brest oder in der Biskaya.«

So weit so gut, dachte Bolitho. Adam würde jetzt mit den anderen dort drüben sein. Ihr erstes Zusammentreffen seit ... ja, seit wann?

Allday trat aus dem Schatten der Finknetze. »Die Gig kommt längsseits, Sir Richard.« Er klang noch immer enttäuscht, daß Bolitho mit der Kapitänsgig übersetzen wollte und nicht mit einem richtigen Kutter wie auf der *Black Prince*.

Avery trat auf dem Achterdeck zu ihm und beobachtete Urquhart, den Ersten Offizier, der mit dem Hauptmann der Seesoldaten sprach, während sich die Ehrenwache an der Relingspforte aufstellte.

»Ich habe darüber nachgedacht, Sir, ob wir wegen der Prisen, die wir nach Freetown geschickt haben, Schwierigkeiten mit den Amerikanern bekommen werden?«

Bolitho sah ihn an. Avery ließ bei diesen informellen Gesprächen häufig den offiziellen Titel weg, wodurch Bolitho sich weniger abgehoben fühlte. Allday weigerte sich natürlich, ihn anders als mit Sir Richard anzureden.

Er bedachte die Frage. Avery hatte sich anscheinend anders als andere ernste Gedanken darüber gemacht. Die meisten waren der Meinung, daß es ein Schlag gegen die Franzosen gewesen sei. Und zur Hölle mit all jenen, die ihnen halfen. Avery hatte sich die möglichen Konsequenzen überlegt, und Bolitho war froh über sein Engagement.

»Die *Tridente* feuerte auf ein britisches Schiff, bevor es geentert und Konteradmiral Herrick gefangengenommen wurde. Das war ein kriegerischer Akt – auch ohne den französischen Leutnant, der die Entermannschaft anführte. Die *Eaglet* ging vielleicht, vielleicht aber auch nicht, ihrer rechtmäßigen Beschäftigung nach, doch sie hatte englische Deserteure an Bord.« Er lächelte über die angespannten Gesichtszüge des Leutnants. »Zweifel? Es ist Sache der Gerichte, über Recht und Unrecht zu entscheiden. Mein Neffe hat richtig gehandelt, und ich werde seine Taten vor höchsten Autoritäten verteidigen. Was die französische Brigg angeht, so wird sie etwas Prisengeld einbringen, vielleicht wird sie auch die Flotte verstärken.« Er klopfte ihm auf den Arm. »Ich glaube nicht, daß deswegen ein Krieg ausbrechen wird.« Er machte eine Pause. »Jedenfalls noch nicht.«

Sie gingen zur Relingspforte hinunter, und Bolitho sah Yovell mit seiner gewichtigen Aktenmappe schon im schaukelnden Boot warten. Der Admiral fixierte Urquhart. Er war ein guter Leutnant, oder konnte es jedenfalls sein. Bolitho zögerte und vergewisserte sich, daß der Hauptmann der Marines außer Hörweite war.

»Auf ein Wort, Mr. Urquhart.« Er sah, daß der Mann sich verkrampfte und auf einen imaginären Punkt hinter dem Rücken des Admirals starrte. »Ich habe gehört, daß Sie sich bei weiteren Erfolgen als Prisenkommandant melden wollen?«

Urquhart schluckte schwer. »Ich . . . ich habe darüber noch nicht mit dem Kapitän gesprochen, Sir Richard, ich . . .«

Bolitho musterte ihn. Jung, erfahren; es wäre ein Verlust für die Flotte – und eine Verschwendung.

»Ich erfahre viel mehr, als man vermutet.« Er blickte ihn unverwandt an. »Es wäre das Ende Ihrer Hoffnungen. Sie werfen die Stellung auf diesem stolzen neuen Schiff fort, das würde man Ihnen übelnehmen.« Er erinnerte sich an Averys Bitternis bei ihrer ersten Begegnung. »Sie sind Leutnant, Mr. Urquhart, und Leutnant würden Sie dann bleiben – bis in alle Ewigkeit.«

»Es ist nur, daß . . .«

»Ich will es nicht hören, Mr. Urquhart! Sie sind befangen, ich bin es nicht. Wenn Sie mit irgend etwas auf diesem Schiff nicht einverstanden sind, müssen Sie es selber regeln. Haben Sie mich verstanden, Mann?«

»Ich hoffe, Sir Richard.« Seine Augen trafen die von Bolitho. »Ich werde die Angelegenheit nicht weiter verfolgen.«

Bolitho nickte. »Da draußen ist irgendwo die Brigg *Orcadia*. Sie wird von einem Mann befehligt, der auch Leutnant war und Prisenkommandant, aber es gibt einen Unterschied: Ich habe es ihm befohlen! Auch ich bekam mein erstes Kommando, nachdem ich eine Prise geführt hatte, aber denken Sie daran: *Es wurde mir so befohlen!* Man kann es sich nicht aussuchen.« Er sah seine Unsicherheit und fragte sich, wie Allday hinter das Geheimnis des Leutnants gekommen war. Bolitho ging weiter, und sofort nahm die Ehrenwache Haltung an.

Allday wußte, was sich gerade abgespielt hatte, und gleichzeitig war ihm klar, daß der Flaggleutnant es nicht wußte. Er folgte Avery in die Gig und quetschte sich neben den rundlichen Sekretär. Er verschwendete keinen Blick an die mit versteinerten Gesichtern starr dasitzenden Matrosen. Allday war froh, daß er nicht unter dem Kommando Trevenens dienen mußte. Der Leutnant hatte überrascht ausgesehen. Bolithos Worte waren kein Befehl, sondern eine Warnung gewesen. Er wäre ein Narr, würde er sie nicht befolgen. Allerdings waren nach Alldays Meinung die meisten Leutnants Narren. Er beobachtete genau, wie Bolitho die Gig bestieg, und hätte ihm fast eine Hand gereicht.

Avery bemerkte es, wie schon mehrere Male davor. Er sah, daß Yovell ihn nicht aus den Augen ließ. Er wußte also um das ihm unbekannte Geheimnis, wie auch der schweigsame Steward Ozzard.

»Absetzen! Riemen bei! Ruder an überall!«

Allday beobachtete den Leutnant im Heck, der das Boot befehligen mußte, weil ein Flaggoffizier an Bord war, und deshalb so nervös war wie eine verschreckte Katze.

Bolitho überschattete wieder seine Augen, um sich die *Anemone* anzusehen, an der sie schnell vorbeipullten. Männer waren mit Farbeimern und Pinseln dabei, die Einschläge der Kugeln zu beseitigen, die die Scharfschützen der *Tridente* verursacht hatten, bevor die Breitseite der *Anemone* sie außer Gefecht gesetzt hatte. Sie war von der *Eaglet* geschleppt worden. Niemand konnte Adam dafür kritisieren, daß er einen

Angriff durch ein kaum bekanntes Riff gewagt hatte. Andere Schiffe hatten nicht zur Verfügung gestanden. Bolitho lächelte grimmig. Wären die Dinge schlecht gelaufen, hätte Adam sicher besser als jeder andere gewußt, was ihn das gekostet hätte. Er musterte die anderen Schiffe seiner kleinen Flottille. An Deck der *Glorious* sammelten sich schon die Rotröcke, um ihn zu begrüßen. Es war nicht gerade eine Flotte, aber wenn man sie aggressiv und richtig nutzte, mochte es ausreichen. Sobald *Thruster* wieder da war und Tyacke von seiner Patrouille eintraf, waren sie bereit.

Allday murmelte: »Schönes Schiff, Sir Richard.« Er klang nachdenklich. Wahrscheinlich erinnerte er sich an ihre erste Begegnung auf der *Phalarope*. Nachdem sie zuerst von einem Tyrannen vom Schlage Trevenens kommandiert worden war, wurde sie anschließend eine Legende. Herrick hatte dabei eine große Rolle gespielt. Der Gedanke daran machte ihn traurig.

»Bug!«

Bolitho war dankbar über den Schatten, den der Rumpf des großen Schiffes über ihnen spendete. Es war merkwürdig, daß er sich nie an diese Seite des Dienstrituals gewöhnen konnte. Als junger Kommandant und noch jetzt als Vizeadmiral fragte er sich, was die Männer, die dort bewegungslos im Sonnenlicht standen, von ihm dachten. Wie immer mußte er sich sagen, daß sie noch unsicherer waren als er.

Avery sah Bolitho nach, der leichtfüßig an der verwitterten Seite des Vierundsiebzigers emporkletterte. Er erkundigte sich leise bei Yovell: »Hat sich Sir Richard im Laufe der Jahre sehr verändert?«

Yovell packte seine Aktentasche. »Ein wenig, Sir.« Er sah ihn neugierig an. »Aber am meisten hat er uns verändert.«

Allday grinste. »Ich denke, daß man Sie an Bord erwartet, Sir.«

Er blickte dem Leutnant nach, der fast gestürzt wäre, als er zu seinem Vorgesetzten aufschließen wollte.

Yovell meinte: »Ich bin mir noch nicht sicher, was ich von ihm halten soll.«

»Dasselbe könnte ich von dir behaupten, Kumpel.« Sie kicherten wie Verschwörer.

Seiner Britannischen Majestät Brigg *Larne*, bestückt mit vierzehn Kanonen, stampfte und gierte in der langen Dünung. Die schlaffen Segel und das Schlagen der Takelage zeigten ihren beklagenswerten Zustand nur zu deutlich an.

Ein paar Männer bewegten sich an Deck, einige stolperten herum wie Betrunkene, wenn der kurze Rumpf in ein Wellental fiel. Irgendwo an Backbord, nur für den Ausguck erkennbar, lag Afrika, Molembo, wo schon viele Sklavenschiffe von Fahrzeugen wie der *Larne* aufgebracht worden waren. Die meisten Länder hatten den Sklavenhandel verboten, der so viele Menschenleben gekostet hatte, doch solange der Preis stimmte, wurde weitergemacht.

In der Kabine der Brigg versuchte sich Commander James Tyacke auf die Seekarte zu konzentrieren. Er verfluchte den launischen Wind, der ihm eine schnelle Überfahrt von Freetown verdarb. Er hatte Sir Richard Bolithos Befehle erhalten und freute sich auf ein Wiedershen. Es überraschte Tyacke immer wieder, daß er so dachte, denn normalerweise hatte er sehr wenig Respekt vor hohen Vorgesetzten. Bolitho hatte das während des Feldzugs um das Kap der Guten Hoffnung abgestellt. Er hatte sogar die Unbequemlichkeiten des kleinen Schoners *Miranda* erduldet, den Tyacke damals kommandierte, und als der Schoner einer feindlichen Fregatte zum Opfer gefallen war, hatte er ihm die *Larne* verschafft. Die Abgeschiedenheit und Selbständigkeit der Antisklavereipatrouillen war genau nach dem Geschmack von Tyacke gewesen. Die meisten seiner Matrosen waren hervorragende Seeleute, die es genau wie er schätzten, von der drückenden Autorität einer großen Flotte frei zu sein. Die meisten Seeleute kümmerten sich wenig um den Sklavenhandel; es war etwas, was passierte oder was normal gewesen war, ehe die neuen Gesetze verabschiedet waren. Aber nicht unter dem Auge eines Admirals zu segeln und die Aussicht auf Prisengeld war nach dem Geschmack eines jeden Mannes.

Tyacke lehnte sich zurück und lauschte auf die Geräusche seines kleinen Schiffes, das in den Rollern des Südatlantiks stöhnte. Er dachte noch oft an die Suche nach Bolitho und seiner Lady nach dem Verlust der *Golden Plover* am Hundert-Meilen-Riff. Seine Ungläubigkeit hatte sich in ein Dankgebet verwandelt – etwas, was bei ihm höchst selten vorkam –, als er festgestellt hatte, wer in dem der glühenden Sonne ausgesetzten Langboot überlebt hatte.

Er mußte an das Kleid denken, das er in der Seekiste seiner Kabine aufbewahrt hatte. Er hatte es in Lissabon für das Mädchen gekauft, das ihm versprochen hatte, seine Frau zu werden. Er hatte es Lady Somervell gegeben, damit sie sich vor den gierigen Blicken der Seeleute schützen konnte. Später, nach der Hochzeit Keens, hatte sie es ihm gereinigt und in einem mit Stoff ausgeschlagenen Kasten zurückgegeben. Ein kleiner Brief war dabei gewesen. »Für Sie, James Tyacke, und das Mädchen, das es verdient.«

Tyacke stand auf und griff nach einem Decksbalken, um ruhig stehen zu können. Die Kabine war sehr klein, wie auf einer Miniaturfregatte, doch nach dem Schoner war sie ihm wie ein Palast erschienen. Er blickte sich im Spiegel an. Ein Gesicht, das man bis zur Schlacht von Aboukir als gutaussehend und ausdrucksstark hätte bezeichnen können. Die linke Gesichtshälfte war unversehrt, aber die andere Seite war verunstaltet. Daß sein Auge dort unbeschädigt geblieben war, erschien ihm wie ein Wunder: Es leuchtete aus dem verbrannten Fleisch wie eine ärgerliche Feuerkugel. Alle Männer an der Kanone waren gefallen – und Tyacke konnte sich an nichts erinnern.

Für ein Mädchen, das es verdient.

Tyacke wandte sich ab, die alte Bitterkeit durchströmte ihn. Welche Frau konnte noch mit ihm zusammenleben? Aufzuwachen und neben sich dieses schrecklich entstellte Gesicht zu sehen?

Er lauschte auf die Geräusche der See, seiner letzten Zuflucht. Hier hatte er sich den Respekt seiner Männer verdient und den des Mannes, den er bald wiedersehen würde. Die meisten seiner Leute konnten ihn jetzt ansehen, ohne Abscheu oder Schrecken zu zeigen. Er hatte Glück gehabt, denn er hatte drei Leutnants und mehr erfahrene Matrosen als viele andere Fregatten. Die *Larne* hatte sogar einen guten Schiffsarzt, der großes Interesse an der Tropenmedizin hatte und sich täglich Notizen machte über die vielen Fieberkrankheiten, die an dieser Küste auftraten. Vielleicht würden sie ihn eines Tages auf die medizinische Hochschule in London bringen.

Die Luft war kaum zu atmen, sie war wie heißer Wüstensand. Er blinzelte in das gleißende Licht und sah sich die Wachen an, die um ihn herumstanden: Männer, die er besser kennengelernt hatte, als er es je für möglich gehalten hatte. Ozanne, der Erste Leutnant von den Kanalinseln, der früher bei der Handelsmarine gefahren war. Er hatte sich auf dem harten Weg hochgearbeitet und war fünf Jahre älter als sein Commander. Dann war da Pitcairn, der Segelmeister, auch ein Veteran, der jedoch die Umgangsformen auf den großen Kriegsschiffen scheute, obwohl er bei seinem Können überall begehrt war. Livett, der Arzt, lehnte an einer der Drehbrassen und machte Skizzen. Er wirkte jugendlich, doch wenn er seinen Hut abnahm, sah man, daß sein Kopf kahl war wie ein braunes Ei.

Tyacke ging an die hintere Reling und blickte nach achtern. Das Schiff hob und senkte sich im Takt der Wogen, blieb dabei aber unbeweglich liegen, ohne Fahrt zu machen.

Tyacke wußte, daß er es akzeptieren sollte, doch er war ein ungeduldiger Typ und haßte es, wenn sein Schiff nicht auf Segel und Ruder reagierte.

Der Navigator schätzte seine Stimmung ab, bevor er sagte: »Wird nicht so bleiben, Sir. Die Sicht im Osten ist so schlecht, daß sich dort wohl ein Sturm zusammenbrauen wird.«

Tyacke nahm ein Teleskop und drückte seinen

Hintern gegen das Kompaßhaus. Pitcairn irrte sich nur selten. Er ließ den Blick über den Seedunst schweifen, in die Richtung, wo das Land liegen sollte.

Ozanne ergänzte: »Wahrscheinlich gibt's auch Regen, Sir.«

Tyacke grunzte: »Könnten wir gebrauchen, denn das Holz ist völlig ausgetrocknet.« Das Glas wanderte weiter über die lange Dünung und über einen Schwarm treibender Möwen. Sie schienen dicht an dicht zu schwimmen, wie eine weiße Girlande, die jemand als Erinnerung niedergelegt hatte.

Ozanne beobachtete ihn. Ein gutaussehender Mann, der jedem Mädchen den Kopf verdrehen konnte – damals, dachte er. Es hatte Zeiten gegeben, zu denen es für Ozanne schwer gewesen war, das entstellte Gesicht neben sich zu ertragen. Den Mann, den die arabischen Sklavenjäger am meisten fürchteten. *Der Teufel mit dem halben Gesicht.* Ein erstklassiger Seemann und ein guter Vorgesetzter. Diese Mischung fand man in der Navy des Königs nicht oft.

Tyacke spürte, daß ihm der Schweiß über das Gesicht lief, und wischte ihn mit der Hand ab. Seine Stimmung gefiel ihm nicht. Wer war es gewesen, der ihn damit getröstet hatte, daß es hätte schlimmer kommen können?

»Das kann ich wirklich nicht so sehen.« Erschrocken wurde ihm klar, daß er laut gesprochen hatte, grinste aber, als Ozanne fragte: »Sir?«

Tyacke wollte gerade das Glas in die Halterung zurückstellen, als er plötzlich innehielt, als ob er etwas gehört hätte oder eine schreckliche Erinnerung ihm einen Schauder hatte über den Rücken laufen lassen. Das Deck erzitterte leicht, und als er nach oben sah, wehte der Kommandowimpel steif aus. Lose Blöcke klapperten, Schoten schlugen, die Deckswache schien wieder zum Leben zu erwachen.

»An die Brassen!«

Die Brigg drehte, und die beiden Rudergänger, die die Arme lässig über das Ruder gelegt hatten, packten zu, als sie plötzlich den Ruderdruck spürten.

Tyacke blickte zum Segelmeister hinüber. »Mit dem Sturm hatten Sie recht, Mr. Pitcairn! Nun, wir nehmen mit, was wir bekommen können.«

Er bemerkte, daß sich niemand bewegt hatte, und fluchte plötzlich, als er wieder das Geräusch hörte, das er für Donner gehalten hatte. Seit der Explosion war sein Gehör nicht mehr so wie früher.

Ozanne bemerkte: »Geschützfeuer!«

Das Deck legte sich über, und die große Fock füllte sich prall.

»Freiwache an Deck! Alle Segel setzen, die sie tragen kann! Zurück auf Kurs, Mr. Manley!«

Tyacke beobachtete das plötzliche Durcheinander an Deck, als die Pfeifen im Zwischendeck schrillten. Die Toppgasten legten bereits auf den oberen Rahen aus, andere legten Fallen und Brassen in Erwartung neuer Befehle klar. Nur wenige fanden Zeit, fragend nach achtern auf ihren furchterregenden Kapitän zu schauen, doch sie vertrauten ihm blind.

»Ziemlich großes Kaliber, dem Klang nach, Sir.«

Ozanne zuckte mit keiner Wimper, als *Larnes* Schoten am Wind auf Steuerbordbug dichtgeholt wurden. Der Rudergänger rief: »Süd-zu-Ost, Sir! Kurs liegt an!«

Tyacke rieb sich das Kinn, bemerkte aber nicht die vielsagenden Blicke der anderen. Es war ihm nicht klar, daß er das bei Gefahr immer machte. Zu laut für ein Schiff der Antisklavereipatrouille, da hatte Ozanne recht. Er sah die Spritzwasserwolken über das Vorschiff dampfen und die Matrosen durchnässen. In dem grellen Licht sah der Sprühnebel fast aus wie Gold. Also zwei Fregatten? Er kontrollierte alle Segel. *Larne* begann durch die Wellen vorwärtszustürmen. Vielleicht eine der ihren ... mit weniger Kanonen oder in der Unterzahl ...? Er bellte: »Klar zum Gefecht, Mr. Ozanne, wenn es Ihnen recht ist!« Er blickte sich um und bat einen Matrosen: »In die Kabine, Thomas, meinen Degen, und etwas plötzlich, wenn es geht!«

So unerwartet der Wind aufgekommen war, so begann es auch zu regnen, ein Schauer, der schnell und dicht über das Wasser zog und ihnen die Sicht nahm. Als er das Schiff erreicht hatte, blieben die Männer atemlos auf ihren Plätzen, einige prusteten voller Freude. Wieder waren Detonationen zu vernehmen, und wieder schien es nur ein Schiff zu sein, das feuerte. Dann war da eine große Explosion, die minutenlang andauerte. Tyacke empfand sie wie eine Faust, die am Rumpf der *Larne* rüttelte.

Das ferne Geschützfeuer verstummte, nur das Rauschen des Niederschlags blieb. Dann zog der Regen ab, und die Sonne brach wieder durch, so als ob sie sich nur versteckt hätte. Die Segel, Decks und das Rigg dampften, und die Seeleute blickten sich an, als ob sie gerade eine Schlacht überlebt hätten.

Aber der Wind blieb und machte die ferne Küste sichtbar. Stromkabbelungen erschienen auf dem Wasser.

Der Ausguck rief: »An Deck! Segel im Südosten, Rumpf unter der Kimm!«

Der Wind vertrieb den Dunst, und Tyacke realisierte, daß es zu einem großen Teil Pulverqualm war. Das andere Schiff war bereits so weit entfernt, daß es nur noch der Ausguck sehen konnte. Der Killer. Ein paar seiner Männer entfernten sich von den Geschützen oder hielten bei ihrer Arbeit inne. Sie starrten auf irgend etwas. Es hätte ein Riff sein können, doch es gab hier keines. Es hätte auch ein altes treibendes Wrack sein können, das man seinem Schicksal überlassen hatte. Aber das war es nicht. Es war der gekenterte Rumpf eines Schiffes, etwa von derselben Größe wie der *Larne*. Auf der einen Seite stiegen große Luftblasen auf, wahrscheinlich verursacht durch die Explosion. In kurzer Zeit würde das Schiff versunken sein.

»Beidrehen, Mr. Ozanne! Bootsmann, Boote aussetzen!«

Die Männer rannten an die Taljen und Brassen, als die *Larne* in den Wind drehte und die Segel back kamen. Noch niemals hatte Tyacke gesehen, daß die Boote so schnell ausgesetzt wurden. Die große Erfahrung, gesammelt bei der Überprüfung vermeintlicher Sklavenschiffe, machte sich jetzt bezahlt. Diese Männer, seine Männer, brauchten nicht angetrieben zu werden. Tyacke richtete sein Teleskop aus und sah die kleinen Figuren, die sich in Sicherheit zu bringen suchten oder schlaff in den treibenden Überresten des Riggs hingen.

Diesmal waren es keine Fremden. Sie sahen aus wie sie selbst. Ein Offizier trug dieselbe Uniform wie Ozanne, die Seeleute hatten dieselben gestreiften Hemden an wie die Männer, die ihn umgaben. Auch Blut war im Wasser und umspülte das kieloben treibende Schiff, als ob es eine fürchterliche Wunde hätte.

Die Boote schossen über das Wasser, Tyacke sah, daß der Dritte Offizier seinen Bootssteuerer auf etwas aufmerksam machte.

Ohne hinzusehen, wußte Tyacke, daß der Schiffsarzt und sein Gehilfe an Deck bereitstanden, um den Überlebenden zu helfen. Es würden nicht viele sein.

Wieder zerplatzten große Luftblasen. Tyacke mußte zur Seite blicken, als ein offensichtlich von der Explosion erblindeter Mann auftauchte, die Arme ausgestreckt, den Mund zu einem stummen Schrei geöffnet. Tyacke ballte die Fäuste. *Das hätte ich sein können.*

Er blickte zur Seite und sah, daß sich ein junger Seemann bekreuzigte, ein anderer leise schluchzte.

Ozanne senkte sein Fernglas. »Sie geht unter, Sir. Ich habe gerade den Namen sehen können: Es ist die *Thruster*.« Er schien es kaum zu fassen. »Das hätten wir sein können!«

Tyacke drehte sich wieder um, damit er die Boote beobachten konnte, die sich so nahe wie möglich heranwagten, Leinen auswarfen und die Riemen denjenigen entgegenhielten, die schwimmen konnten. Die Brigg sackte langsam unter die Oberfläche ab, und ein paar Männer versuchten noch immer, von ihr wegzukommen, bevor sie ihre letzte Reise antrat. Es schien ewig zu dauern, bis die Leichen, die Überreste des Riggs und das verbrannte Segeltuch in einem wilden Strudel verschwunden waren.

Tyacke sagte müde: »Eines der Schiffe von Sir Richard, Paul.« Er dachte an den Ausruf des Leutnants. *Das hätten wir sein können.* Und an den blinden Mann, der um Hilfe rief, obwohl es keine geben konnte.

Pitcairn, der Navigator, fragte rauh: »Was hat das zu bedeuten?«

Tyacke ging fort, um die wenigen zu begrüßen, die dem Tod entronnen waren. Er blieb am Fuß der Leiter zum Hauptdeck stehen, seine schrecklichen Narben voll im Sonnenschein. »Das ist *Krieg*, meine Freunde, ohne Gnade, ohne Pardon, bis es vorbei ist.«

Jemand schrie im Todeskampf. Tyacke wandte sich ab. Niemand sprach.

Vielleicht hatten sie sich alle dort drüben sterben sehen.

XIV Catherine

Sir Paul Sillitoe saß an einem kleinen Tisch vor einem seiner Schlafzimmerfenster. Er schüttelte sich, als eine weitere Regenbö wie Hagel gegen das Glas prasselte. Sein Frühstück war einfach, aber eine Zeit der Muße, während der er sich auf den Tag vorbereiten konnte. Mitteilungen und Zeitungen waren in einer speziellen Anordnung von seinem Kammerdiener Guthrie aufgestapelt worden, die sich sein Herr dann auf einem ausrangierten Notenständer zur Lektüre zurechtlegte.

Er blickte auf die Themse, die direkt unter dem Haus verlief, das im eleganten Teil von Chiswick Reach lag. Es herrschte auflaufendes Wasser, und bei dem Wetter konnte man heute mit einem ziemlichen Hochwasser rechnen.

Er wandte seine Aufmerksamkeit wieder der Seite mit den auswärtigen Angelegenheiten zu, dem kleinen Artikel über bevorstehende militärische Aktivitäten im Indischen Ozean. Sie konnten kein weiteres Jahr warten. Hielt Napoleon seine Verteidigungslinien noch länger, mußte Wellington ein weiteres Jahr dem Konflikt standhalten. So konnte es nicht weitergehen. Er griff nach einem Biskuit, das Guthrie bereits mit Sirup beträufelt hatte, einer kindischen Marotte seines Herrn folgend.

Dann war da der Prince of Wales. Scharf darauf, den Platz seines Vaters einzunehmen, aber noch immer auf die Hilfe derjenigen angewiesen, die die Geisteskrankheit des Königs eher als ihren Schutz denn als Bedrohung ansahen.

Sillitoe wischte sich die Finger ab und goß sich Kaffee nach. Das war der schönste Teil des Tages. Allein zu sein und denken und planen zu können. Irritiert blickte er von seinen Papieren auf, als er eine Kutsche vorfahren hörte. Niemand, der ihn gut kannte, würde es wagen, ihn in dieser geheiligten Stunde zu stören. Er läutete eine kleine Glocke, und unverzüglich erschien einer seiner kräftigen Diener in der Tür.

»Schicken Sie ihn weg, wer immer es sein mag!«

Der Mann nickte und verließ das Zimmer.

Sillitoe vertiefte sich wieder in die Lektüre und fragte sich kurz, wie Richard Bolitho wohl mit den Armeeoffizieren klarkam. Wie konnte ein Mann sein Leben nur der See verschreiben? So wie der arme Collingwood, der auf der anstrengenden Mittelmeerstation ununterbrochen seit 1803 Dienst tat. Warum verabscheute ihn der König so stark, daß er ihm keine

Möglichkeit gab, nach Hause zu kommen? Er hatte sogar Collingwoods Beförderung zum Volladmiral verhindert, obwohl er zehn Jahre älter war als sein Freund und Vorgesetzter Horatio Nelson. Man sagte, daß er im Sterben lag. Keine Belohnung nach all den Jahren.

Der Diener trat wieder ein. Sillitoe sagte kurz: »Ich habe die Kutsche nicht wieder abfahren hören!« Es klang wie eine Anschuldigung. Der Mann sah ihn ungerührt an. Er kannte die scharfe Zunge seines Herren, die gnadenlos sein konnte, wenn es die Situation erforderte. Der Diener räusperte sich. »Es ist eine Dame, Sir Paul. Sie besteht darauf, vorgelassen zu werden.«

Sillitoe packte die Papiere zur Seite. Der Morgen war verdorben. »So, will sie das? Wir werden sehen.«

»Es ist Lady Somervell, Sir Paul.« Es war das erste Mal, daß er seinen Herren völlig überrascht sah. Sillitoe streckte die Arme nach hinten, damit ihm sein Kammerdiener den Überrock hinhalten konnte; sein Kopf beschäftigte sich noch immer mit der Neuigkeit. »Führen Sie sie in ein Zimmer mit warmem Feuer. Meine beste Empfehlung an Ihre Ladyschaft, ich werde ihr unverzüglich zur Verfügung stehen.«

Es ergab keinen Sinn. Sie hatte ihn nie auch nur im geringsten ermuntert, und das hatte ihn mehr als alles andere aufgebracht. Es mußte Ärger gegeben haben. Es konnte nichts mit Bolitho zu tun haben, da war er sicher, denn sonst hätte irgend jemand den Kopf dafür hinhalten müssen, wäre er nicht als erster informiert worden. Er musterte sich im Spiegel und versuchte, sich zu beruhigen. Sie wollte ihn sehen, mußte ihn sehen. Er sah sich lächeln. Eine Täuschung.

Sie saß neben dem eben entzündeten Kaminfeuer in einem der Zimmer, die sich an Sillitoes umfangreiche Bibliothek anschlossen.

In Sekundenschnelle nahm Sillitoe das Bild in sich auf. Sie trug einen langen grünen Mantel, die pelzbesetzte Kapuze war zurückgeschlagen. Das hochgesteckte Haar schimmerte im Kerzenlicht.

»Meine liebe Lady Catherine!« Er nahm ihre Hand und führte sie an seine Lippen. Sie war eiskalt. »Ich wähnte Sie in Cornwall, aber ich bin sehr erfreut über die Ehre Ihres Besuchs.«

Sie schaute ihn an, und ihre dunklen Augen blickten forschend. »Ich bin nach London gekommen, um ein paar Dinge aus meinem Haus in Chelsea zu holen.«

Sillitoe wartete ab. Er hatte sie sich oft in dem Haus vorgestellt, das gleich hinter der nächsten Schleife des Flusses in Richtung Westminster und Southwark lag. Es hätten zehntausend Meilen sein können. Bis jetzt.

»Stimmt etwas nicht?« Er versuchte ein Stirnrunzeln zu unterdrücken, als eine Bedienstete mit frischem Kaffee eintrat, den sie neben der Dame in Grün absetzte.

»Sie sagten einmal, daß ich zu Ihnen kommen solle, wenn ich Hilfe bräuchte.«

Er wartete, fast atemlos. »Mylady, ich würde mich geehrt sehen.«

»In Chelsea habe ich einen Brief an mich vorgefunden. Niemand hatte daran gedacht, ihn mir nachzuschicken. Er war eine Woche alt, wahrscheinlich ist es jetzt schon zu spät.« Sie sah ihn gerade an. »Ich muß nach Whitechapel . . . und ich kann sonst niemanden fragen.«

Er nickte ernst. Also ein Geheimnis. »Das ist wirklich kein Platz, wo eine Lady ohne Begleitschutz hingehen sollte, nicht in diesen schlechten Zeiten. Müssen Sie dorthin?« Die ganze Zeit lotete sein Verstand alle Möglichkeiten aus. Einige Teile Whitechapels waren recht respektabel, doch den Rest konnte man vergessen. »Wann wollen Sie dorthin?« Er erwartete Protest, als er hinzufügte: »Ich komme natürlich mit Ihnen ...«

Er blickte zur Tür, als sie ein kleiner rundgesichtiger Mann mit einer Brille anblinzelte. In seinen Armen hielt er Berge von Papieren in Leinenumschlägen.

»Nicht jetzt, Marlow! Ich gehe aus!«

Sein Sekretär begann zu protestieren und erinnerte Sillitoe an seine Verabredungen. Er hätte auch gleich den Mund halten können.

»Richten Sie Guthrie aus, daß ich zwei gute Männer brauche.« Er blickte den Sekretär ruhig an. »Er wird wissen, was ich damit meine.«

Als sie wieder allein waren, fuhr er fort: »Wir können jederzeit aufbrechen, falls Sie es wünschen.« Seine Augen musterten sie, ohne etwas auszulassen.

Der gute Guthrie hatte zwei von Sillitoes Männern ausgewählt, die auch die mit Goldknöpfen besetzte Livree trugen. Sie ähnelten eher Preisboxern als Lakaien. Beide starrten die große Frau mit dem schwarzen Haar und den hohen Wangenknochen an. Vielleicht vermuteten sie, wer sie war.

Eine schlichte Kutsche kam von den Stallungen vorgefahren, und Sillitoe meinte: »Sie ist nicht so auffällig wie die Ihre.«

Der junge Matthew, der neben Bolithos Kutsche

wartete, sah besorgt aus. »Alles in Ordnung, M'lady?« Sein starker cornischer Akzent klang hier ganz fremdartig.

»Ja.« Sie ging zu den Pferden und streichelte sie. »Das hier bleibt unter uns, Matthew, nicht wahr?«

Er zog den Hut und drehte ihn in den Händen. »Bis ins Grab, wenn Sie es befehlen, M'lady!« Er war so ernsthaft, daß sie beinahe gelächelt hätte. Was hatte sie da angefangen, wie würde es enden?

Sie hörte aufgeregtes Hecheln und sah, daß einer der Männer einen kräftigen Mastiff auf den Bock zum Kutscher schob. Er sagte: »Beweg dich nicht zuviel, Ben, oder du bist dein Bein los!«

Sie gab dem Kutscher ein Kärtchen mit der Adresse und sah, daß er leicht die Augenbrauen hob. Sillitoe meinte: »Kommen Sie meine Liebe, bevor es noch heftiger regnet.« Er blickte sich über die Schulter nach der anderen Kutsche mit dem Wappen auf dem Schlag um. »Warten Sie in Chelsea, äh, Matthew. Ich werde bis dahin auf Ihre Ladyschaft aufpassen.«

Sie lehnte sich in die feuchten Lederkissen zurück und gab vor, die Landschaft zu betrachten, als die Kutsche flott die Uferstraße entlangrollte. Sie war sich seiner Nähe sehr bewußt und seines offensichtlichen Entschlusses, sie nicht zu provozieren. Sillitoe sprach nur gelegentlich und fragte sie dann nach ihrem Leben in Falmouth. Er erwähnte die Kohlenbrigg *Maria José*, die nun instand gesetzt wurde, verriet aber nicht seine Informationsquellen. Nur einmal kam er auf Bolitho zu sprechen, als er seinen Neffen George Avery erwähnte. »Ich glaube, daß er sich als Sir Richards Flaggleutnant gut machen wird. Er kann mit Leuten umgehen, auch wenn es lahme Enten sind.«

Sie wandte sich um und blickte ihn an. Ihre Augen lagen im Dunkeln, denn sie fuhren gerade unter einer Reihe tropfender Bäume hindurch. »Wie lange wird es dauern . . .?«

»Bevor Sir Richard nach Hause kommt?« Er schien es abzuwägen. »Dazu müssen Sie die Denkweise und Winkelzüge der Admiralität kennen, meine Liebe. Es wird ein schwieriger Feldzug werden, besonders, da sich jetzt die Amerikaner einmischen. Man kann es zu diesem Zeitpunkt kaum mit Gewißheit abschätzen.«

»Ich brauche ihn so . . .« Sie fuhr nicht fort.

Als die Kutsche durch wassergefüllte Schlaglöcher und über abgebrochene Äste rumpelte, spürte Sillitoe den Druck ihres Körpers gegen seinen. Was würde sie tun, wenn er sie jetzt, da sie seine Hilfe brauchte, in die Arme nehmen würde? An wen konnte sie sich wenden? Wer würde ihr glauben? Wahrscheinlich nur Bolitho, und es konnte Jahre dauern, bis der wieder nach Hause kam. Und wenn er es tat, würde sie es ihm erzählen? Er fühlte sich, als ob er Fieber hätte.

Der Kutscher rief hinein: »Es ist nicht mehr weit, Sir Paul.«

Er blickte sie an. Mit einer Hand hielt sie sich an einer Schlaufe fest, denn die Kutsche rüttelte über Kopfsteinpflaster. An beiden Seiten zogen kleine Häuser vorbei. Ein paar schemenhafte Gestalten stemmten sich gegen den Regen, ein oder zwei Frachtwagen und zu seiner Überraschung eine schmucke Kutsche, deren Diener den seinen verblüffend ähnelten. Leise murmelte sie: »Ich kann mich kaum noch erinnern. Es ist so lange her.«

Sillitoe dachte über die Kutsche nach. Wahrscheinlich ein Bordell, in dem sich respektable, aber nicht allzu reiche Kunden ein paar schöne Stunden machten. Er dachte an das Haus seiner Mätresse. Mit Geld konnte man alles und jeden kaufen. Er versuchte, seinen Kopf wieder klar zu bekommen. Was wollte sie an diesem unmöglichen Ort?

Sie klopfte an das Fenster. »Dort ist es!« Sie klang aufgeregt und verzweifelt. Die Kutsche kam zum Stehen, und der Fahrer rief: »Weiter geht's nicht, Sir Paul – zu eng!«

Sie kletterte hinaus und hörte, wie der wild aussehende Mastiff warnend knurrte. Sillitoe folgte ihr. Ein verblichenes Straßenschild verkündete *Quaker's Passage*. Trotz ihrer eigenen Unsicherheit schien sie seine Verwunderung zu bemerken. Sie wandte sich ihm zu, ohne den Regen zu bemerken, der aus ihrem Haar auf den Mantel lief.

»Es sah hier nicht immer so aus. Hier spielten früher Kinder.« Sie griff nach einem eisernen Handlauf. »Wir spielten hier.«

Sillitoe leckte sich die Lippen. »Welche Hausnummer suchen wir?«

»Drei.« Nur ein Wort, aber sie stieß es heraus.

»Jakes, Sie bleiben bei der Kutsche und dem Fahrer.« Dann an den anderen mit dem Hund gewandt: »Sie kommen mit uns!« Er streckte eine Hand in den Mantel und griff nach der Pistole. *Ich muß verrückt sein, mich hier aufzuhalten.*

Die Tür des Hauses war offen, überall auf dem Weg lag Unrat. Plötzlich kreischte jemand: »Es sind wieder die Gerichtsvollzieher! Diese verdammten Hunde!« Sillitoe legte eine Hand an die Tür. »Halten Sie den Mund, Frau!« Der Mann mit dem Hund kam heran, bereit, das Tier auf jeden zu hetzen, der es herausforderte.

Als Catherine sprach, war ihre Stimme ruhig und gefaßt. »Ich möchte Mr. Edmund Brooke besuchen.« Sie zögerte, als die Frau sie scharf musterte, doch dann mit der Hand auf die Treppe zeigte. »Oben!«

Catherine zog sich an dem wackligen Geländer in den oberen Stock. Das Haus stank nach Verfall, Schmutz und einer fast physisch zu fühlenden Verzweiflung. Sie klopfte an einer Tür, die von alleine aufschwang, weil offensichtlich das Schloß kaputt war. Eine Frau, die auf einem Stuhl saß und den Kopf in die Hände gestützt hatte, blickte sie feindselig an. »Was zum Teufel wollen Sie?«

Catherine sah sie mehrere Sekunden lang an. »Ich bin es, Chrissie, Kate. Erinnerst du dich?«

Sillitoe war schockiert, als die andere Frau Catherine umarmte. Sie mußte einmal hübsch gewesen sein, vielleicht sogar schön. Aber die Schönheit war vergangen, ihr Alter war undefinierbar. Er wollte sein Taschentuch hervorziehen, stieß dann aber die Hand in den Mantel, als er sah, daß ihn vom Bett aus ein Mann beobachtete. Catherine trat an das Bett und blickte auf das Gesicht hinunter, doch die Augen bewegten sich nicht. Die andere Frau sagte gequält: »Er ist vor zwei Tagen gestorben. Ich habe getan, was ich konnte.«

Sillitoe flüsterte: »Wer war er? Hat er versucht, Sie zu erpressen?« Der Gestank war widerlich, und er wäre am liebsten aus dem Zimmer gerannt. Aber ihre souveräne Haltung verhinderte das. Sie blickte auf das stoppelige tote Gesicht, die Augen schienen noch immer voller Wut, genau wie zu Lebzeiten. »Er war mein Vater.«

»Ich werde alles arrangieren.« Er wußte nicht, was er noch sagen sollte. »Meine Männer werden sich um alles kümmern.«

»Da bin ich sicher.« Sie blickte noch immer auf das Bett, als ihr Fuß gegen ein paar leere Flaschen darunter stieß. Sie wollte ihn anschreien, verfluchen. Es war zu spät dafür. Sie drehte sich um und fragte ruhig: »Haben Sie etwas Geld dabei?«

»Natürlich.« Er zog eine Börse heraus und gab sie ihr, froh, etwas tun zu können.

Ohne zu zögern nahm sie eine Handvoll Goldmünzen aus der Börse und drückte sie der anderen Frau in die Hände. Die Frau funkelte sie an und schrie: »Von einer Hure für die andere!« Dann warf sie das Gold an die Wand.

Sillitoe geleitete sie zur Tür. Er hörte das Schluchzen der Frau hinter ihnen und wie sie auf den Knien herumrutschte, um das Gold aufzusammeln. Draußen sprach er mit einem seiner Männer, der die Befehle mit einem Kopfnicken bestätigte.

Catherine blickte am Haus empor, der Regen lief ihren Hals entlang und durchnäßte ihre Kleidung.

Sillitoe führte sie am Ellbogen durch die schmale Gasse. Es war schrecklich gewesen und für sie sicher noch schlimmer. Wie hing das alles zusammen? Er blickte sie forschend an und sah, daß sie noch immer auf das kleine Haus starrte.

Sie fragte sich, warum sie gekommen war: Pflichtgefühl? Neugierde? Sicherlich nicht aus Mitleid. Schon mit einem Fuß auf dem Tritt der Kutsche sagte sie: »Danke, daß Sie mitgekommen sind, Sir Paul.«

Er ließ sich neben sie fallen. »Ich ... ich verstehe das nicht.«

Sie sah, wie die Straße zurückblieb. »Er hat mein Kind getötet.«

Die Räder der Kutsche holperten über das Kopfsteinpflaster. Durch die vom Regen getrübten Scheiben sah alles verschwommen aus. Sillitoe spürte ihre Anspannung, wußte aber, sollte er auch nur eine Hand auf ihren Arm legen, würde sie sich gegen ihn wenden. Um das Schweigen zu brechen, murmelte er: »Meine Männer kümmern sich um alles. Sie werden nicht hineingezogen.«

Es war, als hätte er nichts gesagt. »Es schien alles so lange her zu sein. Es gibt Zeiten, da kann ich es selber kaum glauben, und andere, da meine ich, es sei erst gestern gewesen.« Ihre Augen blickten ausdruckslos auf die Straße. Sie passierten ein verwildertes Stück Land, wo Kinder abgebrochene Äste als Feuerholz sammelten. Das hatte sie früher auch oft gemacht. Fröhlich waren sie gewesen, bis ihre Mutter krank geworden war und starb. In demselben schäbigen Zimmer. Sie hörte Sillitoe fragen: »Was hat er gearbeitet, was war sein Beruf?« *Warum sollte ich darüber sprechen?* Aber sie antwortete ihm: »Er war Schauspieler, ein Vortragskünstler. Er konnte fast alles.«

Es erschien Sillitoe, als ob sie von jemand anderem sprach. Er konnte sich dieses leblose, ärgerliche Gesicht nicht anders als in der Totenstarre vorstellen.

»Ich lernte einen jungen Mann kennen.« Sie blickte Sillitoe nicht an, sie dachte an Adam und Zenoria. »Ich war fünfzehn.« Sie zuckte die Achseln. Es war der stärkste Ausdruck von Hilflosigkeit, den er jemals bei ihr gesehen hatte. »Es passierte. Ich wurde schwanger.«

»Sie haben es Ihrem Vater erzählt, mußten es ihm erzählen, weil Ihre Mutter gestorben war.«

»Ja, ich erzählte es ihm.«

»Vielleicht war er zu erregt und wußte nicht, was er tat?«

Sie legte den Kopf gegen das Kissen. »Er war betrunken, und er wußte genau, was er tat!« *Du schuldest diesem Mann keine Erklärung. Nur einem, und der ist auf der anderen Seite der Erde.* »Er schlug mich und stieß mich die Treppe hinunter, die Sie heute gesehen haben. Ich verlor mein Baby...«

Er griff nach ihrem Handgelenk. »Vielleicht war es...«

»...das Beste so? Ja, das haben mir viele gesagt, einschließlich meines jungen Geliebten.« Sie berührte ihre Augen mit den Fingern. »Das ist es nicht. Ich bin beinahe gestorben, wahrscheinlich wollte ich es auch... damals.« Sie sah ihn an, sogar in der Dunkelheit der Kutsche spürte er die Intensität ihres Blickes. »Ich kann kein Kind mehr bekommen, nicht einmal für den Mann, den ich über alles liebe.«

Verwirrt meinte er: »Wenn wir nach Chiswick kommen, lasse ich Ihnen eine heiße Mahlzeit servieren.«

Sie lachte lautlos. »Lassen Sie mich bitte in Chelsea aussteigen. Ich möchte Sie nicht kompromittieren, außerdem möchte ich nicht noch mehr Skandale heraufbeschwören. Sie haben mich nicht gefragt, warum mein Vater so ärgerlich war.« Sie spürte den festen Griff an ihrem Handgelenk, aber die Berührung schien belanglos. »Dieser Mann, mein eigener Vater, wollte, daß ich mit ihm schlafe. Er hat es mehrfach probiert. Vielleicht war ich zu verstört, um damit richtig umzugehen. Heute würde ich so einen Mann umbringen.«

Sie betrachtete die vorbeiziehenden Häuser, es waren jetzt teure Anwesen, die am Wasser lagen.

Ruhig fragte Sillitoe: »Was war das für eine Frau?«

»Chrissie? Eine Freundin. Wir spielten zu den Vorträgen meines Vates auf dem Markt Theater. Das war, bevor er anfing zu trinken. Sie hat ihm vertraut, als ich mein Zuhause verließ.« Sie wandte sich ab, ihre Augen waren mit Tränen der Wut gefüllt. »Ein Zuhause, ist es das jemals gewesen?« Sie zügelte ihre Gefühle. »Sie haben die Belohnung gesehen. Er schickte sie auf den Strich.«

Eine Weile schwiegen sie, dann bemerkte sie: »Sie sprechen immer so wohlwollend über Richard, aber in meinem Herzen weiß ich, daß Sie ihn nur benutzen, um an mich heranzukommen. Das ist Ihrer unwürdig. Glauben Sie wirklich, daß ich den Mann, den ich liebe, betrügen und dabei riskieren würde, ihn zu verlieren?«

»Sie tun mir unrecht, Lady Catherine!«

»Wirklich? Ich könnte nicht für Ihre Sicherheit einstehen, sollten Sie mich täuschen.«

Sein Selbstbewußtsein schien zurückzukehren. »Ich bin gut geschützt.«

Sie befreite ihren Arm ganz vorsichtig. »Vor sich selber auch? Das bezweifle ich.«

Sillitoe war noch immer ganz verwirrt von ihrer Offenheit. Es war, als wäre er in einem Duell entwaffnet worden und jetzt der Gnade seines Gegners ausgeliefert. Sie blickte aus dem Fenster, als könne sie trotz des Regens etwas erkennen.

»Ich habe in meinem Leben Dinge getan, die ich niemandem erzähle. Ich habe aber auch Wärme und Freundschaft erfahren, und ich habe vieles gelernt, seit damals, als ich auf den Straßen dieser großen Stadt getanzt und Theater gespielt habe. Aber Liebe? Die verbindet mich nur mit einem Mann, den Sie ganz genau kennen.« Sie schüttelte den Kopf, als wolle sie etwas verdrängen. »Wir haben uns einmal verloren, doch es wird nicht wieder vorkommen.« Sie legte ihm eine Hand auf den Arm. »Seltsamerweise fühle ich mich besser, seit ich Ihnen das erzählt habe. Sie können mich in Chelsea absetzen und Ihre heutigen Entdeckungen mit Ihren Freunden durchhecheln, falls Sie welche haben. Aber verletzen kann mich niemand mehr, darüber bin ich hinaus.« Sie drückte seinen Arm und sagte ganz langsam: »Aber fügen Sie Richard kein Leid zu, darum bitte ich Sie.«

Sie sah wieder den Fluß und die kahlen Bäume wie Vogelscheuchen im abnehmenden Licht.

»Chelsea, Sir Paul!« Der Kutscher klang fröhlich, vielleicht, weil der Mastiff bei Sillitoes beiden Preisboxern geblieben war.

Dann sah sie den jungen Matthew nach der Kutsche Ausschau halten. Sein Mantel war schwarz vom Regen. Wie lange er auf ihre sichere Rückkehr gewartet hatte, konnte sie nur vermuten. Sie stellte fest, daß sie weinte, etwas, was sie nur selten tat. Vielleicht war es seine schlichte Treue, die sie so bewegte.

»Alles in Ordnung, M'lady?« Sophie hielt die Tür auf. Drinnen brannte hell das Licht. Wie von weit her hörte sie Sillitoe sprechen. Sie hatte nicht bemerkt, daß er ausgestiegen war und den Tritt heruntergeklappt hatte. Er blickte sie lange Zeit an, dann hob er elegant die Schultern, verbeugte sich und küßte ihre Hand. Plötzlich sagte er: »Ich werde nie anders für Sie fühlen. Verletzen Sie mich nicht, indem Sie mir Ihre Freundschaft entziehen.« Er ließ ihre Hand nicht los. »Ich werde immer zu Ihren Diensten stehen, sollten Sie mich brauchen.« Er wandte sich ab, um wieder in die Kutsche zu steigen, dann zögerte er. Er blickte sie an, als würde er sie zum letzten Mal sehen. »Ich bringe Ihnen Ihren Mann zurück.« Dann war er fort, die Kutsche verschwand um die Ecke, die Pferde rochen wahrscheinlich schon den Stall.

Sie spürte Sophies Arm um ihre Hüfte. Sie standen zusammen im Regen, der nicht aufgehört hatte, seit sie von hier nach Chiswick aufgebrochen war. Sie hörte noch immer Sillitoes letzte Worte. Fast hatte sie Angst, sie zu glauben.

»Laß uns hineingehen.« Sie wischte sich die Augen. Sophie wußte nicht, ob es wegen der Tränen oder wegen des Regens war. »Morgen werden wir nach Falmouth abreisen.« Zusammen gingen sie die Stufen hinauf, dann drehte sie sich um und blickte in die dunkler werdenden Schatten. »Ich habe an diesem Ort nichts mehr verloren.«

Aber klar und deutlich sah sie die kleine Straße vor sich und die beiden Mädchen, die dort spielten.

XV Nur ein Gefühl

Leutnant George Avery ging an der Wache vorbei in die Kabine. Er war dankbar über die kühlere Luft im Unterdeck, obwohl er wußte, daß es wenig mehr war als eine Illusion.

»Sie wollten mich sprechen, Sir?« Er sah sich um und versuchte seine Augen an die gleißende Helligkeit zu gewöhnen, die von draußen hereinkam. Ein anderer heller Lichtstrahl kam durch das Skylight. Yovell saß auf der Bank vor den Heckfenstern und fächelte sich mit einigen seiner Papiere Luft auf sein schweißnasses Gesicht. Bolitho stand am Tisch, als ob er sich seit ihrem letzten Treffen nicht bewegt hätte.

Als er aufblickte, konnte Avery die dunklen Ringe unter seinen Augen sehen, die Falten der Anspannung um seinen Mund. Es ärgerte Avery, ihn so zu sehen. Und das ging seit Wochen so, diese ständige Suche in einem anscheinend leeren Ozean. Er konnte noch immer die Stimmung in dem kleinen Geschwader spüren, die seit dem Zeitpunkt herrschte, als *Larne* mit einer Handvoll verstörter und verwundeter Überlebender in Kapstadt angekommen war. Keiner der Offiziere der *Thruster* hatte überlebt, von den anderen hatte nur der Sanitätsmaat ein einigermaßen übersichtliches Bild des Desasters geben können. Zwei Fregatten, eine davon offensichtlich die große amerikanische *Unity*, waren über die Brigg und ihren Prisenkonvoi hergefallen. Der Sanitätsmaat war im Lazarett gewesen und deshalb der ersten schrecklichen Breitseite entkommen. Sie war aus großer Entfernung abgefeuert worden, die schweren Geschosse hatten die Brigg fast zerrissen. Masten, Spieren und

Segel waren auf die zusammengekauerten Männer an den Geschützen heruntergepoltert, hatten sie im Durcheinander gefangen, bevor sie auch nur einen Schuß abgefeuert hatten.

Als der Sanitätsmaat die Situation schilderte, war seine Stimme unter dem Ansturm der Gefühle fast gebrochen. »Was hätten wir tun sollen? Die Männer starben, aber unser Kommandant weigerte sich, die Flagge zu streichen. Nach der nächsten Breitseite habe ich ihn nicht mehr gesehen. Dann gab es eine Explosion, wahrscheinlich in einem Bereitschaftsmagazin, dann lag ich im Wasser. Danach kamen die Boote. Ich habe nie wirklich an Gott geglaubt . . . bis zu diesem Tag.«

Bolitho sagte: »Keine weiteren Schiffe wurden angegriffen oder bedroht. Sie wissen von jedem Schritt, den wir machen. Ich habe mit diesem Richie gesprochen, aber er wußte nichts. Wo ist Baratte? Wieviel weiß er von unseren Invasionsplänen?« Er stellte sich ihre auseinandergezogenen Kräfte auf der Karte vor, wie er es seit Wochen tat. »Generalmajor Abercromby und seine Armee werden von Indien aus absegeln. Unser Generalmajor Drummond wird den Zangengriff vervollständigen und von Kapstadt nach Rodriguez versegeln, wo wir – falls nötig – umgruppieren werden. Dann geht es zur Ile-de-France.« Er starrte auf die Karte, bis seine Augen wie Feuer glühten. »Dann Mauritius! Das wäre das Ende der französischen Seemacht auf unseren Handelswegen.«

Avery bemerkte: »Wir kennen Barattes einzige Schwäche, Sir.«

Bolitho blickte ihn an und erinnerte sich. An jenem Tag, als die *Thruster* versenkt wurde, hatte der

Feind auch auf den Freibeuter *Tridente* gefeuert, bis er das Schicksal der *Thruster* geteilt hatte. Das konnte nur bedeuten, daß Baratte keine Möglichkeiten hatte, seine Schiffe zu docken oder am Strand kielzuholen. Würde er das in Mauritius tun, wäre das eine Einladung zum Angriff, ja sogar zu einem Handstreich. Das riskierte er nicht. Geheimhaltung und Zeitplanung war alles. Für beide Seiten. Man griff nach Strohhalmen, während bei jeder Drehung des Stundenglases die beiden Armeen ihre Angriffsvorbereitungen vervollständigten.

Avery fragte behutsam: »Wie weit sind die Amerikaner beteiligt, Sir?«

»Ziemlich, glaube ich.« Er blickte sich um, als Allday in seiner üblichen Kluft leise durch die Kabine ging, um den alten Degen dem täglichen Putzritual zu unterziehen. Als er sich aufrichtete, sah Bolitho, daß er steif stehenblieb, die Arme schwebten in der Luft, als der Schmerz der alten Wunde ihn durchschoß. Allday taumelte leicht, was er vor diesem schrecklichen Tag, als ihn die spanische Degenklinge in die Brust getroffen hatte, niemals getan hätte. Jeden außer Allday hätte es umgebracht. Bolitho beobachtete, daß er die Arme langsamer hob, bis er den Säbel sicher in der Hand hielt. Er wußte, daß er beobachtet wurde, so wie er wußte, daß Bolitho bei jedem Lichtstrahl halb blind war. Beide kannten das Geheimnis des anderen, und jeder versuchte es zu verbergen. Wie lange war das jetzt her? Es war während des trügerischen Friedens von Amiens geschehen, kaum zu glauben, daß seitdem schon acht Jahre vergangen waren. Die beiden Todfeinde hatten ihre Wunden geleckt und sich auf die nächste Runde vorbereitet. Es war ein Wunder, daß sie beide überlebt hatten. Viel zu viele bekannte Gesichter hatten es nicht. Wie weit würde sich die *Unity* vorwagen, um die freie amerikanische Schiffahrt zu »verteidigen« und die Rechte ihrer Seeleute auf hoher See? Wie Adam richtig festgestellt hatte, würde sie für sein zusammengewürfeltes Geschwader einen trefflichen Gegner abgeben.

Bolitho griff nach einem Vergrößerungsglas und sah wieder Tyacke vor sich, als er ihm die Gewässer beschrieben hatte, die er so hervorragend kannte. »Meine Empfehlung an den Kommandanten, bitten Sie ihn, nach achtern zu kommen.« Seine Stimme klang gelassen, ja gleichmütig. Nur die Tatsache, daß Allday aufhörte, den Säbel zu putzen, zeigte, daß er begriffen hatte, was passieren würde.

Auf dem krängenden Achterdeck unterbrach Kapitän Trevenen seinen ständigen Marsch und beäugte den Flaggleutnant mißtrauisch.

Avery bemühte sich, ihn nicht zu reizen. »Sir Richard möchte etwas mit Ihnen besprechen, Sir.«

»Wieder ein Anschlag auf mich, nicht wahr? Meine Trinkwasservorräte werden knapp, alle Vorräte werden knapp. Alles, was wir tun, ist Zeit verschwenden!«

Avery wußte, daß jeder Mann der Wache jedes Wort mithörte, so wie er wußte, was passieren würde, sollte er Trevenen auf diese Tatsache hinweisen.

Trevenen ging hinter dem Ersten vorbei und bellte: »Halten Sie ein Auge auf diese Faulenzer, Mr. Urquhart! Jeden, den ich erwische, bekommt Extraarbeit aufgebrummt!« Als sie vorbeigingen, sah er, daß der Mund des Leutnants einen lautlosen Fluch ausstieß. Ihre Augen trafen sich, und Avery lächelte. Offensichtlich war Urquhart doch ein Mensch.

In der Achterkabine schien Trevenens Haar die Decksbalken abzubürsten, als er an den Tisch trat. Er klang ungläubig, als wäre es eine persönliche Beleidigung, ihn auch nur zu fragen. »Was? Diese Insel?«

Bolitho beobachtete ihn, sein Gesicht war wie eine Maske. Was war los mit Trevenen, was war der wahre Grund für sein schlechtes Benehmen?

»Diese Insel heißt San Antonio, Kapitän!«

Trevenen schien etwas erleichtert zu sein. »Da ist nichts, Sir. Eine Ansammlung unwirtlicher Felsen mitten im Ozean!« Er klang fast aufsässig oder jedenfalls so nahe dran, wie er es sich traute.

»Sie kennen Commander Tyacke, glaube ich?«

»Ich habe ihn gesehen.«

Bolitho nickte langsam. »Sie haben recht. Das eine bedingt nicht automatisch das andere. Diesen hervorragenden Offizier zu kennen, ist etwas Besonderes und Wertvolles.« Wieder blickte Bolitho auf die Karte, um seinen Ärger zu verbergen. »James Tyacke ist ein ausgezeichneter Navigator und kennt diese Gewässer gut. Er hat mir gegenüber einmal San Antonio erwähnt. Ein karger Ort, unbewohnt bis auf ein kleines Kloster und in der Saison ein Fischerlager. Nur ein kleiner Mönchsorden, der sich den Regeln der Armut und Demut verschrieben hat, ist dort angesiedelt. Welcher Ort wäre besser geeignet, unsere Schifffahrt zu überwachen? Kaum ein anderer, dachte ich mir.«

Er sah in Alldays Gesicht den plötzlichen Schmerz,

als er sich an den Tag in San Felipe erinnerte. Eine andere Insel, ein anderer Ozean, und sie hatten den Ort nach dem Frieden von Amiens zurückgeben müssen. Er sah, daß Allday langsam nickte, auch dort war ein Kloster gewesen und Allday hatte dort fast sein Leben verloren.

Er drehte sich zu Yovell um und sagte: »Stellen Sie sich darauf ein, einige Befehle aufzuschreiben.« Er berührte mit der Hand sein Auge, als ob ihn das Glitzern des endlosen Meeresspiegels irritieren würde.

»Die *Larne* soll zu uns aufschließen. Entzünden Sie eine Leuchtfackel, falls es nötig sein sollte, aber ich denke, daß James Tyacke auch so verstehen wird.«

»Das ist mehr, als ich tun würde, Sir.« Trevenen blickte ihn finster an. »Wenn Sie auf meine Meinung Wert legen, dann bin ich dagegen, hier noch mehr Zeit zu verschwenden.«

»Das liegt in meiner Verantwortung, Kapitän. Daran muß ich *Sie* doch nicht erinnern.«

Er hörte Trevenens schweren Schritt auf dem Achterdeck und die plötzlichen Aktivitäten, als das Erkennungssignal der *Larne* vorgeheißt wurde.

Bolitho sah seine kleine Streitmacht vor sich. Die *Larne* führte die unsichtbare Linie mit Jenours *Orcadia* weit in Luv an. Ihre Marssegel waren nur für den Ausguck im Masttopp sichtbar. Weit, weit achteraus stand die Fregatte *Laertes*, die Prise, die früher Barattes Flaggschiff gewesen war.

Er mußte an Adam denken, als sie sich zum letzten Mal vor dem Auslaufen in Kapstadt gesehen hatten, den Widerstand in seinen Augen, als ihm befohlen wurde, als Eskorte bei Keens Konvoi zu bleiben. Er war ein lebenswichtiges Verbindungsglied zwischen dem Konvoi und dem Admiral.

Adam hatte argumentiert, daß sein Platz bei der Vorhut sei und nicht bei den langsamen Transportern. *Nicht bei Valentine Keen*, hatte er gemeint.

Bolitho war so ehrlich wie möglich gewesen. »Du bist ohne Zweifel einer der besten jungen Fregattenkapitäne der Flotte und hast dein Können auf dieser Station schon mehr als bestätigt. Die Wiedereroberung deiner Prisen und der Verlust der *Thruster* darf dich nicht ablenken. Deinen wahren Wert als meine rechte Hand wirst du beweisen, wenn ich es verlange.« Er sah, daß Adams Widerstand nachließ. »Würde ich dich die ganze Zeit in meiner Nähe behalten, was ich gerne tun würde, könnten es die anderen als Bevorzugung auslegen, oder nicht?«

Aber es hatte ihm gezeigt, daß Catherines schlimmste Befürchtungen über Adam und Zenoria richtig waren.

Er blickte auf Yovells dicke Hand, die die Schreibfeder hielt. Avery machte sich ein paar Notizen auf der Karte. Was immer es war, es mußte warten. Er sah, daß Allday ihn angrinste. »Dachten Sie, ich hätte es vergessen, Sir Richard? Als wir zusammen auf der *Old Katie* waren?« Der Spitzname für Bolithos kleinen Zweidecker *Achates* brachte die Erinnerung sofort zurück. »Komisch, wie die Dinge so laufen. Der Kommodore war Kommandant und der junge Kapitän Adam Ihr Flaggleutnant.« Er lächelte beinahe scheu. »Und ich war auch da.«

Bolitho faßte seinen dicken Arm, als er zurück zum Tisch ging. »An jenem Tag befürchtete ich, dich zu verlieren, alter Freund.« Er sprach mit soviel Bewegug, daß Avery und Yovell ihre Arbeit unterbrachen, um zu lauschen. Bolitho bemerkte es nicht.

Ein Fähnrich klopfte an die Tür. Er sah den ausgestreckten Arm des Seesoldaten, als ob der Junge es nicht wert wäre, vorgelassen zu werden. »Verzeihung, Sir Richard, mit respektvollem Gruß des Kommandanten, die *Larne* hat bestätigt.«

Bolitho lächelte ihn an. »Das war ein ganz schön langer Satz, Mr. Rees, danke.«

Allday murmelte: »Das wird in der Fähnrichsmesse die Runde machen.«

Yovell meinte: »Ich bin fertig, Sir Richard.«

Bolitho klopfte Avery auf die Schulter. »Ich werde eine Abteilung an Land setzen. Ich möchte, daß Sie mitfahren.«

Avery entgegnete ruhig: »Um der Erfahrung willen, Sir?«

Bolitho lächelte: »Legen Sie nicht alles, was ich sage, auf die Goldwaage.« Er schüttelte den Kopf. »Mr. Urquhart ist ein guter Offizier.« Fast hätte er hinzugefügt, *wenn man es ihm erlaubt*. »Aber unter seiner Leutnantsuniform ist er immer noch ein Junge.« Er sah zu Allday hinüber, hatte aber vorher die Überraschung auf Averys Gesicht gesehen. »Ich würde es begrüßen, wenn du meinen Flaggleutnant begleiten würdest, Allday.«

Der drehte sich um, aber Bolitho stand schon hinter Yovells runder Schulter, sein Gesicht ungewöhnlich ernst.

An alle Kommandanten der Schiffe unter meiner Flagge . . .

Plötzlich mußte er an den letzten Kurierschoner

denken, der sie erreicht hatte. Er wußte nicht, wie lange es her war. Ein Tag verlief wie der andere. Er hatte keine Briefe von Catherine gebracht. Er fühlte wieder Sorge, hörte aber ihre Stimme. *Verlaß mich nicht* . . .

Doch alles, was Avery sah, war der Vizeadmiral.

Es dauerte einen weiteren vollen Tag, sogar unter allen Segeln, die die *Valkyrie* tragen konnte, bevor der Ausguck die kleine Insel San Antonio sichtete. Ohne die anderen Schiffe waren sie seltsam einsam gewesen, und Bolitho hatte mehrmals beobachtet, daß Matrosen ihre Arbeit unterbrachen und auf die See blickten, als ob sie ein befreundetes Schiff suchten.

Die Insel schien direkt aus dem Meer herauszuwachsen, als die *Valkyrie* im stetigen Südwest darauf zuhielt. Es war genau, wie Tyacke es beschrieben hatte: ein elender Ort. Es mochte die Hälfte eines zerborstenen Vulkans sein, an dessen Flanke sich das einfache Kloster anschmiegte. Mit zunehmender Helligkeit war jedes verfügbare Fernglas darauf gerichtet. Der Navigator und die Steuermannsmaaten studierten die Karte, die sie unmittelbar neben dem Ruder plaziert hatten.

Avery trat zu Bolitho an die Achterdecksreling. Er kaute noch immer diskret auf einem Stück Salzfleisch herum, das zu zäh gewesen war, um es herunterzuschlucken.

»Wie lange noch, Sir?«

Bolitho legte die Hände auf die Reling. Er spürte die zunehmende Hitze. »Ungefähr zwei Stunden.« Er rieb sich die Augen und blickte wieder durch das Fernglas. Rauch stieg von einem Bergsattel auf, den er zunächst für Nebelschwaden gehalten hatte. Also gab es hier Leben. Er hatte erfahren, daß das Kloster eine wechselvolle Geschichte hatte. Krankheiten hatten ihren Tribut gefordert, und Tyacke hatte berichtet, daß einmal alle Mönche verhungert waren, weil die See lange Zeit zu rauh gewesen war, um die Fischerboote ins Wasser zu bringen. Was mußten das für Männer sein, die die Welt für so ein erbärmliches Leben, für so ein nutzloses Opfer aufgaben?

Trevenen kommandierte seine Leutnants herum. Er schien sehr angespannt zu sein. Vielleicht besorgt um die Sicherheit seines Schiffes?

Der Navigator meldete: »Kurs Nord-Nord-Ost liegt an, Sir!«

Trevenen faltete die Hände hinter dem Rücken. »Lotgast in die Rüsten, Mr. Urquhart. Und etwas plötzlich!«

Der Erste stand beim Navigator. »Aber hier gibt es keinen Grund, Sir.«

»Verdammt, muß ich alles wiederholen, was ich anordne? Machen Sie, was ich sage!«

Bolitho konnte die Sorge jedes Kapitäns um sein Schiff verstehen, aber dieser Ort war dafür bekannt, daß man ohne die Benutzung von Booten nicht anlanden konnte.

Avery dachte dasselbe, sagte aber nichts. Er sah Urquhart nach, der vorbeieilte. Sein Gesicht war gerötet, weil er vor versammelter Mannschaft zusammengestaucht worden war.

Der Lotgast sang aus: »Kein Grund!«

Bolitho hob das Teleskop und studierte die karge Landschaft, die sich nach beiden Seiten vor dem Bug erstreckte. Unter dem Kloster war ein grüner

Flecken zu erkennen, wahrscheinlich ein Küchengarten.

Die See war tief, und er sah die hohen Brecher über ein paar heruntergestürzte Felsen laufen. Laut Tyacke und der Karte mußte es ein paar Hütten geben, die zeitweise von Fischern bewohnt wurden. Bolitho sah zu Allday hin, der gegen einen Achtzehnpfünder lehnte, das neue Entermesser bereits im Gürtel. Urquhart mochte es nicht recht sein, daß Avery und Allday ihn begleiteten, aber Trevenen würde sicher dafür sorgen, daß er das Landungsunternehmen anführte.

Ozzard erschien neben ihm: »Soll ich Ihnen Ihren Rock bringen, Sir Richard?«

Bolitho schüttelte den Kopf. »Nein, es könnte uns jemand beobachten.« Er beobachtete Ozzard, der voller Abscheu auf die Insel hinübersah.

»Kein Grund!«

»Kürzen Sie die Segel, Mr. Urquhart! Lassen Sie Bram- und Stagsegel wegnehmen! Wir machen zuviel Fahrt!«

Die Männer schwärmten in der Takelage aus. Wenn der Kommandant an Deck war, bedurfte es keiner zweiten Aufforderung. Bolitho erstarrte. Da war der Landeplatz, und er konnte auch eine der hölzernen Hütten erkennen. Sogar ein Ausgestoßener hätte sich hier verlassen gefühlt. »Sie können das Landungskommando antreten lassen, Kapitän!«

Trevenen berührte seinen Hut, blickte ihn aber nicht an. Bolitho sah zu, wie einer der Kutter aus den Knacken gehievt wurde. Die ausgesuchten Männer sahen fähig aus. Alle waren bewaffnet. Der Stückmeister bereitete sich darauf vor, im Bug eine Drehbrasse zu montieren, sobald das Boot im Wasser war.

Urquhart hatte seinen Degen umgeschnallt und sah etwas bleich aus, als er dem Zweiten Offizier die Wache übergab.

Jetzt wurden die Untersegel aufgegeit, das Schiff verlor Fahrt und rollte heftig in der Dünung. Er sagte: »Versichern Sie sich nur, daß alles in Ordnung ist, Mr. Urquhart. Es sind Männer des Friedens, jede unnötige Gewaltanwendung ist zu vermeiden. Finden Sie heraus, was Sie können.« Er blickte zu Allday. »Und seien Sie vorsichtig.«

Urquhart nickte steif. Er war sich sehr bewußt, daß der Kapitän neben ihnen stand. Ein sardonisches Lächeln umspielte seine Lippen.

»Klar zur Halse! Wir wollen beidrehen.«

Es würde ein hartes Stück Arbeit für die Ruderer werden, dachte Bolitho, trotzdem hatte er den Eindruck, daß die zurückbleibenden Seeleute das Landungskommando beneideten.

»Boot ausschwingen!« Als die *Valkyrie* mit killenden Segeln in den Wind gedreht hatte, kletterten die Männer in den Kutter. Zum Schluß gingen die beiden Leutnants an Bord. Bolitho registrierte, daß Urquhart als letzter einstieg, wie um seine Führungsposition zu unterstreichen.

»Absetzen! Riemen bei!«

Der Kutter sah auf der glasigen Dünung ungewöhnlich klein aus, schoß aber bald wie ein Delphin durch die Wellen vorwärts.

»Sie können wieder Fahrt aufnehmen, Kapitän! Aber bleiben Sie dicht unter Land!«

Die *Valkyrie* lag ruhiger, nachdem die Unter- und Marssegel wieder gesetzt waren. Ohne Avery und Allday fühlte sich Bolitho merkwürdig deprimiert. Instinktiv griff er in sein feuchtes Hemd und berührte das Medaillon. *Ich bin bei dir. Du bist nie allein.*

Er rieb sich das linke Auge und stöhnte. Es mußte sich verschlimmert haben. Niemand durfte es erfahren. Er griff wieder zum Fernglas und verfolgte das Boot, das sich schnell auf den Landeplatz zu bewegte, wahrscheinlich von einer Strömung unterstützt.

Er ging hinunter in seine Kabine und kühlte das Auge mit Wasser. Yovell meinte leise: »Kann ich helfen, Sir Richard?« Bolitho ließ das Tuch sinken, ärgerlich mit sich selbst. Er hatte anderen beigebracht, daß man Dinge delegieren und denen vertrauen mußte, die man befehligte, also was war los mit ihm?

»Ich glaube, daß alle meinen, wir verschwenden hier nur unsere Zeit.«

Yovell grinste still in sich hinein. Bolitho meinte den Kommandanten. »Machen Sie sich darüber keine Gedanken, Sir Richard. Mr. Avery und Allday werden einen herzlichen Empfang bekommen. Fremde Gesichter müßten doch hier kostbarer sein als das inbrünstige Christentum.« Er zuckte überrascht zusammen, denn Bolitho starrte ihn an, seine Augen glühten im reflektierten Licht. Ohne ein weiteres Wort riß er den alten Säbel vom Schott, und während er den Niedergang hinauflief, schnallte er ihn um.

»Kapitän Trevenen!« Er drehte sich um, geblendet von der Sonne. »Drehen Sie sofort bei!« Er bemerkte, daß ihn die anderen anblickten, als sei er verrückt. Dyer, der Zweite, schaute zum Kapitän hinüber, weil er nicht wußte, was er tun sollte.

Trevenen antwortete ruhig, fast widerspenstig: »Sie bitten mich um merkwürdige Dinge, Sir Richard!«

»Ich bitte Sie nicht! Ich befehle es Ihnen!« Er konnte es sich verkneifen hinzuzufügen: »Muß ich alles wiederholen, was ich anordne?« Es war ein Tiefschlag, vielleicht würde er ihn später bereuen, aber dafür war jetzt keine Zeit. Das Quietschen der Blöcke und das Schlagen der Segel übertönte er: »Ich brauche zwei Boote! In jedem eine Abteilung Seesoldaten!« Die Männer schienen in alle Richtungen auseinanderzuspritzen, um an den Fallen und Brassen zu reißen, damit das Schiff wieder in den Wind drehte.

Bolitho erkannte Plummer, den Sergeanten der Marines, an den Finknetzen und brüllte: »Ihre besten Scharfschützen und Bewegung!« Er hatte keine Zeit, mit dem vornehmen Hauptmann Loftus zu konferieren. Es mochte ohnehin zu spät sein.

Warum bin ich nicht darauf gekommen?

»Ich verlange zu erfahren, was hier vorgeht, Sir Richard! Als Kommandant...« Weiter kam Trevenen nicht.

»Halten Sie den Mund, Sir! Halten Sie nachher näher auf die Küste zu und achten Sie auf Signale!« Dann kletterte er über die Reling und sprang in eins der Boote. Hauptmann Loftus der Seesoldaten erwartete ihn dort, er grinste breit. »Ich dachte mir doch, daß was im Busch ist!«

Bolitho blickte sich um. Er bemerkte kaum, daß die Riemen das Wasser peitschten, bis sie schließlich den richtigen Takt gefunden hatten. Alles schien so seltsam verkehrt ohne Allday an der Seite. *Ich hätte ihn niemals gehen lassen dürfen.*

»Können Sie mir sagen, was los ist, Sir Richard? Ich scheine der einzige Offizier hier zu sein.«

Bolitho packte seinen Arm. *Alle werden mich für ver-*

rückt halten. Aber Loftus bewahrte einen kühlen Kopf. Er blickte über die Ruderer hinweg, die sich verbissen an den Riemen abmühten. Das Land schien noch nicht näher gekommen zu sein.

»Mein Sekretär brachte mich darauf. Es ist nur ein Gefühl, nichts weiter.«

»Sir?« Er versuchte zu verstehen.

Bolitho fragte scharf: »Ist der Scharfschütze an Bord?«

Loftus nickte. »Behenna, Sir Richard, aus Ihrem Teil des Landes, wenn ich mich nicht irre.« Er lächelte. »Ein Wilddieb. Er hatte die Wahl zwischen dem Strick und dem Corps. Ich bin mir nicht sicher, ob er inzwischen der Meinung ist, die richtige Entscheidung getroffen zu haben.«

Der kleine Spaß trug erheblich dazu bei, Bolithos sich überschlagende Gedanken zu beruhigen. »Befehlen Sie Ihrem Wildschütz, daß er seine Waffe laden soll. Falls er schießen muß, befürchte ich, daß Blut an meinen Händen klebt.«

Der Befehl wurde durch das Boot weitergegeben. Die Männer legten sich noch stärker in die Riemen, andere griffen nach den Waffen. Der Scharfschütze im Bug drehte sich um und sah über die ganze Bootslänge seinen Admiral an, der mit flatterndem Hemd im Heck saß, den alten Degen zwischen die Beine geklemmt. Der ehemalige Wilddieb versuchte, ihm etwas mit seinem Blick zu sagen. So wie damals der junge Seemann mit der frischen Narbe des Starters auf dem Rücken.

Angenommen, alles lief völlig schief? Er griff wieder nach dem Medaillon, obwohl er wußte, daß Loftus ihn beobachtete. *Verlaß mich nicht.*

Es erschien ihm falsch, daß ausgerechnet Yovell, der friedlichste und unkriegerischste Mann, den er kannte, das Fehlen eines Empfangskomitees bemerkt hatte. Er hörte das Donnern der Brandung in einer Höhle des Kliffs, also mußten sie näher herangekommen sein. Er packte den Degen mit all seiner Kraft und flüsterte: »Ich komme!« Aber er sprach nur zu sich selbst.

»Alles scheint ruhig zu sein.« Leutnant Urquhart blickte die anderen stirnrunzelnd an. »Nun, da wir schon mal hier sind, werden wir alles durchsuchen, wenn ich auch beim besten Willen nicht weiß, wonach.« Er blickte sich nach einem Bootsmannsmaaten um und bellte: »Protheroe, stellen Sie eine Abteilung zusammen, um die Hütten dort drüben zu untersuchen. Finden Sie soviel heraus wie möglich!« Er deutete auf einen jungen Fähnrich. »Sie übernehmen das Kommando, Mr. Powys!«

Avery flüsterte Allday zu: »Was haben Sie zu Sir Richard gesagt?«

Allday grinste, aber seine Augen beobachteten die Felsen. »Ich sage Sir Richard viele Dinge.«

»Über den Ort, wo Sie so schwer verwundet worden sind.«

»Oh, als wir zusammen auf *Old Katie* waren?« Er sah dem kleinen Fähnrich nach, der mit der Abteilung abrückte. Er hatte damals dafür gesorgt, daß Jacobs ausgepeitscht worden war. Hochnäsiger Arsch, dachte er. Laut fuhr er fort: »Das war auf San Felipe. Sie müssen damals gerade aus französischer Gefangenschaft entlassen worden sein.« Er sah, daß er den wunden Punkt getroffen hatte. Es schmerzte immer noch. Doch erstaunlicherweise lächelte Avery bitter. »Sogar das Gefängnis war besser als das hier.«

Urquhart schien ziemlich nervös zu sein: »Ich gehe hoch zum Kloster.«

Avery blickte ihn an. Der Erste Leutnant sah alle Möglichkeiten des Scheiterns vor sich und wie Trevenen in diesem Fall sein Mütchen an ihm kühlen würde.

»Nicht nötig, Sir.« Allday lockerte sein Entermesser im Gürtel. »Der alte Herr kommt höchstpersönlich herunter zu uns.«

Avery fragte sich, ob er sich jemals an Alldays Humor gewöhnen würde. Aber da war auch die gespannte Wachsamkeit wie bei einem jagenden Fuchs, wenn der Förster in der Nähe ist. Alle blickten den Weg hinauf, der vom Kloster herabführte. Er war so steil, daß man hier und dort Stufen in den Fels hatte hauen müssen. Avery beobachtete die sich langsam bewegende Gestalt in der braunen Kutte, die Kapuze gegen die feuchte, salzige Brise über den Kopf gezogen. Er drehte sich nach der Fregatte um, aber die war hinter dem Kap verschwunden. Die See so verlassen zu sehen, ließ ihm einen kalten Schauer über den Rücken laufen. Er schüttelte sich ärgerlich und blickte auf Urquhart. Es war offensichtlich, daß er nicht wußte, was er tun sollte. Der Mann in der Kutte war jetzt näher gekommen. Er bewegte sich mit derselben gleichmäßigen Geschwindigkeit weiter. In einer Hand hielt er einen langen polierten Stab, auf dem er sich von Zeit zu Zeit abstützte, um Luft zu schöpfen. Avery erkannte das fein geschnitzte Kruzifix auf der Spitze mit dem goldenen Ring darunter. Er war wahrscheinlich das wertvollste Objekt an diesem schrecklichen Ort.

Urquhart sagte gepreßt: »Das muß der Abt sein. Wie Sie sehen, hatte ich recht, wir haben nichts zu befürchten.« Als Avery nichts erwiderte, fuhr er fort: »Er wird wissen wollen, was wir auf diesem . . . diesem geheiligten Boden suchen.«

Allday spuckte in den Sand, aber Urquhart war zu aufgeregt, um es zu bemerken. Avery riet ihm: »Sagen Sie es ihm einfach. Sollte er mürrisch sein, können Sie ihm doch etwas von der Schiffsverpflegung versprechen, nicht wahr?«

Erleichtert nickte Urquhart. »Ja, das kann ich machen.«

Allday grunzte. In zehn Minuten würde Urquhart glauben, daß es seine Idee gewesen war. Er wußte, daß Bolitho den Ersten für einen guten Offizier hielt. Er kicherte. Aber heute war nicht sein Tag.

Der Abt blieb auf einer der letzten Stufen stehen und hob den Stab, so daß das Kruzifix Urquhart und seine Gefährten anblickte, dann schüttelte er nachdrücklich den Kopf. Alles spielte sich in völliger Stille ab, aber er hätte ihnen den Zugang zum Kloster genausogut mit donnernder Stimme verbieten können.

Urquhart hatte seinen Hut gezogen und verbeugte sich knapp. »Ich komme im Namen König Georgs von England . . .«

Der Abt blickte ihn mit ausdruckslosen Augen an, dann schüttelte er mehrfach den Kopf.

Urquhart versuchte es nochmals. »Wir führen nichts Schlechtes im Schilde, wir lassen Sie in Frieden.« Er drehte sich hilflos um und rief aus. »Er spricht kein Englisch!«

Avery spürte, wie ihn plötzlich wilde Erregung packte. Etwas, was er vergessen oder doch gelernt hatte zu beherrschen. Die anderen starrten ihn an, als er ruhig sagte: »Duncere Classem Regem Sequi.«

Der Abt starrte ihn nur an. Avery setzte scharf hinzu: »Latein kann er auch nicht!« Er merkte, daß Urquhart nichts begriffen hatte, und rief: »Packt den Mann!«

Ein Seemann griff nach der Kutte des Mannes, doch er war zu stark für ihn. Allday stieß ihn zurück und hieb dem Abt so die Faust ins Gesicht, daß der die Stufen hinunterfiel. Jemand rief: »Da kommen Boote!«

Allday richtete sich auf und deutete auf die Hand des Gestürzten. »Sehen Sie sich den Teer an, Sir! Wenn das ein Priester ist, bin ich die Königin von England!« Dann erst schien er den Ruf zu realisieren und sagte erleichtert: »Sir Richard, ich wußte es.«

Sie fuhren zusammen, als zwei Schüsse krachten. Das Echo wurde von den Felsen am engen Landeplatz zurückgeworfen, als ob zwanzig Schützen feuern würden. Jemand brüllte wild auf, und ein Körper fiel von den Felsen über ihnen, die Hände noch um die Muskete geklammert, bis er aufschlug und ins Wasser rollte.

»Wen hat's erwischt?« Urquhart blickte um sich. Ein Seemann rief: »Mr. Powys, Sir! Er ist tot!« Jemand murmelte: »Wirklich kein großer Verlust.«

»Ruhe!« Urquhart versuchte sich zu sammeln. Bolitho und der Hauptmann der Seesoldaten erschienen am Landeplatz, und die Abteilung Rotröcke schwärmte zwischen den Felsen aus. Die Bajonette glitzerten in der Sonne. Bolitho kletterte zu ihnen empor und nickte Allday zu. »Alles klar, alter Freund?« Allday grinste, aber der Schmerz in der

Brust war wieder da, und er mußte vorsichtig sprechen.

»Der Kerl muß dazu gehören, Sir Richard.« Er hielt eine Pistole hoch. »Nicht ganz das richtige Werkzeug für einen Heiligen, nicht wahr?«

Bolitho blickte den Abt an, der versuchte, seine Sinne zu sammeln, und sagte: »Wir haben hier viel zu erledigen!«

Protheroe erschien am Abhang, seine Augen glasig vor Entsetzen. Als Bootsmannsmaat war er einer derjenigen, die die Prügelstrafe ausführten, aber nach den Regeln der Marine nahm ihm das niemand persönlich übel. Besonders nicht unter dem Kommando Trevenens.

»Was ist los, Mann?«

Protheroe wischte sich den Mund. »Wir haben zwei Frauen gefunden, Sir. Mehrfach vergewaltigt, dann schrecklich verstümmelt!« Obwohl er während seiner Dienstzeit schon viel gesehen hatte, zitterte er.

Bolitho blickte auf die Gestalt in der braunen Kutte und sah, daß sich seine Augen bewegten. Ruhig meinte er: »Es scheint hier keine Bäume zu geben. Bringen Sie den Mann an den Strand. Hauptmann Loftus, Sie stellen ein Erschließungskommando zusammen. Sofort!«

Hauptmann Loftus sah so grimmig drein, daß es wahrscheinlich war, daß er den Mann persönlich erschießen würde. Als er vortrat, warf sich der Gefangene vorwärts und würde Bolithos Schuhe geküßt haben, hätte ihn nicht Alldays Seestiefel im Genick getroffen. »Runter du Abschaum! Frauen abschlachten, ist das alles, was du kannst?«

»Bitte! Bitte!« Die Selbstsicherheit des Mannes, die Urquhart so beeindruckt hatte, war verflogen wie Rauch im Wind. »Ich war es nicht! Es waren ein paar der anderen.«

»Seltsam, daß es immer die anderen waren.«

Avery fühlte, daß seine Finger am Degengriff trommelten, und stieß hervor: »Jetzt scheint er fließend Englisch zu sprechen.«

»Wie viele seid ihr hier?« Bolitho wandte sich ab. Er hatte kein Mitleid. Die Frauen waren wahrscheinlich die Ehefrauen der Fischer, vielleicht auch die Töchter. Was für eine schreckliche Art zu sterben. Später würde er sich die Leichen ansehen und sich um die Beerdigung kümmern. Aber zuerst ... Seine Stimme wurde hart: »Sprich, Mann!«

Der Mann wehrte sich nicht, als ein Seesoldat ihm die Kutte herabriß und ihm den schönen Stab so vorsichtig wegnahm, als ob er zerbrechen könnte. Die feige Kreatur schluchzte: »Uns wurde befohlen hierzubleiben, Sir! Ich spreche die Wahrheit! Die Mönche sind in Sicherheit, Sir! Ich bin ein religiöser Mensch ... ich war dagegen, was hier passiert ist! Gnade, Gnade, Sir!«

Bolitho befahl: »Geben Sie diesem Abschaum eine Parlamentärflagge, Mr. Urquhart, und begleiten Sie ihn bis zur Tür. Seine Freunde werden wissen, daß es für sie keine Rettung gibt, solange wir hier sind. Sollten sie Widerstand leisten, wird die Tür aufgebrochen und kein Pardon gegeben.«

Urquhart starrte ihn an, als sähe er ihn zum ersten Mal. Bolitho sah zu, wie der Mann auf die Füße gezogen wurde. Eine weiße Flagge erschien wie aus dem Nichts. Er bemerkte nicht gleich, daß Blutflecken darauf waren. Wahrscheinlich war es das Hemd des verhaßten Fähnrichs.

»Wie viele Männer? Ich habe noch keine Antwort gehört!«

Aber der Gefangene starrte auf etwas hinter seiner Schulter. Ohne sich umzudrehen, wußte Bolitho, daß die *Valkyrie* vor der Einfahrt kreuzte. Ihr Anblick würde die Piraten, oder was immer sie waren, mehr als alles andere überzeugen. Avery flüsterte: »Ich werde gehen, Sir Richard. Wenn man Sie erkennt . . .«

Bolitho versuchte zu lächeln. »So?« Er zupfte an seinem schmutzigen Hemd. Hätte der versteckte Schütze ihn in Uniform gesehen, würde jetzt er und nicht Fähnrich Powys tot sein. Er registrierte, daß Avery ihn mit seinem Titel angesprochen hatte. Das zeigte, daß er keineswegs so ruhig war, wie er vorgab. Er ging die Stufen hinauf und fragte: »Was ist mit dem Abt? Habt ihr den auch ermordet?« Der Mann wollte sich umdrehen, aber zwei Marines packten ihn sofort. Er winselte: »Nein, Sir! Einen Gottesmann?« Er klang fast schockiert bei dieser Vorstellung. »Er ist mit dem anderen Gefangenen eingeschlossen.«

»Es wäre gut, wenn du nicht gelogen hättest!«

Die Tür war bereits geöffnet, als sie dort ankamen. Es waren zehn Männer. Hätten sie es darauf angelegt, hätten sie das Kloster gegen eine Armee verteidigen können. Doch sie hatten ihre Waffen fortgeworfen und steckten ein paar Schläge von den Seesoldaten ein, als sie in einer Ecke zusammengetrieben wurden. Bolitho sah, daß der Scharfschütze eine teuer aussehende Pistole vom Boden aufhob, wobei seine Augen leuchteten. In seiner schmucken Uniform sah er noch immer wie ein Wilddieb aus, der sich aber als Förster getarnt hatte. Die Stimmen hallten von den Wänden wider, von denen die Feuchtigkeit tropfte. Wenn hier gesungen wurde, mußte es klingen wie die Schreie von Verdammten. Sein Herz schmerzte so, daß er auf der Treppe eine Pause einlegen mußte, um Luft zu schöpfen.

»Hauptmann Loftus, lassen Sie das Gebäude durchsuchen, obwohl ich bezweifle, daß Sie viel finden werden. Dann lassen Sie die Gefangenen an den Strand bringen. Wenn nötig gefesselt.« Er sprach knapp und barsch, kaum erkannte er seine eigene Stimme. Sein Mund war staubtrocken.

Allday bemerkte: »Das ist der gesuchte Ort, Sir Richard.« Er klang sehr wachsam. Avery nahm einen großen Schlüssel von einem Haken neben der Tür und öffnete sie nach kurzem Zögern. Helles Sonnenlicht flutete durch ein Fenster in diesen fremdartigen Raum, der völlig unmöbliert war. Der Boden war mit Stroh bedeckt. Ein Mann mit weißem Bart lehnte an der Wand, ein Bein war an einen Ringbolzen gekettet. Er atmete angestrengt und flach. Bolitho befahl leise: »Signal an das Schiff, der Arzt soll kommen!« Er beugte sich vor und kniete sich neben den anderen Mann, der an die Wand gefesselt war und dessen eine Hand in einem schmutzigen Verband steckte. Einen Augenblick lang dachte er, der Mann sei tot. Er fragte: »Thomas! Kannst du mich hören?«

Herrick hob das Kinn, dann öffnete er langsam die Augen. Sie leuchteten blau im Sonnenlicht und schienen das einzige zu sein, was in seinem Gesicht lebte. Ein Seesoldat reichte Bolitho seine Wasserflasche. Herrick blickte auf die leuchtende Uniform des

Mannes, als könne er nicht glauben, daß es Wirklichkeit war. Bolitho hielt ihm die Wasserflasche an die Lippen und sah die verkrampften Versuche Herricks, etwas Wasser zu schlucken. Plötzlich schnarrte Herrick: »Allday, sind Sie es, Sie alter Halunke?« Dann hustete er, und Wasser lief über sein Kinn. Allday sah zu, sein Gesicht schien wie aus Stein gemeißelt. »Aye, Sir. So schnell werden Sie mich nicht los, Sir.«

Bolitho blickte sich um und sah Herricks Ausgehuniform an der Wand hängen. Sie war mit einem Leinentuch sorgfältig gegen Schmutz und Feuchtigkeit geschützt worden. Herrick mußte seinen Blick mitbekommen haben. »Sie wollten mich bei der Siegesparade vorführen, deshalb mußte die Uniform schön sauber und adrett aussehen.« Er hätte trotz der Schmerzen fast gelacht. Bolitho nahm die bandagierte Hand vorsichtig in die seine und betete, daß der Arzt bald kommen möge.

»Wer hat dir das angetan, Thomas? War es Baratte?«

»Er war hier, aber ich habe ihn nicht gesehen. Es war ein anderer Mann.«

»Amerikaner oder Franzose?«

Herrick blickte auf den schmutzigen Verband. »Weder noch. Ein verdammter Engländer!«

»Spare deine Kräfte, Thomas. Ich glaube, daß ich den Mann kenne.« Aber Herrick starrte an seiner Schulter vorbei auf den Gefangenen, der den Abt gespielt hatte. »Wer auch immer er sein mag, er wußte, daß er seine Zeit vergeudete, als er mich über die Stärke deines Geschwaders befragte.« Sein Körper schüttelte sich in lautlosem Gelächter. »Nicht, daß ich ihm etwas hätte sagen können. Schließlich war ich auf dem Weg in das weite neue Land.« Er beruhigte sich wieder. »Also hat mir dieser Überläufer etwas versprochen, bevor er mich wieder verließ. Ich würde nie wieder einen Degen für den König halten können.« Sein Kopf deutete auf einen Steinblock in der Ecke. »Sie hielten meinen Arm fest und zertrümmerten meine Hand damit.« Er hielt die verbundene Hand in die Höhe. Bolitho konnte sich die Verwundung und den Schmerz vorstellen. »Aber selbst dabei haben sie einen Fehler gemacht, nicht wahr, Richard?«

Bolitho blickte ihn an, vor seinen Augen verschwamm alles. »Ja, Thomas, du bist Linkshänder.«

Herrick versuchte bei Bewußtsein zu bleiben. »Der Gefangene an der Tür. Er hat es getan.« Dann wurde er ohnmächtig. Bolitho hielt ihn im Arm und wartete ab, bis ein Seesoldat die Fußfessel mit dem Bajonett geöffnet hatte. Er sah sich um und erinnerte sich daran, daß ihn Herrick mit dem Vornamen angeredet hatte. Während des anstrengenden Gesprächs war etwas verstummt, so wie eine Uhr, die stehenbleibt. Sergeant Plummer stellte ruhig fest: »Der andere alte Herr ist gestorben, Sir.«

Nur selten sahen tote Männer so würdevoll aus, überlegte Bolitho. »Lösen Sie seine Fußfessel, Sergeant, dann bringen Sie ihn zu den anderen Toten!« Er ging zur Tür, als Urquhart mit weiteren Männern hereinkam.

Avery fragte: »Was machen wir mit diesem Mann, Sir?«

Die Augen des Gefangenen leuchteten wie glühende Kohlen.

»Wir lassen ihn bei den anderen zurück. Tod!«

Die Proteste des Mannes erfüllten den engen Raum, so daß sich Herrick wie in einem Alptraum rührte.

»Ich will ihn nicht auf dem Schiff. Die Männer haben dort schon zu viele Demonstrationen der Autorität gesehen.« Er sah den Schrecken und die Ungläubigkeit auf dem Gesicht des Mannes. »Die einzigen Zeugen werden die Frauen sein, die Sie getötet haben!«

Vor der Tür lehnte sich Bolitho an die Mauer, die Steine waren erstaunlich kühl. Er lauschte den Schreien und Bitten des Mannes, als der die Stufen herabgezogen wurde.

Avery und Allday sahen zu, wie ein paar Matrosen Herricks schlaffen Körper vorsichtig heraustrugen. Avery fragte direkt: »Was bedeutet das? Können Sie mir das erklären?« Allday sah ihn traurig an. »Es bedeutet, daß er seinen Freund wiedergefunden hat.« Sie fielen mit den anderen in Gleichschritt. Allday fragte: »Was haben Sie vorhin zu dieser Ratte gesagt, Sir?«

»Nun, ich war mir nicht sicher, aber alle Priester sprechen Latein. Ich habe die Frage beantwortet, die er hätte stellen sollen. Ich sagte: ›Die Flotte zu führen, dem König zu folgen.‹«

Ein einzelner Schuß peitschte durch das Kloster, und Allday spuckte auf den Boden.

»Hoffentlich hat er seine Gebete gesprochen.«

XVI Kapitäne

Yovell lehnte sich etwas zur Seite, als Bolitho nochmals die Befehle überflog, die er gerade diktiert hatte. Das große Schiff knarrte unruhig, während es beigedreht auf die Gig mit dem Kommandanten der *Laertes* wartete.

Es waren zwei Tage vergangen, seit das Landungskommando in das Kloster eingedrungen und Herrick befreit hatte. Man hatte noch weitere Männer in der spartanischen Behausung gefunden. Neben den anderen Mönchen waren es etwa zwanzig Kapitäne und Offiziere gewesen, deren Schiffe von Baratte gekapert worden waren. Bolitho hatte sich ausführlich mit allen unterhalten und sich anschließend ein viel klareres Bild von der Stärke des Gegners machen können. Baratte verfügte über viele kleine Schiffe, einen Teil seiner Prisen hatte er mit Kaperbriefen ausgestattet und ließ sie nach einzeln segelnden Fahrzeugen suchen.

Baratte war also gut informiert und darauf vorbereitet, die Militärtransporter anzugreifen. Deren Verlust würde das Scheitern des Unternehmens bedeuten, bevor es überhaupt angefangen hatte.

Offensichtlich war Generalmajor Drummonds Armee das Hauptziel. Baratte kannte genau die Stärke des Geschwaders in Kapstadt, das trotz der Unterstützung durch Keen in großer Gefahr schwebte.

Bolitho hatte die Brigg *Orcadia* mit allen gesammelten Informationen zurückgeschickt und Jenour angewiesen, Keen mitzuteilen, daß die Armee stillhalten solle, bis Barattes Schiffe ausgeschaltet waren.

Jenour war ihm lustlos und müde erschienen, und

er hätte sich gewünscht, mehr Zeit zu haben, um mit ihm zu sprechen. Aber die Zeit zerrann ihm zwischen den Fingern. Die *Thruster* war verloren, und Jenour suchte nach Keen. Es mußte bald etwas passieren. James Tyacke war auf Bolithos Anordnung kurz an Bord gekommen und hatte bestätigt, daß es sich bei dem unbekannten englischen Kommandanten um einen ehemaligen Seeoffizier handeln mußte, der eine kleine Fregatte der Königlichen Marine kommandiert hatte, bis er wegen Mißhandlung von feindlichen Kriegsgefangenen vor ein Kriegsgericht gestellt worden war. Er war genau der skrupellose Charakter, der Barattes Anforderungen entsprach. Ein Mann, der eine Horde von Verbrechern um sich versammelt hatte. Die meisten würden gehängt werden, brachte man sie vor ein Gericht. Sein Name war Simon Hannay: ein Freibeuter, Pirat, Mörder, der schon zu lange den Kapitänen der einsamen Handelsschiffe auf dem großen Ozean Angst eingeflößt hatte.

Tyacke war auf ihn gestoßen, als er ein großes Geschwader kontrolliert hatte, das regelmäßig an der afrikanischen Küste überfallen wurde. Als die Sklaverei verboten und die Patrouillen verstärkt wurden, hatte Hannay festgestellt, daß die arabischen Sklavenhändler ihn nicht so fürchteten wie den »Teufel mit dem halben Gesicht«. Er hatte seine Dienste nicht zum ersten Mal den Franzosen angeboten, und nach Aussage eines der befreiten Gefangenen hatte man ihm eine Fregatte mit zweiunddreißig Kanonen und dem sinnigen Namen *Le Corsaire* gegeben. Barattes Flagge wehte auf der Fregatte *Chacal.* Sie war neu, aber sonst wußte man wenig über sie. Ansonsten verfügte er über andere kleine Schiffe wie Briggs, Brigantinen und ehemalige Küstenschoner.

Bolitho trat vom Tisch zurück und blickte nachdenklich auf die glänzende See. Es war Mittag, und Tyacke würde sich inzwischen weit nach Luv gearbeitet haben, bereit, wieder zu den beiden Fregatten zu stoßen, sobald ein fremdes Segel gesichtet wurde.

Er hörte das Stampfen von Stiefeln und das Zwitschern der Pfeifen, als Kapitän Dawes von der *Laertes* an Bord begrüßt wurde. Avery war oben, um ihn mit Kapitän Trevenen zu empfangen.

Bolitho mußte an die heftigen Emotionen denken, die sich auf Averys Gesicht abgezeichnet hatten, als sie die beiden Frauen und den alten Abt zwischen wilden Blumen am Hang des Hügels beerdigt hatten. Auch er war beim Anblick der ermordeten Frauen, beides junge Ehefrauen von Fischern, geschockt gewesen. Ihnen war nichts erspart geblieben, nicht einmal ein schneller Tod war ihnen vergönnt gewesen. Einer der befreiten Seeleute hatte von der Nacht erzählt, als die Wachen volltrunken gewesen waren und sich ihr wüstes Brüllen mit den Schreien der Frauen vermischt hatte. Simon Hannay war nicht dabei gewesen, aber er hätte es sein können – und dafür würde er bezahlen.

Das Verhalten der Mönche war schwer verständlich gewesen. Sie hatten weder Dankbarkeit noch Verärgerung gezeigt und nur wenig Trauer über den Tod ihres Abtes. Vielleicht zerstörte das Leben auf dieser gnadenlosen Insel die Fähigkeit, normale menschliche Gefühle zu zeigen.

Er dachte an Herrick, der unten im Lazarett lag und von George Minchin, dem Schiffsarzt, versorgt wurde. Herrick hatte sehr gelitten, und Minchin hatte darauf bestanden, daß man ihm Ruhe ließ, bis er sich erholt hatte.

Es klopfte an der Tür, und Trevenen trat ein, gefolgt von Avery und Kapitän Dawes. Dawes war jung, etwa so alt wie Adam, hatte aber das Auftreten eines sehr viel älteren Mannes. Vielleicht sah er sich schon als Admiral wie sein Vater.

Yovell zog sich in eine Ecke zurück, wo er sich – falls gewünscht – Notizen machen konnte. Ozzard wartete mit einer Serviette über dem Arm darauf, Erfrischungen zu servieren.

Trevenen setzte sich schwerfällig. Er hatte erstaunt gewirkt, als er gesehen hatte, daß der Mann, der den Abt gespielt hatte, vom Hauptmann der Marines erschossen worden war. Er hatte mit seiner barschen Stimme gesagt: »Das kam ziemlich unerwartet, Sir Richard.«

Bolitho hatte ihn ruhig angesehen, er hatte den Anblick der mißhandelten Frauen noch deutlich vor Augen. »Es macht mir nie Freude, einen Mann sterben zu sehen, auch wenn er zum Abschaum gehört. Aber mir fiel einfach kein Grund ein, ihn am Leben zu lassen.«

Während Avery die Karte hielt, erläuterte Bolitho die Befehle, die er Jenour mitgegeben hatte. »Auch wenn es unsere Kräfte weiter schwächt, kann so ein großer Verlust an Menschenleben vermieden werden.«

Dawes plierte auf die Karte. »Zwei Fregatten, Sir Richard?« Seine Augen blitzten. Er sah bereits Ruhm und Prisengeld vor sich. »Die können wir doch aufmischen!«

Trevenen meinte zweifelnd: »Dieser Verräter, Simon Hannay, was wissen wir von ihm?«

»Commander Tyacke kennt ihn so gut wie jeder andere auch, aber die Geschichten seiner Untaten sind Legion.«

Warum wollte Trevenen Tyacke nicht glauben? Er schien nach einem Ausweg wie nach einem Strohhalm zu suchen. Und was bezeichnete er als Verschwendung? Vielleicht die befreiten Seeleute? Bolitho hatte gehört, wie er sich beim Zahlmeister darüber beschwert hatte, daß er nun zusätzliche Münder zu füttern hätte. Es hatte geklungen, als ob er alles aus seiner Tasche bezahlen müßte.

Bolitho meinte ruhig: »Die wirkliche Unbekannte bleibt das Verhalten der amerikanischen Fregatte *Unity*. Solange sie sich nicht einmischt, können wir Baratte stellen und schlagen!«

Trevenen unterbrach ihn: »Sie werden keinen Krieg provozieren, Sir Richard!« Er klang aufgebracht.

»Der Kommandant könnte einen Plan haben.« Bolitho studierte ihre Gesichter und wünschte, daß Adam da wäre. »Seine Regierung hat nicht ihren erfahrensten Kommandanten mit der größten Fregatte hierher geschickt, nur damit er ›Flagge zeigt‹! Wäre ich an seiner Stelle, wüßte ich, was zu tun wäre: Ich würde einen Zwischenfall provozieren. Das ist im Krieg nichts Neues – im Frieden übrigens auch nicht.«

Trevenen war unbeeindruckt: »Mal angenommen, daß Baratte mehr Kriegsschiffe hat, als wir wissen?«

»Kann schon sein. Aber die Streitmacht aus Indien ist schwer gesichert, sogar ein paar Ostindienfahrer sind dabei, vermutlich wird Baratte seine Hauptkräfte in unsere Richtung einsetzen.« Er blickte Dawes an. »Denken Sie daran, daß Ihr Schiff mal seins war und ich sein bestgehaßter Feind bin. Zwei gute Gründe *uns* anzugreifen, nicht wahr?«

Er hörte den Wachposten vor der Tür murmeln. Ozzard eilte hinüber, um sie zu öffnen. Bolithos Herz wurde schwer. Es war Minchin, der Arzt. »Entschuldigen Sie mich, Gentlemen. Trinken Sie vor dem Essen ein Glas Wein.« Er sprach so leichthin, daß keiner der Kapitäne seine Besorgnis spürte.

Minchin wartete, bis sich die Tür geschlossen hatte. »Ich hätte nicht gewagt, Sie zu stören, Sir Richard, aber...«

»Es geht um Konteradmiral Herrick?«

Der Arzt fuhr mit den Fingern durch das strubbelige graue Haar. »Ich mache mir Sorgen um ihn. Er hat große Schmerzen. Ich bin nur ein Schiffsarzt, ein Schlachter, wie man unsere Zunft gemeinhin nennt...«

Bolitho berührte seinen Arm. »Haben Sie die *Hyperion* so schnell vergessen? Wären Sie nicht gewesen, hätten damals noch viel mehr den Tod gefunden.« Minchin schüttelte den Kopf. »Einige wären damit besser dran gewesen.« Sie stiegen die Niedergänge hinab. Bolitho sah Allday auf einem umgedrehten Wasserfaß sitzen und schnitzen. Er blickte herüber, seine Augen waren voller Verständnis. Weiter ging es in das Innere der *Valkyrie* tief unter die Wasserlinie. Die Geräusche des Windes und der See waren hier unten gedämpft, nur die Planken knarrten wie Stimmen aus der Tiefe des Ozeans. Hier lagerten die Vorräte, Leinen, Teer und Farben, die Reservesegel und das Schießpulver. Sie betraten das Lazarett, das im

Gegensatz zu vielen anderen, die Bolitho gesehen hatte, geräumig und gut beleuchtet war. Der Sanitätsmaat schlug das Buch zu, das er gelesen hatte, und verschwand.

Herrick blickte auf die Tür, als sie eintraten, so als ob er geahnt hätte, daß sie kommen würden.

Bolitho beugte sich über die Koje. »Wie geht es dir, Thomas?«

Er fürchtete, daß Herrick vergessen haben könnte, was sie zusammen erlebt hatten, und sich wieder gegen ihn wenden würde. Herrick studierte sein Gesicht, seine Augen leuchteten blau im Licht der Lampen. »Es schmerzt, Richard, aber ich hatte viel Zeit über dich ... über uns nachzudenken.« Er versuchte zu lächeln, aber das Gesicht war schmerzverzerrt. »Du siehst müde aus, Richard ...« Er wollte eine Hand ausstrecken, doch preßte dann plötzlich die Augen zusammen. »Ich werde meine Hand verlieren, nicht wahr?«

Bolitho sah, daß der Arzt nickte, nur knapp, als ob alles schon entschieden wäre.

Minchin setzte sich auf eine Kiste. »Es muß gemacht werden, Sir.« Er zögerte. »Bis zum Ellbogen.«

Herrick seufzte auf: »Oh, mein Gott.«

»Sind Sie sicher?« Bolitho blickte in die geröteten Gesichtszüge des Arztes. Minchin nickte. »So schnell wie möglich, Sir. Sonst ...« Er mußte nicht weitersprechen.

Bolitho legte eine Hand auf Herricks Schulter. »Kann ich irgend etwas für dich tun?«

Herrick öffnete die Augen und sagte: »Ich habe dich enttäuscht.« Bolitho versuchte zu lächeln. »Nein, Thomas. Denke nur an dich, halte durch!«

Herrick starrte ihn an. Er war gewaschen und rasiert; auf einen Fremden würde er einen ganz normalen Eindruck gemacht haben. Er blickte auf den blutigen Verband an seiner zerschmetterten Hand.

»Schick meiner Schwester das Teleskop, wenn ich es ... nicht packen sollte, Richard.«

Bolitho drehte sich in der Tür um. »Du wirst es packen, ganz bestimmt!«

Der Rückweg zur Kabine schien endlos zu sein. Zu Allday meinte er: »Ich muß dich um einen Gefallen bitten, alter Freund.«

Allday nickte mit seinem Wuschelkopf und rollte den Lederlappen zusammen, in dem er seine Schnitzmesser und das Segelgarn verwahrte, das er für die Takelage seiner Schiffsmodelle brauchte.

»Keine Sorge, Sir Richard, ich bleibe bei ihm.« Er sah die Sorge in Bolithos Augen. »Ich sage Ihnen Bescheid, wenn etwas passieren sollte.«

»Danke.« Er drückte den starken Arm, unfähig, mehr zu sagen.

Allday sah ihm nach, wie er zur Kabinentür ging, wo der Posten trotz der Schiffsbewegungen schon steif wie ein Ladestock in Habtachtstellung stand.

Hinter der Tür würde er den anderen Kommandanten nichts von seiner Sorge zeigen, da war Allday sicher. Was wußten die schon? Alles, was sie wollten, war Ehre und jemand, der sie führte und beschützte.

Ozzard kam aus der Tür, und Allday fragte rauh: »Hast du noch Brandy, Tom? Von der besten Sorte?«

Ozzard blickte ihn prüfend an. Also nicht für ihn selbst. Das war etwas anderes.

»Ich hole ihn.«

»Nachher brauche ich auch einen kräftigen Schluck.«

Nachher. Das Wort schien noch im Raum zu schweben, als Allday längst nach unten verschwunden war.

Kapitän Adam Bolitho sah auf sein Spiegelbild, zog stirnrunzelnd seinen Rock glatt und brachte den Degen an die richtige Stelle. Die *Anemone* bewegte sich heftig in der achterlichen See. Die Luftfeuchtigkeit in der Kabine war die Ankündigung eines baldigen Regenschauers. Kein sanfter Regen, wie er über den Feldern und Dörfern Cornwalls niederging, sondern schwere Schauer, die so schnell vorüberzogen, daß keine Zeit blieb, wertvolles Trinkwasser aufzufangen. Aber das konnte er seinem Ersten Offizier überlassen.

Adam Bolitho haßte das Ritual der Auspeitschung, obwohl es die meisten Seeleute als etwas ansahen, was man nie ganz vermeiden konnte. Vielleicht war die jetzt anstehende eine Folge der endlosen Patrouillen, auf denen man nichts außer einer Kurierbrigg gesichtet hatte, oder ein Handelsschiff, das sich aus einem Krieg heraushalten wollte, den es nicht verstand. Langeweile und die Enttäuschung über den Verlust der Prisen hatte die Mannschaft verbittert. Segel- und Geschützdrill konnten ihre Frustration nicht länger im Zaum halten. Der Wunsch nach einem Gefecht mit dem Feind war dumpfer Resignation gewichen.

Der besagte Mann hatte einen Unteroffizier nach einem Streit wegen der Veränderung des Dienstplanes geschlagen. Unter anderen Umständen hätte Adam eine Untersuchung des Vorfalls angeordnet, aber in diesem Fall kannte er den Unteroffizier als erfahrenen und ungewöhnlich geduldigen Seemann. Adam hatte den umgekehrten Fall, bei dem Offiziere ihre Autorität mißbraucht hatten und die Wiederherstellung der Disziplin auf dem Rücken eines einfachen Matrosen stattfand, unzählige Male erlebt.

Der Mann war eine Landratte, die vor Portsmouth Point gepreßt worden war. Trotz aller Warnungen war er ein Aufrührer geblieben, ein Schmierenadvokat des Zwischendecks, wie Richard Bolitho solche Männer zu nennen pflegte.

Es klopfte an der Tür, und der Erste Offizier blickte herein. Er sah etwas überrascht aus, so als ob er fast vergessen hätte, wie sein Kapitän in voller Uniform aussah.

»Ja, Aubrey, was gibt es?« Er bereute seine Schärfe sofort. »Sind Sie bereit?«

Martin meinte unsicher: »Ich glaube, daß es mein Fehler war, Sir. Als Erster hätte ich es vorhersehen und verhindern müssen.« Wie um ihn zu necken, schrillten an Deck die Pfeifen, klatschten nackte Füße über das Deck.

»Alle Mann achteraus! Antreten zur Bestrafung!«

Adam antwortete: »Irgendwie kann ich die Leute verstehen, aber Mitleid ist ein Luxus, den sich kein Kommandant lange leisten kann. Es bleibt immer ein Risiko, sogar bei denen, die wir genau zu kennen glauben. Ich habe zu oft davon gehört. Wenn die Stimmung auf dem Schiff brenzlig ist, kann sogar Verständnis als Schwäche ausgelegt werden.«

Martin nickte und vermutete, daß der Kapitän viel von dem, was er sagte, bei Richard Bolitho gelernt hatte.

»Weitere Befehle, Sir?«

Adam blickte zur Seite. Er zeigte durch diese Diskussion eben diese Schwäche. »Beide Wachen um sechs Glasen am Nachmittag am Deck. Wir werden wieder Kurs ändern, wie für unsere Patrouille geplant.« Er versuchte zu lächeln, aber es blieb ein Krampf. »In zwei Tagen, vielleicht in drei, werden wir den Konvoi des Kommodore sichten. Dann werden wir reichlich zu tun haben.« Er war sich bewußt, daß er Keens Namen nicht erwähnt hatte. Hing das mit seiner Schuld zusammen?

Sie gingen gemeinsam an Deck. Die hochstehende Sonne ließ die Segel gegen das straffe geteerte Rigg transparent erscheinen.

Die Royal Marines hatten quer über das Achterdeck Aufstellung genommen. Ihr Leutnant, Montague Baldwin, hatte seinen gekrümmten Säbel blank über die Schulter gelegt. Leutnant Dacre, der Wachoffizier, stand neben Partridge, dem Navigator, jung und alt nebeneinander. Die Fähnriche und die anderen Deckoffiziere standen an der Reling des Achterdecks, während sich die Mannschaft auf dem Geschützdeck, den Laufbrücken und den Wanten schweigend zusammendrängte.

Martin sah den Kapitän nicken und gab sein eigenes Signal für den Beginn des Rituals. Der Gefangene wurde nach oben gebracht, eine große aufrechte Gestalt. Er hielt den Kopf hoch erhoben wie ein Volksheld auf dem Weg zum Galgen. Er wurde von Gwynne und einem Bootsmannsmaaten flankiert, dann folgte McKillop, der Arzt, und der Profos. Es herrschte völlige Stille, sogar die Segel schienen Ruhe zu halten.

»Hüte ab!« Die wenigen Hüte wurden abgenommen. Ein paar Männer beobachteten den Gefangenen, der bis jetzt allgemein unbeliebt gewesen war; die anderen blickten auf den schlanken dunkelhaarigen Mann mit den glänzenden Epauletten, der im Kreis seiner Offiziere stand und trotzdem ganz allein zu sein schien.

Adam nahm den Hut ab, zog die Kriegsartikel aus der Tasche und blickte den Gefangenen an. Alles eine Besatzung, und doch tausend Meilen voneinander entfernt.

Seine Stimme war ruhig und ohne Emotionen, so daß ihm viele der anwesenden Seeleute und Seesoldaten nicht zuhörten. Nicht, daß das eine Rolle gespielt hätte, zumindest die alten Hasen kannten die einschlägigen Artikel auswendig. Adam meinte sogar zu sehen, daß der Zimmermann einen seiner Maaten anstieß, als er zur letzten Zeile kam: »... oder soll den Tod, wie nachstehend beschrieben, erleiden.« Er schloß das Heft und fügte hinzu: »Von mir verfügt auf Seiner Britannischen Majestät Schiff *Anemone*.« Er setzte den Dreispitz auf. »Vollziehen Sie die Strafe!«

Die Gräting war schon gegen den Laufsteg aufgeriggt, und bevor er sich wehren konnte, war der Gefangene entblößt und mit Armen und Beinen daran gefesselt.

Adam sah, daß der jüngste Fähnrich seine Fäuste öffnete und schloß, aber nicht aus Mitleid, sondern eher wie ein Jagdhund, der Beute wittert. Adam befahl scharf: »Weiter, Mr. Gwynne.«

Jemand rief: »Zeig's ihnen, Toby!«

Leutnant Baldwin meinte gelassen: »Ruhig, Marines!«

Das erinnerte Adam an die Zeit, als er unter Keen gedient hatte. Keen hatte in Zeiten großer Anspannung denselben Tonfall benutzt, wie ein Kutscher, der nervöse Pferde beruhigt.

»Notieren Sie den Namen des Mannes!«

Gwynne, der Bootsmann, war nach einem Nahgefecht mit einem französischen Kriegsschiff auf einem Ohr völlig taub. Er rief: »Wie viele, Sir?«

»Drei Dutzend!«

Der Gefangene schrie: »Sie verdammter Bastard, Sie sagten zwei Dutzend!«

»Ich habe meine Meinung geändert.«

Die Trommeln rollten dumpf, der erste Schlag klatschte auf den Rücken. Der Profos zählte: »Eins!«

Das erste halbe Dutzend Schläge hinterließ ein rotes Gewirr von blutigen Striemen, die aussahen, als stammten sie von den Klauen eines wilden Tieres.

Der Gefangene begann zu stöhnen, als die Bestrafung fortgeführt wurde. Sein Gesicht war dunkelrot, als der Bootsmann die neunschwänzige Katze an seinen Maaten übergab. Der Profos zählte rauh: »Sechsundzwanzig!«

Der Arzt hob die Hand. »Er ist bewußtlos, Sir.«

»Schneidet ihn los!« Adam sah zu, wie der Mann in sein eigenes Blut stürzte. Er wurde aufgehoben und ins Lazarett gebracht. Nachdem man seinen Rücken mit Salzwasser gespült und ihm soviel Rum zu trinken gegeben hatte, wie sein Magen fassen konnte, würde ein Mann seines Kalibers wieder zu Kräften kommen. Aber das Zeichen der Katze würde er bis ins Grab behalten.

Der Erste Offizier betrachtete ihn nachdenklich. Das war eine Stimmung, die er noch nicht kannte.

Adam bemerkte: »Ich will keine Märtyrer auf meinem Schiff, Mr. Martin.« Er lächelte müde, als die Männer wieder an die Arbeit gingen oder in ihre Messen verschwanden. »Glauben Sie mir, man muß als Kommandant mehr einstecken können als Prisengelder!«

Er war kaum unter Deck gegangen, um seine Uniform zu wechseln, als der Regen wie ein Wasserfall losprasselte. Adam betrachtete sich wieder im Spiegel. *Was würde sie von ihm denken, wenn sie ihn jetzt sehen könnte.* Er ging an die Heckfenster und öffnete eins, um zum Horizont zu blicken. Der Regen war schon fast wieder vorbei. Er würde die Decks abgekühlt und die Segel dichter gemacht haben, um die nächste Brise besser einzufangen. Er blickte auf seinen Rock, der auf einem Stuhl lag. Die Epauletten blinkten düster. Er war so stolz gewesen, als er zum Kapitän zur See befördert worden war. Jetzt verspürte er nur leichte Übelkeit.

Drei Dutzend Hiebe! War das alles? Als sein Kapitän hätte ich ihn für den Schlag gegen den Unteroffizier an der Großrah hochziehen lassen können. Die Macht, die er über diese Männer besaß, irritierte ihn noch immer. Doch es war sein Recht.

Am Nachmittag saß er an seinem Tisch, neben ihm stand ein kaum angerührter Teller mit zähem Salzfleisch. Er dachte wieder an den Brief und fragte sich, ob sie ihn erhalten und wenn ja, ob sie ihn gelesen hatte.

Wenn sie sich doch nur einmal wieder per Zufall auf einem gewundenen Pfad treffen würden, wie damals, als er ihr die wilden Rosen geschenkt hatte. Und sie hatte ihn geküßt...

Er saß stocksteif da, als er den Ruf des Ausgucks hörte: »An Deck! Segel in Lee voraus!«

Adam sprang auf die Füße. Das war eine Abwechslung! Zwischen der *Anemone* und den Schiffen seines Onkels gab es kein eigenes. Die Aussicht auf ein Gefecht würde sie wieder zusammenführen. Reinigend wie der Regen, der gerade das Blut von der Gräting gewaschen hatte.

Das Achterdeck war überfüllt, als er es erreichte. Leutnant Dacre salutierte, dann strich er das nasse Haar aus der Stirn. »Ich bin mir nicht sicher, Sir, der Ausguck meint, es ist etwas unsichtig in Lee – könnte mehr Regen sein.«

»Dann werden wir ihn nicht stellen können.« Er eilte an die Karte, die die Steuermannsmaaten für ihn aufrollten.

Partridge knurrte: »Könnte ein Sklavenjäger sein, Sir, was sonst sollte sich hier draußen rumtreiben!«

»Das denke ich auch, Mr. Partridge! Beide Wachen an Deck und lassen Sie die Bramsegel setzen, sonst haut er ab, sobald er uns sichtet!«

Beim Schrillen der Pfeifen strömten die Männer an Deck. Adam versuchte ihre Stimmung einzuschätzen, als sie vorbeifluteten. Einige würden noch an die Auspeitschung denken, andere würden sie schon akzeptiert haben. *Er hatte selber schuld.* Oder: *Was kann man schon von einem verdammten Offizier verlangen?* Sie konnten ihn hassen, wenn ihnen danach war oder wenn er es verdiente. Aber ihn fürchten? Das durfte nie passieren.

Er sah, daß Fähnrich Dunwoody ihn anstarrte. »Hoch in die Wanten! Heute kann ich Ihre scharfen Augen gebrauchen!« Er sah ihm nach, wie er aufenterte, das lange Teleskop schlug bei jedem Schritt an seinen Hintern.

Martin trat zu ihm heran, sein Gesicht war eifrig und aufgeregt.

»Lassen Sie das Groß setzen. Ich will das Schiff fliegen lassen, bevor uns die Burschen entwischen!« Sie grinsten sich an. Alles andere war vergessen.

Die *Anemone* lief gut. Mit rauhem Wind schoß sie durch die Wellen wie ein Vollblut über die Hürden. Spritzwasser flog in großen Wolken über die Galionsfigur und, als alle Segel gesetzt und bretthart durchgeholt waren, lief es in Sturzbächen durch die Speigatten ab, nachdem es die Matrosen durchnäßt hatte.

Dunwoodys Stimme war bei dem Rauschen der Segel und dem Brummen der Takelage kaum zu hören. »An Deck! Zwei Masten, Sir, ich glaube, sie haben uns gesehen.«

Adam wischte sich das Gesicht mit dem Hemdsärmel ab und stellte fest, daß er völlig durchnäßt war.

»Wenn der Regen ausbleibt, wird es ihnen nichts nützen.«

Er lief über das Deck und konnte es kaum verhindern, gegen eine Kanone geschleudert zu werden, wenn der Klüverbaum in den Himmel zeigte und das Sonnenlicht golden reflektierte. Dann ging es ins nächste Wellental, in dem die Verbände vibrierten, als ob sie auf eine Sandbank gelaufen wären.

»An Deck!« Es war wieder der Ausguck. Vielleicht war Dunwoody durch das Spritzwasser zu benommen, um rufen zu können. »Es ist eine Brigg, Sir, ich werde aber nicht schlau aus ihr!«

»Nehmen Sie die Flüstertüte, Aubrey, und holen

Sie Dunwoody runter. Das macht doch alles keinen Sinn!«

Dunwoody erschien wieder an Deck. Er zitterte heftig, obwohl sein tropfendes Hemd dampfte.

Adam erkundigte sich: »Was stört Sie, Mr. Dunwoody?« Er war erstaunt, daß er so ruhig sprechen konnte.

Dunwoody blickte auf das Deck und wäre beinahe gestürzt, aber Bond, ein Steuermannsmaat, packte ihn am Arm. Der Junge hob den Kopf und blickte über die See, als ob er alles vor sich sähe. »Das ist kein Sklavenschiff, Sir. Es ist eins der unseren, die Brigg *Orcadia*.«

Adam sah Martin an. »Ist sie beschädigt?« Er drückte den Arm des Jungen leicht. »Ich muß es wissen!«

Dunwoody schüttelte den Kopf, unfähig, es zu begreifen. »Sie ist manövrierunfähig, aber weist keine Beschädigungen auf.«

»Sie treibt? Verlassen? Sprechen Sie, Mann!«

Adam zog sich in die Leewanten und begann aufzuentern. Jede Webeleine biß in seine Hände, wenn das Schiff heftig rollte. Er mußte eine Weile warten, bis sich das Schiff auf einem langen Brecher so beruhigte, daß er das Glas, gegen die Wanten gelehnt, ausrichten konnte. Die *Orcadia* stampfte und rollte heftig. Das Sonnenlicht beschien ihre Heckfenster und die vergoldeten Schnitzereien, so daß es aussah, als stünde das Heck in Flammen. Das achtere Boot war noch da, aber ein anderes hing in losen Taljen und schlug gegen die Bordwand der Brigg. Also nicht aufgegeben. Er wartete den nächsten Wellenberg ab und versuchte es nochmals. Die Flagge der *Orcadia* hatte sich im Rigg verfangen. Adam spürte förmlich die gespannten Gesichter unter ihm, die darauf warteten, daß er etwas sagte. Noch ein Blick durch das tropfende Teleskop, obwohl er schon wußte, was er sehen würde. Er stieg rasch hinunter. Bald würde es jeder sehen. Er ging zu seinem Ersten und dem Segelmeister, die ihn erwarteten. Es war sinnlos, es aufzuschieben. Er blickte sie an und meinte schlicht: »Lassen Sie die Wache auf dem Achterdeck antreten und bewaffnen Sie sich, Gentlemen.« Er hob die Hand, als Leutnant Lewis forteilen wollte. »Es ist die *Orcadia*.« Er wollte sich die trockenen Lippen lekken, wagte es aber nicht. »Sie hat die gelbe Flagge gesetzt!«

Lewis krächzte: »Fieber!«

»Richtig, Mr. Lewis.« Seine Stimme wurde schärfer. »Bei den Seeleuten noch gefürchteter und verhaßter als Feuer.«

Leutnant Baldwin kam an Deck, seine Augen waren überall, während er seinen scharlachroten Rock zuknöpfte.

Adam erläuterte: »Wir werden in Luv beidrehen und ein Boot aussetzen.« Er sah den schnellen Blickwechsel. »Ich werde mit Freiwilligen selber hinüberfahren.«

»Aber Sie werden doch nicht an Bord gehen, Sir?« Dacre blickte sich um, als ob er schon die Schreckensszenen auf der überfüllten Fregatte vor Augen hätte.

»Das werde ich später entscheiden.«

Die Seesoldaten quollen aus dem Zwischendeck. Alle bewaffnet und bereit zu töten, um die Ordnung aufrechtzuerhalten.

Martin bemerkte, wie die Nachricht durch das Schiff lief und die Angst um sich griff. »Der Kommandant ist ein Freund von Sir Richard, glaube ich?«

»Auch von mir.« Er dachte an den Jenour, den er gekannt hatte, verläßlich, treu und liebenswert. Adam hatte ihn für tot gehalten, als er zum Begräbnisgottesdienst in Falmouth gegangen war. Doch dann waren sein Erster Offizier Sargeant und Aubrey Martin hereingestürmt, die den ganzen Weg von Plymouth nach Falmouth galoppiert waren, um ihm mitzuteilen, daß die Menschen, die ihm die liebsten waren, überlebt hatten. Damals hatte er Zenoria für alle Zeiten verloren.

»Werden wir sie abschleppen, Sir?«

Als Adam ihn wieder anblickte, war Martin schokkiert, ihn weinen zu sehen. Die Tränen rannen ihm die Wangen hinunter, wo sie sich mit dem Spritzwasser vermischten.

»In Gottes Namen, Aubrey, Sie wissen, daß ich das nicht darf.« Das war ein anderer Kapitän, einer, den Martin noch nicht kennengelernt hatte.

Adam wandte sich an Dunwoody, ohne sich der anderen daneben bewußt zu sein: »Jenour kommt mit Depeschen von meinem Onkel. Es muß wichtig sein.« Er starrte auf die ferne Brigg, bis sie vor seinen Augen verschwamm. Er hörte Martin befehlen: »Aufentern! Lassen Sie die Segel kürzen, Mr. Lewis!« Dann hörte Dunwoody seinen Kapitän flüstern: »Lieber Gott, verzeih mir, was ich tun muß!«

Näher und näher schlichen sie sich an die *Orcadia* heran, bis sie durch die Ferngläser die Einzelheiten des Unglücks erkennen konnten. Das Doppelruder war unbesetzt und drehte hin und her, während sich die Brigg ihren Weg unter dem Druck des Windes und der Wellen suchte. In der Nähe des Kompaßhauses sah Adam zwei Männer wie im Schlafe liegen, ihre Körper bewegten sich nur im Rhythmus der Wellen. Eine andere Leiche hatte sich in einer Leine neben dem zerbrochenen Boot längsseits verfangen. Als die *Anemone* mit hart angebraßten Rahen hoch am Wind heranschor, erkannte er die anderen nassen Bündel, die einstige Mannschaft der *Orcadia*.

Der Arzt bemerkte: »Das muß ein Fieber der schlimmsten Sorte gewesen sein. Auf so einem kleinen Schiff breitet es sich aus wie ein Steppenbrand.«

Adam antwortete nicht. Er hatte von den gefährlichen Seuchen in diesen Gebieten gehört, aber noch nie mit den Auswirkungen zu tun gehabt. Männer fielen auf ihren Stationen um, starben, bevor sie wußten, wie ihnen geschah. Die Infektion konnten sie sich überall geholt haben, vielleicht bei der Durchsuchung eines Schiffes, das man für einen Sklavenhändler gehalten hatte. Es war auf diesen Schiffen nicht ungewöhnlich, daß bei der Ankunft die meisten Sklaven tot waren und ein großer Teil der Besatzung ihnen bald folgte.

»Nahe genug, Mr. Martin!« Er klang scharf und für jene, die ihn nicht kannten, gefühllos.

Beide Wachen waren an Deck. Einige Männer blickten zur verlassenen Brigg hinüber, als würde sie eine zerstörerische Kraft ausstrahlen. Ein Geisterschiff, das aus der Vergangenheit kam, um Schrecken zu verbreiten.

Ein paar Gesichter drehten sich ihm zu, als Adam rief: »Ich brauche ein paar Freiwillige für die Gig!«

Er sah die unterschiedlichsten Gefühle auf den Gesichtern: Angst, Feindschaft, Verstörtheit. Niemand bewegte sich, als er fortfuhr: »Es ist eines unserer Schiffe, genau wie die *Thruster* eines war. Die *Orcadia* ist genauso ein Opfer dieses Krieges wie jedes andere Schiff, das im Feuer des Feindes zerstört wurde. Ich muß wissen, ob an Bord noch jemand lebt.« Er sah, daß McKillop, der Schiffsarzt, kurz den Kopf schüttelte. Das steigerte noch sein Gefühl der Hoffnungslosigkeit und seine Vorahnungen. »Die *Orcadia* hatte Depeschen des Geschwaders an Bord. Sie mußten sehr wichtig sein für meinen Onk . . . für Sir Richard, denn sonst hätte er sie nicht detachiert. Ihr Kommandant war ein Freund von uns allen. Soll sein Leiden sinnlos gewesen sein?«

Sein Bootssteurer schnarrte: »Ich werde Sie nicht verlassen, Sir.«

Ein anderer rief: »Sie können mit mir rechnen!« Es war Tom Richie, der Bootsmann der *Eaglet,* der trotz der Risiken auf seine Seite wechselte. Adam meinte cool: »Immer noch bei uns, Richie?«

Ein Matrose, dessen Namen er nicht kannte, schlug seine Pranken zusammen und produzierte sogar ein Grinsen: »Melde dich niemals freiwillig, sagt man! Seht her, wo es mich erwischt!«

Nervös und widerstrebend kamen sie einer nach dem anderen achtern, bis Starr flüsterte: »Volle Mannschaft, Sir!«

Adam drehte sich zu Dunwoody um, der schluckend sagte: »Ich komme auch mit, Sir.« Er schob das Kinn vor, was ihn noch jünger erscheinen ließ.

Adam meinte beruhigend: »Bleiben Sie beim Ersten, er braucht Ihre Unterstützung.« Dann blickte er Martin an. »Wollen Sie immer noch ein eigenes Kommando, Aubrey?« Er lächelte, aber es erreichte nicht seine Augen.

Mein Schiff. Meine schöne Anemone . . . und ich muß dich verlassen.

Er sah zu, wie die Gig gefiert wurde und längsseits nach Lee verholt wurde. Ein paar Männer zuckten zusammen, als ein einzelner Schuß krachte, und einige blickten nach oben, um zu sehen, ob ein Loch in den gerefften Bramsegeln erschien.

Starr rief: »Fertig, Sir!«

Adam verließ das Achterdeck und ging zur Relingspforte. Er blieb stehen, als ihn ein Paar Seeleute berührten, so als ob sie ihn zum letzten Mal sehen würden.

»Viel Glück, Sir!«

»Passen Sie auf, wenn die Ihr Boot entern wollen, Sir!« Das kam von einem alten Seemann, der die Gefahr engen Kontakts einschätzen konnte. Mit ein paar einfachen Worten hatte er die *Orcadia* in einen Feind verwandelt.

»Absetzen! Riemen bei! Ruder an überall!«

Adam mußte an Allday denken, als das Boot abdrehte und Fahrt aufnahm. Wieder erklang ein Schuß, und die Männer kamen einen Augenblick aus dem Takt, als sich einer der Männer nervös umdrehte.

Der Matrose Richie rief zwischen den Schlägen: »Man hat mir erzählt, daß Sie ein guter Pistolenschütze sind, Käpt'n?«

Adam sah zu ihm hin. Er war froh, daß er das Entermesser, das Beweisstück, in die See geworfen hatte. Das schien tausend Jahre her zu sein. »Ja, wenn es nötig ist.«

Dann packte er Starrs Ärmel. »Unter das Heck, aber nicht zu nahe, der Sog könnte uns ans Ruder ziehen.« Die ganze Zeit hatte er das Gefühl, daß die *Anemone* ganz dicht bei ihm war, um ihn zu beobachten. Als er sich umdrehte, war er schockiert, wie weit sie inzwischen entfernt war, als sie in einem tiefen Wellental nahezu verschwand. Fast schien es, als wollten die Wellen, die bis zu ihren Geschützpforten reichten, sie verschlingen.

Er packte die Flüstertüte. »*Orcadia!* Hier ist Kapitän Bolitho von der *Anemone!*« Er fühlte sich schlecht, weil er Hilfe anbot, ohne sie dann leisten zu können.

Starr murmelte: »Hat keinen Zweck, Sir. Sie haben alles versucht.«

»Nochmals unter durch!« Er versuchte nicht einmal, seine Verzweiflung zu verbergen. »Dann fahren wir zurück.«

Er sah, daß sich zwei Ruderer anschauten. Seine Worte hatten sie offensichtlich beruhigt. Starr drückte die Pinne zur Seite, dann rief er aus: »Sehen Sie, Sir, in der Kabine!«

Die Gig bewegte sich in dem heftigen Seegang wild auf und ab, die Riemen konnten sie kaum steuerfähig halten. Aber Adam vergaß die Gefahr, als er zum offenen Heckfenster hinaufblickte. Die Kabine glich der von seinem ersten Kommando, der *Firefly* mit vierzehn Kanonen. Da war jemand zu sehen, mehr ein Schatten als eine menschliche Gestalt. Adam verspürte Angst, als sie sich langsam dem salzverkrusteten Glas näherten. Wer immer es war, er mußte seine Stimme gehört haben und ihn aus seiner Agonie wieder zu Bewußtsein gebracht haben.

Adam war sich sicher, daß es Jenour war, ohne zu wissen, warum. Er krepierte, während seine kleine Brigg weiterkämpfte, nachdem ein Rudergänger nach dem anderen gestorben war. Einige mußten noch versucht haben, mit dem gekenterten Boot zu fliehen. Vielleicht hatte es auch einen letzten Versuch gegeben, die Ordnung wieder herzustellen, als es schon längst zu spät dafür war.

Ein Matrose keuchte: »Ein Sack, Sir!« Seine Augen fielen ihm fast aus dem Kopf, als plötzlich eine kleine Ledertasche aus der Kabine herabgelassen wurde.

Es mußte Jenours ganze Kraft kosten, wahrscheinlich seine letzte. Wenn sie jetzt ins Wasser fiel, war alles umsonst gewesen.

»Darauf zu halten, Starr!«

Adam kletterte über die Duchten nach vorne, hielt sich da und dort an einer Schulter fest, damit er nicht außenbords fiel. Er spürte ihre Furcht, sogar vor einem so kurzen Kontakt. Als er den Bug erreicht hatte, packte er die Tasche und zog sie ins Boot.

»Streich überall!« befahl Starr mit Blick auf die Tasche. Das Heck der Brigg ragte über ihnen auf, um sie im nächsten Wellental zu zerschmettern. Später war er froh, daß die anderen Männer mit dem Rücken zu dem unglücklichen Schiff gesessen hatten.

Genau wie Adam starrte er hinauf. Man konnte die Epaulette eines Commanders erkennen, doch das Gesicht war nicht mehr menschenähnlich.

Adam schnitt die Leine durch, an der die Tasche hing. Die Gestalt verschwand in der Kabine. Er rief: »Gott sei mit dir, Stephen!« Aber es waren nur die Schreie der Möwen zu hören.

Starr drückte wieder die Pinne herum und atmete

langsam aus, als ihn die Bramsegel der *Anemone* zu grüßen schienen.

Doch Adam blickte zur *Orcadia* zurück und flüsterte: »Gott? Kümmert der sich um uns?«

Er konnte sich kaum an die Rückkehr auf die *Anemone* erinnern. Viele Hände reckten sich, um ihm zu helfen. Einige Hochrufe erklangen; ob sie ihm galten oder den Freiwilligen, das wußte er nicht.

Dann war es dunkel, und das Deck lag unter dem Druck der Segel wieder ruhig. Leutnant Martin saß mit ihm in der Kabine und sah, daß sein Kommandant unbewegt ein Glas Brandy nach dem anderen in sich hineinschüttete. Die lederne Tasche lag noch immer ungeöffnet auf dem Tisch – wie ein Symbol des Schreckens.

Der Zweite Leutnant betrat die Kabine. Nach einem fragenden Blick auf Martin meldete er: »Wir haben sie verloren, Sir. In diesen Gewässern kann sie Monate, ja Jahre umhertreiben.«

Adam befahl: »Öffnen Sie die Depeschen.« Er starrte in das leere Glas, ohne sich erinnern zu können, daß er daraus getrunken hatte. Wie damals, als sie in Falmouth zu ihm gekommen war. Und sie war bei ihm geblieben.

Martin entfaltete eine Nachricht, und Adam erkannte Yovells schwungvolle Handschrift.

»Sie ist an Kommodore Keen gerichtet, Sir. Er sollte Sie finden, damit Sie das Geschwader am Auslaufen hindern. Baratte scheint nach der Einschätzung von Sir Richard auf dem Kriegspfad zu sein.«

»Nun hat Jenour uns gefunden.« Er versuchte, die Erinnerung zu verdrängen. »Wir haben keine Zeit, mit dem Kommodore Kontakt aufzunehmen.« Er blickte aus den Heckfenstern auf das phosphoreszierende Kielwasser am Ruder und das erste Mondlicht auf dem Wasser.

Vermutlich hatten sie niemals genug Zeit.

»Wir werden uns Sir Richard anschließen. Weisen Sie Mr. Partridge an, einen entsprechenden Kurs festzulegen, dann lassen Sie wenden.« Er verstummte, und sein Kopf fiel zur Seite. Er spürte nicht mehr, daß die anderen seine Beine auf die Bank hochlegten. Er hörte auch nicht, daß Martin murmelte: »Ich werde das erledigen, mein Kapitän, aber dieses eine Mal kommen Sie zuerst dran.«

XVII Noch ist nicht alles verloren

Bolitho nahm von Ozzard eine Mugg Kaffee entgegen und kehrte zur Karte zurück. Avery und Yovell sahen ihm schweigend zu. Beide wußten, daß er an Herrick dachte, der unten im Lazarett lag. Bolitho schlürfte den Kaffee, den ihm Catherine an Bord geschickt hatte. Es konnte nicht mehr viel vorhanden sein.

Er klopfte mit dem Zirkel auf die Karte und meinte: »Jedenfalls haben wir jetzt etwas mehr Zeit, weil Kommodore Keen unser Problem kennt. Generalmajor Drummond wird ihm genug über seekranke Soldaten und Pferde erzählen, die auch ohne feindliche Bedrohung kaum noch stehen können.«

Wie die anderen vermuteten, war er in Gedanken bei Herrick. Er hatte ihn mehrfach besucht und war entsetzt über das gewesen, was er vorgefunden hatte. Aber der Arzt hatte von Beginn an gesagt: »Konteradmiral Herrick ist ein zu starker Charakter, um sich aufzugeben. Die meisten Männer werden vor Schmerzen ohnmächtig oder betrinken sich bis zur Bewußtlosigkeit. Er nicht! Sogar unter dem Messer hat er noch mit mir gekämpft.«

Beim letzten Besuch hatte Herrick seltsam verletzlich und wehrlos gewirkt, sein normalerweise von Wind und Wetter gegerbtes Gesicht war bleich wie das eines Toten gewesen. Oft war er unansprechbar, wähnte sich auf anderen Schiffen, rief Befehle und erwartete Antworten auf Fragen, die niemand verstand. Einmal hatte er den Namen des Schiffes gerufen, auf dem sie das erste Mal zusammen gedient hatten: *Phalarope*. Mehrmals hatte er beinahe gleichmütig von seiner geliebten Dulcie gesprochen.

Bolitho kam schlagartig in die Gegenwart zurück, als Avery bemerkte: »Baratte kann von Ihren Depeschen nichts wissen, Sir, aber er wird nicht zu lange abwarten wollen.«

Bolitho stimmte zu. »Nördlich von Mauritius gibt es ein Seegebiet mit vielen kleinen Inseln, wie zum Beispiel Gunners Quoin. Wir bräuchten eine ganze Flotte, um es abzusuchen.« Er klopfte wieder auf die Karte: »Ich bin der festen Überzeugung, daß sich Baratte und sein mörderischer Freund dort die Zeit vertreiben, bis sie Nachricht vom ersten Konvoi erhalten.«

Avery reichte Ozzard seine Mugg. »Es ist unser einziger Anhaltspunkt.«

»Sie klingen besorgt.«

Avery zuckte mit den Schultern. »Es liegt außerhalb meiner Erfahrungen, Sir.«

Bolitho wollte ihn weiter befragen, aber vor der Tür

waren Stimmen zu hören. Als Ozzard die Tür öffnete, lief ihm ein eisiger Schauer den Rücken hinunter, denn er erkannte den grauen Haarschopf des Arztes.

»Was . . .?«

Minchin trat ein und wischte sich die Hände an seiner Schürze ab. Er grinste beinahe. »In sicherem Fahrwasser, Sir Richard, aber es war ziemlich eng.«

»Sie meinen, er ist über den Berg?« Darauf war er nicht vorbereitet gewesen.

Minchin nickte. »Es wird eine Weile dauern, aber das Fieber fällt. Ich bin selber überrascht.«

»Kann ich ihn besuchen?«

»Er hat nach Ihnen gefragt, Sir Richard.« Er verbeugte sich, und man konnte eine starke Rumfahne riechen. »Meinem Sanitätsgasten gebührt die Ehre. Er studiert die medizinische Lektüre von morgens bis abends. Meiner Meinung nach ist er ein besserer Chirurg als die meisten von uns.«

Bolitho eilte die beiden Treppen zum Lazarett hinab. Nach allem, was geschehen war, war das die beste Nachricht seit langem.

Herrick blickte ihn von der Koje aus an und versuchte zu lächeln. »Du hast gesagt, ich würde durchkommen«, flüsterte er schwach und schloß die Augen. Allday grinste, in seiner Pranke hielt er ein Glas Brandy. Der Sanitätsmaat Lovelace, ein bleicher, ziemlich weibisch wirkender junger Mann, dessen graue Gesichtsfarbe darauf hindeutete, daß er das Lazarett nur selten verließ, erläuterte: »Das Schiff lag ruhig, also benutzte ich die Doppelhautlappenmethode. Sie ist schwieriger, vermindert aber die Gefahr des Wundbrands.«

Bolitho betrachtete ihn ernst. »Ich bin Ihnen sehr

verpflichtet und werde Sie in meinem nächsten Bericht lobend erwähnen.«

Sie warteten ab, bis Lovelace gegangen war, dann brummte Herrick: »Der Kerl genießt wirklich seinen Job.« Er stöhnte, als er sich bewegte, aber er schien bei klarem Verstand zu sein, denn er fragte: »Was ist mit dem Feind und diesem verdammten englischen Überläufer? Ich habe gehört, daß Kommodore Keen den Konvoi zurückhalten soll – stimmt das?«

Bolitho meinte darauf leichthin: »Gibt es auf diesem Schiff denn keine Geheimnisse, Thomas? Aber du hast recht, ich hielt es für das Beste.«

Er drehte sich um, als Schritte im Niedergang zu hören waren und die hellen Hosen eines Fähnrichs im fahlen Licht des Unterdecks erschienen.

»Mit respektvollen Grüßen des Kapitäns, Sir Richard . . .« Seine Augen wanderten zur Koje hinüber und zu dem Verband, wo Herricks Unterarm gewesen war.

»Wir sind alle ganz Ohr, Mr. Harris.«

Der Junge errötete unter dem strengen Blick seines Admirals. »Der Ausguck meldet Geschützfeuer, vermutlich im Süden.«

Bolitho unterdrückte seinen Wunsch, sofort auf das Achterdeck zu eilen. Es kam zwar oft vor, daß der Ausguck weit entfernte Geräusche bemerkte, doch diesmal kamen sie aus der falschen Richtung. Tyackes *Larne* hätte sie sonst gemeldet.

»Ich komme an Deck.« Er blickte wieder Herrick an. »Ich kann dir nicht sagen, was das bedeutet.«

Herrick betrachtete ihn nachdenklich, so als würde ihn etwas umtreiben. »Ist es etwas Unerwartetes, Richard? Sind wir darauf vorbereitet?«

Das wir freute ihn mehr als alles andere. Er legte eine Hand auf Herricks gesunden Arm. »Ich bin oft genug ein Admiral mit nur zwei Schiffen gewesen. Dieses Mal habe ich ein Schiff mit zwei Admiralen!«

Allday bemerkte besorgt: »Ich werde jetzt besser gehen!«

Herrick wurde müde. Entweder hatte ihm Minchin etwas verabreicht, oder es war Alldays Brandy. Ruhig brummte er: »Ich werde es dir niemals vergessen, du Lump!«

Allday grinste: »Schon wieder ganz der alte!«

Bolitho fand Trevenen und seine Offiziere an der Reling des Achterdecks, wo alle durch ihre Teleskope auf die leere Kimm starrten.

»An Deck! Segel im Süden!«

Trevenen blickte grimmig. »Wir sollten Schiff klar zum Gefecht machen, Sir Richard.«

Bolitho rieb sich das Auge. Warum so früh? Warum war der Mann so angespannt? *Laertes'* weiße Segel waren als winziger Punkt an der Kimm zu erkennen, die *Larne* stand gut in Luv. Immer in Blickkontakt. Trevenen fuhr fort: »Eine Breitseite vermute ich, Sir Richard.« Er klang verstört und konnte es nicht verbergen. »Nur eine.«

»Nun, dieser Fremde muß uns gesichtet haben, Kapitän Trevenen, er scheint den Kurs beizubehalten.« Er richtete sein Fernglas sorgfältig aus und benutzte dazu die Schulter von Fähnrich Harris. Das würde der Hundewache Gesprächsstoff liefern.

»An Deck! Es ist eine Fregatte, Sir!«

Avery fragte: »Welche?«

Jemand murmelte: »Bei Gott, dieser Kommandant weiß, wie man einem Schiff Flügel verleiht!«

Trevenen schnarrte: »Mr. Monteith, ich wäre Ihnen höchst verbunden, wenn Sie derartig substanzlose Äußerungen in Zukunft für sich behalten würden!«

Der junge Leutnant schien einzuschrumpfen, drehte sich aber weg, als er sah, daß Avery ihn beobachtete. Bolitho hatte den Wortwechsel verfolgt. Die Fregatte konnte nur die *Anemone* sein. Aber warum Adam? Vielleicht hatte Keen entschieden, daß es klug war, ihn zu detachieren. Bolitho sagte: »Wir werden das Schiff nicht klar zum Gefecht machen, Kapitän Trevenen.« Er bluffte. »Informieren Sie mich, sobald die *Anemone* im Bereich unserer Signale ist! Mr. Avery, folgen Sie mir nach achtern!«

In der Kabine war Yovell schon dabei, sich aus dem Staub zu machen, während Ozzard noch etwas für das Lazarett zusammenbraute. Wie Allday erkannten sie Bolithos Stimmungen sofort und wußten, daß er jetzt mit seinem Flaggleutnant allein sprechen wollte.

Avery sagte: »Ich bin erfreut zu hören, daß es Konteradmiral Herrick besser geht, Sir.«

Bolitho ging langsam zu den Heckfenstern und beschattete seine Augen, um *Larnes* Bramsegel auszumachen.

»Als Sie zu mir kamen und ich Sie als meinen Flaggleutnant akzeptierte, haben wir eine Art Übereinkunft geschlossen. Würden Sie das auch so sehen?«

Er blickte hinaus auf die See und spürte, daß Avery ihn beobachtete. Er fühlte dessen Unwillen, über das zu sprechen, was ihn beunruhigte.

»Sie können sich meiner Loyalität als Offizier des Königs jederzeit gewiß sein, Sir.«

Bolitho drehte sich um, konnte aber in der Dunkelheit der Kabine kaum etwas erkennen.

»Ihrer Freundschaft auch, hoffe ich?«

»Ich weiß das mehr zu schätzen, als ich es ausdrücken kann. Aber nach meinen Erfahrungen und dem Stigma des ungerechten Kriegsgerichtsurteils habe ich mich daran gewöhnt, mit dem, was ich sage und tue, vorsichtig zu sein.«

»Stellen Sie sich vor, Sie würden Ihre Stellung verlieren, diese Stufe auf der Leiter, die wir immer vor Augen haben, seit wir in der Navy dienen.«

Avery hörte die Rufe des Ausgucks, nackte Fußsohlen klatschten oben über das Deck. Die Segel wurden umgetrimmt. Als er antwortete, klang seine Stimme seltsam distanziert.

»Ich habe geschwiegen und nur meine Pflicht getan ... Ich dachte, das wäre genug. Die weitreichenden Möglichkeiten der Admiralität waren mir nicht unbekannt.«

Bolitho erinnerte sich an Catherines Warnung, daß Sillitoe Avery als Spitzel eingeschleust haben könnte. Der Gedanke schmerzte ihn mehr, als er für möglich gehalten hätte. Avery fuhr fort: »Ich habe meinem Onkel von Gibraltar aus geschrieben. Er hat mir Informationen zukommen lassen!«

»Über mich?«

Avery blickte ihn schockiert an. »Niemals, Sir! Ich war nur neugierig, warum ein Mann wie Kapitän Trevenen ein Schiff wie die *Valkyrie* bekommt.«

»Sie haben falsch und unehrenhaft gehandelt.«

Bolitho hätte gern sein Gesicht gesehen, doch in der Kabine war es zu dunkel. »Ich warte noch immer auf eine Erklärung, Mr. Avery.«

»Ich hab' es für Sie und nicht gegen Sie gemacht, Sir, weil ich bemerkte, daß Sie die Auspeitschungen und Erniedrigungen der Leute haßten, aber nicht einschreiten konnten.«

Bolitho wartete ab. Da sah man sich jeden Tag und kannte sich doch nicht – vielleicht bis jetzt.

»Mein Onkel war gut informiert. Ich vermute, er wußte, warum Ihre Lordschaften auf Ihrem Einsatz am Kap der Guten Hoffnung bestanden.« Er konnte seinen Ärger nicht unterdrücken. »Trevenen hat das Schiff als Belohnung für eine falsche Aussage vor einem Untersuchungsausschuß bekommen. Er diente früher auf der Fregatte *Priam*, auf der, meinem Onkel zufolge, zwei Männer unter der Peitsche starben. Trevenen entlastete den Kommandanten, und der Ausschuß ließ die Vorwürfe bereitwillig fallen.«

»Kann ich den Namen des Kommandanten erraten?«

»Ich denke, Sie kennen ihn, Sir. Es war Hamett-Parker, jetzt Admiral Sir James Hamett-Parker. Derjenige, der für Ihren Einsatz hier gesorgt hat.« Er klang, als sei er außer Atem.

Bolitho packte die Lehnen des Sofas. »Er behauptete mir gegenüber einmal, daß er nie auf Fregatten gefahren sei.«

»Der Admiral kannte Trevenens Haß auf Ihre Familie, Sir, eine einfache, aber effektive Waffe.« Er sprach schneller, als befürchtete er, es später zu bereuen. »Trevenen kommt aus einfachen Verhältnissen, Sir.«

»Das spricht nicht gegen ihn.« Er erinnerte sich aber an Trevenens endlose Diskussionen mit dem Zahlmeister und seinem Sekretär über die Schiffsverpflegung und das frische Obst, das in diesem Klima so wichtig war.

»Ich wollte nicht, daß es so endet, Sir, darauf haben

Sie mein Wort.« Er wandte sich ab. »Ich war glücklich, unter Ihnen dienen zu dürfen. Jetzt habe ich diese Chance verspielt.«

»Gibt es noch etwas?«

»Ich fühle es in allen Knochen, daß wir bald kämpfen müssen. Ich werde Sie nicht im Stich lassen, wenn es losgeht.«

Bolitho hörte oben das Quietschen der Flaggenleine, wahrscheinlich die Antwort auf ein Flaggensignal der anderen Fregatte. Er versuchte ruhig zu bleiben. »Ich habe nie an Ihren Fähigkeiten gezweifelt.«

»Wenn Sie ein Geheimnis wissen wollen, Sir . . .«

»Erzählen Sie mir nur, was Sie möchten. Sie haben schon genug gesagt, um sich zu ruinieren.«

»Kapitän Trevenen ist ein Feigling, Sir. Ich habe ihn beobachtet, und ich halte mich für einen guten Menschenkenner.«

Schwere Schritte polterten über den Niedergang. Trevenen klopfte ungeduldig an die Tür. Einen Augenblick lang starrten sie sich an: »Dazu gehört Mut!« Er machte eine Pause. »Es bleibt ein Geheimnis, Mr. Avery.« Dann fuhr er scharf fort: »Herein!«

Trevenen kam fast in die Kabine geschossen, seine kräftige Figur schwankte hin und her, als hätte er vergessen, wo er war. »Es ist die *Anemone*, Sir Richard!« Es klang wie eine Anschuldigung. »Der Kommandant kommt an Bord.«

»Ist das alles, Kapitän?«

»Die *Orcadia* ist verloren. Fieber!«

Bolitho hielt den Atem an. Ohne zu fragen, wußte er, was passiert war. In der verfügbaren Zeit konnte Adam Keen nicht informiert haben, was bedeutete, daß Keens Schiffe vermutlich schon unterwegs waren.

»Ich komme sofort an Deck.«

Als die Tür zufiel, trat Allday durch den anderen Eingang. Bolitho meinte leise: »Armer Stephen Jenour. Er wollte kein Kommando. Ich habe es ihm aufgedrängt. Ich hätte ihn auch gleich erschießen können.«

Avery war unsicher, was er sagen sollte. »Aber ich glaube doch, jeder Offizier möchte sein eigenes Schiff.«

»Das bezweifle ich.« Er griff nach Averys Arm, verfehlte ihn aber in der Dunkelheit.

»Wir haben einen Krieg auszufechten, Mr. Avery. Verdrängen Sie alle anderen Gedanken. Sie haben es für mich getan, und es war richtig. Jeder Befehlshaber muß die Stärken und Schwächen seiner Kommandanten kennen.«

Allday stellte ein Glas neben seine Hand. »Ein Schlückchen, Sir Richard.« Mehr konnte er nicht sagen.

»Wir warten an Deck, Sir.« Avery folgte dem kräftigen Bootssteurer ins Sonnenlicht. Es schien unglaublich, daß die *Anemone* bereits gewendet hatte und in Lee von ihnen lief. Avery sah Männer an den Kanonen vorbeilaufen und die Bootstaljen klarmachen. Er drehte sich um und war erstaunt, wie intensiv ihn Allday anblickte.

»Was gibt es?«

»Ich kenne Sie noch nicht lange, Sir, aber ich glaube, daß Sie jetzt zu Sir Richards kleiner Crew gehören, wie er uns nennt.« Er lächelte nicht. »Sonst würde ich kein Wort sagen.«

»Es tut mir leid um Jenour, aber ich kannte ihn kaum.«

»Er war ein guter Mann. Wir vertrauten ihm alle, meine ich.« Dann entschloß er sich. »Ich glaube, Sie sollten es wissen, Sir, weil ich gesehen habe, daß er Sie mag...« Er zögerte. »Sollten Sie es weitersagen, werde ich es erfahren!«

Avery wartete ab, weil er wußte, daß die Mitteilung nicht nur bedeutsam, sondern lebenswichtig war.

»Er wird blind, Sir, auf dem linken Auge. Er wurde schwer verwundet, deshalb müssen wir auf ihn aufpassen.«

»Ich danke Ihnen für das Vertrauen, und ich meine das ganz ehrlich.«

Allday schien ihn nicht zu hören. »Sir Richard hatte einen Flaggleutnant, den Ehrenwerten Oliver Browne. Ein echter Gentleman, und das meine ich im besten Sinne des Wortes. Der sprach immer von den *glücklichen Auserwählten*. Dann kam er ums Leben.« Seine Augen wurden hart. »Noch nicht mal in einem Seegefecht.« Er drehte sich weg, als *Anemones* Segel back geholt wurden und die Gig elegant ausgebracht wurde. Über die Schulter zurückgewandt, meinte er: »Jetzt gehören auch Sie zu den glücklichen Auserwählten, Sir.«

Die *Valkyrie* drehte in den Wind, ihre Segel donnerten in der frischen Brise. Avery stand an den Finknetzen, während sich die Ehrenformation bereitmachte, den Kommandanten der *Anemone* zu empfangen.

»Ach, da sind Sie.« Bolitho kam aus dem Niedergang und blickte zuerst auf den Kompaß, bevor er den Gruß des Wachoffiziers erwiderte. Avery beobachtete ihn und war bewegt von der Leichtigkeit, mit der er die Unterschiede zwischen dem Achterdeck und dem Vorschiff überwand, vom Seehelden zum gemeinen gepreßten Matrosen. Etwas von dieser Bewunderung und Traurigkeit mußte sich in seinem Gesicht widergespiegelt haben, denn Bolitho blickte erst zur *Anemone,* dann auf Allday, der bei einer der Kanonen stand. Dann fragte er ruhig: »Er hat es Ihnen erzählt, nicht wahr?«

»Ja, Sir. Sie können mir vertrauen.« Er zögerte. »Kann nichts dagegen getan werden?«

»Ich glaube nicht.« Er lächelte. »Lassen Sie uns meinen Neffen empfangen und herausfinden, was er weiß.«

Avery blickte zu Allday und sah, daß dieser ihm kurz zunickte. Er war akzeptiert.

Bolitho stand vor der Tür des Lazaretts. Außerhalb des Rumpfes lag die See in völliger Dunkelheit, nur gelegentlich brach sich phosphoreszierend eine Welle. Sogar das Schiff schien ruhiger als üblich zu sein, doch diesmal nicht aus Angst vor Bestrafung.

Kurz vor Einbruch der Dunkelheit, die die Schiffe trennen würde, hatte Tyacke ein letztes Signal übermittelt. Er hatte mehrere Segel in Nordosten gesichtet. Das konnte nur der Feind sein. Bolitho dachte an Adams kurzen Besuch, um sich Befehle abzuholen und von den Schreckensbildern auf der treibenden *Orcadia* zu berichten. Er hatte geschildert, warum er seine Patrouille abgebrochen und seine Ankunft mit einer Breitseite angekündigt hatte. Er hatte einen arabischen Toppsegelschoner gesichtet, der die *Anemone* beschattet haben mußte, seit sie die *Orcadia* verlassen hatte. Einer von Barattes Spitzeln oder ein Sklavenjäger, der das Risiko auf sich nahm, aufgebracht zu werden. Jedenfalls war zu wenig Zeit gewesen, ihn zu stellen, zudem bestand die Gefahr, ihn in einer herannahenden Regenbö zu verlieren. Adam hatte eine Breitseite aus maximaler Entfernung feuern und das Schiff entmastet treiben lassen.

Die Stärke des Gegners war unbekannt, während ihre eigene Stärke in Barattes Plänen sicher eine feste Größe darstellte.

Jedenfalls würden sie sich in der Dunkelheit nicht trennen, sondern eng beieinander bleiben.

Bolitho konnte sich die Freiwache vorstellen, die jetzt auf das Unausweichliche wartete, die Landratten und die Jungen, die die alten Hasen befragten: Wie wird es sein?

Er hörte Avery hinter sich. Er überließ ihn seinen Gedanken, war aber da, wenn er ihn brauchte.

Woher wußte er, daß Trevenen ein Feigling war? In seiner Stimme war nicht die Spur eines Zweifels gewesen. Hatte es ihm Sillitoe erzählt oder sein Vater, der in einer Schlacht gefallen war?

Trevenens Meineid, um seinen Kapitän zu retten, war kein Kavaliersdelikt. Kommandant der *Valkyrie* zu sein, reichte aus, ihn bald zum Flaggoffizier zu befördern, sollte er sich aus Schwierigkeiten heraushalten und Hamett-Parker nicht reizen.

Minchin tauchte aus dem Dämmerlicht auf. »Ja, Sir Richard?«

»Wie geht es ihm?«

Minchin kratzte sich am Kopf. »Er schläft jetzt. Er hat eine Menge gemosert, aber das ist üblich.« Er grinste, als Herrick rief: »Wer ist da?«

Bolitho trat in den Lichtschein der einzigen Laterne. »Ich bin es, Thomas.«

Herrick stöhnte schmerzlich, als er sich aufrichten

wollte. Zwischen zusammengebissenen Zähnen knurrte er: »Verdammt, mit einem Arm hat man mehr Sorgen als mit zwei.« Dann lag er wieder still, seine Augen glühten im flackernden Licht.

»Also müssen wir kämpfen?«

»Wir müssen gewinnen, Thomas.«

Herrick trank aus einer Mugg, die ihm Lovelace reichte. »Es ist immer dasselbe. Nicht genug Schiffe, wenn man sie braucht. Wir haben das schon mehrfach erlebt, nicht wahr? Sie werden es nie lernen, weil sie nicht dabei sind, es nicht auszufechten haben.«

»Beruhige dich, Thomas.«

»Ich weiß, ich weiß.« Sein Kopf rollte von einer Seite zur anderen. »Und ich bin dir auch keine Hilfe.«

Herrick sah zum ersten Mal Avery. »Ich habe Sie in Freetown brüskiert, Mr. Avery.« Er blickte zur Seite. »Von dem armen Jenour habe ich auch gehört. Kein Alter, um abzutreten.«

Bolitho blieb wieder an der Tür stehen. »Versuche zu schlafen. Ich kümmere mich um dich, falls . . .«

Herrick hob seinen linken Arm. »*Falls* ist auch immer so ein schreckliches Wort.«

Außerhalb des Lazaretts herrschte auf dem Schiff völlige Ruhe. Ein paar Fähnriche drängten sich eng zusammen, die Gesichter waren nur helle Flecken. Bolitho wußte, daß sie sich gegenseitig Fragen zur Navigation und Seemannschaft stellten, um sich auf jenen magischen Tag vorzubereiten, an dem sie ihre Leutnantsprüfung ablegen würden. Für die Fähnriche war es der erste, der wichtigste Schritt auf der Karriereleiter. Die wenigsten würden weiter hinaufsteigen.

Lovelace verließ das Lazarett mit zwei Büchern. Bolitho erinnerte sich daran, was ihm der Arzt erzählt hatte. »Haben Sie jemals daran gedacht, den großen Sprung zu wagen und zum College of Surgeon zu gehen, Mr. Lovelace? Mr. Minchin hat eine hohe Meinung von Ihnen.«

Es war das erste Mal, daß er den Mann lächeln sah.

»Ich hätte auch gerne eine Kutsche mit zwei Pferden, Sir Richard.« Das Lächeln verschwand. »Verzeihung, Sir, ich wollte nicht beleidigend sein.«

Avery lehnte an den geschwungenen Spanten und sah zu.

Bolitho griff nach dem Arm des jungen Mannes. »Sollten wir den Feind morgen schlagen, werde ich Sie unterstützen.«

Avery hielt den Atem an, er wollte kein Wort versäumen. »Mein verstorbener Flaggleutnant hätte auch wie sein Vater und sein Onkel Medizin studieren sollen, und nicht das Kriegshandwerk. Statt dessen...« Er wandte sich zur Seite. »Das Schicksal hat anders entschieden. Gott sei ihm gnädig.«

Lovelace starrte ihnen noch nach, als sie den Niedergang hochstiegen.

Avery bemerkte: »Das war ein sehr großzügiges Angebot, Sir.«

»Man erntet nur, was man sät.« Er griff nach dem Tauhandläufer, als der Rumpf in einer Kreuzsee überholte. »Essen Sie heute abend mit mir. Ich möchte die Signale für morgen durchgehen. Später wird dafür wenig Zeit bleiben.«

Die Mahlzeit, die sie mit etwas Wein herunterspülten, den Catherine in der St. James's Street gekauft hatte, war einfach. Aber unter Ozzards geschickten

Händen wurde es doch ein würdiger Abschluß des Abends. So als ob ihn die Nähe des Flaggleutnants anregte, erzählte Bolitho von Männern und Feldzügen. Avery wußte, daß er von Männern wie Jenour sprach, an die sich bald nur die wenigen erinnern würden, die die Erfahrungen teilten.

Er sah, daß Bolitho das Medaillon unter seinem Hemd berührte, den Blick weit in die Ferne gerichtet. »Ich werde vor dem Schlafengehen dem Brief an Lady Catherine noch ein paar Sätze hinzufügen. Sie mochte Stephen sehr. Er hat sie immer wieder gemalt, so wie die vielen alltäglichen Szenen, die um ihn herum passierten.«

Er brauchte ihr nicht zu schreiben, was sie machen sollte, wenn sie den Brief erhielt. Sie würde nach Southampton fahren und Jenours Eltern die Nachricht überbringen, um ihnen die brutale Formalität eines Briefes der Admiralität zu ersparen. *Das Sekretariat der Admiralität bedauert, Ihnen mitteilen zu müssen . . .*

Das sollte niemandem zugemutet werden.

Abrupt sagte er: »Wenn mir etwas zustoßen sollte . . .« Er blickte Avery direkt an. »In meinem Safe liegt ein Brief, den Sie dann bitte aushändigen . . .«

»Ich würde es vorziehen, wenn er nie gelesen würde, Sir Richard.«

Bolitho lächelte. »Das war gut formuliert.« Ohne zu bedenken, was er tat, berührte er sein Auge. »Baratte ist ein verschlagener und trickreicher Mann, der jede List einsetzen wird, um uns zu schlagen. Wer auch immer verlieren wird, ist ruiniert – Sie kennen das ja. Sein Vater wurde während der Zeit des Terrors als Aristokrat verteufelt und vor dem johlenden Mob enthauptet. Dabei war er ein ehrenwerter Offizier. Frankreich hätte seinen Tod beklagen sollen und all das Blut, das vergossen wurde. Baratte tat alles, um sich seinem Land dienlich zu erweisen. Vielleicht auch, um sich selbst zu schützen. Das ist eine Schwäche, die ihn möglicherweise dazu verleiten wird, einen Schachzug einmal zu oft zu probieren.«

»Und was ist mit diesem Engländer Hannay, Sir?«

»Er wird kämpfen wie nie zuvor.«

»Also kein Schwachpunkt?« Avery war fasziniert von der inneren Stärke des Mannes, dessen graue Augen voller Kraft und Gefühl waren, wenn er so bildhaft von den Gegnern sprach. Es war unmöglich zu erkennen, daß der Vizeadmiral auf dem einen Auge fast blind war. Ein Geheimnis.

»Nun, er ist nicht daran gewöhnt, Befehle auszuführen.« Bolitho zuckte mit den Achseln. »Besonders die eines Franzosen!« Er schien sich zu amüsieren, dann blickte er in Averys ernstes Gesicht. »Mr. Yovell hatte schon am ersten Tag in Falmouth eine hohe Meinung von Ihnen. Er war von Ihren Lateinkenntnissen beeindruckt, obwohl ich damals nicht vermutete, daß sie sich als wertvoll erweisen würden.«

»Viel wird morgen von Ihrem Neffen abhängen, Sir.«

»Ja. Ich bin sehr stolz auf ihn. Er ist mir wie ein Sohn.«

Avery vertiefte diesen Punkt nicht weiter. »Yovell erzählte mir, daß er mit Nelson zusammengetroffen ist, der ihn herzlich begrüßte.« Er zögerte. »Sind Sie ihm jemals begegnet, Sir?«

Bolitho schüttelte den Kopf und war plötzlich deprimiert. Dieselben Leute, die jetzt den kleinen Admiral in den höchsten Tönen lobten, hatten versucht, ihn zu vernichten, bevor er an Bord der *Victory* fiel. Und was war mit seiner geliebten Emma? Was war aus ihr geworden? Was taten diejenigen, die Nelson Versprechungen gegeben hatten, als er sterbend an Deck lag?

Und Catherine? Was würde aus ihr, wenn das Schlimmste passierte?

»Gehen Sie und sprechen Sie mit dem Ersten. Er braucht Unterstützung.«

Avery stand auf und empfand das Schiff wie ein lebendiges Wesen, was sicher am ständigen Beben lag, das die langen Ozeanwellen verursachten, wenn sie an die Bordwand schlugen.

»Also dann ist morgen der Tag, Sir.«

Bolitho nickte. »Was wollten Sie über Nelson wissen?«

Avery legte eine Hand gegen die Tür. »Männer, die ihn nie persönlich gekannt oder gesehen hatten, weinten bittere Tränen, als sie von seinem Tod hörten.« Er öffnete die Tür. »Ich habe nie an eine solche Ausstrahlung geglaubt, bis ich Ihr Flaggleutnant wurde, Sir.« Dann war er verschwunden.

Bolitho lächelte. Avery würde anders denken, sollte der morgige Tag unglücklich für sie verlaufen.

Nachdem Ozzard die Kabine aufgeräumt hatte und nachdenklich in seiner Pantry verschwunden war, nahm Bolitho ein kleines Buch aus seiner Kiste und drehte es in den Händen. Es war keines von Catherines Geschenken, kein Sonett von Shakespeare in makellosem grünen Ledereinband, sondern war viel älter, mitgenommen von der salzigen Luft und dem häufigen Gebrauch. Es war *Paradise Lost*, das einst seinem Vater gehört hatte. Wie Kapitän James Bolitho hatte er darin unter tropischer Sonne, während eines Sturms vor Brest oder Lorient und auf geschützter Reede gelesen.

Mit großer Vorsicht bedeckte er sein linkes Auge und hielt eine Seite dicht unter die Lampe.

Was ist, wenn die Schlacht verloren ist?
Alles ist nicht verloren, der unbezwingbare Wille,
der Durst nach Rache, der tödliche Haß
und der Mut geben nie auf oder unterwerfen sich.

Bolitho schloß das Buch und ging zum Tisch, auf dem noch immer die Karte lag.

Vielleicht war schon alles entschieden, und er konnte am Spruch des Schicksals nichts mehr ändern.

Das Schiff legte sich wieder über, und das gelbe Licht der Laterne fiel auf den alten Degen, der am Schott hing. Der Stahl schien zum Leben zu erwachen. Laut wiederholte er: »Alles ist nicht verloren!«

Er blickte aus den Heckfenstern, sah aber nur sein Spiegelbild gegen die dunkle See. Wie ein Geist oder die Porträts an den Wänden in Falmouth.

Plötzlich war er ganz ruhig, als wären die Würfel schon gefallen. So war es oft in der Vergangenheit gewesen, wenn zwischen Sieg oder Niederlage der Mut der Einzelnen unter den verschiedenen Flaggen entschieden hatte.

Er setzte sich und zog einen unbeendeten Brief aus dem Schubfach. In Cornwall würde jetzt Sommer sein, die Luft würde vom Blöken der Schafe, dem Muhen der Kühe und dem Summen der Bienen erfüllt sein. Und dem Duft der Rosen. Ihrer Rosen ...

Er berührte das Medaillon und las die letzten Zeilen des langen Briefes. Vielleicht würde sie ihn nie lesen.

Ich muß Dir bezüglich Stephen Jenour eine schlechte Nachricht überbringen.

Er schrieb sehr konzentriert, so als ob er mit ihr sprechen oder sie ihn an diesem Tisch beobachten würde.

Ich bin sicher, daß es morgen zum Kampf kommen wird.

Er blickte nach oben, als auf dem Deck geschäftige Füße umhereilten. Die Mittelwache begann. Er lächelte ernst, strich das letzte Wort aus und ersetzte es durch *heute*.

Er dachte an seine paar Kommandanten, die sich draußen in der Dunkelheit verloren. Sie waren so verschieden, wie Männer nur sein konnten. Der junge Adam, der vielleicht die Frau im Kopf hatte, die nie die seine werden konnte. Peter Dawes, der Admiralssohn, der immer ein wenig zuviel an Prisengeld dachte, aber sofort auf dem Sprung war, wenn es in den Kampf ging: ein scharfer junger Offizier ohne übertriebene Vorstellungskraft und von keinem Zweifel getrübt. Dann Tyacke, völlig allein, aber von Beginn an Teil des ganzen Geschehens. Und natürlich der dienstälteste Kapitän, Aaron Trevenen, feindselig, nachtragend und in Fragen der Disziplin unbeugsam.

Er hörte, daß ein Teil der Männer in ihre Messen entlassen wurden. Für viele würde es wenig Schlaf geben.

Er dachte auch an Nelson und Averys überraschenden Vergleich. Nelson hatte seiner geliebten Emma noch einen Brief geschrieben, als die Vereinigte Flotte den Hafen verließ. Er schloß so: *Ich hoffe, daß ich nach der Schlacht noch in der Lage bin, diesen Brief zu beenden.*

Bolitho faltete den Brief zusammen, doch versiegelte ihn nicht. *Ich werde ihn später beenden.*

XVIII Der gefährlichste Franzose

Leutnant George Avery blickte sich im Inneren seiner kleinen einfachen Kabine um. Bald würden die Schotte, die im Rumpf der Fregatte etwas Privatsphäre gewährten, niedergerissen und im Laderaum verstaut werden. Seekisten, Bekleidung, Erinnerungsstücke, die Bilder der Lieben würden in den Bauch der *Valkyrie* wandern. Sie war ein Kriegsschiff und würde dann vom Bug bis zum Heck durchgängig frei sein, damit jede Kanone ungehindert bedient werden konnte, bis der Kampf gewonnen war. Eine Alternative wurde nicht erwogen.

Avery zog sich sorgfältig an, weil er wußte, daß Bolitho das erwartete. Sein Magen hatte sich bei dem Gedanken an Essen zusammengezogen, der fettige Geruch aus dem Kombüsenschornstein hatte ihn würgen lassen. Er besah sich sein Gesicht im Spiegel, der an seiner Kiste befestigt war. Er hatte sich rasiert und ein sauberes Hemd und Strümpfe angezogen. Er sah, daß das Gesicht ihn anlächelte. *Die üblichen Rituale.* Er bezweifelte nicht, daß es zur Schlacht kommen würde: Bolitho hatte ihn überzeugt.

Avery hatte schon andere Seeoffiziere gekannt, die

diese Gabe hatten – wenn man es so nennen konnte –, aber keinen wie ihn. Avery war sich seines Verhältnisses zum Vizeadmiral noch immer nicht sicher und hatte gedacht, daß er vielleicht zu weit gegangen war, als er von Nelson gesprochen hatte. Aber Bolitho schien über seine Aufrichtigkeit eher amüsiert gewesen zu sein, so als erschien es ihm absurd, mit dem Helden verglichen zu werden.

Er zog seine Uhr heraus, das einzige, was von den Besitztümern seines Vaters überlebt hatte, und hielt sie neben die Laterne. Er würde den Admiral wecken gehen. Wie ruhig das Schiff war. Kein Licht brannte, als er am Niedergang vorbeikam.

Er hörte, wie Trevenen oben jemanden anschnauzte. Ein Mann, der wie die meisten seiner Besatzung nicht hatte schlafen können. Avery lächelte trocken. *Genau wie ich.*

Der Korporal sprach mit dem Posten der Seesoldaten. Beide sahen ernst aus, dachte Avery. Der Posten würde seine Befehle erhalten. Sobald die Schlacht begann, würde er niemanden mehr vorbeilassen, der sich in Todesangst unten im Schiff verstecken wollte.

Die Tür öffnete sich, und Allday kam mit einer Schüssel gebrauchten Rasierwassers heraus.

Avery blickte ihn erstaunt an. »Ist der Admiral schon so früh auf?«

Allday erwiderte trocken: »Wir dachten schon, daß Sie heute bis nach dem Gefecht im Bett bleiben, Sir.«

Avery schüttelte den Kopf. Dieser Humor war entnervender als die grimmigen Vorbereitungen um ihn herum.

In der Kabine war es sehr hell, mehrere Laternen schaukelten an ihren Aufhängungen. Vor den Heckfenstern waren Blenden, die die Kabine ungewöhnlich gemütlich aussehen ließen. Er blickte auf einen Achtzehnpfünder, der noch festgelascht und mit Segeltuch abgedeckt war, um ihn weniger kriegerisch erscheinen zu lassen. Aber auch dieser Raum würde nicht ausgespart bleiben.

Bolitho trat aus seinem Schlafraum und zog sich ein sauberes Hemd an, während Ozzard hinter ihm hertrottete und versuchte, den Gürtel zu richten.

»Guten Morgen, Mr. Avery.« Bolitho setzte sich hin und blickte in seine Karte, während Ozzard mit seiner Halsbinde kämpfte. »Der Wind bläst stetig, aber nicht sehr stark.« Er ging zu seinem Schreibtisch, und Avery sah, daß er einen Brief in seine Weste schob. Einen von ihr, um ihn bei sich zu haben, so wie das Medaillon, das auf seiner Haut lag.

Bolitho erläuterte: »Wir werden gleich Schiff-klar-zum-Gefecht machen lassen. Mir wurde gemeldet, daß die Männer Wache um Wache abgefüttert wurden.« Das schien ihn zu amüsieren. Wahrscheinlich hatte er Trevenen dazu wieder einen ausdrücklichen Befehl geben müssen. Der Kommandant hätte seinen Leuten lieber *nach* der Schlacht zu essen gegeben, weil dann weniger Mäuler zu stopfen gewesen wären.

Er tippte auf die Karte. »Wir steuern weiter nach Norden. Wenn der Wind hält, sollten wir auf einem konvergierenden Kurs mit dem Feind liegen. Wenn dem so ist, muß er sehr hoch am Wind liegen, während wir den Luvvorteil haben. Für einige Zeit jedenfalls.«

Yovell gähnte ausgiebig und schrieb dann weiter in seinem Buch. Er sah hier so deplaziert aus, dachte Avery. Ein gebildeter Mann, der offensichtlich die

Gefahren der Seefahrt und die Möglichkeit eines plötzlichen Todes dem bequemen Leben in seinem Beruf an Land vorzog.

Allday kam zurück und ging an das Schott, wo sonst Bolithos Degen hingen. Avery stellte fest, daß der Ehrendegen der Bürger von Falmouth schon weggestaut war. Er sah zu, wie Allday den anderen aus der Scheide zog, den alten, den er schon auf den Bildern in Falmouth gesehen hatte.

Bolitho sah frisch und ruhig aus und zeigte keinerlei Besorgnis und Zweifel. Avery versuchte aus dieser Tatsache Zuversicht zu schöpfen.

Schwere Schritte polterten über das Deck. Der Kommandant.

Bolitho blickte kaum auf und bemerkte: »Nur den muß ich noch überzeugen.«

Die Schritte verklangen, dann bewegten sie sich zum Niedergang. Trevenen sah überrascht aus, als er die Kabine betrat. Vielleicht hatte er erwartet, sie in einer hektischen Besprechung vorzufinden, überlegte Avery kalt, oder daß sie sich mit einer Flasche Cognac Mut antranken?

»Kombüsenfeuer ist gelöscht, Sir Richard. Beide Wachen sind klar.«

Seine Augen waren eingesunken, und seine normale aggressive Überheblichkeit bröckelte. Bolitho blickte zur Seite. Ein schlechtes Zeichen.

»Lassen Sie Schiff-klar-zum-Gefecht anschlagen und machen Sie es gefechtsklar. In zehn Minuten, geht das?«

»In acht, Sir Richard!« entgegnete Trevenen ärgerlich.

Bolitho nickte langsam. »Das wird für viele der

Männer ein schwerer Tag. Treiben Sie sie nicht zu weit. Sie sind nicht der Gegner. Noch nicht.«

Trevenen wandte sich an der Tür um. »Darf ich sprechen, Sir Richard?«

»Natürlich.«

»Wir machen einen Fehler. Uns fehlen die Schiffe für ein Gefecht...«

Bolitho sah ihn gerade an. »Wir laufen nicht weg, Kapitän, solange meine Flagge am Vormast weht.«

Nachdem Trevenen gegangen war, blickte er auf die geschlossene Tür. Der Ärger und der Widerstand des anderen Mannes hingen förmlich in der Luft.

Er wandte sich an Avery. »Wenn mir irgend etwas passiert...« Er hob die Hand, um Averys Proteste zu ersticken. »Dann machen Sie, was wir besprochen haben.«

Pfeifen trillerten im Schiff, und an Deck rollten aufreizend die Trommeln.

»Alle Mann! Alle Mann! Schiff-klar-zum-Gefecht!«

Die Decks schienen zu beben, als die Seeleute und Marines auf ihre Stationen eilten. Die Schotte wurden abgebaut. Es blieb nicht mehr viel Zeit.

Avery sah zu, wie Allday den Degen an der Hüfte seines Admirals befestigte. Ozzard brachte den großen Uniformrock mit den glänzenden Epauletten, nicht den ausgeblichenen alten, den Bolitho sonst immer trug. Es lief ihm eisig den Rücken hinunter. Dieselbe Uniform, die das Feuer der französischen Scharfschützen auf Nelson gezogen hatte. Warum? Um Baratte zu provozieren? Oder um den Männern zu zeigen, daß er bei ihnen war?

Yovell packte seine Tasche. »Ich werde im Orlopdeck helfen, Sir Richard.« Er lächelte scheu. »Tod den Franzosen!«

»Das ist kein Fehler!« murmelte Allday.

Während sich der Lärm des Abbaus schnell der Kabine näherte, fragte Ozzard nervös: »Brauchen Sie mich noch, Sir Richard?«

»Gehen Sie nach unten. Leisten Sie Konteradmiral Herrick Gesellschaft, wenn Sie wollen.« Aber Ozzard war schon verschwunden.

Bolitho zog den Rock glatt und sagte: »Es wird nicht leichter mit der Zeit, nicht wahr, alter Freund?«

Allday grinste: »Manchmal frage ich mich, was das alles eigentlich soll.«

Bolitho hörte die Männer herumrennen. »Ich vermute, das fragen die sich auch.« Er blickte Avery fest an. »Also muß man es ihnen sagen.«

Dann verließen die drei die Kabine, und Männer eilten herbei, um die letzten Hindernisse fortzuräumen.

Leutnant Urquhart meldete: »Schiff-klar-zum-Gefecht, Sir!«

Trevenen blickte auf seine Uhr. »Neun Minuten. Ich hätte es schneller erwartet, Mr. Urquhart.«

Allday sah Bolithos Gesicht. Es war leicht, seine Gedanken zu lesen. Trevenen lobte niemals jemanden, sogar im Angesicht der Gefahr nicht. Das einzige, was er verbreiten konnte, war Angst.

An Deck war es dunkel und bemerkenswert kühl nach der Hitze des vergangenen Tages. Aber es wurde hier schnell hell, und bald würde der Sonnenuntergang wieder gnädig die Schmerzen und Wunden der Schlacht in Dunkelheit hüllen.

Bolitho blickte sich um. Der Navigator und seine

Maaten standen in der Nähe des Ruders, an dessen Speichen zusätzliche Männer drehten. An den Rahen waren Ketten befestigt worden, um die Spieren am Platz zu halten, sollte die Takelage weggeschossen werden. Weiterhin hatte man Netze aufgeriggt, um die Männer an den Geschützen vor herabfallenden Spieren und Blöcken zu schützen. Das war etwas, was er kannte, seit er mit zwölf Jahren auf dem alten Achtziger *Manxman* in die bedrohliche und fremde Welt der Seefahrt eingetreten war.

Herrick war unten in der relativen Sicherheit des Orlopdecks unter der Wasserlinie. Er würde sich über seinen verlorenen Arm und seine Hilflosigkeit ärgern, aber vor allem würde er sich erinnern.

Er wanderte zu den dicht gepackten Finknetzen hinüber und wäre fast auf dem vom Spritzwasser glatten Deck ausgerutscht. »Hier liegt kein Sand auf dem Deck, Kapitän!« Er bemühte sich, seinen Ton ruhig zu halten, obwohl er innerlich wütend war über diese Nachlässigkeit. Die Männer konnten in der Hitze des Gefechts ausrutschen; und eine einzige Kanone, die nicht abgefeuert wurde, konnte den Unterschied zwischen Sieg und Niederlage ausmachen.

Trevenens Antwort war überraschend: »Das gesamte Deck ist nicht gesandet, Sir Richard. Sollte der Feind nicht erscheinen, hätten wir grundlos guten Sand verschwendet.«

»Dann holen Sie das jetzt nach! Ich bin sicher, daß wir an einem so riesigen Ozean neuen Sand finden werden.«

Er hörte, wie ein Leutnant den Befehl weitergab, und sah, wie die Decksjungen zwischen den Kanonen herumwuselten.

Allday hatte den scharfen Disput mitgehört und freute sich, daß Trevenen die Schärfe in Bolithos Stimme gespürt hatte. Er blickte in das Rigg. »Ich kann den Toppwimpel sehen, Sir Richard.«

Bolitho sah nach oben zum dunklen Himmel und stellte sich den langen weißroten Wimpel im Masttopp vor.

»Sobald die Sonne aufgeht, werden sie uns sehen.«

Avery blickte in die Dunkelheit, die ihn umgab. Er wog die Chancen ab, den Sonnenuntergang noch zu erleben.

Es war unheimlich, die Stärke des Gegners nicht zu kennen. Bolitho befahl: »Ihre Signalgäste sollen sich bereithalten, Mr. Avery. Sobald es hell genug ist, setzen Sie: ›Positionen wie befohlen einnehmen!‹ und für die *Larne:* ›Zum Flaggschiff aufschließen!‹«

Avery sah die weißen Aufschläge an den Kragen seiner beiden Signalfähnriche, doch die angesteckten Flaggen waren noch farblos.

Bolitho fuhr fast desinteressiert fort: »Ich bin sicher, daß Sie es schon vorbereitet haben, aber das nächste Signal wird dann sein: ›Angriff!‹«

Er hörte Trevenen fragen: »Angenommen, der Feind ist nicht da, Sir Richard?« Avery fühlte die Präsenz seines Chefs körperlich.

Bolitho antwortete kalt: »Dann habe ich versagt, und morgen wird Baratte Kommodore Keens Konvoi gefunden haben. Den Rest können Sie sich ausmalen.«

Trevenen murmelte erstickt: »Die *Valkyrie* kann man dafür nicht verantwortlich machen.«

»Wir beide wissen genau, wer die Verantwortung trägt, Kapitän. Lassen Sie uns noch einen Moment Geduld haben.«

Ärgerlich darüber, daß er sich so leicht hatte reizen lassen, bemerkte Bolitho: »Ich kann den Masttopp sehen.« Er strengte seine Augen an, um das Gewirr der Takelage zu durchdringen, das von Tau und Spritzwasser glänzte. Männer, die er vorher nicht gesehen hatte, zeichneten sich gegen die Finknetze ab, vor denen sie darauf warteten, die Brassen und Fallen zu bedienen.

Bolitho blickte zur Luvseite. Dort war ein schwacher Widerschein, der sich bald über den unsichtbaren Horizont schieben und alles sichtbar machen würde.

Trevenen schnarrte: »Was ist mit dem Ausguck los, Mr. Urquhart? Schläft der da oben?«

Urquhart wollte schon seine Flüstertüte heben, als Bolitho sagte: »Mr. Avery, entern Sie auf. Sie sind heute morgen mein Auge!«

Avery zögerte, er erwog die Bemerkung und fragte sich, ob Bolitho sie vielleicht doppelsinnig gemeint hatte.

Bolitho lächelte: »Oder sind Sie nicht schwindelfrei?«

Avery war bewegt: »Es reicht, Sir.« Er nahm eins der Ferngläser aus der Halterung und schwang sich in die Wanten. Zwei Matrosen öffneten das Schutznetz für ihn. Bolitho konnte jetzt die Augen der Männer erkennen, die dem aufenternden Flaggleutnant nachschauten, dessen Degen gegen seine Hüfte schlug.

Avery kletterte stetig in die Höhe. Er spürte die Webeleinen unter seinen Schuhen vibrieren, und langsam konnte er das gesamte Schiff überblicken. Die schwarzen Kanonen mit den halbnackten Männern, die darauf warteten, sie zu laden und auszurennen, waren deutlich zu erkennen. Er kletterte um die Kreuzmars herum, aus der ihn ein paar Marines überrascht anstarrten, während sie eine Drehbrasse hinter der dicken Verschanzung bepflegten.

Er hielt ein und sah wieder hinunter auf die gelbe Schulter der Galionsfigur, die killende Fock und die Stagsegel, die sich weiß gegen das dunkle Wasser abhoben. Er drehte sich leicht um und sah, wie sich der Rand der Sonne über den Horizont schob und goldene Strahlen in alle Richtungen sandte. Er machte das Teleskop fertig und schlang ein Bein um eine Want. *Sie sind mein Auge heute morgen.* Die Worte klangen in ihm nach.

Einen Augenblick lang spürte er die Steifheit in seiner Schulter, die von der Wunde herrührte, die er an jenem schrecklichen Tag erhalten hatte. Er hatte sie oft mit den Fingern befühlt, sie aber nie richtig gesehen, bis er es mit Spiegeln versucht hatte. Der französische Arzt hatte sie wahrscheinlich verschlimmert, denn die Wunde hatte einen tiefen Krater in seinem Körper hinterlassen, als ob jemand etwas mit einem großen Löffel herausgehoben hätte. Es war ihm sehr unangenehm.

Er blickte zum Großmast hinüber, wo der Ausguck brüllte: »An Deck! Schiffe in Lee voraus!«

Unten auf dem Achterdeck schob Bolitho seine Hände unter den Rock, um seine Ungeduld zu verbergen.

Trevenen bellte: »Was für Schiffe, Mann!«

Dieses Mal folgte ohne Zögern: »Linienschiff, Sir! Und mehrere kleinere!«

Trevenens Nasenflügel bebten. »Mein Schiff kann sich mit keinem Linienschiff anlegen, Sir Richard!«

Bolitho sah ihn an und hörte den Triumph in seiner Stimme, als ob er es dem ganzen Schiff mitteilen wollte. Baratte hatte seine unbekannte Trumpfkarte bis zum heutigen Tag aufgespart. Trevenen hatte in einem Punkt recht: Keine Fregatte konnte ein Nahgefecht mit einem Linienschiff durchstehen, das dafür gebaut war, massiven Breitseiten zu widerstehen.

Er mußte an Adam und die andere Fregatte denken, Barattes Flaggschiff, als er in Gefangenschaft geraten war. Es war vorbei, bevor es begonnen hatte.

Er blickte sich um. An den Kanonen versuchten die Männer herauszufinden, was los war. Die scharlachroten Marines standen mit ihren Musketen an den Schutznetzen. Sogar sie würden nichts ausrichten können, wenn sich die Besatzung weigerte zu kämpfen oder, aus ihrer Sicht gesehen, für nichts zu sterben.

Schritte erklangen auf dem Deck, und Bolitho sah, daß Avery auf ihn zukam.

»Ich habe Sie nicht herunterbefohlen, Mr. Avery!« Etwas im Gesicht des Leutnants beruhigte ihn. »Was ist los?«

Avery schaute kurz zu Trevenen hinüber, nahm ihn aber kaum wahr. »Es ist kein Linienschiff, Sir, es ist die USS *Unity,* genau wie sie Ihr Neffe beschrieben hat. Spiere für Spiere.«

Er hatte Trevenens Worte beim Abstieg mitgehört, die Erleichterung in seinem Tonfall, als das helle Sonnenlicht ihm die Fluchtmöglichkeit eröffnet hatte.

Damit war es nun vorbei. Trevenen bekam den

Mund nicht mehr zu und starrte ihn an, als ob er eine Erscheinung aus der Hölle wäre.

»Ich wollte es nicht von dort oben herunterrufen, Sir.« Er deutete auf den östlichen Horizont, der noch immer im Morgendunst lag. »Vor und hinter ihr befinden sich kleinere Schiffe. Der Bauart nach Frachter.«

Bolitho fragte ruhig: »Also ein Geleitzug?«

Avery sah zum Kommandanten hinüber, der zu Stein erstarrt schien.

»Weiter im Nordosten sind andere Segel – vom Kreuzmasttopp sind sie deutlich zu sehen. Sie hatten recht, Sir, es sind Barattes Fregatten, da bin ich mir ganz sicher.«

Bolitho klopfte ihm auf die Schulter. »Jetzt wissen wir, wie das Spiel laufen soll. Die amerikanischen Schiffe werden nichts anderes tun, als zwischen uns und unseren anderen beiden Fregatten hindurchzusegeln. Sie teilen und schwächen uns, während der Konvoi in Frieden weitersegelt.«

Er drehte sich zu Trevenen um: »Nun, Kapitän, hier haben Sie das Schiff, dessen Existenz Sie bezweifelten: die stärkste Fregatte der Welt.«

»Wir müssen abbrechen, Sir Richard, bevor es zu spät ist!«

»Es war schon zu spät, als man Baratte aus der Gefangenschaft entlassen hat.« Er ging zur Seekarte hinüber und spürte, wie die Männer zurückwichen, um ihn durchzulassen. »Signal setzen: ›Angriff!‹«

»Schon angesteckt, Sir.«

Bolitho hörte die Flaggleine durch den Block surren, dann brachen die Flaggen in der Brise aus.

»Signal an *Larne*, sie soll den Befehl wiederholen,

wenn weder die *Anemone* noch die *Laertes* in Sicht sein sollten. Sie wissen, was sie zu tun haben.«

Trevenen blickte ihn ärgerlich an. »Sie können nicht ohne unsere Unterstützung angreifen, Sir Richard!« Er blickte sich hilfesuchend um.

»Na, sehen Sie, Kapitän, endlich stimmen wir überein.« Bolitho ergriff ein Teleskop und suchte den Horizont ab. Die gegnerischen Schiffe sahen aus wie weiße Blätter auf dunklem Glas. »Wir werden den Konvoi durchbrechen! Bleiben Sie auf diesem Bug. Geben Sie inzwischen die Boote über Bord!« Er wollte hinzufügen, für die Sieger, verkniff sich das aber. Die meisten Offiziere und alten Hasen wußten, was dieser Befehl bedeutete. Die Männer sollten vor herumfliegenden Splittern geschützt werden, falls Kugeln in die Boote einschlugen. Doch für die Landratten und neuen Männer war es die letzte Möglichkeit, zu entkommen oder sich zu retten, sollte das Schlimmste eintreten.

Leutnant Urquhart rief: »Ich kann den Yankee sehen, Sir!«

Avery meldete: »Die *Larne* hat bestätigt, Sir.«

»Die Schiffe laufen so hoch am Wind wie möglich. Der Kapitän der *Unity* wird nicht abfallen, um den Eindruck zu vermeiden, daß er flieht.«

Er sah Kapitän Nathan Beer vor sich. Kräftig, entschlossen, ein Veteran des Fregattenkriegs. Sein Schiff war so schwer bewaffnet, daß er sich mit einem Vierundsiebziger anlegen konnte. Kein Wunder, daß sich der Ausguck geirrt hatte.

Er würde seinen konvergierenden Kurs zur *Valkyrie* beibehalten.

Avery erkundigte sich: »Werden sie uns nicht fernhalten wollen, Sir?« In seiner Stimme war keine Ängstlichkeit. Es war nur eine technische Frage, ein Teil des Unvermeidlichen.

Bolitho fühlte, daß sein Hemd unter dem schweren Rock schweißnaß wurde.

»Kapitän Beer wird keine andere Wahl haben, als uns abzublocken. Er ist kein Narr – vielleicht ist er nur Barattes unfreiwilliger Alliierter, aber sich seinen Pflichten zu bewußt, als daß er unsere Einmischung tolerieren würde.«

Trevenen zischte: »Ich muß das in meinem Logbuch festhalten, Sir Richard.«

»Aber bitte, Kapitän. Solange wir den Windvorteil haben, werde ich versuchen, an der schwächsten Stelle des Konvois durchzubrechen.« Er bemerkte, daß einige Seeleute den nach achtern abtreibenden Booten nachblickten, die von Leinen zusammengehalten wurden, damit sie einander nicht beschädigten.

»An der schwächsten Stelle, Sir Richard?«

»Direkt hinter dem Heck der *Unity!*«

Er sah, daß Trevenen ihn nicht verstanden hatte, und fuhr kurz angebunden fort: »Ich möchte mit Ihrem Stückmeister und den Leutnants sprechen.« Wieder hob er das Glas. Vielleicht hatte Baratte auch diesen Schachzug vorausgesehen, denn er rechnete sicher nicht damit, daß sich die Engländer zurückziehen würden.

Die weißen Flecken am Horizont schienen noch nicht näher gekommen zu sein, aber in zwei Stunden würde der Tanz beginnen. Er hörte sich sagen: »Noch viel Zeit bis zum Laden und Ausrennen.«

Er studierte den Kapitän, als Trevenen Befehle

brüllte. Befürchtete er, daß sein Schiff schwer beschädigt werden und seine eigene Zukunft ruiniert würde? Oder war er, wie Avery behauptet hatte, schlicht ein Feigling?

»Lassen Sie die Männer achtern antreten, Kapitän. Ich möchte zu ihnen sprechen.«

Trevenen schüttelte wütend seine Faust. »Die müssen geschliffen werden, Sir Richard, und lernen zu gehorchen!«

»Ich verstehe. Also lassen Sie sie nach achtern pfeifen, Mr. Urquhart. Ich werde heute viel von diesen Männern verlangen, daher schulde ich ihnen zumindest eine Erklärung.«

Die Pfeifen zwitscherten, und die Besatzung kam nach achtern gerannt. Auf dem Vorschiff hatte man nichts von der Diskussion auf dem Achterdeck gehört, und die Männer blickten furchtsam zum Backbordlaufgang, als ob sie erwarteten, dort die Grätung für eine Auspeitschung aufgeriggt zu sehen – sogar angesichts eines Feindes, den sie nicht kannten.

Erst blickten sie Trevenen an, aber als deutlich wurde, daß der nicht zu ihnen sprechen würde, konzentrierten sie sich auf den Vizeadmiral, der ihr Schicksal jetzt in die Hand genommen hatte und es leicht verspielen konnte.

Außer den Geräuschen der See herrschte Ruhe, und sogar diese schienen gedämpft zu sein.

Bolitho stützte die Hände auf die Reling des Achterdecks und blickte sie direkt an.

»Männer der *Valkyrie,* ich dachte, daß ich euch etwas darüber sagen sollte, was uns an diesem schönen Morgen erwartet. Mein Bootssteurer meinte, kurz bevor wir klar zum Gefecht machten, daß er sich manchmal frage, worum es eigentlich geht.« Er sah, daß sich ein paar Köpfe zu Alldays massiger Gestalt drehten. »Viele von euch sind gegen euren Willen aus euren Häusern, Dörfern oder von ehrlichen Handelsschiffen in dieses Leben geworfen worden, das noch nie ein einfaches war. Aber wir dürfen uns nie der Tyrannei beugen, ganz gleich, wie schwer es uns fällt, den Wert unseres Opfers einzuschätzen, sogar wenn es im Namen des Königs und des Vaterlandes erfolgt.« Er hatte jetzt ihre volle Aufmerksamkeit. Einige der Deckoffiziere oder der alten Seeleute mochten denken, daß sie, hätten sie diese Äußerungen im Messedeck oder in der Kaserne gemacht, der Vorwurf des Hochverrats getroffen hätte.

»Viele von euch werden denken, daß England unendlich weit entfernt ist.« Er blickte sie fest an, weil er wollte, daß sie ihn richtig verstanden. »Nur weil ich mit zwei glänzenden Sternen und einer Flagge im Vortopp stehe, müßt ihr nicht glauben, daß ich anders fühle. Ich vermisse mein Haus und die Frau, die ich liebe. Aber ohne uns und unseren Sieg werden unsere Lieben, wird unsere Heimat verloren sein!«

Avery sah, daß sich seine Hände um die Reling klammerten, bis die gebräunte Haut weiß war. Was immer passieren würde, er wußte, daß er diesen Augenblick nie vergessen würde. Er dachte an Stephen Jenour und verstand jetzt besser als je zuvor, warum der diesen Mann geliebt hatte.

Bolitho fuhr so leise fort, daß die Männer ihre Kameraden nach vorne drängten, um ihn zu verstehen: »Dieses Schiff da, das unseren Kurs blockiert, befindet sich nicht im Krieg mit uns, aber jede

Flagge, die gehißt wird, um unseren Feind zu unterstützen, ist auch unser Feind! Sobald wir kämpfen, denkt nicht länger an die Gründe und die Gerechtigkeit der Dinge. So hält es jedenfalls mein Bootssteuerer.« Er vermutete, daß Allday hinter ihm grinste, und sah, daß einige der Matrosen lächelten. »Denkt an eure Kameraden und das Schiff, das uns trägt! Wollt ihr das für mich tun, Jungs?«

Er wandte sich ab, den Hut gelüftet, als die Hochrufe über das Schiff donnerten.

Allday sah den Schmerz in seinen Augen, doch als er sich an Trevenen wandte, war seine Stimme schneidend kalt: »Sehen Sie, Kapitän, was die Leute wollen ist Führung, keine blutigen Rücken, die nur Sie befriedigen!«

Er drehte sich wieder um und sah auf die Seeleute, die in Gruppen wieder auf ihre Gefechtsstationen liefen.

Leutnant Urquhart sagte mit leuchtenden Augen: »Sie werden Ihnen jetzt bis in die Hölle folgen, Sir!«

Bolitho erwiderte nichts. Urquhart hatte nichts begriffen. Keiner hatte ihn verstanden. Er hatte diese Männer betrogen, genau wie er es bei Jenour getan hatte, als er ihm sein eigenes Kommando verschafft hatte.

Als er wieder sprach, war er überrascht, wie ruhig seine Stimme klang: »Sie können laden lassen, Kapitän, aber lassen Sie nicht ausrennen.« Trevenen berührte seinen Hut, die Augen rot vor Anstrengung und Hoffnungslosigkeit. »Mr. Avery, halten Sie zusätzliche Kriegsflaggen bereit! Die Flagge muß wehen, was auch immer passiert!« Dann murmelte er vor sich hin: »Dieser Gedanke, daß Kapitän Beer meinen Bruder gekannt hat. Manchmal denke ich, daß ich ihn nie gekannt habe.«

Bolitho stand entspannt in der Nähe des Ruders und schaute über die Leutnants und Deckoffiziere, die sich versammelt hatten. Junge Gesichter, gespannte Gesichter. Die Deckoffiziere waren Profis und hatten Seeschlachten auf vielen Schiffen erlebt, doch außer Urquhart und natürlich Avery hatten die Leutnants diese Erfahrung nicht.

Er erinnerte sich an die wilden, tollkühnen Zeiten, wenn er in ein Gefecht gesegelt war, manchmal mit Trommelwirbel und Flötenspiel, um den Streß des Wartens abzumildern. So war es an diesem Morgen nicht.

Der Wind hatte etwas aufgefrischt, so daß jedes Segel voll stand, aber die lange Dünung zeigte noch keine Störungen. Ein paar Möwen und andere Seevögel kreisten völlig unberührt vom Schicksal des Schiffes unter ihnen um die Maststangen.

Sobald er seinen Kopf leicht herumdrehte, konnte Bolitho die anderen Schiffe sehen, überwiegend Briggs und Brigantinen, in der Mitte die *Unity* wie eine Festung.

»Wir bleiben auf diesem konvergierenden Kurs. Der Kapitän der *Unity* wird annehmen, daß wir vor ihm durch seine Schäfchen stoßen wollen. Wenn wir nahe genug herankommen, ohne ein paar Breitseiten einzustecken, beabsichtige ich, im letzten Augenblick Kurs zu ändern und hinter ihm durchzulaufen. Es wird knapp werden, aber es ist der einzige Weg, unsere Schiffe nicht im Stich zu lassen. Die Offiziere werden dafür sorgen, daß alle Toppgäste und freien

Männer bereit sind, sofort mehr Segel zu setzen. Wir haben raumen Wind, sobald wir drehen, kommt er von achtern.« Er lächelte. »Eine Damenbrise.«

Er blickte das Deck entlang, wo die Männer an den Kanonen kauerten oder mit ihren Fähnrichen und Unteroffizieren an den Masten bereitstanden.

Alle Geschütze waren geladen, aber nicht doppelt. Ein paar der neuen Leute könnten die Nerven verlieren, wobei die Gefahr bestand, daß eine Kanone bei falscher Bedienung explodierte und alle Männer in der Nähe tötete. Noch schlimmer würde es sein, wenn das Schiff Feuer fing.

Als er Trevenen erläuterte, was er vorhatte, nämlich alle Geschützpforten geschlossen zu halten und dann mit den Kanonen anzugreifen, die jetzt in Richtung der leeren See zielten, hatte der ausgerufen: »Die sehen doch, daß wir klar zum Gefecht sind, Sir Richard, man wird Ihren Schlachtplan durchschauen!«

»Sobald wir auch nur eine Kanone ausrennen, wird sich Kapitän Beer berechtigt fühlen, aus großer Entfernung das Feuer zu eröffnen. Die *Valkyrie* könnte entmastet werden, bevor sie auch nur einen Schuß abgefeuert hat. Beers Neutralität ist einseitig. Der Vorwand, diese amerikanischen Schiffe durch ein Gefechtsfeld zu eskortieren, erklärt für mich alles. Es ist typisch für Baratte, er muß diesen Kampf gewinnen.«

Urquhart fragte: »Haben wir das Recht, so zu handeln?«

»Das werden andere zu entscheiden haben.«

Er wollte sein Auge reiben, um klarer zu sehen, unterdrückte aber den Impuls. »Viel Glück, Gentlemen.

Lassen Sie die Geschützmannschaften außer Sicht, bis andere Befehle kommen. Wenn die Kanonen ausgerannt werden, möchte ich einen einsamen Rekord erleben!«

Überraschenderweise grinsten ein paar. Bolitho wandte sich an Trevenen. »Wollen Sie noch etwas hinzufügen, Kapitän? Die Männer werden heute auf Sie schauen.«

Aber Trevenen antwortete nicht, vielleicht hatte er ihn gar nicht gehört. Er starrte auf die sich nähernde ungleichmäßige Linie der Schiffe. Für einen Seevogel mochte sie wie eine große Pfeilspitze wirken.

Bolitho befahl Avery: »Noch zwei gute Ausgucksleute nach oben. Ich muß wissen, wann und ob unsere Schiffe angreifen.«

Er drehte sich um, als Allday grimmig kommentierte: »Das ist vielleicht ein scheußlicher Anblick!«

Die Geschützpforten der *Unity* hatten sich mit einem Schlag geöffnet. Die Besatzung war hervorragend gedrillt. Die Kanonen erschienen wie schwarze Zähne. Um sie auf dem leicht nach Lee überliegenden Deck zu bewegen, waren eine Menge Leute notwendig.

In seinem Innersten mochte Beer vielleicht einem Kampf aus dem Weg gehen wollen, egal, wie einseitig die Chancen verteilt waren. So ein Zwischenfall hatte immer ernste Nachwirkungen, ganz gleich, welche Flagge obsiegte.

Es mußte den amerikanischen Kommandanten verblüffen, daß alle Geschützpforten der *Valkyrie* fest verschlossen waren. Es schien, als sollten mit dem Durchbruch nur die anerkannten Rechte der neutralen Schiffe mißachtet werden, nicht mehr.

Bolitho hörte, wie Urquhart leise fragte: »Wie lange noch, schätzen Sie?« Und Averys ruhige Antwort: »Eine halbe Stunde, wenn es klappt, ansonsten jeden Augenblick.«

Es war erstaunlich, wie ihn die Offiziersmesse aufgrund der Gerüchte und des Tratsches über die Übergabe der *Jolie* geschnitten hatte. Auch das hatte sich geändert.

Bolitho löste seine Augen von den Schiffen und dem beängstigenden Anblick der amerikanischen Fregatte und beobachtete Bob Fasken, den Stückmeister. Er schlenderte über das Deck und sprach mit jeder Geschützbesatzung nicht aufgeregter als ein Bauer, der mit seinem Hund spazierengeht.

Bolitho packte ein Teleskop. »Hierher, Mr. Harris!« Er legte das Glas auf die Schulter des Fähnrichs und meinte, ein Zittern zu spüren. Ein kleiner Junge noch. *Wie wir alle mal.*

Er hielt den Atem an, als er die Fregatte aus der Nähe sah. Die großen Flaggen wehten an der Gaffel und dem Masttopp aus, die roten Streifen und der Kreis der weißen Sterne waren deutlich sichtbar. Er sah die mächtige Gestalt auf dem Achterdeck in der Nähe einer der kleineren Kanonen. Vermutlich Neunpfünder. Der Mann blickte mit einem Fernglas zur *Valkyrie* hinüber, schwenkte es langsam, bis er das Gefühl hatte, daß es genau auf ihn gerichtet war.

Der Kapitän lüftete seinen Hut zu einem ironischen Gruß und hielt ihn in die Luft, bis Bolitho zurückgegrüßt hatte.

Er lächelte und befahl: »Lassen Sie Unter- und Bramsegel trimmen, Mr. Urquhart!«

Sie gaben sich den Anschein, als wollten sie die

Unity überholen, bevor sie dann plötzlich Kurs vor ihrem Bug ändern würden.

Ein scharfer Knall ertönte, und eine Sekunde später hüpfte eine Kugel wie ein fliegender Fisch über die Wellen. Ein Seemann bemerkte übermütig: »Das hätte ich besser gekonnt.«

Bolitho sagte: »Weiter Kurs Nord steuern!«

An der vordersten Kanone stieg eine Rauchwolke auf, gefolgt vom Heulen einer schweren Kugel über ihren Köpfen.

Urquhart rief: »Haltet euch fest, Jungs, die nächste trifft!«

Die Männer duckten sich hinter die Kanonen und alles, wovon sie annahmen, daß es Schutz bot. Bolitho hatte den Eindruck, daß der aufragende Klüverbaum der *Unity* schon fast die Farbe von der Galionsfigur der *Valkyrie* abkratzte. Es war natürlich eine Täuschung, denn zwischen ihnen lagen noch immer sieben bis acht Kabellängen.

Die zweite Kanone feuerte, und diesmal schlug die Kugel mit der Wucht einer Riesenfaust in den Rumpf ein. Ein paar Männer schrien auf, einige andere blickten zu den Masten empor, als fürchteten sie, daß sie herunterkommen würden. Trevenen schien aus seiner Trance zu erwachen. »Alle freien Männer an die Pumpen, auch die Gefangenen. Sie werden bald erkennen, daß sie in großer Gefahr sind!«

Bolitho rief scharf: »Kurs ändern, Kapitän!«

Aber Trevenen starrte mit wirrem Blick auf das andere Schiff.

Es gab nur zwei Alternativen. Entweder mußte die *Unity* abfallen, um auf ihrem jetzigen Kurs eine Kollision zu vermeiden, was Beer aber nicht tun würde, weil dann sein Heck für einen Angriff exponiert wäre, oder aber die Segel mußten gekürzt werden, um die Geschwindigkeit zu verringern. Doch dafür war es schon zu spät.

Jetzt oder nie!

»Kurs ändern! Drei Strich nach Steuerbord, *jetzt!*«

Noch während das große Doppelrad gelegt wurde, schienen die wartenden Seeleute nach der Anspannung förmlich auf die Stationen zu fliegen.

»An die Brassen! Mehr Männer an die Luvbrassen, Mr. Jones!«

Über dem Deck wölbte sich jedes Segel bretthart an seiner Rah, eine Segelpyramide stand über ihnen. Bolitho beobachtete, wie das amerikanische Schiff vor dem Bug entlangwanderte.

»Kurs liegt an, Sir! Nordost-zu-Nord!«

»Geschützpforten öffnen! Geschütze ausrennen!«

Mit vollen Segeln schien die *Valkyrie* das andere Schiff rammen zu wollen. Der Klüverbaum zeigte zuerst auf den Großmast, dann auf die erhöhte Poop des Amerikaners mit dem glitzernden vergoldeten Schnitzwerk.

Plötzlich schien die Seite der *Unity* in langen wütenden Flammen zu explodieren, der Qualm legte sich wie Nebel über das Schiff. Einige Kugeln trafen den Bug der *Valkyrie,* setzten ein paar Kanonen außer Gefecht, verursachten aber wenig Verluste, weil die meisten Geschützbedienungen an der Backbordseite auf den Befehl zum Feuern warteten. Hätte er nicht so schnell den Kurs geändert, hätten viel mehr der vierundzwanzigpfündigen Kugeln ihr Ziel gefunden.

Aber es war schlimm genug. Männer rannten blutend und verstört herum, andere lagen in ihrem eigenen Blut, Leichen, menschliche Teile waren überall verstreut. Die Unteroffiziere versuchten, die Ordnung wiederherzustellen. Einige Kugeln hatten auf die Takelage gezielt, und schon enterten Matrosen auf, um die baumelnden Enden zu reparieren.

Jetzt war da das aufragende Heck der *Unity*, die Fenster ihrer Achterkabine glitzerten vor dem Backbordbug der *Valkyrie* hell wie Kreideklippen.

Dyer, der Zweite Offizier, brüllte: »Fertig, Jungs! Feuer frei, wenn Ziel aufgefaßt!« Dann schlug er die Hände vor das Gesicht und fiel. Ein verängstigter Fähnrich trat an seine Stelle. Die Amerikaner schossen über die Heckreling, und Wolken von Splittern flogen auf dem Achterdeck herum, als die unsichtbaren Scharfschützen auf die Epauletten des Admirals zielten.

Die Kanonen auf dem Hauptdeck der *Unity* wurden bereits wieder ausgerannt, aber wenn Beer mit der britischen Fregatte fertig werden wollte, mußte er die Steuerbordbatterie einsetzen. Beim nächsten Mal würden die großen Stücke keine Gnade kennen.

Der Klüverbaum passierte bereits das Heck des Amerikaners. Bolitho sah den vergoldeten Namen am Spiegel, fast meinte er Adams Stimme zu hören, wie er das Schiff beschrieben hatte. Und Trevenens mißgünstige Zweifel.

Die große Karronade, die der Stückmeister selbst geladen und gerichtet hatte, ruckte in die Taljen zurück. Für den Bruchteil einer Sekunde dachte Bolitho, daß sie das Ziel verfehlt hatte, aber dann öffnete sich das Heck der *Unity* wie eine gezackte Höhle. Die Ladung der Karronade würde in ihrem Innern einen Splitterregen bis ins Vorschiff schicken.

»Einzelfeuer!«

Geschütz nach Geschütz fuhr zurück. Nicht einmal ein Blinder konnte auf diese Entfernung das Ziel verfehlen. Jeder gezielte Schuß würde durch den ganzen Rumpf fegen, der wie ihr eigener vom Heck bis zum Bug aufgeklart war.

»Auswischen! Laden! Ausrennen!«

Trotz der Angst und der schmerzerfüllten Schreie der Verwundeten hielt sie jetzt der stundenlange Drill und die Disziplin zusammen.

Ein bleicher Fähnrich stoppte in einer schlüpfrigen Blutpfütze vor Avery.

»Verzeihung, Sir!« Er stöhnte, als eine Kugel in den Besan über ihm einschlug. »Der Ausguck hat unsere Schiffe gesichtet. Sie greifen an!«

»Ich werde es dem Admiral melden. Danke, Mr. Warren. *Bewegen Sie sich!*«

Urquhart rief: »Der Yankee ist manövrierunfähig, Sir!« Seine Stimme überschlug sich ungläubig.

»Aber er kämpft weiter!« Gerade als Avery es aussprach, erfolgte ein Einschlag an den Finknetzen und warf drei Marines als blutige Bündel auf das Deck. Wahrscheinlich einer der Neunpfünder der *Unity*, geladen mit Schrapnells.

Der Navigator ging zu Boden, einer seiner Maaten nahm seinen Platz ein, seine Hosen bedeckt vom Blut des Segelmeisters. Mit zitternder Stimme rief er: »Recht so!«

Aber Avery sah nur Allday, der Bolitho schützend gegen seinen Körper drückte. Avery rannte zu ihnen hinüber. »Was ist los?«

Er sah, daß Alldays Gesicht vor Sorge ganz verzerrt war. »Splitter, Sir! Schicken Sie nach dem Arzt!«

Sie trugen Bolitho vorsichtig zum Fuß des Kreuzmastes. Er flüsterte rauh: »Splitter ... ich habe Holzsplitter im Gesicht!« Er packte Averys Arm mit unglaublicher Kraft. »Ich kann nichts mehr sehen!«

Er bedeckte sein Gesicht mit beiden Händen. Seine Augen waren fest zusammengepreßt. Avery berührte seine Wange und konnte einige Splitter erfühlen, die wie kleine Fischgräten aus der Haut hervortraten.

Der Rumpf erzitterte wieder unter dem Donner einer vollen Breitseite. Avery bemerkte es kaum. Er blickte auf und sah, daß Trevenen durch den dichten Qualm zu ihnen herüberstierte.

»Ist es schlimm?«

»Er kann nichts sehen!«

Bolitho wollte aufstehen, doch Allday hielt ihn fest. »Gehen Sie nahe ran, Kapitän! Geben Sie ihm keine Zeit ...« Er brach ab, stöhnend vor Schmerz, als er versuchte, die Augen zu öffnen.

Trevenen schnappte scharf: »Sir Richard ist verwundet! Mr. Urquhart klar zum Abbruch des Gefechts. Das ist ein Befehl!«

Avery blickte ihn ungläubig an. »Sie fliehen?«

Trevenens Selbstbewußtsein kehrte zurück.

»Ich habe hier das Kommando! Ich wußte, daß es schiefgehen würde! Sir Richard hat sich alles selbst zuzuschreiben!«

Ein Mann in einer blutigen Schürze eilte über das Deck. Es war nicht Minchin, sondern sein Assistent Lovelace. Trevenen brüllte: »Bringen Sie Sir Richard nach unten! Hier ist kein Platz mehr für ihn!«

»Wer, zum Teufel, behauptet das!«

Avery sah eine andere Gestalt mit schmerzverzerrtem Gesicht aus dem Niedergang auftauchen. Herrick blickte sich um auf dem mit den Überresten der Schlacht bedeckten Deck. Er sah die Toten, Sterbenden und die zerrissenen Leichen der Seesoldaten. Dieser Anblick mußte ihn an sein ehemaliges Flaggschiff erinnern.

Dann musterte er die amerikanische Fregatte, die weiter und weiter nach Lee abtrieb. Ein paar der kleinen Schiffe hielten von ihr ab, als ob die *Unity* die Pest hätte.

»Der Yankee wird uns keine Sorgen mehr machen, jedenfalls nicht mehr heute. Wir werden sofort zu unseren Schiffen stoßen!« Er schloß die Augen, um den Schmerz zu kontrollieren.

Trevenen starrte ihn ungläubig an.

»Was sagen Sie? Ich kommandiere hier . . .« Weiter kam er nicht.

Herrick machte einen Schritt in seine Richtung. »Sie kommandieren überhaupt nichts! Sie sind abgelöst, und ich werde Sie für Ihren hinterhältigen Verrat zum Teufel schicken! Verlassen Sie sofort das Deck!«

Trevenen zögerte, als ob er protestieren wollte, drehte sich dann aber wie blind um und stolperte zum Niedergang. Er mußte sich seinen Weg durch die Männer bahnen, die es noch vor kurzer Zeit nicht gewagt hatten, ihm in die Augen zu blicken. Jetzt beobachteten sie ihn furchtlos und voller Verachtung.

Herrick ignorierte ihn. »Sie da, Urquhart, oder wie immer Ihr verdammter Name ist, können Sie dieses Schiff segeln?«

Der Erste Leutnant nickte wie eine Marionette. Sein Gesicht war bleich.

»Das kann ich, Sir!«

»Dann machen Sie es. Wir werden zu unseren anderen Schiffen stoßen, die ganz schön unter Druck stehen werden.«

Einer der Sanitätsgasten trat hinzu, um Herrick zu stützen, aber der stieß ihn zur Seite und zog seine Uniformjacke fester um die Schulter. »Kümmern Sie sich um die anderen, verdammt noch mal!«

Bolitho lag steif zwischen Alldays Knien und hätte beinahe geschrien, als Lovelaces starke Finger seine Augenlider öffneten und mit einem weichen Lappen eine brennende Salbe hineinrieben. Die Schlacht tobte währenddessen in der Ferne. So als ob sie in einer anderen Welt stattfand.

Was er immer befürchtet hatte, war eingetreten. Ohne Warnung und ohne Gnade. So wie bei den anderen Männern, die jetzt zu Minchin hinuntergeschafft wurden. Wie konnte er nun zu Catherine zurückkehren? Wie konnte er daran auch nur denken?

Lovelace knurrte: »Halte ihn gut fest, Allday!« Dann drehte er Bolitho in Richtung des stärker werdenden Sonnenlichts und blickte sehr konzentriert in das Auge. »Blicken Sie nach oben, Sir Richard.«

Bolitho öffnete das Auge und spürte, wie sich Allday verspannte, als er ihn ansah. Einen Moment lang waren da nur Nebel und treibende blutige Flecken, dann fügte sich alles wieder zu einzelnen festen Gegenständen zusammen. Herrick mit den glänzenden Epauletten eines Konteradmirals, der die Reling mit einer Hand umklammerte und auf etwas starrte, was zwischen den zerrissenen und blutverschmierten Finknetzen lag. Der kleine Fähnrich, auf dessen Schulter er das Fernglas aufgelegt hatte, sah auf ihn hinunter und schluchzte lautlos, als die Kanonen verstummten. Dann kam das beschädigte Rigg, die zerrissenen Segel. Ein Seesoldat im Großmars winkte mit seinem Hut. Wen grüßte er, fragte er sich verwundert.

Er wagte es kaum auszusprechen. »Ich kann wieder sehen.« Er sträubte sich nicht, als Lovelace auch das andere Augenlid anhob. Einen Moment lang sah Bolitho die Überraschung, ja den Schock in seinem Gesicht, doch dann sagte er ruhig: »Ich fürchte, dieses Auge wird sich nicht verbessern, Sir Richard.«

»Helfen Sie mir auf.«

Bolitho stand zwischen ihnen, während Lovelace noch kleine Splitter rings um das Auge entfernte. Sie waren so klein, daß man sie kaum erkennen konnte, doch jeder einzelne war zuviel.

Lovelace lächelte ernst: »Da waren auch Farbsplitter dabei, Sir Richard.« Er blickte weg, als jemand im Todeskampf aufschrie. »Ich muß gehen, Sir, ich werde gebraucht.« Er blickte Bolitho an, und Avery hatte das Gefühl, als ob er nach Worten suchte. »Und ich würde gern Ihr Angebot annehmen.«

Urquhart rief: »Barattes *Chacal* hat sich der *Anemone* ergeben!« Er war vor Aufregung ganz aus dem Häuschen.

Bolitho wanderte an die Reling des Achterdecks, Alldays Schatten folgte ihm wie ein Mantel.

»Was ist mit der *Laertes*?« Er nahm sich ein Teleskop und stöhnte, als das Sonnenlicht seine Augen traf.

Bevor wieder alles undeutlich wurde, sah er, daß die *Anemone* fast längsseits bei der französischen Fregatte lag. Ihr Fockmast war weggeschossen worden und lag wie eine Behelfsbrücke über Barattes Schiff. Zwei Kabellängen entfernt hatte sich die *Laertes* mit dem *Le Corsaire,* dem Schiff des Verräters, angelegt. Es würde Baratte doppelt ärgern, daß sein Schiff von Adam niedergekämpft worden war. Er erkannte alles, bis ihn das helle Licht zwang, das Glas abzusetzen. Die Segel der *Anemone* hingen in Fetzen, das Rigg war ein einziges Chaos. Doch Adam war am Leben. Kein anderer Kommandant hätte sein Schiff so unerschrocken eingesetzt.

Er spürte Herrick neben sich und wußte, daß Allday grinste, und das trotz der Toten und Verwüstungen um sie herum.

Herrick meinte leise: »Sie haben uns also doch nicht gebraucht. Aber wenn der Yankee sich durchgesetzt hätte, weiß man nicht, was passiert wäre.«

Urquhart meldete: »Keine Flaggensignale, Sir.«

Bolitho nickte. »Der gefährlichste Franzose schwimmt gerade noch. Sie haben es geschafft, und ich habe es nicht gesehen.«

Herrick schwankte und blickte auf das Blut, das aus seinem Stumpf tropfte.

»Und der wollte uns als seine Gefangenen vorführen! Möge er verrotten!«

Avery fragte: »Befehle, Sir Richard?«

»Wir müssen die anderen bei ihren Prisen unterstützen. Danach . . .« Er fuhr herum und erkundigte sich: »Keine Signale, Mr. Urquhart? Kein Wunder, daß Kapitän Hannay den Kampf aufgegeben hat. Baratte hat wieder einen seiner alten Tricks benutzt!« Alle starrten ihn an, als ob sie befürchteten, daß die Angst um sein Augenlicht seinen Geist verwirrt hätte. »Wo ist die Brigg?«

»Läuft ab nach Lee, Sir!«

Herrick stand wie ein Fels, als ein Deckoffizier den durchbluteten Verband erneuerte, aber dann wurde der Schmerz zu groß, und er keuchte nur noch: »Wir haben es geschafft, Richard, wie in alten Zeiten...« Dann wurde er ohnmächtig.

»Passen Sie gut auf ihn auf.« Bolitho legte Herricks Uniformrock über ihn, und ein paar Seeleute trugen ihn auf einer Gräting davon.

»Baratte hat das Gefecht von der Brigg aus geleitet, aber seine Flagge auf der *Chacal* gesetzt. Für den Fall, daß uns die *Unity* nicht aufhalten konnte.«

Avery bemerkte ruhig: »Hätte Kapitän Trevenen seinen Willen durchgesetzt...« Er zuckte mit den Schultern. Es war schon fast Geschichte, nur die fürchterlichen Überreste waren noch Realität.

Bolitho befahl: »Lassen Sie alle Segel setzen, Mr. Urquhart.« Er blickte auf den Leichnam des Segelmeisters hinunter, als könne der noch antworten. »Baratte soll uns diesmal nicht entkommen.«

Allday sah ihn grimmig an, als er sein Augenlid berührte. »Sie haben mir ganz schöne Sorgen gemacht, Sir Richard.«

Bolitho wandte sich ihm zu, seine Augen waren ganz klar. »Ich weiß, alter Freund.« Er befühlte das Medaillon unter seinem verrußten Hemd. »Kommodore Keens Geleitzug wird nun sicher sein. Jetzt ist alles Sache des Heeres. Ich nehme an, daß ich eine Zeitlang arbeitslos sein werde.«

Eine Stimme rief: »Die Brigg hat mehr Segel gesetzt, Sir!«

Bolitho ballte die Fäuste. »Zu spät. Rufen Sie den Stückmeister nach achtern.«

Bob Fasken erschien unterhalb der Achterdecksreling und legte grüßend einen Finger an die Stirn. »Ich bin bereit, Sir Richard.« Seine Augen schienen zu fragen, *woher wußten Sie, daß Baratte auf der Brigg ist?*

Bolitho starrte über ihn hinweg. Die Brigg schien mit dem Rigg der *Valkyrie* zu verschmelzen.

»Feuer frei, sobald wir in Reichweite sind, Mr. Fasken.« Er lächelte kurz. »Ihre Geschützbedienungen haben heute gute Arbeit geleistet.« Es schien eine Ewigkeit zu dauern, bis die feindliche Brigg eingeholt war. Die Leichen wurden über Bord geworfen, und die protestierenden Verwundeten verschwanden vom Deck, das mit dunklen Blutflecken bedeckt war.

Die Lafette quietschte, als eine der schweren achtzehnpfündigen Jagdgeschütze in Position gebracht wurde. Der Stückmeister stand mit gekreuzten Armen daneben und sah zu. Mit Handspaken wurde das Geschütz gerichtet. Beschäftigungslose Männer standen neugierig auf dem Laufgang, einige suchten noch immer nach einem Gesicht, einem Freund, den sie nie wiedersehen würden.

Das Buggeschütz feuerte, und während die Crew es auswischte und wieder lud, verflüchtigte sich der Rauch.

Bolitho sah, daß die Kugel dicht hinter dem Spiegel der Brigg einschlug. Er hörte, daß ein paar Seeleute Wetten abschlossen. Vor kurzer Zeit hatten sie noch dem Tod ins Auge geschaut.

»Fertig, Sir.«

»Feuer!«

Diesmal sah Bolitho den Einschlag. Ein dunkler verwischter Schatten, dann eine Splitterwolke und Riggteile, die bei der Brigg über Bord gingen.

Urquhart flüsterte: »Er muß die Flagge streichen, verdammt!«

Avery deutete hinüber: »Sehen Sie, Sir, er setzt seine Admiralsflagge!«

Bolitho setzte das Teleskop ab. Es war wie eine Antwort für Urquhart. Baratte würde sich nie ergeben!

»Feuer!«

Wieder ein Treffer. Männer rannten wie wild gewordene Tiere herum, als Teile des Riggs zwischen sie fielen.

Fasken beschattete seine Augen, um nach achtern zu blicken. Als kein Gegenbefehl kam, nahm er die Abzugsleine selber in die Hand und beugte sich über das schwarze Rohr. Das hatte er vermutlich seit Jahren nicht mehr gemacht.

Bolitho spürte, wie sich das Deck hob und dann einen Moment ruhig lag, die Abzugsleine spannte sich, dann riß Fasken durch.

Zunächst schien es, als habe der Stückmeister das Ziel verfehlt, doch dann gab es ein erstauntes und erschrecktes Aufstöhnen, als sich das Vorschiff der Brigg in einer großen Feuersäule aufzulösen schien. Vom Wind begünstigt, standen die Segel und das geteerte Rigg in kürzester Zeit in Flammen. Das Feuer breitete sich über das Deck aus, und aus den Geschützpforten zuckten feurige Zungen wie Blitze.

Als die Explosion erfolgte, kam sie wie ein gewaltiger Donnerschlag. Wahrscheinlich explodierte ein Pulvermagazin, vielleicht hatte die Brigg aber auch Pulvernachschub für Barattes Freibeuter transportiert.

Als der Donner verklungen war, lag schwarzer

Rauch wie ein Leichentuch über den sinkenden Resten des Schiffes.

Bolitho sah zu, bis sich die See nach heftigen Turbulenzen wieder beruhigt hatte. Wofür das alles, fragte er sich? Hatte Baratte damit bewiesen, daß er besser als sein Vater gewesen war? Der Sache seines Vaterlandes treu ergeben? Also persönliche Eitelkeit?

Er hörte sich selbst sagen: »Zurück zu den anderen, Mr. Urquhart. Der Zahlmeister soll eine Extraration Rum ausgeben.« Er blickte auf die Männer, die früher sogar zum Sprechen zu feige gewesen waren. »Heute sind sie alle Helden.«

Avery trat zu ihm. »Was wird jetzt mit uns passieren, Sir Richard?«

»Wir fahren nach Hause, wenn es noch Gerechtigkeit gibt.« Er hing dem Gedanken nach. Dann änderte sich seine Laune schnell. »Außerdem müssen wir eine Hochzeit ausrichten.« Er schlug Allday auf die Schulter. »Dieser Mann muß sein Wort halten!«

Überraschenderweise reagierte Allday nicht so, wie er erwartet hatte. Er erwiderte leise: »Würden Sie das wirklich tun, Sir Richard?«

Die Männer auf den anderen Schiffen brachen jetzt in Hochrufe aus. Angst und Schmerz waren verflogen. Bis zum nächsten Mal.

Aber Bolitho hörte nur die Worte seines alten Freundes. Seiner Eiche.

Irgendwann in der Vergangenheit hatte er einmal ein Flaggensignal setzen lassen. Seine Bedeutung schien ihm jetzt sehr passend für diesen besonderen Mann zu sein.

»Ich fühle mich geehrt.«

Epilog

Richard Bolitho griff nach der Kordel des Handgriffs, als die Kutsche durch die Schlaglöcher schaukelte. Es war, als ob man in einem kleinen Boot durch rauhe See segelte. Er fühlte sich ausgelaugt, jeder Knochen seines Körpers schmerzte von der endlosen Reise. In seinem müden Kopf vermischten sich undeutliche Eindrücke, die er seit seinem Anlandgehen in Portsmouth aufgenommen hatte. Von dort war er sofort nach London geeilt, um seinen Bericht zu machen.

Die ganze Zeit war er bemüht gewesen, möglichst schnell abzureisen, um den langen Weg nach Westen hinter sich zu bringen. Surrey, Hampshire, Dorset, Devon. Er wußte nicht mehr, wie oft sie angehalten hatten, um die Pferde zu wechseln, in wie vielen Gasthäusern sie gewesen waren. Sogar an die Übernachtung in einer der Pferdewechselstationen erinnerte er sich nur undeutlich. Leute hatten ihn angestarrt, hatten sich gefragt, was ihn so nach Westen trieb, waren zu höflich oder zu nervös gewesen, um ihn direkt zu fragen. Gerüche von Fleischpasteten und geräucherten Aalen, Dienerinnen mit weit aufgerissenen Augen, joviale Wirte, die vom Geschäft mit den Kutschen weitaus besser lebten als die Kutscher.

Allday lag ihm gegenüber auf dem Sitz, sein braunes Gesicht war im Schlaf entspannt. Wie die meisten Seeleute konnte er überall schlafen, sobald sich eine Gelegenheit ergab.

Er konnte es kaum glauben, daß er nach allem, was passiert war, wieder in England war. Baratte war tot. Tyacke, der das ganze Gebiet nochmals abgesucht hatte, hatte keine lebende Seele entdecken können, die die schreckliche Explosion überlebt hatte.

Unter Notbesegelung, ständiger Pflege der Verwundeten und Ausbesserung der Schäden, auch auf den beiden französischen Prisen, waren sie nach Kapstadt zurückgekrochen. Dort hatte Bolitho zu seinem großen Erstaunen den Befehl vorgefunden, das Kommando an Kommodore Keen zu übergeben und nach England zurückzukehren. Sie waren Keens Konvoi begegnet, aber nicht nahe genug, um Nachrichten austauschen zu können. Doch Bolithos Flagge im Vortopp hatte Keen alles gesagt, was er wissen mußte. Der Weg war frei, die Landungen auf den Inseln um Mauritius konnten beginnen.

Bolitho wischte mit dem Ärmel über das Fenster. Sie waren wieder früh aufgebrochen, wie immer, wenn die Straße gut war. Kahle schwarze Bäume, naß vom Tau der Nacht oder vom Regen, weite geschwungene Felder und dahinter Hügel. Er zitterte und nicht nur vor Aufregung. Es war November, und die Luft war bitterkalt.

Er dachte an den Abschied und die überraschenden Trennungen. Leutnant Urquhart war als diensttuender Kommandant der *Valkyrie* zurückgeblieben. Er überwachte die Reparaturen, bis ein neuer Kommandant bestellt war. Am Erstaunlichsten war das Verschwinden von Trevenen in der letzten Nacht vor dem Einlaufen in Kapstadt. Ein schicksalhafter Unfall? Oder hatte er sich nicht in der Lage gesehen, die Konsequenzen auf sich zu nehmen, die sein Verhalten bei Bolithos Verwundung nach sich ziehen würde? Er hatte keinen Abschiedsbrief hinterlassen. Das Schiff war vom Kabelgatt bis zur Achterpiek durchsucht worden – es war, als hätte er sich in Luft aufgelöst.

Vielleicht hatte ihn jemand umgebracht. Wie auch immer, Hamett-Parker, der Trevenen einen so wichtigen Posten zugeschoben hatte, würde gezwungen sein, eine Menge Fragen zu beantworten.

Abschied. Tyacke, ernst und seltsam traurig. Während sie sich die Hände schüttelten, hatte er seine Mißbildung vergessen. Ob Freunde oder Brüder, sie waren beides.

Und dann Adam, dessen *Anemone* das meiste abbekommen und die größten Verluste erlitten hatte. Adam hatte mit Stolz und tiefer Rührung von seinen Männern gesprochen. Zwei seiner Leutnants waren getötet worden. Er hatte seinen Emotionen freien Lauf gelassen, als er vom Kampf gegen die *Chacal* berichtete, auf der Barattes Flagge geweht hatte. Einer seiner Fähnriche, Dunwoody, war auch gefallen. »Ich hatte ihn für eine vorzeitige Beförderung vorgesehen. Er wird schmerzlich vermißt werden.«

Bolitho hatte seine Trauer mitgefühlt. So war es oft nach einer Schlacht, immer waren Namen und Gesichter mit ihr verbunden, besonders wenn der Preis so hoch war.

Bolitho war froh gewesen, abreisen zu können. Man hatte ihm eine Überfahrt auf einem kleinen Schiff der sechsten Klasse angeboten. Es hieß *Argyll*. Der junge Kommandant war sich der Wichtigkeit seines Passagiers und der Nachrichten, die er beförderte, wohl bewußt. Zweifellos hatte er sich gewundert, warum ein so hoher Offizier nicht auf eine komfortablere Transportgelegenheit gewartet hatte.

In Kapstadt hatte er einen Brief von Catherine bekommen. Auf der schnellen Reise vom Kap hatte er ihn wieder und wieder gelesen. Heftige Eifersucht hatte ihn geplagt, als sie ihren Besuch bei Sillitoe beschrieben hatte, aber auch Sorge um ihre persönliche Sicherheit und ihren Ruf.

Ich mußte es tun, zu unser beider Wohl. Ich durfte nicht zulassen, daß Dich meine Vergangenheit belastet. Du kannst mir immer vertrauen, mein Geliebter. Es gab keinen anderen, dem ich zutrauen konnte, mein Geheimnis zu hüten, aus welchem Grund auch immer. Es gab Zeiten, zu denen ich meine Handlungsweise in Frage stellte, aber das muß ich nicht. Irgendwie habe ich das Gefühl, daß Sir Paul Sillitoe von seinem Sinn für Anstand selber überrascht war.

In London verließ ihn Herrick, um sich einer weiteren Behandlung seiner Amputation zu unterziehen. Er war so ganz anders geworden. Doch immer noch darauf bedacht, seine Gefühle nicht zu zeigen, hatte er gesagt: »Vielleicht bieten sie mir jetzt etwas anderes an, Richard.« Seine leuchtend blauen Augen betrachteten den leeren Ärmel. »Ich hätte an jenem Tag noch mehr geopfert, nur um mir wieder deinen Respekt zu sichern.«

»Und die Freundschaft, Thomas.«

»Aye. Ich werde das nie vergessen. Nie wieder.« Er hatte gegrinst. »Ich werde die Rechnung begleichen. Irgendwie.«

Bolitho veränderte seine Sitzposition und zog seinen dicken Bootsmantel fester um sich. Der Wechsel vom Indischen Ozean in den englischen Winter war härter gewesen, als er vermutet hatte. Weil er älter wurde? Er dachte an sein Gesicht im Rasierspiegel, als ihn Allday heute morgen in St. Austell rasiert hatte. Das Haar war noch immer schwarz, bis auf die verhaßte weiße Strähne über dem rechten Auge, wo ihn das Entermesser vor Jahren getroffen hatte.

Wie mochte sie ihn sehen? Würde sie ihre Entscheidung, bei ihm geblieben zu sein, bedauern?

Er dachte an Yovell und Ozzard, die gemächlicher in einer zweiten Kutsche folgten, in der sich auch seine Habseligkeiten befanden. Er blickte auf die zusammengerollte Gestalt gegenüber. Die »kleine Crew« war weiter zusammengeschmolzen, als sie in Dorset übernachtet hatten. Avery blieb in Dorchester bei seiner verheirateten Schwester. Es war ein seltsam scheuer Abschied gewesen. Bolitho nahm an, daß sich sein Flaggleutnant die ihm angebotene Beförderung gründlich überlegte. Es war ein Karriererisiko, bei einem Vizeadmiral zu bleiben, den man für längere Zeit nicht einsetzen würde.

Die Kutsche hielt auf einem Hügelrücken, die Pferde dampften und stampften mit den Füßen.

All diese Wochen auf See, Erinnerungen an verlorene Schiffe und tote Gesichter, dann die Tage auf der Landstraße. Er zog das Fenster herunter und blickte auf das Feld. Der Steinwall war dick mit Moos bedeckt. Etwas Eis lag am Straßenrand, aber die Sonne schien kalt und es gab keinen Hinweis auf drohenden Schneefall.

Er wußte, daß Allday sich aufgesetzt hatte und ihn beobachtete. Er mochte groß und breit sein, aber wenn nötig, konnte er sich bewegen wie eine Katze.

Er blickte ihn an und erinnerte sich an die Verzweiflung in seiner Stimme, als er ihn daran gehindert hatte, den Sanitätsmaaten Lovelace wegzustoßen.

»Hörst du das, alter Freund?«

Ein Ausdruck des Verstehens glitt über Alldays verwitterte Gesichtszüge. Er nickte.

Ruhig sagte Bolitho: »Kirchenglocken. Falmouth.«

Alles schien hier so weit entfernt zu sein. Mauritius würde inzwischen in englischer Hand sein, sehr zur Erleichterung der Ehrenwerten Ostindischen Handelsgesellschaft. Barattes Freibeuter und Piraten wie Simon Hannay konnten jetzt nirgendwo mehr vor den englischen Fregatten Unterschlupf finden.

Er war sehr erpicht darauf, nach Hause zu kommen, trotzdem beunruhigten ihn seine Zweifel. Er berührte sein Auge, ohne Alldays plötzliche Besorgnis zu bemerken. Er sah Portsmouth Point vor sich, wo er von der kleinen *Argyll* an Land gepullt worden war. Er hatte sich im Heck umgedreht und auf die ankernde Fregatte zurückgeblickt. Es war ein klarer Morgen wie dieser gewesen, die Fregatte hatte sich scharf gegen die Isle of White und die bewegte See abgezeichnet.

Dann hatte er das Auge abgedeckt, von dem er geglaubt hatte, daß es durch die Splitter erblindet war, und hatte nochmals geschaut. Das Schiff war verschwommen gewesen, und die See hatte dunkler ausgesehen.

Allday beugte sich vor. »Verzeihung, Sir Richard, aber ich denke, daß ich doch nicht heiraten werde.«

Bolitho starrte ihn an. »Wieso denn nicht?«

Allday grinste schlau. »Weil ich glaube, daß Sie zu viele Sorgen haben, als daß ich Sie alleine lassen könnte.«

Bolitho blickte auf seine Hände. »Ich weiß nicht, was ich tun werde, alter Freund. Aber du wirst heiraten!« Er steckte den Kopf aus dem Fenster und rief dem Kutscher zu: »Blasen Sie in Ihr Horn, sobald Sie die Reede von Carrick sehen!«

Die Pferde stampften, und die Bremse wurde gelöst. Dann rollten sie die abschüssige Straße hinab.

Beim Klang des Horns stob ein Schwarm Krähen von den Feldern in die Höhe, und ein paar Möwen krächzten ärgerlich über ihnen.

Knechte, die eine niedrige Mauer reparierten, blickten sich um und sahen der unbekannten Kutsche nach, die über und über mit Straßendreck bedeckt war. Dann rief einer seinen Kameraden etwas zu.

Ein Bolitho ist zurück! Ein Bolitho ist zurück! Das sagten die Leute in Falmouth schon seit vielen Generationen.

Bolitho lehnte sich aus dem Fenster, sein schmerzendes Auge vergessend, alles hinter sich lassend, während die kalte Luft seine Müdigkeit verjagte.

Dann sah er sie. Die schöne Stute Tamara, die er ihr geschenkt hatte, kam die letzte Meile der Poststraße herangaloppiert. Bolitho rief: »Halten Sie an!«

Catherine parierte das Pferd durch, bis ihr Gesicht das seine fast berührte. Sie war außer Atem. Ihr Haar wehte im Wind, die pelzbesetzte Kapuze war nach hinten gerutscht.

Er stand auf der Straße und half ihr vom Pferd.

»Ich wußte es, Richard! Ich wußte, daß du kommst!«

Er spürte die Tränen auf ihrem kühlen Gesicht, ihre verlangenden Arme, die ihn umschlangen. Sie

vergaßen alles um sich herum in diesem Augenblick. Sie hatten sich wiedergefunden.
Ein Bolitho ist zurück.

John Allday und Unis Polin heirateten genau eine Woche vor dem Christfest des Jahres 1810 in der kleinen Kapelle von Fallowfield.

Ozzard hatte viele Male betont, daß es eine gute Sache sei, denn von nun an würde Allday nicht mehr jedermann mit seinen ständigen Beschwerden und Sorgen auf die Nerven gehen.

Es war ein schöner Tag mit klarer Luft und hellem Sonnenschein. Viele Hochzeitsgäste, die dem Hochzeitspaar Glück wünschen wollten, kamen zu Fuß, wegen des scharfen Südwestwindes aus der Falmouth Bay dick angezogen.

In der kleinen Kirche hatte noch nie ein derartiger Andrang geherrscht, und der junge Pfarrer war offensichtlich nervöser als das Paar, das er trauen sollte. Es lag wohl nicht nur an der Anzahl der Gäste, sondern an deren Zusammensetzung. Von Englands Seeheld und seiner schönen Lady war bis zu den örtlichen Arbeitern alles vertreten. Allday hatte viele Freunde und wurde immer herzlich aufgenommen, wenn er von See zurückkam. Ein paar Seeleute, viele Tagelöhner, die Männer der Küstenwache, Steuereintreiber, Bauern, Kutscher und vermutlich ein oder zwei Taschendiebe füllten den Raum bis auf den letzten Winkel.

Fallowfield lag auf Lewis Roxbys Besitz, und obwohl er nicht an der Hochzeit teilnahm, hatte er befohlen, daß eine riesige Scheune mit Girlanden und Flaggen geschmückt wurde, damit Allday und seine Braut die Gäste ohne Raumnot bewirten konnten. Roxby hatte auch genug Gänse und Rindfleisch aus seiner Schatulle bezahlt, mit denen man »die ganze verdammte Armee des Eisernen Herzogs hätte abfüttern können«, jedenfalls drückte Allday es so aus.

Bolitho hatte gespürt, wie genau die Hochzeitsgäste ihn und Catherine musterten, als sie ihre Plätze einnahmen. Unis Polin war von ihrem Bruder hereingeführt worden, der stolz, sehr gerade, und trotz seines Holzbeins fast ohne zu hinken, den Gang heruntergeschritten war. Allday, begleitet von Bryan Ferguson, war äußerlich gefaßt. Er sah in seinem Jackett schmuck aus. Bolitho hatte dafür gesorgt, daß es rechtzeitig fertig wurde. Er trug seine goldenen Knöpfe und zur Feier des Tages ein weißes Seidentuch.

Es gab sicher ein paar Frauen in Falmouth, die bis zur letzten Minute gehofft hatten, daß sich Allday doch anders entscheiden würde.

Es war noch ein weiterer Seeoffizier anwesend. Leutnant George Avery war von Dorset herübergekommen. Er erinnerte sich daran, daß Alldays Mut und Kraft, seine völlige Unabhängigkeit auch sein Leben verändert hatten. Er schlüpfte gerade in die Kirche, als die kleine Orgel zu spielen begann. Avery war sich sehr bewußt, daß er dazugehörte. Einer der wenigen.

Während des Gottesdienstes hatte Bolitho bemerkt, daß Catherine ihre Augen rieb. Sie hatte Avery im Schatten eines Pfeilers entdeckt, sein Gesicht lag im Schatten.

»Was gibt es?«

Sie hatte den Kopf geschüttelt. »Einen Augenblick lang glaubte ich, Stephen Jenour zu sehen.«

Es gab auch komische Momente, als der Pfarrer die alles entscheidende Frage stellte: »Willst du, John Allday, diese Frau...« Seine Worte wurden übertönt von Alldays lautem, »Aye, Reverend, und das ist kein...«

Ein Kichern ging durch den Raum, und der Reverend hatte mißbilligend geguckt. Bolitho hätte darauf gewettet, daß man Allday, wäre sein Gesicht nicht so braun gewesen, hätte erröten sehen.

Dann war alles vorüber. Allday fuhr mit seiner lächelnden Braut stilecht in einer Kutsche. Begleitet nicht von Matrosen und Seesoldaten, sondern von Männern, die auf Bolithos Gut arbeiteten. Viele von ihnen hatten unter Bolitho auf seinen Schiffen gedient, waren dann aber wegen Verletzungen dienstunfähig geworden. Es hätte keine passendere Eskorte geben können, und es war eine Freude, Alldays Gesicht zu sehen.

Bolitho hatte Fergusons kleine Kutsche zur Fahrt benutzt. Er wollte, daß es Alldays Tag wurde. Ein Tag, an den er sich immer erinnern sollte. *Ihr Tag*. Den jungen Matthew und die Kutsche hatte er der Braut und dem Bräutigam zur Verfügung gestellt.

Catherine hatte leise bemerkt: »Das ist so typisch für dich, Richard, und du merkst es nicht einmal. Du mischst dich unter sie, vermeidest die Verbeugungen und Höflichkeiten... Kein anderer würde das tun.«

Sie gingen zur Scheune hinüber, um ein Glas mit der Braut und ihrem Seemann zu trinken.

Bolitho dachte über die schlichte Hochzeitszeremonie nach und fragte sich, ob es Catherine bedauerte, daß sie niemals würden heiraten können.

Wie so oft schien sie seine Gedanken zu lesen, genau wie damals, als er in der ungewohnten Kutsche nach Falmouth einfuhr. Sie zog den Handschuh aus und legte ihre Hand auf seinen Unterarm, so daß die Rubine und Diamanten des Ringes in der Sonne funkelten, den er ihr in der Kirche bei Keens Hochzeit gegeben hatte. »Das ist mein Ehering, Richard. Ich bin deine Frau, was auch immer sich zwischen uns stellen mag. Und du bist mein Mann. So wird es immer sein.«

Bolitho sah, daß die Diener das Essen und Trinken vorbereiteten, eine Gruppe von Fiedlern wartete auf das Zeichen, zum Tanz aufzuspielen. Es wurde Zeit, das Fest zu verlassen. Seine Anwesenheit hier wirkte wie die eines hohen Vorgesetzten in der Offiziersmesse: Alle waren höflich, freundlich, neugierig, aber nicht ungezwungen.

Es war eine Stunde, an die er sich erinnern würde. Er spürte, daß Catherine ihn beobachtete, als er sich von Allday und seiner Frau verabschiedete. Aber Catherine wußte, daß er nur zu seinem Bootssteuerer sprach, dem Mann, dessen Qualität sie zu schätzen, zu respektieren, sogar zu lieben gelernt hatte. Allday, der ihrem Mann seit über zwanzig Jahren treu und mutig gedient hatte.

»Auf Wiedersehen, alter Freund. Bleib der Alte.«

Allday packte seine Hand, seine Augen blickten plötzlich besorgt. »Aber Sie werden mich bald brauchen, Sir Richard?«

Bolitho nickte. All die verlorenen Gesichter. Schlachten und Schiffe, die er nie würde vergessen können. Er hatte immer versucht, persönlich nicht zu tief verstrickt zu werden, um die Schmerzen des Verlustes in Grenzen halten zu können. Trotzdem wußte er, daß es kein Mittel dagegen gab. Wie bei Fähnrich Dunwoody, dem Adam weiterhelfen wollte und der wie all die anderen gefallen war.

»Immer, mein alter Freund, da kannst du sicher sein.« Ein Handschlag, dann war es vorüber.

Draußen in der frischen Luft meinte Catherine: »Nun sind wir endlich allein.«

Sie ließ sich von ihm in die kleine Kutsche helfen, und winkte ein paar Leuten zu, die noch immer von der Kirche herunterkamen.

»Ich bin so glücklich, Richard. Als du fort mußtest, hat mir der Abschied fast das Herz gebrochen. Eine Ewigkeit ist es her, aber ich hatte mit noch länger gerechnet. Jetzt bist du bei mir. Ich erinnere mich daran, daß du mir einmal erzählt hast, daß es das erste Weihnachtsfest an Land seit deiner Fähnrichszeit gewesen sei, das wir damals zusammen verbracht haben. Jetzt ist bald wieder Weihnachten und auch das Neue Jahr werden wir zusammen begrüßen. Das Land ist immer noch im Krieg, der König verrückt... Nichts macht noch Sinn, nur wir beide.«

Er legte einen Arm um sie und spürte sein Verlangen nach ihr wachsen, wie in den Träumen, die ihn seit ihrer Trennung verfolgt hatten.

Sie warf ihren Kopf zurück und ließ ihr Haar flattern, dann blickte sie auf die See in Richtung Rosemullion Point und meinte: »Alle unsere Freunde sind irgendwo da draußen, Val, der arme Adam, James Tyacke und die anderen. Viele kommen nie zurück.« Sie blickte ihn an, ihre Augen blitzten. »Aber wir werden immer an sie denken!«

Ihre Stimmung änderte sich. »Ich habe Unis Polin

ein paarmal besucht. Sie ist eine gute Frau, genau richtig für ihn. Er braucht Liebe, genau wie wir alle.«

Bolitho griff nach ihrem Arm. »Du bist ein Wunder, Kate!«

Sie schüttelte den Kopf, blickte ihn aber nicht an. »Wäre nicht dieser eisige Wind, würde ich dich zu unserer einsamen Bucht bringen. Dort würde ich dich das Wundern lehren!«

Sie fuhren bei der kleinen Kneipe um die Ecke. Sie machte einen eigentümlich verlassenen Eindruck. Bolitho vermutete, daß die meisten Dorfbewohner in Roxbys Scheune feierten.

In Zukunft würde »The Stag's Head« auf Allday warten. Er blickte auf das Schild, das langsam im Wind hin- und herschwang. Allerdings würde es nicht länger »The Stag's Head« heißen. Das Schild zeigte die genaue Abbildung eines Linienschiffs bei Starkwind, die Geschützpforten fast überspült. Er wußte, daß Catherine das arrangiert hatte. Das Gasthaus hieß jetzt »The Old Hyperion«.

»Ich habe John Allday so oft von deinem alten Schiff sprechen hören. Offensichtlich war es für viele von uns etwas Besonderes. Es hat dich zu mir nach Antigua gebracht, als ich dich schon fast verloren glaubte.« Sie blickte ihm die ganze Zeit in die Augen. »Durch die *Hyperion* hat Unis ihren ersten Ehemann kennengelernt und Allday letztlich seine große Liebe gefunden.«

Bolitho blickte auf das hin- und herschwingende Schild. Das Schiff schien zu leben.

»Das Schiff, das sich weigerte zu sterben, pflegte man zu sagen.«

Sie nickte befriedigt. »Jetzt wird es das niemals mehr.« Sie übergab ihm die Zügel und kuschelte sich an ihn. »Bring uns jetzt nach Hause, dorthin, wo wir hingehören.«

Alexander Kent

Die Richard-Bolitho-Romane

Die Feuertaufe *(UB 23687)*

Strandwölfe *(UB 23693)*

Kanonenfutter *(UB 22933)*

Zerfetzte Flaggen *(UB 23192)*

Klar Schiff zum Gefecht *(UB 23063)*

Die Entscheidung *(UB 22725)*

Bruderkampf *(UB 23219)*

Der Piratenfürst *(UB 23587)*

Fieber an Bord *(UB 23930)*

Des Königs Konterbande *(UB 23787)*

Nahkampf der Giganten *(UB 23493)*

Feind in Sicht *(UB 20006)*

Der Stolz der Flotte *(UB 23519)*

Eine letzte Breitseite *(UB 20022)*

Galeeren in der Ostsee *(UB 20072)*

Admiral Bolithos Erbe *(UB 23468)*

Der Brander *(UB 23927)*

Donner unter der Kimm *(UB 23648)*

Die Seemannsbraut *(UB 22177)*

Mauern aus Holz, Männer aus Eisen *(UB 22824)*

Das letzte Riff *(UB 23783)*

Dämmerung über der See *(UB 23921)*

Ullstein